Leonie Lastella
Wenn Liebe eine Farbe hätte

AF178217

LEONIE LASTELLA

WENN *Liebe* EINE ROMAN *Farbe* HÄTTE

dtv

Von Leonie Lastella ist bei dtv junior außerdem lieferbar:
Das Licht von tausend Sternen
So leise wie ein Sommerregen

Originalausgabe
2. Auflage 2021
© 2020 dtv Verlagsgesellschaft mbH & Co. KG, München
Dieses Werk wurde vermittelt durch die
Michael Meller Literary Agency GmbH, München.
Umschlaggestaltung: Katharina Netolitzky
Satz: Fotosatz Amann, Memmingen
Gesetzt aus der Sabon
Druck und Bindung: CPI books GmbH, Leck
Printed in Germany · ISBN 978-3-423-74059-3

Für meine Schwester, Kendra, du bist ein Stück Kindheit, das immer bleibt, und mein allerliebster Ausprobiermensch.

Prolog

Der Geruch nach Alkohol und feiernden Menschen durchdringt die Luft auf Miles' Party. Wenn der Star der Footballmannschaft sturmfrei hat und in das Luxushaus seiner Eltern auf Bainbridge Island einlädt, kommt jeder. Jeder außer mir. Normalerweise.

Heute lehne ich entgegen meiner Gewohnheit an der Wand des riesigen Wohnzimmers und beobachte das Getümmel. Ich bin nur hier, weil meine beste Freundin Jules darauf bestanden hat, auf diese dämliche Party zu gehen, und ich sie auf keinen Fall alleinlassen wollte. Der Grund, weshalb sie diese Feier auf keinen Fall verpassen konnte, gefällt mir ganz und gar nicht: denn der ist groß, verdammt gut aussehend, Miles' bester Freund und ein Idiot – Weston Lewis.

Jules' Männergeschmack ist wirklich zum Abgewöhnen und wird schlimmer, wenn sie unter akutem Liebeskummer leidet und deswegen zu viel getrunken hat. Eine Abwärtsspirale, die sie hinabschlittert. Und ich mit ihr. Ich schlucke die pechschwarzen Erinnerungen hinunter, die uns das schon einmal beschert hat. Und gleichzeitig überlege ich krampfhaft, wie ich aufhalten könnte, was sich auf der Tanzfläche anbahnt.

Weston ist mittlerweile genauso betrunken wie sie und steigt, nachdem er Jules erst den ganzen Abend ignoriert hat, jetzt umso bereitwilliger auf ihre Flirtversuche ein. Ich muss das beenden. Jules ist meine beste Freundin. Das allein wäre Grund genug, sie in dem Zustand von einem Aufreißer wie Weston fernzuhalten. Und außerdem haben wir uns geschworen, aufeinander aufzupassen. Immer.

Noch tanzen die beiden nur, wenn man wohlwollend als Tanzen bezeichnen will, dass Weston Jules die Zunge in den Hals schiebt und besitzergreifend seine Hand über ihren Po gleiten lässt. Mich kotzt es an, wie er sich auf ihre Kosten inszeniert. Wie immer zieht er die Weston-Lewis-Show ab.

Die Anlage wird noch lauter aufgedreht und Dexter Hollands Stimme lässt die Luft in der Villa erzittern. Ich stoße mich von der Wand ab und gehe auf die beiden zu. Weston strafe ich mit Nichtachtung. Jules versuche ich aus seiner Umarmung zu befreien, indem ich an ihrem Pullover zupfe und so tue, als gäbe es eine brandwichtige Sache, die ich unter vier Augen mit ihr klären muss.

Aber anstatt dankbar für meine Rettung zu sein, wirft Jules mir einen Blick zu, der mir ein ›Verschwinde, Everly‹ entgegenbrüllt.

Sie hat keine Ahnung, auf was sie sich hier einlässt. Sie hat Weston als Trostpflaster für Tyler auserkoren, der sie erst vor drei Tagen sitzen gelassen hat. Dabei hat Weston das Potenzial, eine noch größere Trümmerlandschaft aus ihrem Gefühlsleben zu produzieren.

»Wir müssen reden!«, brülle ich Jules über den Lärm der Musik hinweg zu.

»Was willst du, Eve?«, schreit Weston an ihrer Stelle zurück, während meine beste Freundin sich an seine Brust schmiegt.

»Ich spreche nicht mit dir, sondern mit Jules«, knurre ich genervt.

»Sieht so aus, als hätte sie gerade Besseres zu tun.« Er zaubert einen aufgesetzt mitleidigen Gesichtsausdruck hervor und lacht, was Jules dazu bringt, ihm gegen den Arm zu schlagen, ihren Platz an seiner Brust zumindest für loyale zwei Sekunden zu verlassen und sich mir zuzuwenden.

»Mach dir keine Sorgen, Eve«, lallt sie. »Ist alles gut, echt.« Sie gibt mir einen Kuss und schlüpft dann zurück in Westons Arme.

Nichts ist gut. Sie ist zu betrunken und verletzt, um noch durchdachte Entscheidungen zu treffen. Zusätzlich erzeugen Westons Hände offenbar ein Vakuum in ihrem Hirn, das sie vergessen lässt, wie solche Aktionen enden. Jedes Mal. Ich verstehe einfach nicht, wieso sie pausenlos auf die immer gleichen Typen reinfällt. Jules ist klug, schön und sie hinterfragt Dinge kritisch. Immer. Es sei denn, es geht um ihre Männerwahl.

Bevor ich zu einem zweiten Versuch ansetzen kann, Jules von Weston zu entfernen, flüstert er ihr etwas ins Ohr. Sie löst sich von ihm, winkt mir zu und verschwindet dann in Richtung provisorischer Bar. Dort füllt sie ihren Becher und stolziert, ohne den Blick von Weston zu lösen, zur Treppe. Er wird ihr gleich folgen. In eines der vielen Zimmer. Die Vorstellung erzeugt ein hohles Gefühl in meiner Brust.

Unwillkürlich packe ich seinen Arm und zwinge ihn, stehen zu bleiben. Seine Haut fühlt sich seltsam an. Kühl, obwohl die Temperaturen im Haus längst Vorhöllenniveau haben.

»Was soll das?«, fährt er mich an. Demonstrativ sieht er auf meine Hand, die noch immer seinen Arm umklammert.

Ich lasse ihn los und versuche mich zu sammeln. Wenn Jules mir nicht zuhört, werde ich Weston eben überzeugen müssen, dass das hier eine Schnapsidee ist. »Hast du zwei Minuten?«

»Muss das unbedingt sein?« Sein Blick wandert zur Treppe,

über die Jules im Obergeschoss verschwunden ist, und lässt wenig Zweifel daran, was er jetzt lieber täte.

Ich sehe ihn unnachgiebig an, bis er die Augen verdreht. »Okay, reden wir«, gibt er seufzend nach. »Aber draußen. Dann kann ich eine rauchen.« Er drängelt sich durch die Partymeute in Richtung Ausgang. Draußen angekommen, entfernt er sich von den Grüppchen, die im Garten und auf dem privaten Strandabschnitt stehen, der zu Miles' Elternhaus gehört. Er betritt den Steg, der rund zehn Fuß in die Elliot Bay ragt und an dessen Ende sich ein kleines Bootshaus befindet. Erst als uns die Hütte verdeckt, bleibt er stehen, lehnt sich gegen die Holzwand und steckt sich eine Zigarette an. »Also, was gibt es so Wichtiges, Eve?«, kommt er direkt zum Punkt.

Zuallererst einmal soll er mich nicht mehr Eve nennen. Das dürfen nur meine Freunde und er gehört ganz sicher nicht zu diesem überschaubaren Kreis. Aber anstatt ihm genau das an den Kopf zu knallen, bleibe ich stumm. Ich sage gar nichts. Nur mein Herz rast, als müsste es vor ihm und mir allein in der Dunkelheit fliehen.

Weston nimmt einen tiefen Zug von seiner Zigarette und bohrt seinen Blick in meinen. Vermutlich in der Erwartung, ich würde ihm endlich sagen, was ich so dringend loswerden wollte, damit er wieder verschwinden kann. Er sieht müde aus. Vermutlich hat er in letzter Zeit zu viel gefeiert. Es übertrieben. Das würde auch erklären, warum er heute nicht in der Schule war, obwohl wir den SAT-Test in Geschichte geschrieben haben. Ohne den kann Weston seinen Abschluss vergessen. Aber offenbar ist ihm seine Zukunft scheißegal.

Vielleicht kann man so denken, wenn die stinkreichen Eltern einen so oder so auf einer Eliteuni unterbringen. Ein Wutknoten ballt sich in meinem Magen zusammen. Ich musste schon immer hart für meine Ziele kämpfen, während ihm alles auf dem Silbertablett präsentiert wird. Das ist okay. Ich neide niemandem etwas. Es macht mich einfach nur wütend, dass ihm diese Privilegien so verdammt egal sind.

»Der Frisch-gevögelt-Look steht dir übrigens«, durchbricht Weston meine Gedanken und beugt sich vor. Wind und die feuchte Seeluft haben meine Haare zu einem wilden Chaos verwirbelt, an dem Weston jetzt zupft. Und ich? Ich halte ihn nicht ab. Wieso halte ich ihn nicht ab?

»Sieht gut aus. Nicht so streng wie sonst«, sagt er. Seine Stimme ist tief und so ruhig wie das Wasser unter uns.

»Finger weg«, zische ich endlich. Eine klare Grenze. Ich bin mir nur nicht ganz im Klaren, ob ich sie für mich oder ihn ziehe. »Außerdem kann ich auf deine Meinung gut verzichten, Weston.«

Er reibt sich über den Nacken. »Bitte nenn mich nicht Weston. Das tut niemand. Wes, okay?« Er lächelt mich zögernd an. Ein einnehmendes Lächeln, das eine Brücke schlägt, die ich nie vor hatte zu bauen. Er deutet an mir vorbei zum Haus. »Ich sollte dann wohl mal«, sagt er, rührt sich aber nicht.

Sollte er jetzt gehen, wird er einen Jules-Scherbenhaufen produzieren.

»Warte!« Ich straffe die Schultern, um zu sagen, was gesagt werden muss, und dann zu verschwinden. Aber mein Hirn ist ein schwarzes Loch und schluckt all die Worte, die ich mir zurechtgelegt hatte.

Weston lehnt noch immer an der Schuppenwand, sieht mich unverwandt an, sagt aber nichts. Nicht einmal etwas Bescheuertes, obwohl ich ihn anstarre, kein Wort herausbringe und ihm damit eine Steilvorlage biete.

»Jules macht echt eine schwere Zeit durch«, presse ich endlich hervor und versuche nicht so anfällig für ihn zu sein wie ein Kartenhaus. »Tyler hat sie übel verarscht. Und du wirst dasselbe tun, wenn dir klar wird, dass sie etwas Festes sucht. Könntest du dir nicht einfach eine der Post-its schnappen, die sonst immer an dir und deinen Sportlerfreunden kleben, und sie in Ruhe lassen?«

»Ein Post-it?« Er lacht anerkennend über Jules' und meine Bezeichnung für die Mädchen, die ihn und seine Freunde umschwärmen. »Nett, wirklich, aber, wenn du mich fragst, sah es nicht so aus, als würde Jules in Ruhe gelassen werden wollen«, entgegnet er und zupft an einem Loch in seinem Ramones-Shirt herum. »Außerdem, was geht es dich an? Bist du jetzt ihre Aufpasserin, oder was?«

Ja, wahrscheinlich bin ich das. Genau wie Jules es für mich gewesen ist. »Und wenn? Lass es einfach gut sein, Wes. Jemanden wie dich verkraftet sie derzeit nicht.«

»Du glaubst wirklich, du würdest mich kennen, oder?«

Mein Herz flattert gefährlich, als Weston sich plötzlich von der Wand abstößt und näher kommt. Ich wünschte, es wäre Furcht, die mir den Atem raubt.

Ich rieche den Qualm der Zigarette, die Weston in die Dunkelheit schnipst, und darunter ihn – einfach Weston.

»Du weißt einen Scheiß über mich! Ihr alle wisst einen Scheiß.« Sein Gesicht ist meinem so nah, dass ich die Worte, die er mir entgegenschleudert, auf meiner Haut spüre. Genau wie die Traurigkeit, die darin mitschwingt. Ein Gefühl, das ich nicht mit Weston verbinden kann.

Sein Shirt berührt den schmalen Streifen nackter Haut an meinem Bauch, als er einen weiteren Schritt auf mich zumacht. Ich sollte gehen. Nicht nur, weil wir einander mittlerweile viel zu nah sind. Es gibt noch eine Million weiterer Gründe, weswegen es klüger wäre, schleunigst zu verschwinden. Die meisten sind so finster wie die Nacht über dem Puget Sound, der Bainbridge Island von Seattle trennt.

Aber Weston wirkt angreifbar, ehrlich, so überhaupt nicht wie er. Vielleicht rühre ich mich deshalb keinen Zentimeter. Mit bebendem Atem und stolperndem Herzen.

Wie oft habe ich mir gewünscht, er würde während unserer gemeinsamen Schulzeit nur einmal den Sarkasmus weglassen und mich nicht mit seiner überheblichen Art in den Wahnsinn treiben. Jetzt wünsche ich mir, er wäre wieder dieser Idiot. Es würde mich retten. Verhindern, was als Nächstes passiert.

Weston berührt zögernd mein Gesicht, rahmt es ein. Und nur Sekunden später legt er seine Lippen auf meine. Sanft, aber bestimmt.

Ich kann nicht denken, mich nicht wehren. Ich spüre nur das Verlangen, mit dem er den Kuss intensiviert und das in jede meiner Zellen dringt, mich mit fortreißt, meinen Widerstand und meine Überzeugungen wegspült. Der Kuss ufert aus. Ich klammere mich an seinen Oberkörper, spüre Westons Atem, der rau gegen meinen schlägt und ein statisch aufgeladenes Kribbeln durch meinen Körper jagt.

Dieser Kuss ist anders als alles, was ich bisher erlebt habe – wilder, heftiger, mitreißender. Ich kann verstehen, dass Jules diesem Blick, diesem Körper, dass sie Weston verfällt. Aber ich bin nicht Jules.

Ihr Name poltert durch meinen Kopf und knallt mit Davids zusammen. Mein Freund, den ich liebe.

Ruckartig mache ich mich von Weston los, aber anstatt auch nur einen Funken angebrachten Schuldgefühls zu zeigen, legt er nur den Kopf schief und grinst überaus zufrieden.

Ich bin eine Idiotin, denn ich habe ernsthaft geglaubt, er wäre mir gegenüber einen Moment lang ehrlich gewesen. Aber Weston Lewis ist nie ehrlich. Das war nur eine weitere Inszenierung, um zu bekommen, was er will.

Er hat die unantastbare Everly geknackt. Und ich habe mich knacken lassen. Jules wird mir das nicht verzeihen. Sie darf nie erfahren, was hier gerade passiert ist. Ich fühle mich schrecklich und gleichzeitig spüre ich irgendwo zwischen Herz und Milz eine meterhohe Wes-Bodenverwerfung.

»Bist du bescheuert? Ich habe einen Freund. Und du wolltest vor zwei Minuten noch was von Jules«, stoße ich hervor. Ich wünschte, meine Stimme würde entschlossener klingen. Mehr nach mir. Aber vielleicht ist es ganz normal, dass ich mich anders anhöre, denn dieser Kuss hat alles verändert.

»Als wäre das einseitig gewesen.« Weston zuckt mit den Schultern.

Ich bin kurz davor, ihm in seinen überheblichen Hintern zu treten. Weil er recht hat und mich das unfassbar wütend macht. Vor allem auf mich selbst. »Du erzählst niemandem hiervon!«, zische ich ihn an, als würde es den Verrat an Jules ungeschehen machen. Den Verrat an David. Und an mir selbst. »Sonst bringe ich dich um. Ich schwöre es.« Ich beiße die Zähne aufeinander und trete ganz nah an Weston heran. Ich werde ihm beweisen, dass er nicht halb so unwiderstehlich ist, wie er denkt. Ich muss es mir beweisen. »Und lass Jules in Ruhe. Sie hat so ein Arschloch wie dich nicht verdient!«

Offenbar sind ihm die flapsigen Sprüche ausgegangen, denn er reagiert nicht auf die Beleidigung. Er wendet sich einfach ab und starrt über das Wasser, während ich mich wie betäubt umdrehe und zurück zum Fähranleger stolpere. Fort von Weston. Und während Kurt Cobain mir »It's Fun To Lose And To Pretend« nachbrüllt, beginne ich zu rennen.

Drei Jahre später

KAPITEL 1

Everly

Das Leben kennt tausend Wege, dir in den Arsch zu treten. Das ist eines der Lieblingszitate meiner Nana Olivia, aus dem Film *Silver Linings*, den meine Großmutter, laut eigener Aussage, nur wegen Bradley Coopers Hintern gefühlte tausend Male gesehen hat. Wie so oft treffen ihre Zitate mitten ins Schwarze.

Allein hätte ich mit Sicherheit keine so passenden Worte gefunden, um den heutigen Tag zu beschreiben. Verbissen stapfe ich neben Nana durch die imposante Eingangstür der Waterfront Senior Residence. Ein Ort, an den alte Menschen gehören. Alte, einsame Menschen. Nana ist weder das eine noch das andere. Ihre Haut ist vielleicht runzlig und ihr Führerschein zeigt vierundachtzig Lebensjahre, trotzdem ist sie jung geblieben und zudem eindeutig verrückter als meine Freundinnen und ich.

»Jetzt mach nicht so ein Gesicht«, fordert sie mich auf und stößt mich leicht an. »Das ist ja nicht irgendein Bunker, in den du mich abschiebst, damit ich leise und unspektakulär dem Ende entgegengehe.« Sie dreht sich um die eigene Achse, um den beeindruckenden Blick, der sich uns von der Residenz über die Elliot Bay bietet, in sich aufzunehmen. »Das ist ein Palast mit Aussicht.«

Ich nicke, weil ich widerstrebend zugeben muss, dass sie recht hat. Die Eingangshalle erinnert an ein Fünfsternehotel, nicht an ein Seniorenheim. Jede Menge Marmor. Ein großer moderner Tresen dominiert den Empfang, direkt darüber hängt ein riesiger Kronleuchter von der hohen Decke.

»So langsam verstehe ich die sündhaft teuren Unterbringungskosten. Der ganze Marmor will ja schließlich bezahlt werden«, flüstert Nana leise kichernd, sodass die Frau, die auf uns zusteuert, sie nicht hören kann.

»Mrs Barns?«, versichert sie sich und hält ihr eine perfekt manikürte Hand entgegen. »Ich bin Ruth Ward. Wir haben einen Termin.«

Nana schüttelt ihre Hand auf dieselbe unkonventionelle Art, wie sie es immer tut. Mit herzlicher Wärme und viel Enthusiasmus, die so gar nicht zu der kühlen Reserviertheit von Ruth Ward passt. »Nennen Sie mich einfach Olivia. Und ich habe es erfolgreich geschafft, mein Leben lang eine Miss zu bleiben, aber das nur am Rande.«

Es ist nicht so, dass Nana keine Möglichkeit gehabt hätte zu heiraten. Es gab nach dem viel zu frühen Tod ihrer großen Liebe genügend Bewerber, aber sie liebt ihre Unabhängigkeit. Überhaupt ist sie die stärkste Person, die ich kenne.

»Das ist meine Enkelin Everly«, fügt sie hinzu.

Ich reiche Ruth Ward ebenfalls die Hand, höre aber nur mit halbem Ohr zu, als sie bereits im Eingangsbereich sämtliche Vorzüge ihrer Einrichtung herunterrattert. Sauna, Fitnessstudio mit Physiotherapeuten, die sich auf ältere Patienten und deren Bedürfnisse spezialisiert haben, ein Schwimmbad, verschiedenste Freizeitangebote wie Yoga, Pilates, Tai-Chi, Kunsthandwerk und Tanz, regelmäßige Ausflüge zu den Farmer Markets oder in die Natur rund um Seattle. Ich bleibe dabei, das hier ist ein verdammtes Hotel. Reizvoll und ohne Zweifel schön. Für einen

Urlaub, aber doch nicht, um für immer hier zu leben. Es ist kein Zuhause und viel zu gediegen, um passend für Nana zu sein. Sie mag es bunt, verrückt und gemütlich. Vielleicht wehrt sich aber auch nur alles in mir gegen die Vorstellung, meine Großmutter könnte tatsächlich hierherziehen, weil ich sie nicht verlieren will.

Wir sind mittlerweile in dem kleinen Apartment angekommen, das Nana beziehen könnte, wenn sie bereit wäre, dafür eine horrende vierstellige Summe im Monat zu bezahlen.

Ich muss sie davon überzeugen, dass das hier Irrsinn ist. »Dürfen wir uns einen Augenblick allein umsehen?«, versuche ich Ruth Ward loszuwerden. Am liebsten würde ich die Frau mit all der sie umgebenden Perfektion und ihrem Seniorenluxustempel zum Nordpol jagen. Sie lächelt und zeigt makellose Zähne. Was sonst?

»Aber sicher. Sehen Sie sich in Ruhe in Ihrem neuen Zuhause um«, wendet sie sich an Nana. »Ich bin gleich vor der Tür, sollten Sie mich brauchen.«

Sie tut ja fast so, als hätte meine Großmutter sich bereits für den Umzug entschieden. Ich presse die Zähne zusammen, anstatt sie deswegen mit ihrem teuren Seidenschal zu erwürgen. Nana war es wichtig herzukommen und ich werde sie nicht in Verlegenheit bringen, auch wenn ich immer noch denke, dieser Besuch ist pure Zeitverschwendung.

»Was ist eigentlich los, Eve?«, fragt sie mich, sobald wir allein sind. Sie setzt sich aufs Bett und wartet, bis ich mich neben sie plumpsen lasse. »Du siehst aus, als wärst du total durch den Wind. Ist irgendetwas im Krankenhaus passiert?«

Als Praktikantin in der Klinik Erfahrungen zu sammeln ist die beste Vorbereitung für das Aufbaustudium in Medizin im nächsten Jahr. Und der Stress dort ist auch nicht, was mir den

Tag versaut hat. Ich schüttle den Kopf und überlege, wie ich den Grund in Worte fassen soll, ohne ihr die gute Laune zu verderben. Wie ich ihr sagen soll, dass David nach sechs Jahren vor genau zwei Stunden mitten im Crate and Barrel Home Store mit mir Schluss gemacht hat. Während ich eine bescheuerte Tischlampe unterm Arm hielt. Dass ich denke, mit mir stimmt etwas nicht, weil es mich zwar trifft, die Beziehung zu verlieren, aber kaum, David gehen zu lassen. Mich hat verletzt, was er mir an den Kopf geknallt hat, aber es berührt mich kaum, dass er keine Zukunft mehr für uns beide sieht. Eine Zukunft, der Nana mit ihrem Umzug Platz machen will. Das ist einer der Hauptgründe, warum wir heute im Waterfront sind. »Ich möchte einfach nicht, dass du ausziehst«, fasse ich zusammen, was sich stärker in mein Herz krallt als die Trennung von David.

»Ich weiß, es ist ein großer Schritt, wenn wir nicht mehr zusammenleben, aber ich würde nur wenige Querstraßen entfernt wohnen. Du könntest mich jederzeit auf einen Saunagang besuchen kommen.« Sie zwinkert mir zu. »Ich gehe also im Grunde nicht weg. Ich wohne nur etwas luxuriöser und gebe dir ein bisschen Raum, um erwachsen zu werden. Wer wohnt mit Anfang zwanzig schon noch gern mit seiner steinalten Großmutter zusammen?« Sie lächelt liebevoll und streicht mir über den Arm.

»Ich«, erwidere ich kläglich, aber Nana schüttelt den Kopf.

»Das hier ist perfekt. Für uns beide. Glaub mir, sonst hätte ich mich nicht dafür entschieden, das Apartment zu nehmen.«

Mein Herzschlag setzt aus. »Du hast was?«

»Ich habe bereits zugesagt«, bestätigt Nana sanft. »Und die ersten zwölf Monate angezahlt. Zugegeben, das kommt etwas plötzlich, aber es ist ein guter Schritt. Der richtige für uns. Ich habe immer von so etwas wie dem hier geträumt. Ich werde hier rundum verwöhnt. Und du kannst endlich mit David zusammenziehen. Das möchtest du schon so lange. Ihr jungen Leute braucht Platz, um eure Zukunft zu gestalten.«

Ich habe das Gefühl, als wären Nanas Worte der letzte Arschtritt, den ich noch gebraucht habe, um vollends im Chaos zu versinken. Ich gebe mir alle Mühe, meine Gefühle vor ihr zu verstecken. Etwas, was ich sonst nie tue, aber Nana hat es selbst gesagt. Das hier ist ihr Traum. Welches Recht hätte ich, ihr das zu nehmen? Wie betäubt nicke ich. »Okay.«

Dabei ist nichts okay. Nana wird ausziehen. David ist weg. Er war immer mein Fels, so solide, dass ich mein Fundament darauf gebaut habe. Jetzt hat es Risse. Was sage ich, Krater. Und Nanas Entscheidung auszuziehen bricht sie zur Größe des Grand Canyons auf. Alleine werde ich alles verlieren. Und mit alles meine ich die Wohnung und mit ihr all die Erinnerungen an Mom und Dad, die zwischen ihren Wänden stecken. Schon die Studiengebühren aufzubringen, ist eine Herausforderung. Ich kann nicht auch noch die laufenden Kosten für die Eigentumswohnung allein tragen.

Ich konzentriere mich auf meine Atmung, versuche mein Herz zu beruhigen, damit all das nicht aus mir herausplatzt. Es würde Nana ganz sicher dazu bringen, bei mir zu bleiben. Sie würde keine Sekunde zögern, ihren Traum für mich zu begraben. Das hat sie schließlich schon einmal getan. Direkt nach Moms und Dads Tod. Ich kann das nicht noch einmal von ihr verlangen.

»Du willst das hier wirklich?« Ich wische mir eine Träne aus dem Augenwinkel und lächle.

»Ja«, sagt Nana schlicht und schließt mich in ihre Arme. Ein Ja, das so unscheinbar ist und gleichzeitig mein Leben komplett auf den Kopf stellt.

KAPITEL 2

Weston

Ich hasse diese Wohnung, die viel zu kleinen Zimmer, die Aussicht auf die Nachbarhäuser von Seattles South Park mit den vielen Graffiti auf dreckigem Mauerwerk.

Trotzdem lebe ich noch immer in diesem Schuhkarton von Wohnung, in den Dad Mom und mich vor knapp vier Jahren, nach ihrer Trennung, verfrachtet hat. Seufzend schenke ich mir einen Kaffee ein und trinke die starke Mischung am Fenster stehend. Ich habe fast die gesamte Nacht auf dem Dachboden verbracht, den vertrauten Geruch der Farben eingeatmet und versucht meine Gefühle auf eine Leinwand zu bannen, wo sie keinen Schaden anrichten können. Es hat nicht funktioniert. Ich bin noch immer wütend. Scheißwütend.

Schon bevor Dad uns hierher abgeschoben hat, um die machtgeile Tussi Nummer fünfhundertsiebenunddreißig in Ruhe über Küchenzeile, Sofa und Tisch unseres Apartments am Pike Place zu vögeln, war unser Verhältnis schwierig. Seitdem ist es nicht besser geworden.

Er wollte immer, dass ich Medizin studiere und ein angesehener Arzt werde, wie er. Vermutlich habe ich nur deswegen meinen Abschluss punktgenau als Jahrgangsschlechtester absolviert. Seiner Ansicht nach schmeiße ich mein Leben seitdem als Hilfskraft im Wipe Out weg. Einem Restaurant am Pier 55.

Er weiß nichts über mein Leben. Es kommt ihm nicht einmal in den Sinn, dass mir die Arbeit gefallen könnte. Er denkt, ich würde es nur tun, um ihn zu provozieren. Aber ich habe ziemlich schnell begriffen, dass es mir keine Genugtuung verschafft, ihn zu enttäuschen.

Ich wende meinen Blick von der gegenüberliegenden Häuserwand ab, schütte den Rest meines Kaffees in den Ausguss und schiebe mich an den Umzugskartons im Flur vorbei ins Badezimmer. Ich verstehe nicht, wieso ich ihm noch immer so viel Macht über mich gebe. Warum ich meine Gedanken an ihn verschwende.

Für einen Moment stütze ich die Hände auf dem Waschbecken ab, lasse den Kopf zwischen meinen Armen hängen und stoße die Luft aus. Natürlich weiß ich, wieso ich ausgerechnet heute an Dad denke. Fuck.

Ich atme, aber die Erinnerungen an unsere letzte Begegnung verschwinden nicht aus meinem Kopf. Bilder dieses bescheuerten Tages vor drei Jahren. Der Tag, der alles verändert hat.

Ich atme. Versuche mich zu beruhigen. Niemand weiß, warum ich damals den SAT-Test geschwänzt habe, warum ich danach kaum noch zur Schule gegangen und schließlich ganz abgetaucht bin. Nicht einmal Miles habe ich davon erzählt.

Ich schließe die Augen und rutsche in voller Montur in die Badewanne. So wie ich es getan habe, nachdem alles vorbei war. Als Dad gegangen war. Drei Jahren ist es jetzt her, seit ich ihn das letzte Mal gesehen habe. Drei verfickte Jahre und ich liege paralysiert wie ein Käfer auf dem Rücken in derselben Badewanne wie an diesem verdammten Morgen und verpasse den Schichtbeginn im Wipe Out. Ich muss mich zusammenreißen. Weitergehen. Oft gelingt es mir. In diesem Moment nicht. Meine Muskeln streiken wie nach einem Marathon und weigern sich, sich auch nur einen weiteren Meter fortzubewegen. Erst das Klingeln meines Handys reißt mich aus der Erstarrung. *Run You* von The Qemists kündigt meinen besten Freund an.

»Hi, Miles«, sage ich betont locker, nachdem ich rangegangen bin. »Was gibt es?«

»Mensch, Alter, alles in Ordnung bei dir?« Eine rhetorische Frage. Miles erwartet keine ehrliche Antwort darauf. Das ist, was ich an ihm schätze. Er bohrt nicht so lange, bis es wehtut.

»Wo steckst du? Die Jungs und ich stehen vor dem Wipe Out und warten auf Frühstück für Champions.« Das ist in Miles' Welt das Wichtigste. Seine Jungs. Und Essen. Erst danach kommen Mädchen und Football, womit sich seine Interessen auch schon so ziemlich erschöpfen. Auch wenn sein Dad gern sehen würde, dass er denselben Enthusiasmus für das Studium und den nach dem Abschluss geplanten Einstieg ins Familienunternehmen aufbrächte. Ich massiere mir mit der freien Hand die Schläfen und versuche den Kopfschmerz zu vertreiben, der sich in meinem Schädel ausbreitet.

»Also, was ist? Es sind Semesterferien, Alter. Freiheit für die armen geplagten Studenten. Das müssen wir feiern.«

Wir müssen gar nichts feiern, denn ich studiere nicht. Für mich bedeuten die Semesterferien keine Freiheit, sondern jede Menge Arbeit. »Als hättest du das Semester über etwas anderes getan, als Football zu spielen und zu feiern«, murmle ich. »Ich sage Miguel, dass er euch aufschließen soll, anstatt sich in der Küche zu verstecken.« Das hätte er längst tun sollen, auch wenn ich in der Regel die Türen des Wipe Out öffne. »Gib mir zehn Minuten, dann bin ich am Pier.« Bevor Miles etwas sagen kann, lege ich auf. Umständlich rapple ich mich aus der Wanne hoch und wische die Vergangenheit weg. Ich muss mich auf die Aufgabe konzentrieren, das Wipe Out zu managen. Das ist wichtiger als emotionaler Ballast. Ich atme tief durch und scrolle durch die Kontakte, um Miguel einen Einlauf zu verpassen. Auch wenn noch niemand vom Service da ist, muss er den Laden öffnen. Wir können es uns nicht leisten, Gäste zu verlieren, weil die Türen verschlossen sind. Genau das erkläre ich Miguel, während ich mir meine Schlüssel schnappe und aus der Tür eile.

KAPITEL 3

Everly

Es klingelt an der Tür. Jules. Niemand sonst klingelt so, dass Ungeduld und nie enden wollende Energie gleichermaßen mit dem schrillen Ton in die Wohnung schwappen. Ich rapple mich von der Bettkante hoch, auf der ich seit einer geschlagenen Stunde gehockt und die Kartons angestarrt habe. Ich habe alle Dinge hineingestopft, die David und mich ausgemacht haben. Fotos, Klamotten, seine verdammten Kaugummis, die er ständig kaut, mehrere Squash-Pokale. Wer spielt eigentlich Squash? Ich seufze und schlurfe zur Tür. Ich habe David aus meinem Leben eliminiert, und es fühlt sich merkwürdig leer an, plötzlich allein zu sein und nicht länger Teil eines Wirs. Ein Jules-Energieboost ist jetzt genau das Richtige.

Als ich die Tür aufziehe, kippe ich fast um, weil sich mir meine beste Freundin mit einem ›Hi, Eve, was geht‹ an den Hals schmeißt. Jules ist wunderschön mit ellenlangen Beinen, einer tollen Figur und dem vereinnahmensten Lachen in ganz Seattle. Dazu hat sie dunkle glatte Haare, die aussehen, als hätte irgendwer Schneewittchen geklont. Ich bin das genaue Gegenteil. Da, wo sie schlank ist, habe ich zwei, drei Kilo zu viel. Wo sie schön ist, bin ich durchschnittlich. Anstatt ihrer wunderschönen Haare schlage ich mich mit widerspenstigen aschblonden Locken herum, die jedem Styling-Marathon trotzen.

»Tadaaa«, preist sie sich selbst an. »Ich bin deine Ablenkung für den ersten Abend ohne Olivia.« Sie reckt eine Flasche Tequila in die Höhe. »Ich und Mister Tequila.«

Mein Lieblingsburger aus Nanas Stammlokal, dem Wipe Out am Pier, wäre mir jetzt lieber. Nur dort kombinieren sie einen vegetarischen Burger mit Bacon zu einer monströsen Kalorienperversität, die meine Laune vielleicht noch retten könnte. Aber Nana ist nicht da, um mir so den Scheißtag zu retten. Und ich gehe seit Jahren schon nicht mehr dorthin, weil es der Treffpunkt von Miles' und Westons Clique ist. Connor ist ständig dort, und ab und an auch sein Cousin, Kyle.

Ich kappe den Gedanken, bevor meine Laune noch mieser wird, und folge Jules in die Küche, wo sie bereits zwei Wassergläser aus dem Schrank zerrt.

Bedeutungsvoll schraubt sie den Deckel der Flasche auf und gießt uns großzügig ein. Als wäre das Zeug Apfelsaft. Ich schüttle angewidert den Kopf, nehme den Drink aber aufgrund der fehlenden Burgeralternative entgegen.

Wenn ich eine Lösung für meine finanzielle Misere, mein Liebesaus und meine in den Luxus geflüchtete Großmutter finden will, sollte ich vermutlich nicht trinken, sondern einen Plan schmieden. Im Gegensatz zu Jules mache ich immer Pläne und Listen. Sie helfen mir, das Chaos zu bezwingen. Jules feiert Probleme einfach weg und vertraut darauf, dass sich schon alles fügen wird. Gerade klingt das echt verlockend.

»Wenn dir das Leben Zitronen schenkt, besorg Tequila und Salz«, sagt Jules todernst, als hätte sie meine Gedanken erraten.

»Das ist Nanas Job«, murmle ich kläglich. Sie ist diejenige, die mit ihrem unerschöpflichen Vorrat an Zitaten jede Lebenslage ein kleines bisschen besser macht. Und mit fetttriefendem Junkfood.

Jules nickt. »Sie fehlt dir, nicht wahr?«

Wir haben erst vor vierzig Minuten die letzten Sachen in die Seniorenresidenz hinübergeschafft. Es ist lächerlich, Nana jetzt schon zu vermissen, und doch ist es dieses Gefühl, das sich in mir breitmacht wie ein adipöser, Feuer spuckender Drache.

Jules nimmt mich in den Arm und drückt mich fest an sich. »Du hast ja recht. Es ist irgendwie spooky ohne sie in der Wohnung. Das wird eine ganz schöne Umstellung.«

Ich bin heilfroh, dass Jules vorbeigekommen ist. Niemand außer ihr versteht, wieso mir Nana so wichtig ist. Natürlich habe ich schon Tage, sogar Wochen ohne sie verbracht, aber das war anders. Ich wusste immer, dass sie in unsere gemeinsame Wohnung zurückkehren wird. Wenn wir uns jetzt sehen, werde ich eine Besucherin sein. Wir werden nicht zusammen im Bett liegen und bis mitten in die Nacht quatschen. Es wird keine Tequilagelage in der Küche geben, bei denen wir mit Jules und Chloe um Shots und die Ehre pokern.

Jules macht eine Kopfbewegung zu den Kartons neben der Haustür. »Olivia oder David?«

Ich schließe die Augen. »David. Er holt einen Teil seiner Sachen später ab.«

»Wirst du mir irgendwann erzählen, was passiert ist? Ich kann noch immer nicht glauben, dass ihr wirklich miteinander Schluss gemacht habt. Ihr seid das perfekte Paar.«

Eine Perfektion, die mir Sicherheit gegeben hat. Und Ruhe. David war es zu ruhig. Er wollte mehr. Was im Umkehrschluss bedeutet, ich reiche nicht aus. »Nicht wir haben Schluss gemacht, sondern er«, halte ich fest und kippe in einem verzweifelten Anflug von Selbstmitleid die Hälfte meines Getränks hinunter. Der Tequila brennt sich seinen Weg durch meine Kehle, Speiseröhre und Magen, wo er meine Selbstbeherrschung zerfrisst.

»Vielleicht hat er nur kalte Füße bekommen, weil du ihm ständig in den Ohren gelegen hast, hier mit dir einzuziehen. Männer neigen zu panischen Kurzschlusshandlungen, wenn man versucht, sie in Verbindlichkeiten zu verstricken. Gib ihm ein bisschen Zeit und Raum, dann renkt sich das bestimmt wieder ein.«

»Ich bin nicht sicher, ob ich mit einem Typen zusammen sein will, der nach sechs Jahren Schluss macht, nur weil er sich nicht festlegen will«, erwidere ich reserviert. Vielleicht bin ich unrealistisch, was die Liebe betrifft, versaut durch meine Eltern, die mir eine bis zu ihrem Tod wahre, einzigartige, allem trotzende Liebe vorgelebt haben, aber ich will genau das und mich nicht mit etwas zufriedengeben, das man mitten in einem Möbelhaus beendet. Es macht mich sauer, dass Jules nicht meiner Meinung ist und David allein aus Loyalität zu mir verflucht. Dabei sollte sie gefälligst unkritisch auf meiner Seite stehen. Aber so ist Jules nun mal nicht. Sie sagt immer, was sie denkt. Selbst, wenn es wehtut.

Jules setzt sich auf einen der Stühle und zieht die Füße auf die Sitzfläche. Die Arme schlingt sie um die Knie. Ihre Stimme verdunkelt sich. »Du weißt, dass David einer von den Guten ist.« Sie verstummt. »Es gibt Schlimmeres als Unentschlossenheit«, fügt sie schließlich leise hinzu.

Sekundenlang liegt Stille zwischen Jules und mir und Erinnerungen, die ohrenbetäubend laut an den Rändern unserer Freundschaft nagen. »Ich weiß«, sage ich leise und leere den Tequila. David ist einer von den Guten. Aber reicht das? Müsste mein Herz nicht nach ihm brüllen? Sollte ich nicht das dringende Bedürfnis haben, um unsere Beziehung zu kämpfen? Hätte er es nicht tun müssen? »Ich weiß nicht, was mit David und mir wird, und bis ich das herausgefunden habe, werde ich mich neben meinem Praktikum um einen Job bemühen. Irgendwie muss ich die Kosten stemmen und ich will nicht abhängig von ihm oder irgendwem sonst sein.«

»Ich würde sofort zu dir ziehen, wenn ich das Geld hätte, aber mehr als mein kleines Loch von WG-Zimmer kann ich mir nicht leisten.«

»Das weiß ich doch.« Meine Wohnung ist groß und die anteiligen Nebenkosten übersteigen Jules' Budget bei Weitem.

»Was ist mit Olivia? Unterstützt sie dich nicht?«, fragt Jules und schenkt uns nach.

Der Tequila wirbelt meine Gedanken durcheinander, aber einer steht unverrückbar im Auge des Wirbels: Nana soll vorerst nichts erfahren. »Ich will sie nicht damit behelligen. Sie ist gerade erst umgezogen. Der Neuanfang im Waterfront ist alles, worum sie sich derzeit kümmern sollte.« Wenn sie Wind davon bekommt, dass ich finanziell in der Klemme stecke, wird sie postwendend ihren Vertrag mit Ruth Ward kündigen und ihr Traum platzt. Außerdem würde sie das Geld verlieren, das sie bereits angezahlt hat. »Ich schaffe das schon allein.« Irgendwie.

»Und wie willst du das hinbekommen?« Jules sieht mich skeptisch an und nippt an ihrem Getränk. Die Haare hat sie zu einem Zopf zusammengefasst, den sie gedankenverloren eindreht. »Ich meine, du arbeitest jede freie Minute neben deinem Studium im Krankenhaus. Wann willst du da noch genügend verdienen, um allein alle Kosten zu decken?«

»Zum Glück sind jetzt erst mal Semesterferien. Also habe ich keine Kurse. Bleiben nur das Praktikum und der Job. Das ist zu schaffen.«

Jules sieht mich zweifelnd an. »Selbst wenn du keine Kurse hast, lernst du wie eine Verrückte für den Einstellungstest, und die Semesterferien dauern auch nicht ewig. Die Kosten für die

Wohnung laufen auch danach weiter. Und neben dem ganzen Kram musst du ja auch noch für deine beste Freundin da sein.« Sie zieht eine Grimasse. »Der letzte Punkt ist natürlich der Wichtigste.«

Natürlich. Nichts in Jules' Gesichtsausdruck zeigt, dass sie einen Witz gemacht hat. Weil es vermutlich keiner war. Manchmal macht es mich irre, dass sie sich selbst so ernst nimmt. Ich stecke in einer Krise und ihre einzige Sorge ist, ich könnte kein offenes Ohr für sie haben. Eine Weile sitzen wir stumm nebeneinander, trinken und hängen unseren Gedanken nach, bis Jules plötzlich neben mich auf die Küchenbank rutscht und ihre Arme um mich schlingt. »Das wird alles wieder und so lange heißt es: Wir beide gegen den Rest der Welt«, sagt sie und lehnt ihre Stirn an meine. »Wir beide und der Tequila«, fügt sie hinzu und stößt ihr Glas gegen meines.

Ich liebe Jules trotz ihrer Schwächen, denn sie ist immer für mich da. Und ich für sie.

KAPITEL 4

Weston

Es ist Dienstag und für einen Wochentag brechend voll im Wipe Out. Der denkbar schlechteste Zeitpunkt, um ein Vorstellungsgespräch zu führen. Aber Tatsache ist, wir sind so hoffnungslos unterbesetzt, dass wir dringend Hilfe benötigen. Wenn irgend möglich, muss ich vor dem nächsten, wahrscheinlich umsatzstärksten Wochenende der Saison noch jemanden einstellen, der uns unterstützt, und das hoffentlich auch langfristig.

Ob Everly Scott dafür die beste Wahl ist, bleibt abzuwarten, aber ich habe Olivia versprochen, ihrer Enkelin eine Chance zu geben. Und ich würde sagen, es ist so gut wie unmöglich, der alten Dame irgendetwas abzuschlagen. Für sie würde ich sogar Avocado essen oder Miles erzählen, wo ich wohne.

Olivia kommt fast jeden Morgen ins Wipe Out und frühstückt immer an demselben Tisch mit Blick auf das Wasser. Danach nimmt sie ein Stück Pie mit und manchmal einen Veggieburger mit extra Baconstreifen. Eine ungewöhnliche Mischung, aber es passt zu ihrer Persönlichkeit. Oft setze ich mich zu ihr. Ich mag es, ihr eine Weile zuzuhören, mit ihr zu reden und den Tag so zu beginnen. Was sie seit drei Jahren zu einer der wenigen Konstanten in meinem Leben macht und eine Verbindung zu Eve schafft, die ich schlecht einordnen kann.

Sie sitzt Olivia gegenüber und dreht ein Glas Cola in ihren

Händen. Mir hat Eve den Rücken zugewandt, aber allein der Anblick ihrer ungebändigten Locken schafft es, mich für einen Moment in die Vergangenheit zu katapultieren. Ich erinnere mich an den Schuppen, den Nirvana-Song und an unseren Kuss.

»Hi, Eve«, sage ich locker, als ich in ihrem Blickfeld auftauche, und begrüße danach Olivia.

»Hallo, Weston«, sagt die alte Dame und lächelt mich an, während Eve zur Salzsäule erstarrt.

»Du arbeitest hier?«, stößt sie schließlich hervor. »Ich dachte …« Sie bricht ab, den Blick auf den Stammtisch meiner Clique gerichtet. Sie dachte, ich würde hier nur abhängen.

Ich nicke. »Sieht ganz so aus, als hätten wir zwei jetzt ein Vorstellungsgespräch.«

»Ein toller Job, und dann noch mit einem ehemaligen Schulkameraden von dir.« Olivia scheint ganz verzückt. Eve nicht.

Ich frage mich, ob sie ihrer Großmutter von dem Kuss vor drei Jahren erzählt hat. Die beiden stehen sich nah. Nah genug, dass es im Bereich des Möglichen liegt. Ich sollte mich konzentrieren, anstatt mir über so etwas den Kopf zu zerbrechen.

»Wir setzen uns am besten raus«, schlage ich vor. »Es gibt einen Bereich, der noch im Umbau ist. Dort sind wir ungestört.«

Eve zögert, steht dann aber auf. Wirkt ganz so, als hätte sie keine Wahl. Sonst wäre sie vermutlich schon weg. Olivia hat mir erzählt, dass sie den Job dringend braucht und die meisten alternativen Arbeitsstellen mit den wechselnden Schichten im Krankenhaus kollidieren, wo Eve ein Praktikum absolviert.

Sie folgt mir auf die Pierterrasse, die noch renoviert werden muss, bevor ich sie für die Gäste nutzen kann. Ich deute auf einen von der Sonne ausgeblichenen Tisch und zwei alte Deckchairs, die ich provisorisch dazugestellt habe. »Du suchst also einen Job«, stelle ich das Offensichtliche fest.

»Hätte nicht gedacht, dass ausgerechnet du hier in Seattle studieren würdest«, entgegnet Eve auf meine Frage.

»Ich studiere nicht.« Ich halte ihrem Blick stand.

»Das hier ist dein Hauptjob?«

Eigentlich sollte ich das Gespräch führen, aber stattdessen nicke ich und sehe sie eindringlich an. »Ja, was dagegen?« Ich bemühe mich, gleichgültig zu wirken. Ach, scheiß drauf. Ein Gegenschlag ist mit Sicherheit befriedigender. »Was ist mit dir? Immer noch glücklich mit David, dem Langweiler, zusammen?«

Eve kneift die Lippen so sehr zusammen, dass das Blut aus ihnen weicht. Treffer versenkt, wie es scheint.

Ich schlucke die Neugierde hinunter, wieso der Haussegen beim Traumpaar Nummer eins der Highschool schief hängt. Auch, weil Eve gerade nachsetzt.

»Und du? Rebellierst immer noch gegen deinen Dad, indem du in einem ranzigen Laden am Pier kellnerst?«

Meine Hilfsbereitschaft bekommt gerade gefährliche Risse. »Erstens ist das Wipe Out nicht ranzig. Zweitens bin ich kein Kellner, sondern Manager«, erwidere ich frostig und beuge mich über den Tisch zu ihr hinüber. »Und drittens weißt du einen Scheiß über mich, also lass es, okay?« Diese Worte habe ich schon einmal zu Eve gesagt. Unwillkürlich muss ich an ihre Lippen denken, an ihren heißen Atem, der sich mit meinem vermischte. Fuck. Das war ein unbedeutender Kuss. Nichts, was mich Jahre später noch aus der Fassung bringen sollte.

»Herzukommen war eine absolute Schnapsidee. Hätte ich gewusst, dass du …« Sie führt den Satz nicht zu Ende, aber es ist klar, dass sie in dem Fall lieber Gift geschluckt hätte, als sich von Olivia zu diesem Vorstellungsgespräch überreden zu lassen. Sie rafft ihre Tasche und ihre Jeansjacke zusammen und will aufstehen.

»Warte!« Ich greife nach Eves Arm und halte sie zurück. Wie sie mich damals auf Miles' Party. Auch wenn es mich im Grunde nichts angeht, kann ich sie nicht gehen lassen. Olivia hätte mir nie erzählen sollen, warum sie auf Biegen und Brechen in die Seniorenresidenz umziehen wollte. Warum es essenziell wichtig ist, dass Eve lernt, allein klarzukommen. Dann würde ich mich jetzt sicher nicht so scheiße verantwortlich für sie beide fühlen. »Du brauchst den Job, oder?« Wäre es nicht so, wäre Eve gar nicht erst mit mir hinausgegangen. Sie hätte mich sofort stehen lassen. Ich halte sie noch immer fest, und es widerstrebt mir, sie loszulassen, auch wenn sie längst wieder auf ihren Stuhl zurückgesunken ist. Ich tue es trotzdem, weil alles andere creepy wäre.

»Ja«, gibt sie zähneknirschend zu.

»Okay.« Sekundenlang liegt Stille zwischen uns, bevor ich weiterspreche. »Du brauchst einen Job und ich dringend Hilfe.«

Sie blinzelt mich skeptisch an und die feine Röte auf Eves Wangen zeigt mir, dass sie es für keine gute Idee hält, ausgerechnet mit dem Typen zusammenzuarbeiten, der für einen flirrenden Moment schon einmal ihre heile Beziehungswelt mit David ins Wanken gebracht hat.

Ich bin nicht so naiv zu glauben, dass da mehr zwischen uns war als eine fantastische sexuelle Energie. Mehr existiert nie. Entweder ich bin scharf auf eine Frau oder eben nicht. Ich weiß, dass Eingeschlafene-Füße-David und Eve die ewige Liebe propagieren, aber Liebe ist ein Trugschloss, in das sich Menschen wie die beiden gegenseitig einsperren, nur um darin zu verrotten.

»Wir beginnen morgens um acht und schließen gegen Mitternacht. Die Zeiten, die du abdecken kannst, trägst du einfach in den Kalender ein, der in der Küche hängt.«

35

»Das heißt, du gibst mir den Job trotz …?«

Trotz dem, was damals zwischen uns passiert ist. Trotz dessen wir keinen Satz miteinander wechseln können, ohne uns an die Gurgel zu gehen. Bescheuert. Ich weiß. Trotzdem nicke ich. »Kriegst du es hin, noch vor dem Wochenende zum Probearbeiten zu kommen? Wenn das gut läuft …« Ich halte ihr meine Hand hin. Es dauert einige Sekunden, bevor Eve einschlägt und sich dann hastig zurückzieht. Als hätte sie sich verbrannt. Und verdammt, genauso fühlt es sich an, Everly Scott zu berühren.

KAPITEL 5

Everly

Jules wohnt in einem winzigen WG-Zimmer in einer der Neben-
straßen vom Occidental Square und damit nur unweit von meiner Wohnung im beliebten Pioneer-Square-Viertel. Chloe schlüpft
immer dann bei mir oder Jules unter, wenn sie in den Semesterferien von der Ostküste nach Hause kommt. Häufiger bei Jules
als bei mir, obwohl ich deutlich mehr Platz habe. Ich versuche
deswegen nicht eifersüchtig zu sein. Chloe könnte natürlich
auch zu ihren Eltern gehen, aber ihr Bruder hat ihr altes Zimmer annektiert und ist nicht bereit, es während ihres Aufent-
halts mit ihr zu teilen. Er ist zwar älter geworden, aber noch
immer so eine Plage wie früher.

Die beiden warten schon in unserem Stammcafé, dem Biscuit
Bitch, das den Blick auf das historische Feuerwehrdenkmal auf
dem Occidental erlaubt und nicht nur die besten Muffins und
Cupcakes verkauft, sondern auch den weltleckersten Kaffee. Er
wird hier noch selbst geröstet, gemahlen und per Hand verarbeitet. Ich liebe die gemütlichen Sitzecken im Inneren und die
farbenfrohen Stühle, die sich unter flatternden, bunten Girlan-
den auf den Occidental Square ergießen.

Es ist mein erster freier Abend ohne Nana zu Hause. Anstatt
nur einer Stunde Yoga im Anschluss an meine Schicht im Krankenhaus habe ich gleich zwei Kurse besucht, um mich zu be-

schäftigen. Mit dem Resultat, dass mir alles wehtut, weil die Kursleiterin eine verdammte Masochistin ist und ich grottenschlecht im Yoga. Obwohl ich es schon lange mache, kippe ich bei fast jeder Figur um und habe das Gefühl, Muskelgruppen zu beanspruchen, die man als normaler Mensch nicht nutzen sollte.

Hätten meine Freundinnen heute keine Zeit gehabt, wäre ich wahrscheinlich mit Muskelkater und blauen Flecken ins Bett gekrochen und hätte mich schrecklich allein gefühlt. So hebt die Aussicht, die neuesten News über Jules' Männerkatastrophen und Chloes Miststück von Dozentin zu erfahren, meine Laune. Das ist genau, was ich heute brauche. Das und den Geruch nach frisch geröstetem Kaffee.

Ich trete an den Tresen des Biscuit Bitch um die Cupcake-Auswahl zu scannen. Meine Freundinnen sitzen auf einem der gemütlichen, dunklen Ledersofas im hinteren Teil des Cafés und unterhalten sich angeregt mit Pepe, dem Barista. Er erklärt ihnen gerade leidenschaftlich das faszinierende Handwerk der Kaffeerösterei. Ich glaube nicht, dass sich das Interesse meiner Freundinnen tatsächlich um die dunkle Bohne dreht. Wohl eher um Pepes mokkabraunen Teint und seinen durchtrainierten Körper.

»Everly«, begrüßt er mich und lässt die beiden allein.

Ich winke ihnen vom Tresen aus zu. Bevor ich sie richtig begrüße, muss ich eine rettende Koffeinration bestellen.

»Einen Latte macchiato al caramello wie immer?«, kommt Pepe mir zuvor und ist schon hinter die Bar geflitzt, bevor ich etwas erwidern kann. Er drückt, dreht und schraubt an seiner Kaffeemaschine herum und singt dabei leise vor sich hin. Die Zubereitung eines einfachen Kaffeegetränks sieht bei ihm tatsächlich so aus wie die Bedienung eines Raumschiffs. Aber der Kaffee schmeckt auch galaktisch.

»Danke, Pepe.« Ich nicke ihm dankbar zu und schiele zu den Schokoladen-Cupcakes hinüber. Sie scheinen in Kombination mit dem Latte macchiato perfekt geeignet, um die Erinnerungen an den heutigen Tag ins Zuckerkoma zu schicken.

»Wann gehst du endlich mit mir aus, Bella?«

»Sobald ich auf Südländer stehe, Pepe«, gehe ich auf unseren üblich oberflächlichen Flirt ein. Entschuldigend lege ich ihm meine Hand auf den Arm und nehme dann den Latte entgegen. Ein aufdringliches Kakaoherz schwimmt auf dem Milchschaum, bevor ich es demonstrativ mit dem Löffel ertränke.

Es würde Jules treffen, wenn ich mir etwas aus Pepes Flirt-offensive machen würde. Sie steht auf ihn. Ein untrügliches Indiz dafür, dass Marco, ihr letzter Lover, passé ist. Jules hat seit dem Ende der Highschool eine Latinophase. Ihr Beuteschema ist immer gleich. Dunkler Teint, dunkle Augen, dunkle Seele. Männer, die sie in Rekordgeschwindigkeit auf Wolke sieben treiben, nur um sie dann genauso schnell ins Bodenlose fallen zu lassen. Pepe wäre da vermutlich eine heilsame Ausnahme, denn er ist ein wirklich netter Kerl.

Mit dem Kaffee in der einen Hand, einem überdimensionalen Cupcake in der anderen gehe ich zu meinen besten Freundinnen und lasse mich auf das Sofa neben Chloe plumpsen.

»Schön, dass du endlich da bist«, begrüßt sie mich und drückt mich sekundenlang an sich.

»Gleichfalls«, stoße ich hervor. »Wie geht es Boston?«

»Steht wider Erwarten noch, obwohl ich dort wohne«, flachst Chloe.

Ich vermisse sie unendlich. Seitdem sie auf der anderen Seite des Landes studiert, sehen wir uns viel zu selten. Ich schenke ihr ein Grinsen und umarme dann auch Jules, bevor ich mich über meinen Cupcake hermache.

»Ich verhungere«, kommentiere ich meinen Versuch, die Hälfte des Kuchens auf einmal in den Mund zu stopfen.

»Wie geht es Olivia nach dem ersten Tag bei *The Walking Dead*?«, erkundigt sich Jules.

Ich mustere sie mit einem strafenden Blick. »Nenn die Bewohner der Residenz nicht so. Nana ist jetzt eine von ihnen.«

»Sorry.« Jules hebt beschwichtigend die Arme. Sie würde niemals etwas sagen, was Olivia beleidigt. Immerhin liebt sie meine Großmutter genauso abgöttisch wie ich. »Ich stell mir das eben gruselig vor.« Sie legt ihre Stirn in tiefe Falten. »Da sind doch bestimmt alle scheintot. Olivia passt da überhaupt nicht hin.« Sie zieht die Nase kraus und schüttelt den Kopf.

»Vielleicht ist es nicht halb so schlimm, wie du es dir vorstellst, und es gefällt ihr dort einfach«, wirft Chloe ein. »Versuch mal, dich in Olivia hineinzuversetzen.«

»Sie scheint wirklich glücklich zu sein«, bestätige ich Chloes Worte, auch wenn es mich ein wenig neidisch macht, dass ihr das ohne mich so spielend einfach gelingt. Ganz im Gegensatz zu mir.

»Jules hat mich schon auf den neuesten Stand gebracht, während wir auf dich gewartet haben. Auch was dich und David angeht.« Chloes Blick verfinstert sich. »Nach sechs Jahren so Schluss zu machen. Der hat sie ja wohl nicht mehr alle. Und warum überhaupt? Das ergibt keinen Sinn.«

Wenigstens mal eine, die es ausspricht. Und es im selben Moment wieder relativiert.

»Aber ich bin sicher, das ist nur eine Momentaufnahme, und wenn ihr später zwei Kinder, einen Labrador und ein Häuschen in einem schicken Vorort habt, werdet ihr über diese Phase lachen.« Sie nimmt mich kurz in den Arm. »Kommst du einigermaßen klar?«

Ich nicke und schweige. Ich will lieber nicht über David reden. Einfach, weil ich nicht wüsste, wie ich erklären sollte, dass mir die Trennung wider Erwarten nicht das Herz gebrochen hat. Dass ich mir mehr Gedanken darüber mache, wie es finanziell weitergehen wird, als über unser Ende. Und dass ich nicht einen Wimpernschlag lang darüber nachgedacht habe, um ihn zu kämpfen.

»Wir müssen nicht darüber sprechen, wenn es noch zu sehr wehtut«, sagt Chloe einfühlsam.

Ich widerspreche ihr nicht und komme mir wie eine Lügnerin vor. Eine gefühllose Lügnerin.

»Aber du musst mir von deinem neuen Job erzählen. Ich will alles darüber wissen.« Chloe sieht mich erwartungsvoll an.

Ich muss den Mädels vor allem von Wes erzählen. Wenn ich es nicht tue, gewinnt es an unangemessener Bedeutung. Aber wenn ich es ihnen erzähle, werden sie bestimmt jedes noch so winzige Detail aus mir herausquetschen wollen.

»Wie sind zum Beispiel die Kollegen so?«

Und schon geht es los. Ich beiße von meinem Cupcake ab, um Zeit zu schinden. Vielleicht finde ich dann die richtigen Worte, um die Info, dass Weston das Wipe Out leitet, belanglos einfließen zu lassen. »Ich hatte bis jetzt nur das Vorstellungsgespräch mit dem Manager des Ladens«, quetsche ich an meinem Kuchen vorbei. »Am Wochenende soll es voll werden. Deswegen habe ich morgen schon meinen Probearbeitstag. Während der Frühschicht sind wir allein und er kann mir in Ruhe alles zeigen.«

»Allein mit dem Chef.« Jules verdreht genießerisch die Augen. »Hört sich vielversprechend an.«

Jules hat so etwas wie einen siebten Sinn für pikante Details. Wenn die zwei wüssten, dass Weston mein Chef ist, wären sie sicher nicht so begeistert von dieser Vorstellung.

41

»Und wie ist er so?«

Irgendwann werden sie es sowieso erfahren. Ich atme tief ein. »Weston leitet den Laden.« Nana sagt immer, man solle Pflaster mit einem Ruck abreißen.

Jules schnappt nach Luft, als hätte ich genau das getan. Wes hat sie nach dieser bescheuerten Party vor drei Jahren sitzen gelassen. Obwohl die beiden nie richtig zusammen waren, hat es sie verletzt, als er nach unserem Gespräch auf dem Steg beendet hat, was noch nicht mal richtig begonnen hatte. Nach unserem Kuss. Ich schließe sekundenlang die Augen. Der hatte sicher nichts mit seiner Entscheidung zu tun, Jules abzuweisen. Es hat sie getroffen. Härter, als es das hätte tun dürfen. Härter als viele Beziehungscrashs davor und danach.

Chloe behauptet bis heute, dass er der Grund sei, warum Jules' Männertyp von blond, heiß und unwiderstehlich zu dunkel, gefährlich und südländisch gewechselt hat. Ich will nicht glauben, dass das stimmt.

»Aber nicht der Weston?« Jules Gesicht verdüstert sich. »Weston–mir–ist–alles–scheißegal–und–ich–poppe–alles–was–nicht–bei–drei–auf–den–Bäumen–ist–Lewis?« Sie glaubt bis heute fest daran, dass er sie für ein anderes Mädchen fallen gelassen hat, und liegt damit schmerzlich richtig und gleichzeitig total falsch.

Ich schließe die Augen. »Genau der«, gebe ich zu und nicke. »Weston–ich–bin–zu–faul–zum–Lernen–und–am–Ende–hat–mein–Vater–mir–den–Abschluss–gekauft–Lewis.« Wir wissen alle, dass es nicht möglich ist, sich den Abschluss tatsächlich zu kaufen, aber es passt so wunderbar in das Bild von Wes mit seinen stinkreichen Eltern und seiner überheblichen Art. Er war nicht dumm, aber sein Monsterego war ihm stets im Weg.

»Hab gehört, dass er nach dem Abschluss ins Ausland gegangen ist. War auf jeden Fall 'ne Zeit lang von der Bildfläche verschwunden, der Gute.« Chloe weiß solche Dinge. Sie weiß grundsätzlich alles. Sie ist unser Klatsch-und-Tratsch-Almanach, und das, obwohl sie sich nie im Zentrum der Schul-High-Society befunden hat. Sie ist einfach eine gute Beobachterin. »Warum arbeitet der denn in einem Restaurant und bedient das Fußvolk?«

Eine sehr gute Frage, die Chloe da stellt. »Lässt ihm vielleicht genug Zeit, Mädels aufzureißen und ansonsten abzuhängen.« Ich zucke teilnahmslos die Schultern, obwohl an ihn zu denken, mein Inneres in Aufruhr versetzt.

»Ist trotzdem komisch«, wirft Chloe ein und klaut mir den Rest meines Cupcakes. Ausgerechnet den Teil mit dem flüssigen Schokoladenkern. »Daddy hätte ihn doch für sich arbeiten lassen oder ihn an jeder Uni seiner Wahl unterbringen können.«

»So ein Typ hat eben in der Highschool schon seine besten Jahre hinter sich. Danach geht es nur noch bergab«, brummt Jules. »Du wirst ja wohl nicht wirklich für ihn arbeiten, oder?«

Irgendwo in meinem Schädel erklingt leise die Melodie von Nirvanas *Smells Like Teen Spirit*, bevor ich ärgerlich den Lautstärkeregler auf null drehe.

»Eve?«, holt mich Jules aus meinen Gedanken, indem sie mich mit dem Ellenbogen anstößt.

»Sorry, ich war abgelenkt. War ein echt langer Tag heute. Was hast du gefragt?«

»Ich fragte, ob du ernsthaft in Erwägung ziehst, den Job anzunehmen?«

Ihr Blick lässt keinen Zweifel zu. Jules denkt, freundschaftliche Loyalität würde so etwas ausschließen.

Eine Loyalität, die ihren Ursprung in unserer Vergangenheit hat und mich sonst tatsächlich immer dazu bringt einzulenken.

Aber in diesem Fall kann ich mir diese Loyalität einfach nicht leisten. »Ich werde vermutlich kaum etwas mit ihm zu tun haben. Ich will dort nur arbeiten, mich nicht mit ihm anfreunden.« Ich fahre mir durch die Haare. »Jules, ich brauche den Job. Du weißt, wie klamm ich bin, und dort bin ich wegen der Arbeitszeiten absolut flexibel.« Ein Luxus, den ich bisher vergeblich gesucht habe, denn ich muss meine Arbeitszeiten an die des Schichtbetriebs im Krankenhaus anpassen. »Und das Wipe Out liegt direkt gegenüber der Seniorenresidenz. Nana frühstückt jeden Morgen dort. So werde ich sie wenigstens ab und an sehen. Oder ich kann sie vor oder nach der Arbeit besuchen, wenn wir uns nicht im Restaurant treffen. Es gibt keine andere Arbeitsstelle, die mir all das bietet.«

Jules betrachtet mich prüfend und macht keinen Hehl daraus, dass ihr die Sache trotzdem nicht gefällt. »Also schön«, erwidert sie widerwillig. »Aber sag nicht, wir hätten dich nicht gewarnt, und such unbedingt nebenher nach etwas Besserem. Es gibt noch andere Jobs in der Nähe der Waterfront. Arbeit, wo der Chef kein Arschloch ist.«

Ich nicke, auch wenn ich mir nicht vorstellen kann, neben all den anderen Baustellen in meinem Leben auch noch nach einem neuen Job zu suchen, nur weil ich ab und an mit Weston Lewis konfrontiert sein werde.

KAPITEL 6

Weston

Eve ist pünktlich. Das war zu erwarten. Sie war schon zu Schulzeiten so verdammt pflichtbewusst.

Heute trägt sie eine schlichte, eng anliegende Jeans und eines unserer Wipe-Out-Shirts, das ich ihr nach dem Vorstellungsgespräch mitgegeben habe. Sie sieht darin deutlich besser aus als unsere Köche. Eine Tatsache. Keine Wertung.

»Hi, Eve«, begrüße ich sie und bitte sie hinter den Tresen. Mir entgeht nicht, dass es sie ärgert, wenn ich sie Eve nenne. Ich habe trotzdem nicht vor, damit aufzuhören. »Ich zeige dir gleich alles. Am Anfang ist es sicher erst mal viel, aber keine Sorge, die Abläufe hast du schnell drauf. Und wenn du dich gut anstellst, können wir heute Abend den Arbeitsvertrag klarmachen.« Ich öffne die Kühlschränke, die sich unterhalb des Tresens befinden, und erkläre ihr das Ordnungssystem, auf das wir angewiesen sind, um auch im größten Chaos schnell und nach Möglichkeit blind die richtigen Flaschen zu finden.

Eve nickt von Zeit zu Zeit und achtet penibel darauf, mir nicht zu nahe zu kommen. Ich tue das genaue Gegenteil. Dabei sollte ich professionell bleiben. Immerhin ist es absolut wichtig, dass unsere Zusammenarbeit klappt. Wenigstens das kann ich für Olivia tun.

Ich klopfe auf die Tafel, die hinter dem Tresen an der Wand hängt. »Hier notieren wir die aktuellen Angebote. Morgens Frühstücke. Zur Lunchzeit leichte Snacks und Kuchen. Abends dann ausgewählte, warme Gerichte und Salate. Auf der linken Seite halten wir die Wellenhöhen entlang der Küste für die Surfer fest, Windgeschwindigkeiten und ob es irgendwo einen Haiangriff gab.« Das unterstreicht den Surfer-Spirit, den das Wipe Out verkörpert. Genau wie das Surfbrett, das als Tresen dient, und die Durchreiche zur Küche, deren Rahmen aus einem längs halbierten VW-Bus besteht. »Ich hole die Informationen jeden Morgen aus dem Netz und irgendeiner von uns klettert hoch und trägt die aktuellen Daten ein.«

Eve hört mir aufmerksam zu und ich sehe, wie sie innerlich mitschreibt. In der Schulzeit fand ich diese Streberattitüde furchtbar, aber das hat sich wie so vieles geändert. Es ist angenehm, dass sie so aufmerksam ist und ich nicht alles zehnmal erklären muss.

Ich gehe voraus zur Küchentür und halte sie ihr so auf, dass sie unter meinem Arm durchtauchen muss, um diesen Bereich des Wipe Out zu betreten. Sie beißt sich auf die Lippen und eine leichte Röte überzieht ihre Wangen, als sie sich eng an mir vorbeischiebt. »Das ist die Küche«, sage ich und meine Stimme klingt rau. »Miguels, Sams und Ravis Reich. Unsere Köche. Sie arbeiten im Schichtbetrieb hier. An umsatzstarken Tagen kriegen sie Unterstützung von euch Aushilfen.« Ich warte, bis Ravi ihr die Hand gegeben und Eve sich ihm vorgestellt hat. »Aber keine Sorge, wenn du das nicht willst, kannst du dich auch nur für den Service eintragen. Allerdings sind wir ein Team und ich erwarte, dass jeder mit anpackt, sollte es akut nötig sein.« Ich nehme Ravi einen Teller mit Rührei, Speck und Hash Browns ab, der für Tisch drei bestimmt ist, und ziehe mit der freien Hand eine dunkle Schürze mit dem Logo des Wipe Out darauf aus dem Regal. »Die ist für dich.«

Eve schlingt sie sich um die Taille und sieht mich dann ein wenig verloren an.

»Der Teller geht an Tisch drei«, sage ich und gebe ihr das Essen. Genauso habe ich damals im Wipe Out angefangen, mit einem Sprung ins kalte Wasser. »Die Tische sind im Uhrzeigersinn vom Eingang aus durchnummeriert. Bedient wird von rechts. Ansonsten kannst du wenig falsch machen. Sei einfach freundlich, das hilft dir, weil du mehr Trinkgeld bekommst, und mir, weil die Gäste wiederkommen.«

Eve steht noch immer wie angewurzelt vor mir. Wenn sie so weitermacht, ist das Rührei kalt, bis sie es dem Gast gebracht hat. Ich berühre ihren Arm und die feinen Härchen darauf stellen sich auf. Sie reagiert auf mich. Das sollte mich vermutlich nicht freuen.

Da sie sich abrupt umdreht, ist wohl klar, dass sie wünschte, es wäre anders. Sie rauscht mit dem Essen aus der Küche. Den Rücken durchgedrückt und den Blick starr geradeaus gerichtet. Als würde sie vor mir flüchten.

So wie sie damals nach unserem Kuss geflüchtet ist. Wenn sie nur fünf Minuten ihren Verstand ausschalten würde, könnten wir noch einmal zurück zu diesem Punkt. Zurück zu der körperlichen Anziehung, die die Luft für einen isolierten Moment zwischen uns zum Brennen gebracht hat. Menschen lügen, wenn sie sagen: Ich liebe dich. Sie tun es ständig und immer wieder. Dad hat Mom belogen, verdammte Scheiße. Aber eine körperliche Reaktion, die Art und Weise, wie zwei Menschen aufeinander anspringen, kann man nicht faken. Das zwischen Eve und mir war echt. Dass ich nicht aufhören kann, daran zu denken, ist hingegen ungewöhnlich und nicht hilfreich.

Ich folge ihr in den Gastraum und setze eine neue Kanne Filterkaffee auf. Falls jemand einen Refill will. Außerdem muss ich mich beschäftigen.

Eve kehrt zurück. »Ich brauche einen Cappuccino für Tisch vier«, sagt sie und ich versuche nicht auf das Flirren zu reagieren, das zwischen uns entsteht, als sie hinter den Tresen tritt. Es ist eng hier. So eng, dass ich mich an ihr vorbeiquetschen muss, um ihr die nötigen Handgriffe an der Barista-Maschine zu zeigen. Als ich sie berühre, hält sie die Luft an und versteift sich.

Abwehrend hebe ich die Arme. »Sorry, ich versuche nur, dir die nötigen Arbeitsschritte zu erklären. Ist eben eng hier. Da kann ich nichts machen.« Warum lüge ich? In der Regel tue ich das nicht. Einfach, weil es mir meistens scheißegal ist, was andere Menschen über mich denken. Bei Eve ist das anders. Nicht weil sie mir etwas bedeutet, sondern weil ich nicht riskieren kann, dass sie den Arbeitsvertrag heute Abend nicht unterzeichnet. Um Olivias willen, der ich damit zumindest die finanzielle Sorge um Eve nehme.

KAPITEL 7

Everly

Ich kann nicht glauben, dass ich wirklich mit Weston Lewis zusammenarbeite. Er ist wie zehntausend Bradley-Cooper-Arschtritte, die mein Leben noch verkomplizieren werden. Außerdem frage ich mich, wie ausgerechnet er in einem Laden wie diesem stranden konnte? Er war der Star unseres Abschlussjahrgangs mit einer schillernden Zukunftsperspektive, reichen Eltern, unverschämt gut aussehend und mit einem Monsterego gesegnet, das durch keine Türöffnung passte. Also, wie bitte hat er es bei den Ausgangsvoraussetzungen geschafft, als Kellner zu enden? Ich mache mir eindeutig zu viele Gedanken um diesen Mann. Ich sollte mich lieber auf meine Arbeit konzentrieren.

Es ist Freitag und im Gegensatz zu meinem Probearbeitstag vor zwei Tagen im Wipe Out, an dem es sehr ruhig war, erwartet mich heute eine größere geschlossene Gesellschaft zum Frühstück. Ich sollte um Punkt halb acht im Restaurant sein, bin aber spät dran. Ausgerechnet an meinem ersten regulären Arbeitstag musste mein Bus, der mich von der Nachtschicht im Krankenhaus zum Pier bringen sollte, Verspätung haben. Und das Wetter hatte auch kein Nachsehen. Es regnet in Strömen. Auf dem Weg von der Haltestelle zum Pier bin ich klatschnass geworden, sodass ich jetzt durchnässt mit vom Sturm wirrem, nassem Haar vor Wes stehe. Er sieht auf die Uhr und fixiert mich dann mit einem Gesichtsausdruck, der ihn schon zu Schulzeiten für drei Viertel der Mädchen in der Highschool unwiderstehlich und gleichzeitig unerreichbar gemacht hat. Ich vermute, dass sogar einige der Jungs auf ihn standen. Umgehend köpfe ich den Schmetterling, der es allen Ernstes wagt, bei Weston Lewis' Anblick in meinem Magen die Startbahn zu entern.

Er zerwühlt seine Haare. »Du bist zu spät«, sagt er knapp und verbirgt nicht, dass er bereits jetzt bereut, mir den Job gegeben zu haben. Verbissen poliert er die Gläser für den Empfang nach. Die Geburtstagsfeier geht schon in zehn Minuten los und es ist noch kein Sekt eingeschenkt worden. Alles andere hat Wes aber bereits vorbereitet. Auf dem Tisch brennen Kerzen in dekorativen Windlichtern und die Platten mit den Speisen stehen surfertypisch hawaiianisch dekoriert auf dem Buffet.

Ich komme sonst nie zu spät. Das ist genau die Art von Angriffsfläche, die ich Wes nicht bieten will. Ich ärgere mich wahnsinnig über mich selbst. »Was du nicht sagst?«, erwidere ich gereizt und beiße mir im selben Moment auf die Unterlippe. Wes ist nicht mehr nur Wes, sondern mein Vorgesetzter und ich angewiesen auf diesen Job. »Entschuldige«, murmle ich. »Der Bus kam zu spät und dann der Regen ...« Ich verstumme und spare mir weitere Erklärungen. »Es tut mir leid. So was passiert mir sonst nie.«

»Die ewig pünktliche Eve, nicht wahr?« Wes' Gesichtsausdruck weicht kurz auf. »Wäre gut, wenn du zu deiner Streberform zurückfändest. Wenn jeder kommt, wie es ihm passt, bricht hier das Chaos aus.« Er deutet auf das Buffet. »Und jetzt lass uns den Rest vorbereiten. Uns bleibt nicht mehr viel Zeit, bis die Feier beginnt.«

Hört sich fast an, als würde er die Stelle als Manager tatsächlich ernst nehmen.

»Mrs Owen ist ziemlich einflussreich. Sie wird neunzig Jahre alt und hat einen Haufen Leute eingeladen. Unter anderem wird jemand vom Stadtmanagement kommen. Da sollte alles stimmen.«

Ihm ist der Erfolg des Ladens also wirklich wichtig. Augenblicklich tut es mir leid, ihn enttäuscht zu haben. Nie hätte ich gedacht, einmal an den Punkt zu gelangen, an dem Weston Lewis enttäuscht von mir sein würde.

Er wirft mir ein Handtuch zu und deutet auf die noch übrigen Gläser. »Trockne dich ab und dann lass uns zusehen, dass wir alles fertig bekommen. Am wichtigsten ist jetzt der Sekt. Die warmen Sachen können wir auch später aufs Buffet stellen.«

»Danke«, sage ich leicht irritiert, weil ich mit so viel Fürsorglichkeit von seiner Seite nicht gerechnet hätte, und trockne mich notdürftig ab.

»Gern geschehen.«

Er lächelt, und obwohl ich Sekunden zuvor noch gestresst war, zupft dieses Lächeln auch an meinen Mundwinkeln und beschwört Erinnerungen herauf. Erinnerungen an seine weichen Lippen, die sich an meine pressen. Wie seine Zähne sanft an meiner Unterlippe knabbern, während seine Hände an meinem Körper entlangwandern.

Er war besoffen und ich war überrumpelt. Es ist Jahre her und es hat ihn so wenig beeindruckt, dass er diese Sache nicht einmal genutzt hat, um sich zu profilieren. Er hat tatsächlich niemandem von unserem Kuss erzählt.

Dafür summt er jetzt leise *Smells Like Teen Spirit* vor sich hin und wir wissen beide, das es kein Zufall ist. Ich kann ihn nicht ansehen, nicht wegsehen, nicht gehen, also nehme ich ein sauberes Tuch und poliere die letzten Gläser für Mrs Owens Geburtstag. Dabei starre ich auf meine Füße und das dunkle Laminat des Wipe Out darunter.

KAPITEL 8

Weston

Olivia sieht aus dem Fenster des Wipe Out, als gäbe es auf der spiegelglatten Oberfläche der Elliot Bay etwas besonders Spannendes zu sehen. Das tut sie schon eine ganze Weile. Ihre Haut ist so blass wie die eines auf Diät gesetzten Blutsaugers und sie hat das bestellte Frühstück nicht angerührt. Seit über einer Stunde spielen wir jetzt schon das Wir–schweigen-uns-an-Spiel, obwohl ich genug damit zu tun hätte, Bürokram zu erledigen. Trotzdem bleibe ich auf dem Stuhl ihr gegenüber sitzen und schlage geduldig die Beine übereinander. Dabei bin ich nicht geduldig. War ich nie. Ich beiße mir auf die Unterlippe. Warum gehe ich nicht einfach?

Die Antwort ist einfach: Seit ich Olivia an meinem ersten Arbeitstag vor drei Jahren im Wipe Out am Fenster sitzen sah, bedeutet sie mir etwas. Ich weigere mich, den Gedanken zuzulassen, dass das an Eve liegen könnte.

Olivia hat mich damals sofort erkannt. Vermutlich anhand eines Fotos aus dem Jahrbuch oder weil sie und Eve mal zusammen bei einem der Footballspiele unserer Highschool-Mannschaft waren. Was weiß ich. Auf jeden Fall wusste sie, wer ich bin. Und seitdem komme ich nicht mehr von dieser zierlichen, halsstarrigen Person los, die mich beharrlich anschweigt, während ich mir Sorgen um sie mache. Scheißsorgen.

Die Stille macht mich noch wahnsinnig. Ich kann mit Ruhe verdammt schlecht umgehen. Das ist offensichtlich.

Klatschend lasse ich meine Hände auf die Oberschenkel fallen. Das Geräusch hört sich nach Aufbruch an und veranlasst Olivia zumindest, sich zu mir umzudrehen. Normalerweise redet sie gern und viel. Ich mag es, mich regelmäßig von ihr berieseln zu lassen. Trotz der Menge an Worten ist nie ein abgenutztes dabei oder eines zu viel. Sie ähnelt Mom in dieser Beziehung.

Heute sagt sie nichts, und das ist schlimmer, als es jeder Nonsens dieser Welt sein könnte. Es zeigt, wie angegriffen sie bereits ist. Es zeigt mir, wie sehr mir ihre Stimme fehlen wird, wenn sie stirbt. Auch darin ähnelt sie Mom. »Wie lange werden wir denn noch bockig bleiben?«, quetsche ich gepresst hervor.

Sie lächelt mich an und tätschelt mir den Arm. Ich sehe auf ihre runzelige Haut und dann in ihre vom Alter wässrigen Augen, die unverhältnismäßig wach und bohrend sind. »Einer der wenigen Vorteile, wenn man so alt wird, wie ich es bin, ist, dass man bockig sein darf.« Jetzt grinst sie. »Und man kann sich ganz wunderbar mit Altersstarrsinn herausreden.«

Ich lehne mich auf meinem Platz zurück und sehe sie prüfend an. »Du weißt genau, dass die Ausrede nicht zieht«, seufze ich ergeben.

»Wie macht sich meine zauberhafte Enkelin bei der Arbeit?«, wechselt sie das Thema.

Ein netter Versuch, das beschissene Gespräch in eine andere Richtung zu lenken. Ich kann es ihr nicht verübeln. Ich würde jetzt auch lieber an Eve denken und an die Dinge, die man mit ihr anstellen könnte, als dieses Gespräch weiterzuführen. Seufzend runzle ich die Stirn. »Du meinst die Enkelin, der du nichts von deiner Krankheit erzählst? Oder davon, dass du ganz genau weißt, dass der Grund für ihre Jobsuche eine Lüge ist? Sprich, verdammt noch mal, mit ihr!«

Sie weicht meinem Blick aus. Wahrscheinlich keine schlechte Idee. Ich will den Schmerz darin gar nicht sehen. Sie hat Angst zu sterben. Nicht weil sie nicht bereit wäre, sondern weil Eve es nicht ist.

»Ich sitze außerdem nicht hier, um mich über Eve zu unterhalten«, stoße ich hervor und puste mir die Haare aus der Stirn.

»Ich weiß.« Sie hält meinem Blick eine Weile stand, bevor sie ihren Tee nimmt und sehr Downton-Abbey-mäßig in der Tasse rührt. »Ich würde mich hingegen sehr gern über sie unterhalten. Und darüber, dass sie jetzt Single ist.« Ihre Stimme nimmt diesen zweideutigen Charakter an, der so wenig subtil ist wie ein Vorschlaghammer, und ihre Augen blitzen vergnügt.

Keine Spur mehr von Schmerz oder Scham oder sonstigen steten Begleitern des Krebses. Sie ist ein Stehaufmännchen, eine Kämpferin, auch wenn sie dabei ist zu verlieren. Mom hat einfach aufgegeben. Ich denke, verflucht noch mal, zu oft an Mom, wenn ich Olivia sehe. Ich verdrehe die Augen und stoße die Luft aus. »Das ist nichts, was ich diskutieren werde.« Das Einzige, was ich je von Eve wollte, werde ich Olivia ganz sicher nicht auf die Nase binden. Liebe oder eine Beziehung sind es auf jeden Fall nicht. Außerdem steht außer Frage, dass je etwas zwischen uns passieren wird. Sie ist quasi mit David verheiratet, egal welche Probleme sie derzeit haben mögen. Eve ist niemand, der aufgibt. Nicht einmal, wenn sie in einer bescheuert langweiligen Beziehung feststeckt. »Lass dich, verdammte Scheiße noch mal, behandeln«, bringe ich das Thema wieder auf das Wesentliche zurück. Olivia hasst Schimpfwörter und vielleicht will ich sie wütend machen, damit sie endlich aktiv wird.

»Das Krankenhausessen ist eine Form der aktiven Sterbehilfe. Da bleibe ich lieber hier, danke.« Sie zwinkert mir zu und schiebt ihr Rührei auf dem Teller herum. »Weißt du, dass ich schon seit über einem halben Jahrhundert ins Wipe Out komme?«

Ich schüttle den Kopf und verstehe nicht, was das mit der Frage zu tun hat, ob sie sich behandeln lässt oder nicht. »Ich wusste nicht einmal, dass es den alten Kasten schon so lange gibt«, brumme ich.

»Damals sah es hier noch ein bisschen anders aus. Aber dieser Tisch hier am Fenster war schon zu der Zeit mein Stammplatz. Unserer. In diesem Laden haben Jack und ich nach dem Surfen immer gefrühstückt. Ich habe ihn sehr geliebt, weißt du. Er war Everlys Großvater und ist viel zu jung gestorben. Ich habe nie wieder jemanden so geliebt wie ihn.« Ihr Blick verklärt sich für den Bruchteil einer Sekunde, bevor sie sich wieder mir zuwendet. »Ich war damals sehr glücklich und es tut gut, sich daran zu erinnern. Hierherzukommen wird mir mehr helfen, als es Medikamente könnten. Wenn ich ins Krankenhaus gehe, verliere ich das.« Sie zuckt vorsichtig mit den Schultern. »Und das kann ich nicht. Außerdem möchte ich nicht, dass Everly von meiner Krankheit erfährt. Sie soll sich auf ihren Bachelor und den Einstellungstest für das Medizinstudium konzentrieren. Ich will, dass sie so lange wie möglich unbeschwert ihr Leben lebt.« Olivias Lidschlag ist verlangsamt und zeigt, wie müde ihr Körper davon ist, die Schlacht allein zu schlagen.

Ich atme tief durch. »Ich halte das für die schlechteste Idee überhaupt, aber das ist dir vermutlich egal.«

Sie nickt und sieht mich nachsichtig an.

»Du bist stur wie ein Maulesel, hat dir das schon mal jemand gesagt?«

»Niemand, aber dafür habe ich ja dich, Weston.«

»Und wenn es nun kein Krankenhaus wäre?« Ich hätte nicht gedacht, je ins Haus 73 zurückzukehren. Niemals. Ein unangenehmer Druck macht sich in meiner Magengegend breit, aber es könnte die einzige Möglichkeit sein, um Olivia von einer Behandlung zu überzeugen.

»Zerbrich dir nicht meinen Kopf, mein Lieber.« Sie streicht mir liebevoll über die Haare.

Und ich halte still. Obwohl ich kein Kind mehr bin und Olivia, verflucht noch mal, nicht meine Mom ist. Sie braucht mich nicht zu trösten. Sie sollte sich lieber um sich selbst kümmern. »Es gibt da eine Einrichtung, die die Behandlungen auch ambulant vornimmt«, sage ich. Es würde Olivia mehr Zeit verschaffen. Diese Form der Behandlung würde Eve mehr Zeit mit ihr geben. Und sie könnte weiterhin zum Frühstücken hierherkommen. Zumindest, solange sie das körperlich noch schafft.

»War deine Mutter dort?« Sie fragt es so sanft, dass ich mich fühle, als hätte man mich mit einem Plüschhasen niedergeschlagen. Eine Frostschicht überzieht mein Inneres. Wie damals, als ich das Badezimmer öffnete und all das Blut sah. Zu viel Blut. Auf weißer Haut. Ich nicke. »Ja«, bringe ich krächzend hervor und habe das Gefühl, dass ich ihr jeden Moment mein Frühstück vor die Füße kotzen werde.

»Ich würde zustimmen, aber nur, wenn du mir im Gegenzug auch einen Gefallen tust.«

Ich sehe sie skeptisch an. Wenn Olivia mich um einen Gefallen bittet, ist das wie ein neongelb blinkendes Warnsignal. Beim letzten Mal hat es mir Everly Scott als neues Crewmitglied beschert. Trotzdem nicke ich. Welche Alternative hätte ich?

»Du bist zu viel allein, weißt du«, beginnt sie und mir ist instinktiv klar, wohin das Ganze führen wird.

»Ich bin gern allein.«

»Das ist nicht gut«, fährt sie unbeirrt fort. »Für niemanden. Meine Bedingungen wären also, dass du für mich auf ein Date gehst. Mit Everly. Dann lasse ich mich behandeln.«

Sie ist ein echter Quälgeist und ich hasse es, wenn man versucht mich zu manipulieren, aber ein Date bedeutet keine weiterführende Verpflichtung. Nur einen Abend Spaß. Sie hat nicht verlangt, dass ich Eve heirate. Sollte also hinzubekommen sein.

»Wenn es dich glücklich macht, darfst du Amor spielen, solange ich dich zu einem Arzt bringen darf.«

»Na, in dem Fall werde ich mir diese sagenumwobene Einrichtung wohl angucken müssen.« Sie verzieht das Gesicht und lacht leise, überzeugt davon, dass sie einen Sieg errungen hat. Und anstatt sauer zu sein, weil sie meine Einstellung zum Thema Liebe und Beziehungen nicht akzeptiert, bin ich einfach nur erleichtert, dass sie einer Behandlung zugestimmt hat. Ich kann es nicht fassen. Es sollte mir so was von egal sein. Olivia ist eine Nervensäge. Sie ist alt. Wenn sie stirbt, kann sie auf ein erfülltes Leben zurückblicken und ich kann meine Zeit endlich wieder sinnvoller nutzen, als sie damit zu vergeuden, hier mit ihr zu sitzen. Das Problem ist, dass es nicht nur für Eve ein Desaster wäre, wenn ihre Großmutter stirbt. Ich sitze gern bei Olivia und starre auf die potthässlichen Blümchenblusen, die sie ständig trägt. »Soll ich dir das einpacken?«, knurre ich und deute auf ihr unberührtes Frühstück.

Sie schüttelt den Kopf. »Aber mach mir einen deiner Spezialburger zum Mitnehmen, ja?«

Ich sehe sie skeptisch an. »Du weißt schon, dass einen vegetarischen Burger mit Bacon zu belegen Blasphemie ist?«

»Everly liebt ihn so«, erwidert sie lächelnd. »Und ich liebe meine Kleine genug, um ihr diese kulinarische Sünde zu verzeihen.«

Ich nicke ergeben. Sie kann so ziemlich alles verlangen, solange sie sich endlich helfen lässt. »Ich mache einen Termin für dich.« Und dann verschwinde ich, bevor Olivia es sich anders überlegen kann.

KAPITEL 9

Everly

Nanas Zimmer bietet einen atemberaubenden Blick auf die Elliot Bay. Sie liebt das Wasser. Sie liebt dieses Zimmer. Sie nutzt sogar die unzähligen Freizeitaktivitäten, die das Waterfront anbietet, und hat deswegen kaum noch Zeit für mich. Sie ist glücklich in ihrem neuen Leben.

Ich hingegen fühle mich allein ohne sie und würde all das hier gern grässlich finden. Aber auch ich muss zugeben, dass das Waterfront ein Traum ist, und ich will mich für Nana freuen, dass sie hier ihren Lebensabend verbringen wird. Genauso, wie sie es sich vorgestellt hat. So hat sie mich erzogen. Sie hat mir immer vorgelebt, anderen ihr Glück zu gönnen, zuversichtlich zu sein und in jedem Chaos das Licht und die Chancen zu sehen, die sich einem bieten. Ich bin erwachsen. Ich studiere und bereite mich auf das Aufbaustudium vor. Ich werde Ärztin. Es ist höchste Zeit, dass ich auf eigenen Beinen stehe. Selbst wenn es sich gerade wie ein unüberwindbarer Berg anfühlt, finanziell klarzukommen und alles unter einen Hut zu bringen, wird es mich stärker machen, wenn ich es schaffe. Falls ich es schaffe.

Ich schiebe mir den Rest des Burgers in den Mund. Nana hat ihn mir mitgebracht, was süß ist, aber eigentlich unnötig, jetzt wo ich an der Quelle arbeite. Sie hat ihn in ihrem winzigen Kühlschrank aufgehoben und ihn aufgewärmt, kurz bevor ich gekommen bin, damit ich zwischen der Arbeit im Krankenhaus und dem Job im Wipe Out eine warme Mahlzeit einnehme.

Das Zimmer ist geräumig, mit einer Bettnische, die durch geschmackvolle, luftige Vorhänge vom Wohnraum abgetrennt ist, und einem winzigen, vorgelagerten Bad, das wie eine Mini-Wellnessoase aussieht. Bei unserem ersten Besuch hier kam mir der Raum schrecklich nüchtern vor, aber jetzt zieren Fotos von den Stränden dieser Welt die Wände. Nana ist auf vielen zu sehen, ein breites Grinsen im Gesicht, die damals noch blonden Haare von der Sonne ausgeblichen und immer mit ihrem Surfbrett unter dem Arm.

Nana war eine der ersten Frauen, die sich in den Fünfzigerjahren begeistert diesem Sport gewidmet haben. Für sie ging es immer nur um den Lifestyle, nie um den Erfolg, aber sie war richtig gut. Das beweisen einige der Pokale, die sie aufgehoben und kunstvoll auf dem Regalbrett über ihrem Bett aufgestellt hat. Daneben liegt ein unordentlicher Stapel Bücher und eine Reihe typisch hawaiianischer Lei-Ketten setzen bunte Farbakzente.

Nana sitzt in einem kippbaren Massagefernsehsessel, der ihren zarten Körper durchrüttelt. Im Hintergrund läuft *Beim Leben meiner Schwester*. Eigentlich kein Film für den Hintergrund und nicht die Art von Unterhaltung, die ich von Nana gewohnt bin. In der Regel steht sie eher auf die alten Filmklassiker.

»Und wie gefällt dir das Praktikum im Krankenhaus?«

Das fragt sie mich jedes Mal und ich antworte immer dasselbe. Ich lerne viel, was mir hoffentlich bei meinen Abschlussprüfungen für den Bachelor im nächsten Jahr und beim Einstieg ins Aufbaustudium helfen wird. Es bringt mir Spaß und jeder Tag bestärkt mich darin, dass das Medizinstudium die richtige Wahl ist. Ich dehne meine steife Nackenmuskulatur und breche ausnahmsweise aus dem gewohnten Antwortmuster aus. »Derzeit arbeite ich nur Nachtschichten.« Ich fahre mir über die Augen. »Dadurch bin ich ziemlich erledigt und mich im Wipe Out einzuarbeiten ist anstrengend.« Ich habe Nana wegen der Wohnung angelogen, wegen David und wofür ich den Job so dringend brauche. Ich hasse, dass wir uns an einem Punkt befinden, an dem ich das für nötig hielt. Ich will nicht, dass es so zwischen uns ist. »Ich muss dir etwas sagen«, murmle ich kleinlaut.

Nana nickt und erhöht die Massagefrequenz, als würde ihr das helfen, ihre Gedanken voll auf mich zu fokussieren.

Ich atme tief durch und setze dreimal an, bevor ich die Tatsachen hervorwürge. »David hat mit mir Schluss gemacht. Er wird nicht mit mir zusammenziehen.«

Nana mustert mich besorgt, aber nicht sonderlich überrascht.

»Den Job bei Weston brauche ich nicht wegen eines Urlaubs, sondern um die laufenden Kosten für die Wohnung und die Studiengebühren tragen zu können.« Ich lasse die angehaltene Luft aus meiner Lunge entweichen. Jetzt ist es raus.

»Ich bin froh, dass du es mir erzählt hast«, sagt sie ruhig. »Ich dachte schon, du würdest es mir noch ewig verheimlichen.«

»Du wusstest davon?«, frage ich ungläubig. Und doch hat sie nicht angeboten, wieder zu mir zu ziehen. Vielleicht ist das gut, aber es trifft mich auch. An einem Punkt, den ich nicht genau fassen kann.

Sie wiegt den Kopf hin und her und nickt schließlich. »Ich habe David zufällig am Pier getroffen und er hat mir alles erzählt.« Sie beugt sich vor und greift nach meiner Hand. »Ich mag ihn, aber er war nicht der Richtige für dich. Trotzdem muss das ein Schock für dich gewesen sein. Wie geht es dir damit?«

Ich zucke hilflos die Schultern und blinzle die Tränen fort, die Nanas Fürsorge aus meinen Augenwinkeln löst. Sie ist die Erste, die mich nicht davon überzeugen möchte, David zurückzunehmen. »Warum hast du nichts gesagt, wenn du doch davon wusstest?«

»Ich bin immer für dich da, vergiss das nie! Aber es wäre nicht richtig, jedes Mal meine Nase in deine Angelegenheiten zu stecken, sobald es schwierig wird. Das wäre dir gegenüber nicht fair. Und ich wollte dich nicht drängen, darüber zu sprechen, solange du nicht bereit bist.« Sie zieht meine Hand an ihre Lippen und küsst meine Fingerknöchel. »Aber Eve, wenn du nicht zurechtkommst, sagst du mir Bescheid. Der Großteil meines Geldes ist zwar in die Vorauszahlung für dieses Apartment geflossen, aber wir finden eine gemeinsame Lösung, sollte es eng werden.«

»Schon gut«, erwidere ich schwach. »Mit dem Job bei Weston komme ich einigermaßen klar.« Es reicht nicht, um alle Rechnungen zu begleichen, aber es verschafft mir Zeit, eine Lösung zu finden. Nana zu fragen, darf erst der allerletzte Ausweg sein. Denn im Grunde hat sie recht. Ich muss endlich lernen, allein klarzukommen. »Apropos Job. Ich muss leider auch schon wieder los«, bemerke ich mit einem kritischen Blick auf die Zeitanzeige meines Handys.

Nana nickt verständnisvoll und gibt mir einen liebevollen Klaps auf das Knie. »Dann flitz los, nicht dass du zu spät kommst. Und besuch mich bald wieder, ja? Es ist immer so schön, wenn du hier bist«, sagt sie.

Ich hätte nie gedacht, dass dieser Satz einmal zwischen uns fallen würde. Wenn sie noch bei mir leben würde, könnten wir uns jeden Tag sehen, gemeinsam essen, lachen, fernsehen und diesen widerlichen Tequila mit Wurm trinken, den sie so liebt.

Ich wünschte, sie wäre nie ausgezogen, aber dafür ist es zu spät. Sie will dieses Leben hier. Das hübsche Zimmer, die Orchideen auf der Fensterbank, den Geruch nach Seeluft, der durch die Fenster hereinweht. Und ich muss aufhören, mich immer auf andere zu verlassen. »Ich komme morgen wieder«, erwidere ich schwach, gebe ihr einen Kuss und mache mich dann auf den Weg ins Wipe Out.

KAPITEL 10

Weston

Der weiße Backsteinquader hat sich nicht verändert. Er wirkt unscheinbar, wie er da so schlicht und rechteckig inmitten von Grün am Rande des Discovery Parks in Seattles Stadtteil Magnolia steht. Im Inneren des Gebäudes sieht es anders aus. Jedes der Zimmer ist mit modernster Technik vollgestopft. Technik, die einen winzigen Prozentsatz rettet und den übrigen Patienten das Sterben erleichtern soll.

Nur tut sie das nicht. Nie. Sterben ist nicht leicht. Am allerwenigsten für die, die zurückbleiben.

Ich drehe mich zu Olivia um, die hinter mir herläuft und sich bemüht, mit mir Schritt zu halten. Ich bin ein Scheißkerl. Ich sollte Respekt vor dem Alter und ihrer Krankheit haben und sie stützen oder was weiß ich. Nur ist Olivia einfach nicht der Typ, der sich stützen lässt, und ich niemand, der so fürsorglich ist.

Ich begnüge mich damit, wütend zu sein. Auf Olivia, auf dieses Haus, auf meine Mutter, auf den verdammten Krebs, der einfach nie aufgibt. Wenn er sich wenigstens mit Gleichstarken anlegen würde. Fröstelnd ziehe ich die Schultern hoch und starre angestrengt auf das Schild über dem Türsummer. Haus 73, ein Ableger des Seattle Northwest Hospital mit einem albernen Regenbogen über dem Namen. Als würde das Bild Hoffnung vermitteln. Ein interdisziplinäres, ambulantes Chemotherapie-

und palliatives Versorgungszentrum. Ich räuspere mich und drücke den Summer, als Olivia endlich aufgeholt hat.

»Wartest du nicht auf eine alte Frau?«

»Du bist starrsinnig, nicht alt, schon vergessen?«

Sie hält mich an meinem Arm zurück und zwingt mich dadurch, sie anzusehen.

»Wenn dir das zu viel wird, kann ich allein gehen.«

»Warum sollte es mir zu viel werden?« Ich sehe sie an, ohne mit der Wimper zu zucken. Ich bin gut darin, Emotionen einzufrieren. Und noch besser darin, sie nie wieder aufzutauen. »Ist nur ein Scheißhaus.«

»Du fluchst, wenn dir etwas zu nahegeht.«

»Ich fluche nur, wenn du mich nervst.« Ich grinse recht überzeugend und hake mir ihren Streichholzarm unter. Ein schwaches Summen ertönt. Ich drücke die Tür auf und ziehe sie mit mir ins Innere.

Die Wände sind in einem hellen Gelbton gestrichen. Bilder hängen überall verteilt. Die meisten sind schlecht. Einige wenige gefallen mir. Ich schenke ihnen trotzdem kaum Beachtung. Warme Farben, helle, freundliche Einrichtung, verständnisvolle Blicke, die einem begegnen, wo man hinguckt. Für manche Menschen mag das hier friedvoll sein. Ein Ort, an dem man gern ist, an dem man gesund wird oder in Ruhe geht, wenn es so weit ist. Für mich ist es ein Albtraum. Das ist, als würde man in einer Seifenblase stecken und eine schlechte Soap Opera würde in Dauerschleife an einem vorbeiziehen. Nur dass das große Theater fehlt. Hier ist alles so glatt gebügelt, dass der Sensenmann keine Unebenheiten überwinden muss, wenn er vorbeischaut. Ich steuere auf den Empfangstresen zu und schäle mich aus meiner Jacke. Es ist heiß wie in der Hölle. Die Temperaturen haben mich damals schon fertiggemacht. Mom hat ständig gefroren, Olivia tut es auch. Sie alle, als würde der Krebs ihnen Eiswasser durch die Venen pumpen.

»Lewis, ich habe einen Termin«, sage ich zu der jungen Frau, die hinter dem Empfangstresen sitzt.

Sie wirft mir einen verständnisvollen Blick zu, garniert mit einer Portion Mitleid und Fürsorge. Dann sucht sie flink im Terminbuch, bevor sie einen Haken hinter meinen Namen setzt und nickt.

»Sie sind etwas früh. Setzen Sie sich gern ins Wartezimmer, dann ruft Doktor Hanson Sie auf, sobald er Zeit für Sie hat.«

Sie sieht Olivia an und ich würde ihr am liebsten an den Kopf knallen, dass ihr Blick allein die Menschen dazu bringt, tot umfallen zu wollen, aber ich halte meine Klappe. Sonst kann ich mir am Ende wieder von Olivia anhören, dass mein emotionales Zentrum angeschlagen ist, nur weil ich der dummen Kuh am Tresen einen zum Arbeitsplatz passenden Gesichtsausdruck empfehlen möchte.

Die Wandfarbe im Büro des Arztes ist neu. Der Arzt ist neu. Nur der Schreibtisch und das Bild darüber sind noch dieselben wie damals. Offenbar hält sich ein Arzt bei den Belastungen dieses Arbeitsumfelds genauso lange wie ein Wandanstrich.

»Mister Lewis.« Er erhebt sich halb von seinem Stuhl, schüttelt Olivia und mir die Hand und lässt sich zurückplumpsen. »Wie kann ich Ihnen helfen? Der Empfang sagte mir, dass Sie schon einmal in unserer Einrichtung waren?« Er klappt einen Ordner auf und beantwortet sich seine Frage selbst. »Das war vor drei Jahren mit Ihrer Mutter. Mein Beileid.« Er schiebt sich seine Brille zurecht und seufzt, als würde ihr Verlust ihm etwas bedeuten. Er hat sie nicht gekannt. Was für 'ne beschissene Heuchelei. Trotzdem nicke ich. Es geht um Olivia, nicht um mich. Sonst wäre spätestens jetzt der Zeitpunkt gekommen, an dem ich gehen würde.

»Sie sind seine Großmutter?«

»Nein«, Olivia lacht, als hätte der Arzt einen guten Scherz gemacht. Sie sieht Doktor Hanson prüfend an und klärt ihn dann auf. »Weston ist ein Freund. Er hat mir von dieser Einrichtung erzählt. Mein Arzt hat mir bis jetzt nur eine Behandlung im Krankenhaus vorgeschlagen und die habe ich abgelehnt, weil ich Krankenhäuser hasse. Weston schlug vor, dass dies hier eventuell eine Alternative wäre.«

Der Arzt wiegt den Kopf hin und her, bevor er seine Brille absetzt. »Ich habe mir Ihre Unterlagen im Vorfeld angesehen. Es ist durchaus möglich, dass Sie sich bei uns einer ambulanten Chemotherapie unterziehen. Ich würde Ihnen sogar dringend dazu raten. Es würde Ihre Lebensdauer deutlich verlängern, heilbar ist Ihre Form der Krankheit in dem fortgeschrittenen Stadium aber leider nicht mehr. Hat man Sie darüber aufgeklärt?«

»Sie meinen, ob mir klar ist, dass ich sterben werde?« Sie lächelt ihn an. Als würde sie dem Tod ins Gesicht lachen und ihn allein damit aus dem Konzept bringen wollen. »Ja. Der Arzt war leider keine Augenweide. Dabei sollte man doch meinen, dass sie so eine Nachricht wenigstens hübsch verpacken«, setzt sie viel zu fröhlich hinterher.

»Da werde ich mich wohl in Zukunft rausputzen müssen, wenn ich Sie behandle.« Der Mediziner lacht leise. »Immer vorausgesetzt, Sie lassen uns Ihnen helfen. Zu den Kontrolluntersuchungen müssten Sie allerdings in regelmäßigen Abständen ins Krankenhaus gehen. Das ist Voraussetzung, damit wir die Behandlung hier durchführen können.«

Olivia rutscht auf ihrem Stuhl umher, als müsste sie ernsthaft überlegen, ob es Sinn macht, dem Krebs in den Arsch zu treten und dafür in den sauren Krankenhausapfel zu beißen.

»Haben Sie Verwandte, die Sie zu den Terminen fahren könnten? Ansonsten kann die Seniorenresidenz auch einen Transportdienst bestellen. Wie ich sehe, haben Sie eine sehr gute Krankenversicherung, die das übernehmen würde.«

»Sind die Fahrer denn ansehnlich?« Olivia kichert, als wäre das alles hier ein Scheißwitz.

Ich unterbreche sie brüsk. »Sie will es ihrer Enkelin nicht sagen. Eve wäre sicher bereit, sie zu fahren, wenn sie es wüsste.« Ich bin nicht der Typ, der andere verpetzt, aber gerade steht mir der Sinn danach. Nicht nur, weil Olivia die Unterstützung von Eve brauchen wird, sondern vor allem, weil Eve endlich Bescheid wissen sollte. Sie sollte genügend Zeit haben, sich an den Gedanken zu gewöhnen, Olivia zu verlieren.

»Da hat Mister Lewis recht, nicht nur wegen des Transportproblems. Die Behandlung ist nicht ohne und Sie werden jede Unterstützung brauchen.«

Olivia sieht nicht so aus, als würde sie auch nur darüber nachdenken, es Eve zu sagen. »Ich habe Hilfe. Deswegen bin ich ins Waterfront umgezogen. Ich will Eve nicht damit belasten.«

»Also bestellen wir den Fahrdienst.«

Bevor er eine Notiz in seinen Unterlagen machen kann, unterbreche ich ihn. »Ich werde sie fahren.«

»Sie wissen, dass es unter Umständen sehr zeitintensiv sein kann?«, fragt er mich. Als müsste er mich daran erinnern.

Ich nicke. Ich weiß das. Ist ja nicht das erste Mal, dass mir ein Mensch unter den Händen wegstirbt. Mit einem Mal fühle ich mich erschöpft und müde. Zu müde, um dieses Spiel noch mal zu spielen. Andererseits hat Olivia keine Wahl. Wieso sollte ich dann eine haben?

»Noch habe ich mich nicht entschieden«, erinnert mich Olivia sanft. »Und selbst wenn ich zustimme, musst du dich nicht verpflichtet fühlen.«

Wie kann man nur so verdammt starrsinnig sein und überhaupt in Erwägung ziehen, die einzig vernünftige Lösung auszuschlagen. »Du musst wissen, was du tust«, stoße ich resigniert hervor. Sterben wird sie so oder so. Die Erkenntnis ist wie ein glatt geschliffener Kiesel, der im Schuh herumtrudelt. Nicht scharf genug, um zu verletzen, aber mit der Zeit reibt er einen auf. »Es würde Eve mehr Zeit mit dir geben und ich kann dich fahren, sonst würde ich es nicht anbieten.« Immerhin ist Eve der einzige Grund, weswegen Olivia sich bereit erklärt hat, überhaupt mit mir herzufahren. Ein paar Monate mehr mit ihrer Enkelin im Tausch für monatelange Quälerei zu Luxuspreisen. Ich fahre mir durch die Haare. Eve ist nicht nur für Olivia ein wesentlicher Grund, hier zu sein. Das hat nichts mit Sympathie zu tun, sondern damit, dass Eve schon ihre Eltern verloren hat.

Der Unfall hat damals ihre heile Welt ausgelöscht. Ich hatte ihr schon seit der Junior High das Leben schwer gemacht. Mir war nie klar, wieso ich das tat, bis ihre Mom und ihr Dad starben. Ich war einfach scheißneidisch auf sie gewesen. Auf das, was sie hatte und ich nicht – eine echte Familie. Aber dann hat sie all das verloren und es tat mir unendlich leid. Ich wollte es ihr sagen, aber ich wusste nicht, wie. Mehr als einmal wollte ich sie ansprechen, suchte nach Worten, als ich sie schluchzend an ihrem Spind stehen sah. In diesen Momenten wollte ich sie trösten. Ausgerechnet ich. Ausgerechnet sie.

Ich habe ihr nie gesagt, wie sehr es mir leidtat. Das kann ich nicht mehr rückgängig machen. Das Einzige, was ich tun kann, ist, ihr mehr Zeit mit Olivia zu verschaffen.

KAPITEL 11

Everly

Jules sitzt mir gegenüber auf einem ausgewaschenen Baumstamm an einem der kleinen Strandabschnitte des Sculpture Parks und sagt kein Wort. Trotzdem höre ich die Worte, die sie mir allein mit ihrem Blick zubrüllt. Sie ist sauer, weil ich ihr gerade gebeichtet habe, dass ich mich noch nicht nach einem anderen Job umgesehen habe und deswegen bis auf Weiteres mit Wes zusammenarbeiten werde. Weil ich ihr gestanden habe, dass mir der Job sogar gefällt.

Sie hat ihre dunklen Haare zu einem hoch aufragenden Dutt zusammengefasst. Die Frisur bringt ihren schlanken Hals und das schmale Gesicht zur Geltung. Und unterstreicht ihre Unnachgiebigkeit, was ihre Meinung zu Wes und der Zusammenarbeit mit ihm angeht. Mir ist klar, dass sie erwartet, ich würde einlenken. So wie ich es immer tue. Weil ich mein Leben lang in Jules' Schuld stehen werde und das normalerweise meine Art ist, diese Tatsache wiedergutzumachen.

Sie wirft kleine Sandkiesel gegen das Schild, auf dem die Stadt Seattles Bewohner auffordert, den Strand mit den hier ansässigen Seehunden zu teilen. Im selben Rhythmus, in dem die Steinchen auf das Holz treffen, reihen sich Bilder in meinem Kopf aneinander. Bilder von einem Partyabend, der so hätte verlaufen sollen wie all die anderen zuvor.

Jules und ich waren sechzehn und ständig zusammen auf Achse. Chloe war wie so oft nicht mit uns losgezogen, weil ihre Mom sie zu Hause brauchte. Ich wünschte, ich könnte die Erinnerungen löschen, aber jetzt, wo ich eine freigelassen habe, zwängen sich immer mehr aus dem dunklen Teil meines Hirns hervor, in den ich sie normalerweise sperre. Es sind Geräuschfetzen, Gerüche, an den Rändern ausgefranste Bilder, die auch Jahre später noch in meine Erinnerungen geätzt bleiben.

Die Bowle, die Trevor und seine Kumpels angemischt hatten, schmeckte nach Twizzlers, versetzt mit jeder Menge Alkohol. Die unordentliche Schrift auf den DVD-Hüllen, die Kyle uns zur Auswahl aufs Bett warf, flammt vor meinen Augen auf. Der Großteil waren Horrorstreifen, die wie ein Omen für das standen, was dann passierte.

Da ist wieder der penetrante Geruch nach Zedernholz, den der Bettüberwurf verströmte, auf den Kyle mich an diesem Abend presste. Mit seinem ganzen Gewicht. Die Nähte des Stoffs waren unsauber vernäht. Einer der Fäden hatte sich gelöst und bewegte sich im Rhythmus meines abgehackten Atems, als er mich festhielt und sich über mich schob.

Ich schließe die Augen, atme flach, als könnte ich den Erinnerungen so entkommen.

»Eve?« Wie damals rettet mich Jules. Ohne sie wäre in dieser Nacht das Unaussprechliche passiert. Ohne ihr Stillschweigen hätten alle davon erfahren. Und ohne sie würden mich die Erinnerungen auch jetzt verschlingen. Obwohl ich mich an einem sicheren Ort befinde. Ich spüre das Holz unter mir, sehe die Hafenkräne in der Abenddämmerung. Die riesige, weiße Skulptur am Ende des Sculpture Parks ragt beleuchtet zwischen den Büschen und Bäumen hervor. Ich ziehe meine Strickjacke enger um mich und atme den vertrauten Geruch nach Wasser und Sand ein, der mein rasendes Herz beruhigt.

»Hör auf, mit ihm zusammenzuarbeiten!« Es ist keine Bitte, die Jules mir vor die Füße wirft. Es gibt wenig Leute, die es schaffen, ihr etwas abzuschlagen, und ich gehöre für gewöhnlich nicht zu diesem Kreis.

Seufzend atme ich aus. Heute wird das anders laufen. »Ich kann nicht, Jules.«

»Aber es würde mir wirklich viel bedeuten, wenn du Weston mit seinem blöden Laden sitzen lässt.«

Wie er damals sie. Als ich nichts sage, verdreht sie die Augen.

»Als ich diesen bescheuerten Einfall hatte, mich in ihn zu verknallen, warst du diejenige, die auf mich eingeredet hat, ihn mir aus dem Kopf zu schlagen. Du sagtest, er wäre ein Idiot und gefährlich. Ich versuche gerade nur dasselbe zu tun. Hör doch bitte auf mich.«

»Gefährlich für dein Gefühlsleben«, rücke ich die Worte von damals in den richtigen Kontext. »Du warst dabei, dich in ihn zu verlieben. Ich arbeite nur für ihn.« Ich nehme Jules' Hand in meine. »Warum geht dir das so nah?« Nach all der Zeit.

Sie zuckt die Schultern. »Weiß nicht.« Ohne mich anzusehen, knibbelt sie an dem Saum ihres Shirts herum. »Wir passen aufeinander auf, oder nicht? Er legt flach, was er in die Finger kriegt. Ich will einfach nicht, dass du auf so einen Typen reinfällst. Das ist alles.«

Ich schüttle energisch den Kopf. »Die Trennung von David ist viel zu frisch. Mir steht der Sinn wirklich nicht nach, was auch immer Weston bei einer Frau sucht. Und sollte ich wieder offen für etwas Neues sein, dann wird er mit Sicherheit der Letzte sein, mit dem ich etwas anfangen würde. Die Hälfte der

Zeit benimmt er sich nämlich wie ein Neandertaler. Und ich vergesse ganz sicher nicht, dass er meiner besten Freundin wehgetan hat.« Ich lege meinen Arm um sie. »Ich bin einfach froh, diesen Job zu haben. Mehr nicht.«

»Bescheuerte Kellnerjobs gibt es wie Sand am Meer«, sagt Jules, aber die Überzeugung ist aus ihrer Stimme gewichen.

»Bei keinem sehe ich Nana, während ich arbeite.« Manchmal gelingt es mir sogar, mich einen Moment zu ihr zu setzen und ihr beim Frühstücken Gesellschaft zu leisten. Das würde wegfallen, wenn ich woanders arbeite. »Außerdem bezweifle ich, dass andere Arbeitsstellen mir so flexible Arbeitszeiten erlauben würden. Aber die brauche ich, um das Praktikum beenden zu können und den MCAT zu bestehen, um zum Medizinstudium zugelassen zu werden.«

Jules nickt. »Eins zu null für dich, aber noch gebe ich nicht auf. Es muss etwas Besseres geben, als für diesen Idioten zu arbeiten.« Sie drückt mir einen Kuss auf die Wange und zieht mich dann in den Stand. »Ich muss nach Hause. Wäsche waschen.« Sie verdreht die Augen. Solche irdischen Tätigkeiten schiebt Jules gern vor sich her, bis sie nichts mehr zum Anziehen hat. Die gewagte Mischung aus blauem Rock, bordeauxroter Wollstrumpfhose und einem Kuschelpullover mit pinken Herzchen darauf legt nahe, dass in ihrem Kleiderschrank mal wieder Ebbe herrscht und das Wäschewaschen keine Ausrede ist, um mich dafür zu bestrafen, dass ich nicht nachgegeben habe.

Gemeinsam gehen wir durch den Park, am Pier entlang und erst vor Jules' Wohnung schließe ich sie in die Arme. »Ist alles in Ordnung zwischen uns?«, flüstere ich dicht an ihrem Ohr.

Mit einem Lächeln hakt sie ihren kleinen Finger in meinen und schwingt ihn sachte hin und her. »Always, Sista«, imitiert sie unseren einstigen Lieblingssong von Farrell und ich antworte wie immer: »Always«, während sie schon die Treppenstufen hinaufspringt.

KAPITEL 12

Weston

Dad ist ein Arschloch. Das ist nichts Neues, aber der Brief, der heute Morgen in meinem Briefkasten lag, ist selbst für ihn ein ganz neues Level. Maschinell geschrieben. Kein persönliches Wort. Eine förmliche Kündigung der Wohnung und der darin enthaltenen Sonderregelungen. Damit ist wohl die vergünstigte Kaltmiete gemeint, die er Mom damals zugestanden hat. Im Gegenzug hat er nie auch nur einen Cent Unterhalt gezahlt oder sich gekümmert, der verlogene Mistkerl.

Dads Timing ist echt beschissen. Ich habe gerade erst das Wipe Out übernommen, damit es nicht einem weiteren stinklangweiligen Luxusrestaurant am Pier hätte weichen müssen. Das bedeutet, ich habe einen Haufen Schulden und die Raten, die ich meinem Patenonkel zahlen muss, ruinieren mich, wenn sich meine Mietkosten erhöhen. Und das werden sie. Der Wohnungsmarkt in Seattle ist ein Albtraum.

Und anstatt mich um dieses Problem zu kümmern, sitze ich in einem Sommerkurs der Uni, der mich davor bewahren soll, die Sache mit dem Wipe Out gegen die Wand zu fahren. Allerdings rauscht die Stimme des Professors an mir vorbei, ohne dass ich allzu viel aufnehme, während meine Gedanken zu dem Tag driften, an dem ich Dad das letzte Mal gesehen habe. In der Wohnung, aus der er mich jetzt wirft. Am Tag des SAT-Tests in

Geschichte. Ich habe ihn verpasst. Weil ich bei Mom im Krankenhaus saß und dachte, sie würde den verdammten Morgen nicht überleben.

Ich wollte den Wagen, um nicht zu spät zu kommen, aber Mom antwortete mir nicht. Ich hätte die Schlüssel einfach nehmen und gehen können. Sie verließ die Wohnung sowieso nie. Stattdessen habe ich meinen Rucksack neben die Wohnungstür gefeuert und bin durch den Flur zum Bad gegangen. Vorbei an den Umzugskartons, die noch heute an genau derselben Stelle stehen – kühle Pappe, zerschlissene Ecken. Ich fühle sie unter meinen Händen, als würde ich tatsächlich an ihnen vorbeilaufen. Mom reagierte nicht. Obwohl ich ihren Namen brüllte und direkt vor dem Bad stand. Die Türklinke war kühl. Wie ein Vorbote der Kälte, die sich in mir ausbreitete, als ich sie hinunterdrückte und Mom leblos am Boden liegen sah. Ich nestelte mein Handy aus meiner Hosentasche und wählte den Notruf. Keine Ahnung, was ich denen sagen sollte. Ich wusste nicht einmal, ob sie noch lebte. Die Sekunden dehnten sich zu einer Ewigkeit, bis endlich die routinierte Stimme der Notrufzentrale die Stille zerriss.

»911, Rettungsleitstelle Seattle. Was ist Ihr Notfall?«

Ich reagierte nicht. Stattdessen ließ ich mich langsam neben Mom sinken. Sie lag am Boden. Das rechte Bein war ungesund verdreht, als wäre sie einfach in sich zusammengesackt. Ich zerrte daran, um es in eine angenehmere Position zu bringen. Wahrscheinlich tat ich ihr weh. Ich ließ das Bein los und rüttelte sanft an ihrer Schulter. »Mom?«, flüsterte ich. Sie antwortete nicht. Fuck. Verdammte Scheiße.

»Hallo? Sind Sie noch dran, hier spricht die Rettungsleitstelle. Wie kann ich Ihnen helfen?«

Keine Ahnung, wie oft der Typ am anderen Ende der Leitung

schon versucht hatte, zu mir durchzudringen. »Sie müssen einen Krankenwagen zur Washington Street 2311, Ecke First, schicken. Dritte Etage. Apartment 7b«, brachte ich krächzend hervor.

»Wir schicken einen Wagen los. Mit wem spreche ich?«

»Weston Lewis.«

»Um was für einen Notfall handelt es sich, Mister Lewis?«

Wenn ich Arzt wäre und das wüsste, würde ich wohl kaum anrufen. Vorsichtig berührte ich noch einmal Moms Körper. Sie war nicht bei Bewusstsein und sie blutete aus der Nase. Stark.

»Sie müssen mir sagen, was passiert ist, Mister Lewis?«

»Weston«, ich wollte nicht, dass er mich Mister Lewis nannte. Das fühlte sich an, als wäre ich, verdammte Scheiße noch mal, mein Dad. Meine Finger schwebten über dem Blut, das stetig aus Moms Nase lief. Ich schaffte es nicht, es wegzuwischen. »Ich heiße Weston«, murmelte ich und angelte nach einem Handtuch, ohne meinen Blick von Mom zu lösen. Ich riss die Plastikflaschen mit Shampoo, Duschgel und Bodylotion um, die sie immer auf dem Wannenrand deponierte. Polternd zogen die Behälter einen trägen Kreis durch die Wanne. Das Geräusch gab mir den nötigen Impuls, endlich hinzusehen, das Handtuch zu greifen und Mom das Gesicht damit zu säubern. Die Flaschen blieben am tiefsten Punkt der Badewanne liegen. Sehr sinnbildlich, denn das hier fühlte sich an wie der absolute Tiefpunkt.

»In Ordnung, Weston. Was genau ist passiert?«

Eine der Flaschen war aufgegangen. Das Shampoo lief aus und zog sich als breiter Fluss bis zum Ausguss, aber das meinte der Kerl am anderen Ende der Leitung bestimmt nicht.

Ich räusperte mich. »Ich glaube, sie stirbt. Meine Mom.« Es war nicht nur das Blut, sondern vor allem die Blässe und die tiefe Bewusstlosigkeit. Ich wusste nicht, was ich tun sollte. Dad ist Arzt. Ständig hatte er mich mit seinem medizinischen Kram genervt. Ich hätte zuhören sollen, dann hätte ich vielleicht gewusst, was zu tun gewesen wäre. Ich wusste nicht einmal, wie ich sie in die stabile Seitenlage bringen musste.

»Ist sie ansprechbar?«

Ich räusperte mich. Wieder. »Nein. Und sie blutet aus der Nase. Ziemlich heftig.« Irgendwie erklärte das nicht einmal einen Bruchteil dessen, was sich abspielte.

»Atmet sie?«

Keine Ahnung, verdammte Scheiße.

»Wenn du dir nicht sicher bist, halt deine Hand vor ihre Nase oder leg sie auf ihren Brustkorb.«

Der Typ in der Zentrale schien hellseherische Fähigkeiten zu haben. Wahrscheinlich eine Grundvoraussetzung in diesem Job.

Ich zögerte. Dabei zögere ich nie. Aber da war immer noch so viel Blut. Ich schloss die Augen. Mir war schwindelig, doch es gelang mir immerhin, nach ihrem Brustkorb zu tasten. »Sie atmet«, stieß ich erleichtert hervor. Wenn ein seichtes Flattern unter meinen Fingern als Atmen durchging.

»Das ist gut. Ist die Wohnungstür offen? Meine Kollegen werden jeden Augenblick eintreffen.«

Ich nickte. Als hätte der Typ am anderen Ende der Leitung das sehen können. »Ist offen«, quetschte ich an dem riesigen Brocken vorbei, der sich in meiner Brust breitgemacht hatte.

»Okay, Weston, du machst das sehr gut.«

Ich war keine zwei Jahre alt. Ich wusste, dass ich meine Sache beschissen machte, und ich brauchte niemanden, um mir das Gegenteil einzureden. Ich legte auf und starrte auf das Display. Es gab nur einen, den ich jetzt anrufen wollte – Dad. Ich brauchte ihn. Ich brauchte ihn, weil ich wütend auf ihn sein konnte.

Ich tippte eine knappe Nachricht ins Telefon. Als es an der Tür klopfte, schickte ich sie ab. Ich hätte mich aufrappeln und die Rettungsleute hereinlassen müssen, aber ich konnte mich nicht rühren. Noch immer lag meine Hand auf Moms Brustkorb. Ich hatte Angst, dass sie aufhören würde zu atmen, wenn ich wegginge. Sie war der Typ, der einfach still und leise ging. Ohne Umstände zu machen.

»Mister Lewis?«

»Weston«, flüsterte ich und lehnte den Kopf gegen die Wand.

»Sie haben angerufen? Dürfen wir reinkommen?«

Die Frage war bescheuert, weil die zwei Sanitäter flankiert von einer Notärztin bereits in das Badezimmer eindrangen. Mit ruhigen, aber zügigen Bewegungen versorgten sie Mom. Sie war in guten Händen. In besseren, als sie es bei mir je gewesen wäre. Ich stand auf und verließ den Raum. In der Küche lehnte ich mich gegen die Spüle und wartete. Weiß der Teufel, worauf.

»Ist bei Ihnen alles in Ordnung?« Die Notärztin berührte mich sanft am Arm und zog mich zu einem der drei Stühle, die um den Esstisch standen. »Wir könnten Ihnen etwas zur Beruhigung geben?«

Wenn ich noch ruhiger geworden wäre, hätte mein verdammtes Herz wahrscheinlich aufgehört zu schlagen. Ich schüttelte den Kopf.

»In Ordnung. Wir bringen Ihre Mutter ins Northwestern. Meine Kollegen machen sie gerade transportbereit. Können Sie mir sagen, was für Medikamente sie verschrieben bekommen hat?«

Woher sollte ich wissen, was für Medikamente Mom nahm? Ob sie überhaupt Medikamente nahm? »Keine Ahnung«, sagte ich wahrheitsgemäß.

»Wo bewahrt sie so etwas denn normalerweise auf?« Die Ärztin sah sich in der Wohnung um.

Schmutziges Geschirr stapelte sich im Spülbecken. Die Wände wurden von Umzugskartons gesäumt. Eine Wolldecke war halb vom Sofa gerutscht und hatte einen Stapel Kissen mitgerissen. Wir hatten kaum Möbel, in denen man überhaupt etwas hätte aufbewahren können.

»Es müssten eine ganze Menge Medikamente sein.« Sie sah sich um und war wohl unschlüssig, wo man nach einem ganzen Berg davon hätte suchen können.

Wenn sie glaubte, ich würde mich für das Chaos schämen, irrte sie sich. Es war mein verdammtes Chaos, aber anstatt auf die Unordnung oder das billige und unzureichende Mobiliar einzugehen, sah sie mich durchdringend an.

»Wissen Sie, seit wann die Krebsdiagnose steht?«

Krebs? Die ätzende Mischung aus Mitleid und Fürsorge, mit der mich die Ärztin betrachtete, ließ keinen Zweifel zu. Sie meinte das ernst. Ich hätte sie gern angeschrien oder aus der Wohnung geworfen und verstand nicht, wieso ich es nicht tat.

»Krebs?«, fragte ich stattdessen und musste aufpassen, dass meine Stimme nicht kippte.

»Sie wussten nichts davon?«

Sie setzte sich und erwartete wohl, dass ich dasselbe tat. Ich blieb stehen.

»Die Petechien, ihr körperlicher Zustand und die Stärke der Blutgerinnungsstörung lassen kaum einen anderen Schluss zu. Ich gehe von einer akuten Leukämie aus. Sie ist auf jeden Fall in Behandlung. Man hat ihr einen dauerhaften Port gelegt. Es wäre wichtig zu wissen, wer ihr behandelnder Onkologe ist und welche Medikamente sie bekommt.« Sie wartete einen Moment ab, aber da ich nicht antwortete, tätschelte sie mir mitleidig den

Arm. »Machen Sie sich keine Sorgen. Wir kriegen das schon irgendwie raus, sobald wir im Krankenhaus sind.« Sie entfernte ihre Scheißhand nicht, sondern ließ sie auf meinem Arm liegen.

Meine Mutter hatte einen Port in ihrer Brust und ich hatte es nicht einmal bemerkt. Und dann kam der Auftritt des wunderbaren Mister Alexander Lewis. Blass stürzte er in die Wohnung. Der Inbegriff eines sich sorgenden Ehemanns und Vaters. Er raste an der Notärztin und mir vorbei ins Bad, als wäre ihm Mom tatsächlich etwas wert gewesen.

Die Hand der Ärztin lag noch immer auf meinen Unterarm. Sie sprach von irgendwelchen Prozentzahlen. Wahrscheinlich bezifferte sie Moms Überlebenschancen. Wir sprachen hier von Krebs. Daran stirbt man. Sie wusste das. Ich wusste es. Und Mom hatte es schon lange gewusst. Nur mir hatte sie nichts gesagt. Ich schüttelte die klammen Finger der Ärztin von meiner Haut. Ich wusste, wo ich meine Wut lassen konnte. Wo sie hingehörte.

»Das geht, verfickt noch mal, auf dich«, presste ich durch die Zähne, als ich von hinten an meinen Vater herantrat.

Dad drehte sich um und ich konnte sehen, wie unwohl er sich fühlte. Er hasste es, wenn ich mich so ausdrückte, und noch mehr hasste er es, wenn ich Aufmerksamkeit erregte. Trotzdem nahm er mich in den Arm. Nur einen Augenblick, einen Sekundenbruchteil, in dem ich mich in seiner Umarmung fallen ließ, bevor ich mich brüsk losmachte.

»Das ist deine verdammte Schuld.« Ich hätte es wohl nicht wiederholen müssen, aber es fühlte sich gut an, ihm die Worte entgegenzuschleudern.

Dad drängte mich von den Einsatzkräften fort, in mein Zimmer. Vermutlich, um zu verhindern, dass sie hörten, was ich sagte. Er bemühte sich wirklich, die Fassade aufrechtzuhalten.

»Weston, mach dich nicht lächerlich.« Er schloss die Tür.

Draußen wurde meine Mutter abtransportiert. Ich hätte bei ihr sein sollen. »Ich hoffe, deine Sekretärin zu ficken, war das hier wert!«

»Ich kann das Blutbild deiner Mutter nicht beeinflussen, Weston. Nicht zum Negativen durch die Fehler, die ich begangen habe, noch, indem ich bei ihr geblieben wäre.« Er lehnte sich schwer gegen meinen Schreibtisch und brachte das instabile Chaos darauf ins Rutschen. Einige Zettel trudelten Richtung Boden. »Ich kann nichts gegen den Krebs tun.«

Er war nicht hier, als die Ärztin mir ihre Diagnose mitgeteilt hatte. »Du wusstest es?« Mir hatte Mom es nicht sagen können, aber ihm. Ausgerechnet ihm.

»Sie wollte nicht, dass ich mit dir darüber spreche. Sie wollte dich nicht damit belasten.«

Er hatte sie verlassen, obwohl sie krank war. Weil sie krank war und unbequem wurde. So viel zu *In guten wie in schlechten Tagen.* »Lass dich nie wieder hier blicken.« Ich konnte ihn nicht aus der Wohnung schmeißen, denn genau genommen war es seine. Trotzdem gab ich ihm einen unsanften Schubs und zeigte auf die Tür. Meine Hand zitterte nicht, ich war so ruhig, dass es mir Angst machte. »Geh, verpiss dich und komm nicht noch mal auf die Idee herzukommen. Ich bin fertig mit dir.«

»Sag so etwas nicht, Weston.« Er hob beschwichtigend die Hände. »Du wirst mich brauchen.«

Er redete, als wäre Mom bereits tot, und berührte mich an der Schulter, aber ich schüttelte ihn ab. Dieses Mal schubste ich ihn so fest, dass er gegen den Türrahmen prallte. »Ich bin achtzehn. Ich komme allein klar, und falls nicht, habe ich Mom, die mir hilft.« Fragte sich nur, wie lange noch? Ich ballte meine Fäuste. »Geh!« Ich wollte allein sein. Verstehen, wie zum Henker es passieren konnte, dass im Zeitraum einer Schulstunde mein Leben komplett durch den Mixer gedreht worden war. »Verschwinde«, wiederholte ich mich, aber es war nur noch ein Zischen. Es gab nur zwei Dinge, die ich noch für meine Mutter tun konnte. Ich würde sie im Gegensatz zu ihm niemals verlassen und ich würde den Dreckskerl, dessen Rücken verpackt in teurem Anzugsstoff in Richtung Wohnungstür schlich, nie wieder in ihre Nähe lassen.

Ich zerwühle meine Haare, als mich die Erinnerung endlich loslässt und zurück in den Vorlesungssaal der Washington State University katapultiert. Ich starre auf den Brief in meiner Hand.

Dad hält sich an die Ansage, die ich ihm vor drei Jahren gemacht habe. Er hat mich nie wieder besucht, sich nicht bei mir erkundigt, ob ich klarkomme, oder hat versucht zu kitten, was damals endgültig zerbrochen ist. Auf dem Umschlag steht in seiner schnörkellosen Schrift eine mir unbekannte Adresse. Vermutlich sein neues Zuhause. Ich wusste, dass er das Apartment am Pike Place abgestoßen hat. Er hat sich aus seinem alten Leben geschält. Ich bin das Einzige, was ihn fortwährend an seine Vergangenheit erinnert. Ich bin die mumifizierte Hautschicht, die er abgestreift hat, aber einfach nicht loswird. Mich aus der Wohnung in einem seiner Anlageobjekte in South Park zu schmeißen passt dazu. Dass er mir seine neue Adresse zukommen lassen hat, nicht. Wahrscheinlich war das die Idee meines Patenonkels. Ein Versuch von vielen, um uns zusammenzuführen, und Dad war zu feige, Nein zu sagen, weil das ein schlechtes Licht auf ihn werfen würde. Peter war schon immer unser Puffer und sitzt damit seit Jahren zwischen den Stühlen.

Ich kaue auf meinem Stift herum. Der trockene Kurs über Betriebswirtschaftslehre, in dem ich hocke, ist fast vorbei – und ich habe nichts mitbekommen. Ich bin wohl in etwa so qualifiziert, ein Restaurant in Eigenregie zu führen, wie mein Vater für den Best-Dad-Award. Ich hatte nicht geplant, Inhaber eines Ladens am Pier zu werden, und schon gar nicht von einem, der mich eine utopisch hohe Ablösesumme gekostet hat.

Es war eine meiner idiotischen, nicht durchdachten Kurzschlusshandlungen, die mir jetzt das Genick bricht. Wenn ich beruflich überleben will, werde ich im Wipe Out schlafen müssen. Bis ich den verfluchten Kredit bei Peter abgezahlt habe oder eines der begehrten WG-Zimmer ergattere, die in Seattle Mangelware sind. Eine neue Wohnung zu denselben Konditionen zu finden wie meine alte, ist illusorisch. Fünf Jahre auf dem Küchenfußboden schlafen zu müssen, weitaus realistischer. Schöne Aussichten.

Gedankenverloren schreibe ich die Zahlen und Formeln vom Whiteboard ab und hoffe, dass sich mir der Sinn dahinter erschließt, sobald ich den Kopf wieder freier habe. Das wäre gut, damit ich nicht am Ende unter einer Brücke lande. Auch wegen Eve, die den Job dringend braucht. Sie sollte sich keine Sorgen um ihre Finanzen machen müssen, denn sie wird genug damit zu tun haben, Olivia gehen zu lassen.

KAPITEL 13

Everly

Es sind beste Saunatemperaturen im Wipe Out. Ich bin nur froh, dass ich heute einen kurzen Rock und eine leichte, weiße Bluse trage. Chloe hat es liebevoll mein sexy Pinguinoutfit getauft. Ich trage lieber Jeans, Shirts und Sweatshirtjacken. Aber jetzt gerade rettet mir das luftige Outfit das Leben. Trotzdem schwitze ich. »Ein Bikini als Arbeitskleidung wäre jetzt echt was«, stoße ich hervor und beiße mir direkt im Anschluss auf die Zunge. Musste ich das laut sagen?

Es bringt Wes dazu, seinen Blick auf mich zu heften. So, dass ich ihn überall spüren kann. Bis tief in mein Inneres. Er lächelt provokant. »Wäre 'ne Geschäftsidee. Hugh würde dir bestimmt das Doppelte an Trinkgeld geben.« Er deutet mit einer lässigen Kopfbewegung zu dem achtzigjährigen Stammgast hinüber, der gerade mit zwei rund fünfzig Jahre jüngeren Frauen am Nachbartisch flirtet. Hugh hält sich für Hugh Hefner. Den Vornamen haben sie gemein, nicht aber den Kontostand, weswegen seine Bemühungen bei den meisten Frauen jeden Alters erfolglos verlaufen. Ich habe das erste Mal das Vergnügen mit ihm, aber ich habe bereits jede Menge über ihn gehört, weswegen ich eine klare Einstellung zu diesem speziellen Gast habe, die nicht einmal zehn Millionen auf seinem Konto ändern würden.

»Was macht er da?«

Weston hört meine Frage nicht und bekommt auch nicht mit, dass Hugh seinen Tisch quer durch den Gastraum zerrt, weil er gerade in der Küche verschwindet. Vermutlich, um Miguel zu helfen, der mit den Bestellungen in Rückstand ist.

Hugh versperrt mittlerweile den kompletten Durchgang, weil er sich mitten in den Weg gesetzt hat. Dort ist er den auserkorenen Damen näher, die allerdings aussehen, als wäre ihnen das alles andere als recht.

Ich beschließe, das Problem ohne Westons Hilfe anzugehen, und durchquere das Wipe Out, bis ich unmittelbar vor Hugh zum Stehen komme. »Entschuldigen Sie, Sir, aber Sie müssen den Tisch bitte dort stehen lassen, wo er hingehört.«

Hugh sieht mich irritiert an, scheint aber nicht willens zu sein, seinen Umzug rückgängig zu machen. »Ich mache das immer so«, erwidert er verständnislos. »So habe ich einen besseren Blick über die Bay.« Er deutet auf den Rahmen des großen Fensters, der ihm sonst im Weg gewesen wäre, verschwendet aber keinen Blick an das im Sonnenlicht glitzernde Wasser. Seine Augen fixieren die Damen am Nachbartisch.

»Der Gang muss leider frei bleiben«, beharre ich. »Sonst können wir unsere Gäste nicht mehr bedienen.«

»Pah.« Hugh schüttelt den Kopf. »Was für ein Schwachsinn.« Er deutet auf den Parallelgang. »Sie können genauso gut dort langlaufen.« Den Blick unverwandt auf die Frauen gerichtet, betrachtet er das Ganze offenbar als erledigt.

Aber ich habe nicht vor, so einfach aufzugeben. »Sollte es brennen, ist das hier ein Fluchtweg«, erkläre ich schon deutlich ungeduldiger als zu Beginn unseres Gesprächs. »Sie können hier nicht sitzen bleiben.«

»Sie sind wirklich hübsch, aber nicht besonders helle, was? Noch mal zum Mitschreiben, ich gehe nirgendwohin. Ich bin

Stammgast und schiebe meinen Tisch, wann immer ich will, wohin ich will. Verstanden, Kleine?« Ehe ich reagieren kann, legt mir Hugh seine gichtknorrige Hand auf den Rücken und tätschelt ihn, als wäre das ein Kompliment, das unsere Unterhaltung beschließt.

Ich schüttle seine Hand ab und kann nicht länger freundlich bleiben. Mich anzufassen, und sei es nur am Rücken, überschreitet eine Grenze. »Ich muss darauf bestehen, dass Sie Ihren Tisch zurückstellen«, erwidere ich eisig. Ich packe die Resopalplatte und zerre daran. Aber Hugh ist stärker, als er aussieht, und hält dagegen. Das ist so albern. Ich stehe mitten im Wipe Out und veranstalte ein Tisch-Tauziehen mit einem alternden Möchtegern-Playboy.

»Sie impertinentes Ding. Lassen Sie gefälligst meinen Tisch los. Ich werde mich bei Ihrem Vorgesetzten beschweren.«

»Das ist nicht Ihr Tisch, sondern Eigentum des Wipe Out.« Mir steigt die Röte in die Wangen, weil wir durch Hughs Gezeter in den Fokus der übrigen Gäste gerückt sind, aber aufgeben will ich auch nicht. Zum Glück ist Nana schon weg. Sie hätte Hugh sicher aufs Kreuz gelegt, weil er mich betatscht hat, was mich in der Folge vermutlich den Job gekostet hätte.

»Wenn publik wird, wie Sie hier mit den Gästen umspringen, wird der Laden nicht mehr lange existieren. Das verspreche ich.«

Noch bevor ich mich verteidigen kann, rückt Wes hinter mir einen der leeren Tische an die Wand, sodass wieder ein schmaler Gang vorhanden ist, und legt dem Alten beruhigend die Hand auf den Arm.

»Hugh, sie ist neu. Sie wusste nichts von Ihrer Vorliebe für den Ausblick.« Seine Stimme lässt keinen Zweifel, dass der Ausblick nichts mit der Lage des Wipe Out auf dem Pier zu tun hat. »Everly wollte Sie nicht verärgern. Entschuldigen Sie die Unannehmlichkeiten. Bleiben Sie einfach hier sitzen. Der Kaffee geht aufs Haus, in Ordnung?« Wes wirft ihm sein Tausend-Kilowatt-Lächeln zu und erstickt damit tatsächlich Hughs Gekreische.

Abrupt drehe ich mich um und will etwas Giftiges erwidern. Er sollte mir als seiner Angestellten den Rücken decken, wenn ein Gast so unverschämt ist, aber meine bissige Bemerkung bleibt mir im Hals stecken. Denn Wes schlingt im selben Moment seinen Arm um mich und knurrt mir zu, ich solle gefälligst die Klappen halten und mitkommen.

Sein Körper so dicht an meinem raubt mir den Atem. Ich sollte wütend sein und nicht auf ihn reagieren. Das ist falsch. Auf jede erdenkliche Weise. Zum Glück lässt Wes mich los, sobald wir durch die Küchentür treten und uns außer Sichtweite befinden.

Er entfernt sich einige Schritte. Ich bin nicht sicher, ob er das tut, weil ihn die plötzliche Nähe genau wie mich irritiert hat, oder ob er einfach nur versucht, mich nicht umzubringen.

Ich puste mir eine Locke aus dem Gesicht und sehe ihn herausfordernd an. »Nett, wie loyal du dich auf die Seite deiner Angestellten stellst«, fauche ich ihn an.

Er lacht. Ein kurzes, hartes Geräusch, bevor er vollkommen ruhig erwidert: »Hör zu, Hugh ist ein Stammgast. Er ist eklig, ein sabbernder Greis, aber er kommt jeden Tag und er hat, eine riesige Firma mit vielen Angestellten, denen er das Wipe Out regelmäßig empfiehlt. Wenn er also seinen Tisch mitten in den Weg stellen will, dann machen wir das möglich. Wenn du dafür umbauen musst, dann ist es so. Meinetwegen koch innerlich. Ist mir scheißegal. Aber er als Kunde hat immer recht. Wir können es uns nicht leisten, jemanden wie Hugh zu verärgern. Und es geht nicht nur um ihn, sondern auch um all die anderen Gäste, die euren Streit mitbekommen, verstehst du?« Wes fährt sich über die steile Falte oberhalb seiner Augenbrauen und seufzt, weil ich keine erkennbare Einsicht zeige und stattdessen kämpferisch das Kinn in die Höhe recke.

Aus wirtschaftlicher Sicht verstehe ich, was er mir sagt, aber solche Arschlöcher würde ich trotzdem hochkant aus meinem Laden schmeißen. Andererseits ist die Philosophie des Wipe Out Sache des Chefs. Der Manager, also Wes, setzt sie lediglich um. Wenn wir uns nicht daran halten, bekommt er vermutlich dementsprechenden Druck von oben.

»Hey, Wes«, unterbricht Miles unser Blickduell, als er plötzlich die Küche betritt. Kaum hat er mich bemerkt, bremst er irritiert ab und starrt mich an, als wäre ich ein Alien. »Wohoo, Everly Scott is in the house. Ich glaub's ja nicht.«

»Glaub es lieber«, brummt Wes und schließt ihn in eine kurze Umarmung, bevor er eine komplizierte Abfolge von Handshakes mit Miles austauscht. Das haben sie schon zu Schulzeiten gemacht.

»Freut mich auch, dich zu sehen, Miles.« Ich verberge den Sarkasmus in meiner Stimme nicht und verschränke die Arme. Nicht dass er noch auf die Idee kommt, mich auf dieselbe Weise zu begrüßen wie Wes. Als wären wir Freunde. Das wäre nicht nur absurd, sondern würde meine angeschlagene gute Laune restlos killen.

»Ich mag den Humor deines Chefs«, bringt Miles prustend hervor.

Wes' Kiefer mahlen, als würden ihm Miles' Worte missfallen, aber er sagt nichts, zuckt nur die Schultern, als könnte er es nicht ändern, mit mir zusammenarbeiten zu müssen. Dabei war er es, der mich eingestellt hat. Im Grunde hat er mich sogar dazu überredet, den Job anzunehmen. Fühlt sich irgendwie an, als würde er mich verraten. Zwei Wochen zusammenzuarbeiten, verschiebt eben nicht die Weltordnung.

»Scheint echt ein Idiot zu sein, der Typ. Ich meine, erst darfst du deinen Kumpels keine Sonderpreise machen und jetzt das.« Er deutet auf mich. »Sorry, nimm's nicht persönlich, Everly.«

Wie sollte ich es sonst nehmen? Was er über mich sagt, ist persönlich. Persönlicher geht es nicht mehr.

»Sie macht sich ganz gut. Ich werde es also überleben«, murmelt Wes und schiebt Miles in Richtung Tür. »Und jetzt verschwinde. Du hast hier hinten nichts verloren. Ich komme gleich zu euch raus.«

Miles sieht noch einmal von mir zu Wes, bevor er die Hände hebt, mit dem Rücken die Schwingtüren zum Gastraum aufdrückt und rückwärts nach draußen verschwindet. Wes wartet, bis er weg ist und das Gejohle seiner Freunde anzeigt, dass Miles den Stammtisch der Clique erreicht hat. Dann wendet er sich mir zu.

»Du brauchst dich nicht um sie zu kümmern. Den Tisch übernehme ich.« Er sieht mich nicht an. »Tut mir leid. Miles hat 'ne große Klappe. Ich werde dafür sorgen, dass er so etwas nicht noch mal sagt.«

Jetzt will er mich also plötzlich doch verteidigen? Ich straffe die Schultern. Ich hätte Hugh allein geschafft und ich brauche seine Unterstützung auch nicht, wenn es um seine bescheuerten Freunde geht. »Das brauchst du nicht. Weder mit Miles reden noch den Tisch übernehmen. Ich schaffe das schon.«

»Ach ja?« Er lehnt sich gegen die Spüle. »Miles und Connor haben dich schon in der Schule ständig unter die Räder genommen. Sie können eine echte Plage sein. Du musst hier nichts beweisen.«

»Ich beweise nichts. Ich mache nur meine Arbeit.« Und Aufgeben liegt mir nun einmal nicht im Blut. Auch wenn mich Connors Name zusammenzucken lässt. Er hat Kyle damals mit auf diese Party gebracht. Ich stoppe das Gedankenkarussell, das sich in Bewegung setzen will. »Die blöden Säcke machen mir keine Angst«, stoße ich bestimmt aus.

Er nickt. »Blöde Säcke, ja? Das wird sie ganz sicher schwer beeindrucken.« Er presst die Lippen zusammen, schafft es aber nicht, das Grinsen zu unterdrücken, das sich bei meinem jämmerlichen Schimpfwortrepertoire auf seinem Gesicht ausbreitet und zu einem Lachen anwächst.

Es löst die Wut in mir auf wie Nebelschwaden im Morgengrauen.

Aber dann verstummt er plötzlich und verhakt seinen Blick mit meinem. Er sieht mich so intensiv an, das mein Herz außer Takt gerät. Wie damals vor der Holzwand des Schuppens.

»Wir sollten weiterarbeiten«, schiebt Wes schließlich leise zwischen uns. Er wendet sich ab und stapelt aberwitzig viele mit Speisen gefüllte Teller auf seine Hände und Arme. Mehr als drei schaffe ich nie. Bei ihm sind es sechs, die er auf einmal in Richtung Gastraum balanciert.

»Du kannst die Getränkebestellung für Miles' Tisch aufnehmen«, weist er mich an, aber anstatt die Teller zu einer Gruppe Frauen zu bringen, die an einem der Fenstertische sitzen, bleibt Wes wie angewurzelt hinter dem Tresen stehen. Um ein Haar pralle ich in seinen Rücken.

»Was willst du denn hier?« So unfreundlich ist er sonst nie zu seinen Gästen. Er hat mich sogar davon abgehalten, Hugh in seine Schranken zu weisen. Ich schiebe mich halb an ihm vorbei, um zu sehen, wer ihn so aus der Fassung bringt. David.

Bevor ich etwas sagen kann, weist Wes mit dem Kinn erst auf

David, dann auf den Ausgang. »Geh bitte! Was immer du von Eve willst, klärt das zu Hause. Nicht während der Arbeitszeit.«

David ignoriert Wes' Worte und schiebt sich auf einen der Barhocker am Tresen. Mit der Hand fährt er die Maserung des Holzsurfboards nach, das als Platte dient. »Lewis-Superstar hat es bei all der Unterstützung von Daddy also nur bis zum Tellerwäscher geschafft?« David und Wes hassen sich schon seit der Junior High bis aufs Blut. Einfach, weil sie im sozialen Gefüge der Schule natürliche Feinde waren. Wes war Sportler, ein Draufgänger, beliebt, ohne mehr dafür tun zu müssen, als einen reichen Vater zu haben und sportlich erfolgreich zu sein. David hingegen war strebsam, engagiert in verschiedenen Gruppen, Schülersprecher, und dadurch eine Witzfigur für Weston und seine Freunde.

Wes reagiert ruhig und provozierend sachlich auf Davids Tiefschlag. »Wenn du an einem generellen Hausverbot arbeitest, bist du auf dem richtigen Weg, Bayle.«

»Ich muss mit Ly sprechen«, stellt David klar und ignoriert Wes' Drohung. »Ist wichtig.«

Die Art, wie er *Ly* sagt, lässt mein Herz einen Satz machen. Es ist ein ungesunder Hüpfer, begleitet von einer sumpfartigen Welle, die meine Emotionen auswäscht. Er ist der Einzige, der mich je so genannt hat, und mir wird klar, dass ich diese Kurzform meines Namens schon immer gehasst habe.

Wes entgeht meine Reaktion nicht. Ich wünschte, er würde darauf bestehen, dass David geht. Seine generelle Abneigung reicht sicher dafür aus. Vielleicht hoffe ich auch, dass er es für mich tut. Ein absurder Gedanke.

Das bestätigt auch das ergebene Nicken von Wes, mit dem er David erlaubt zu bleiben. »Ihr habt zwei Minuten. Miles' Tisch wollte ich eh übernehmen«, sagt er und zwinkert mir zu. »Aber danach verschwindest du, Bayle. Wir müssen arbeiten.« Ohne sich weiter um David oder mich zu kümmern, bringt er das Essen zu den Gästen.

»Was willst du hier, Dave?«, flüstere ich.

»Mit dir reden.«

Ich sehe ihn nicht an, sondern konzentriere mich auf Wes, der mittlerweile an dem Tisch seiner Freunde die Getränkebestellung aufnimmt. Er lässt sich Zeit und albert mit Miles herum.

Ich bin nicht sicher, ob er uns noch alleine lassen oder einfach Zeit mit seinen Freunden verbringen will. Auf jeden Fall sind David und ich für den Moment ungestört. »Du kannst nicht einfach hier auftauchen«, wende ich mich ihm zu. Ich höre mich ruhig an, kühl. Das ist gut, aber ich mache mir Sorgen, wie lange ich so standhaft bleiben kann. »Du hast unsere Beziehung beendet. Du wolltest es so.«

David schüttelt den Kopf und berührt meine Hand. »Ich habe Schiss bekommen. Meine Güte, Ly. Du warst dabei, Tischlampen zu kaufen, für unser gemeinsames Leben. In dieser Wohnung. Mir wurde das alles zu eng. Ich war einfach überfordert. Aber ich liebe dich und ich will mit dir zusammen sein.«

Ich liebe ihn auch. Aber ich bin nicht verliebt in ihn. Die Erkenntnis ist scharfkantig. Sie tut mir weh. David wird sie verletzen. Aber es ist die Wahrheit. Ich habe die Sicherheit geliebt, die er mir gegeben hat. Ich liebe unsere Freundschaft. All die Erinnerungen. Er war Teil jedes wichtigen Ereignisses in meinem Leben. Ich habe die Vorstellung von unserer Zukunft geliebt und ich habe Angst, ihn ganz zu verlieren, aber sein Blick entzündet kein Feuer in mir. Es reicht nicht, um mit ihm zusammen zu sein. Ich schüttle den Kopf und entziehe ihm meine Hand wieder. »Ich kann das nicht«, flüstere ich erstickt.

»Vor allem solltet ihr eure Beziehungsprobleme nicht hier und jetzt besprechen«, mischt sich Wes ein, der wieder hinter

dem Tresen angekommen ist. »Wir haben zu tun.« Er durchbohrt David mit seinem Blick. »Wäre besser, wenn du jetzt
gehst!«, sagt er emotionslos, während er die Getränke für Miles'
Tisch zubereitet.

David bleibt sitzen. »Ich bin ein zahlender Gast und das hier
ist ein Laden, in dem Leute wie du Menschen wie mich bedienen, oder nicht?«

Wes lehnt sich gegen die Barista-Maschine und verschränkt
die Arme. Als wäre es Zeitverschwendung, weitere Worte zu
verlieren oder auf die Provokation einzugehen. Es ist klar, dass
David so oder so verloren hat. Allem voran mich.

»Ly?« David sieht mich herausfordernd an. »Du solltest nicht
mit so einem Typen zusammenarbeiten. Lass uns irgendwohin
gehen und reden.«

Wenn mir die Trennung eins gezeigt hat, dann dass ich meine
Zukunft nie wieder auf dem Fundament anderer Menschen
bauen will. »Ich ... Das hier ist meine Arbeit. Und die gebe ich
nicht auf, nur weil du willst, dass alles wieder okay ist«, platzt
es aus mir heraus. »Geh.« Meine Worte setzen David zu und
rauben mir die nötige Konsequenz. »Gib mir wenigstens etwas
Zeit«, füge ich versöhnlicher hinzu. Wir liefern Wes gerade ton-
nenweise Munition, um mich in Zukunft aufzuziehen. Wie er es
die gesamte Schulzeit über getan hat. Einfach, weil ich Everly
war. Und er Wes. Weil ich mit David zusammen war, dem langweiligen Schulstreber, und er generell jede Beziehung für einen
Witz hielt. Was David und mich angeht, hat er wohl recht behalten.

»Hast sie gehört.« Wes bleibt ruhig, aber bestimmt. »Sie will
nicht reden. Also mach 'nen Abflug, Bayle.«

Er ist auf meiner Seite. Sicher nur, weil er David so eins aus-
wischen kann, aber trotzdem fühlt es sich gut an.

»Wie wäre es, wenn du dich stattdessen verziehst, Lewis? Ich will mit meiner Freundin sprechen.«

Seine Freundin? Er hat kein Recht mehr, mich so zu nennen. In mir ist nur Abwehr, die eine eindeutige Sprache spricht. Ich brauche keine Zeit. Das hier ist das Ende. Zumindest von uns als Paar. Und ich kenne David gut genug, um zu wissen, dass ich ihn damit auch als Freund verlieren werde. Ich fühle mich elend.

»Als Tellerwäscher ist mein Platz leider genau hier«, erwidert Wes gelassen.

»Ich habe dir schon gesagt, dass du gehen sollst, Dave«, wiederhole ich mich. »Also geh … bitte.« Ich sehe ihn herausfordernd an.

»Ich würde lieber tun, was sie sagt.« Wes klingt amüsiert und legt wie selbstverständlich seinen Arm um meine Schultern. Eine Geste, die Davids unerschütterliche Art ins Wanken bringt. Sie bringt mich ins Wanken.

»Sie kann ziemlich rigoros sein, wenn es drauf ankommt«, setzt er nach und katapultiert mich zurück auf den Steg, auf Miles' Party. Als ich ihm gedroht habe, ihn umzubringen, wenn er irgendwem von unserem Kuss erzählt.

»Na schön.« David rutscht vom Barhocker. Er sieht mich sekundenlang an und verbirgt die Enttäuschung in seinem Blick nicht. »Ich gebe dir Zeit, wenn es das ist, was du willst. Aber ruf mich an, sobald du bereit bist zu reden.« Er geht davon aus, dass ich unweigerlich an diesen Punkt gelangen werde.

Ich sehe David hinterher, wie er das Wipe Out verlässt und über den Pier verschwindet. Er irrt sich. Wir werden nicht wieder zueinanderfinden. Weil er unsere Basis zerbrochen hat. Das Vertrauen, das uns immer verbunden hat. Allein deswegen gibt es keinen Weg zurück. Aber der Hauptgrund ist die Gänsehaut, die meine Wirbelsäule hinabsteigt, nur weil mich Wes' Arm noch immer umgibt. David hat nie ein nur annähernd so großes Gefühl in mir ausgelöst.

Miles pfeift quer durch das Wipe Out, als Wes mich enger an sich zieht, sich zu mir hinunterbeugt und mich fragt, ob ich okay sei.

Abrupt mache ich mich los und laufe in die Küche. Mich auf diese Weise ausgerechnet zu Wes hingezogen zu fühlen, ist das Letzte, was ich jetzt gebrauchen kann. Es bringt den Haufen an Problemen, die ich habe, gefährlich ins Wanken, und das werde ich nicht zulassen.

»Eve, jetzt warte doch mal.« Wes folgt mir.

Warum kann er mich nicht einfach in Ruhe lassen? Oder zumindest wieder der Idiot sein, der er früher war.

»Das war doch nur ein Witz.« Er deutet auf die Küchentür, die zuschwingt und die Geräusche aus dem Gastraum aussperrt, wo seine Freunde vermutlich noch immer über mich lachen. »Miles ist manchmal ein echter Idiot. Und das kann ansteckend sein. Tut mir leid.«

Ich schüttle leicht den Kopf. »Ist egal«, sage ich, aber jeder Buchstabe zeigt, wie sehr es das nicht ist.

Wes zieht zwei Wasserkisten heran, stellt mir eine hin und setzt sich auf die andere. So nah, dass sich unsere Knie berühren, als ich mich ebenfalls setze. Miguel klappert im hinteren Teil der Küche, wo er seine kulinarischen Wunder vollbringt. Ein hohes Regal und der Neunzigerjahre-Dance-Pop, der in voller Lautstärke aus dem kleinen Radio in der Küche dröhnt, schaffen ein wenig Privatsphäre.

Wes mustert mich eingehend. »Du arbeitest also hier, weil Bayle mit dir Schluss gemacht hat.« Er berührt meinen Arm. Die Geste hat etwas Tröstliches. So wie sich etwas zwischen Wes und mir nicht anfühlen sollte.

»Hätte gedacht, dass eher die Hölle zufriert, als dass ihr euch je trennt. Ihr wart immer heiße Anwärter für 'ne Hochzeit, eine ganze Horde Kinder und einen geleasten Dodge.« Er hält inne. »Willst du darüber reden?«, fragt er sanft.

»Beziehungen zerbrechen eben.« Ich beiße mir auf die Unterlippe.

»Immerhin versucht er dich zurückzugewinnen. Aber er ist ein Idiot, dass er dich überhaupt verlassen hat«, stellt Wes sachlich fest.

Wieso glauben alle, ich wäre das Opfer in dieser Konstellation? Es macht mich so wütend, dass ich dem Kompliment, das in Wes' Worten mitschwingt, keine Beachtung schenke. »Wer sagt dir, dass nicht ich ihn verlassen habe?«, frage ich kampflustig.

Er berührt mich beschwichtigend am Arm. Kurz nur, und lässt die Hand dann wieder sinken. »Man muss nur hinsehen, Eve«, erklärt er dann und seine Stimme ist dunkel und rau. Als würde es ihn berühren. »Du siehst aus wie ein Lutschbonbon, den Bayle achtlos ausgespuckt hat. Das geht definitiv auf seine Kappe.«

»Er heißt David«, entgegne ich aus Gewohnheit, David in Schutz zu nehmen. »Und ich will nicht weiter darüber sprechen.«

»Vielleicht hilft es, sich über ihn auszukotzen. Und wenn es um Bayle geht, bin ich dafür vielleicht genau der Richtige.« Er grinst schief und zuckt mit den Schultern, als könnte er nichts dagegen tun, David weiterhin stoisch beim Nachnamen zu nennen.

Wes fordert mich kein weiteres Mal auf, ihm alles zu erzählen. Er sitzt einfach nur da und wartet. Als hätte er alle Zeit der Welt, obwohl das Wipe Out voller Gäste ist. Obwohl ich weiß, dass er mit Beziehungskram nichts anfangen kann. Und obwohl ich vermutlich die letzte Person bin, deren Herzschmerz er hören will. Genau wie er die letzte Person sein sollte, der ich mein Herz ausschütte.

Ich ziehe die Beine auf die Kiste und umschlinge sie mit meinen Armen. Das sind ziemlich viele gute Gründe, die dagegensprechen, mich ihm anzuvertrauen. Trotzdem tue ich es und verstehe selbst nicht, wieso die Worte aus mir hervorquellen. »David hat vor über zwei Wochen mit mir Schluss gemacht.« Ich schließe die Augen. »Weil ich mit ihm zusammenziehen wollte, jetzt wo Nana ...« Ich räuspere mich. »Jetzt, wo Olivia im Waterfront wohnt. Ich weiß nicht, ob ich ihn gefragt habe, weil ich wirklich mit ihm zusammenziehen wollte oder weil es so verdammt praktisch war.« Das habe ich nicht einmal Jules gegenüber zugegeben. Wieso also tue ich es bei Wes?

»David hat kalte Füße bekommen und Schluss gemacht. Das sollte mich treffen, aber irgendwie mache ich mir nur Sorgen, wie ich ohne ihn mit all den Kosten klarkomme. Das spricht nicht gerade für mich, oder?« Ich verziehe das Gesicht zu einer Grimasse.

»Er hat mit dir Schluss gemacht. Ich würde sagen, das gibt dir jedes Recht der Welt zu fühlen, was du willst. Oder auch gar nichts zu empfinden.«

Hört sich an, als würde Wes sich damit auskennen.

Er sieht mich prüfend an, zieht dann eine Flasche Wasser unter seinem Hintern hervor und reicht sie mir. »Trink erst mal was.«

Seine Fürsorge ist unerwartet und bringt eine einzelne Träne dazu, Verrat zu begehen und an meiner Nase hinabzulaufen. Ich wische sie weg und hoffe, Wes hat es nicht gesehen. Aber das hat er.

Ohne zu zögern, nimmt er meine Hand und hält sie fest umschlossen. Ich sollte auf keinen Fall zulassen, dass er mich tröstet, aber ich kann nicht anders. Denn die Wärme, die sich von seiner Hand durch meinen Körper stiehlt, zersetzt meinen Widerstand. Wes erwartet nichts von mir. Wir sind nicht einmal Freunde. Bei ihm kann ich einfach sagen, was ich denke, ohne Sorge haben zu müssen, ihn zu enttäuschen. Vielleicht rede ich deswegen weiter. »Ich kann mein Zuhause nicht verlieren«, flüstere ich.

Er drückt meine Hand, bis ich ihn ansehe. »Das hast du von Bayle sicher auch gedacht und du lebst noch. Und was die Wohnung angeht. Es gibt andere Mitbewohner. Such dir jemanden, der dir Miete zahlt, dir etwas Luft verschafft und dir ansonsten nicht auf die Nerven geht.«

»Und wo soll ich so jemanden bitte herbekommen?« Mir fehlt die Zeit, Bewerber zu sichten und einen Geeigneten auszusuchen. Wenn man da nicht sensibel vorgeht, hat man am Ende jemanden in der Wohnung, mit dem man ganz sicher kein Bad und keine Küche teilen will. Jules hat da sehr einschlägige Erfahrungen gemacht, die von einem Typen mit diversen Zwangshandlungen bis zu einer Frau reichten, die jegliche Form von Putzmitteln, Körperhygiene und Ordnung ablehnte. Es hat ewig gedauert, bis sie eine WG gefunden hat, in der sie sich wohlfühlt und deren Zimmer von dem wenigen Geld, das ihr ihre Eltern während des Studiums zur Verfügung stellen können, bezahlbar ist.

»Nimm mich.«

Irritiert tauche ich aus meinen Gedanken an einen fiktiven, stark riechenden, unordentlichen Mitbewohner auf, der Moms und Dads Wohnung entweiht. »Was meinst du mit ›Nimm mich‹?«

»Ich könnte dein Mitbewohner sein.« Er wirft mir den Satz zu wie ein in Silberpapier verpacktes Geschenk.

»Guter Scherz. Aber die Situation ist zu ernst für Witze«, winke ich ab.

»Ich meine das ernst«, widerspricht er. »Du brauchst jemanden, der einen Teil der Miete zahlt, und ich bin idealerweise gerade auf Wohnungssuche. Außerdem bin ich stubenrein, selten zu Hause und ich habe einen festen Job.«

»Seit wann suchst du denn bitte eine Wohnung?« Das Apartment seiner Eltern am Pike Place hat so viele Quadratmeter und Zimmer, dass es keinen erkennbaren Grund gibt, warum er sich mit dem Wohnungsmarkt von Seattle herumschlagen und den Luxus und die Bequemlichkeit aufgeben sollte. Er dürfte noch nicht einmal Gefahr laufen, seiner Familie über den Weg zu laufen, wenn er das nicht will. »Wohnst du nicht bei deinen Eltern?«

»Nein«, erwidert er schlicht.

Wes' Blick ist undurchdringlich. Seine Kiefer mahlen. »Meine Familie ist nicht das Thema. Mein Vermieter kickt mich wegen Eigenbedarf raus, also suche ich eine Wohnung. Und du hast eine.«

Alles Weitere geht mich nichts an. Schön, aber Wes als Mitbewohner? »Das würde nie gut gehen«, lehne ich ab.

»Warum nicht?«

»Ich vermische Arbeit und Privatleben nun mal nicht. Das ist eine meiner Regeln.«

»Ich hatte nicht vor, uns zu vermischen«, erwidert Wes todernst. »Im Ernst, Eve. Das wäre im Grunde perfekt. Wir arbeiten beide viel und wir mögen uns nicht besonders, was es einfach machen wird, einander aus dem Weg zu gehen.«

Er will also wirklich, dass ich es ausspreche. »Du weißt genau, warum das nicht geht.« Ich spüre das Blut in meinen Wangen pulsieren, als ich den einen Grund hervorzerre, der seine Bitte absolut unmöglich macht.

Wes steht auf und wendet mir den Rücken zu. »Wir haben nur geknutscht«, entgegnet er vollkommen neutral. So neutral wie die Schweiz. Dass er sofort wusste, was ich meinte, zeigt jedoch, dass er diesen Kuss ebenfalls nicht vergessen hat. Die Hüfte gegen die Spüle gelehnt, dreht er sich wieder zu mir um.

»Menschen küssen sich, Eve. Ist ja nicht so, als hätte ich um deine Hand angehalten, verdammt. Das sollte nach so vielen Jahren wohl kaum zwischen uns stehen.«

Ich komme mir so dämlich vor. Für ihn war dieser Kuss natürlich keine große Sache. Ich hingegen habe in meinem Leben nur zwei Menschen geküsst. Und nur bei einem der beiden haben meine Synapsen ein Feuerwerk veranstaltet. Es zeigt, wie grundverschieden wir sind und warum wir niemals unter einem Dach leben sollten.

»Ich wusste, dass du gut küssen würdest«, sagt er mit einem halben Lächeln, das Minidetonationen in meinem Bauch zündet. »Und ich hatte recht. War, verdammt noch mal, nicht übel. Ich hatte Lust. Du warst nicht abgeneigt, aber versteh mich nicht falsch, ich werde schon keine Probleme haben, meine Finger von dir zu lassen, sollten wir zusammenziehen.« Er zerwühlt seine Haare und sieht mich dann wieder an. Sein Blick zeigt, dass er wirklich in der Lage wäre auszublenden, was damals passiert ist.

Ich stehe ebenfalls auf und lasse meine Hände gegen die Oberschenkel fallen. »War nur ein Kuss«, murmle ich. »Klar.«

Wes hält inne und kommt langsam auf mich zu, bis er ganz nah vor mir steht. Er hat aufgehört zu rauchen. Auf jeden Fall dringt nur der feine Duft nach Weichspüler und sein ganz eigener Geruch in meine Nase, in meine Poren, in mich.

»Das wäre eine klassische Win-win-Situation.« Er zupft an meinem Ärmel. »Ich verspreche auch, artig zu sein.«

Ich verstehe nicht, wieso er so sehr um diese Möglichkeit kämpft. Es müsste genügend Alternativen geben, sodass er sich diese Blöße nicht zu geben bräuchte.

»Warum unbedingt meine Wohnung?« Gegenfragen sind gut. »Wie du gerade richtig bemerkt hast, mögen wir uns nicht besonders, und du verdienst hier doch genug, um dir etwas Eigenes leisten zu können?«

»Vergiss es einfach«, murmelt Wes über den Lärm hinweg, den die Wasserkisten erzeugen, als er sie zurück an ihren Platz schiebt. »War sowieso 'ne Scheißidee. Du würdest mich wahrscheinlich innerhalb von zwei Wochen zu Tode nerven.«

Wes' Laune ist wie eine Achterbahn, die mich in der einen Sekunde in den Sitz presst und in der nächsten sämtliche Fliehkräfte aufhebt. So ist Wes, und genau das macht seinen Vorschlag einfach unmöglich.

Er lässt mich stehen, verschwindet in der Kühlung und knallt die Tür hinter sich zu. Er ist es anscheinend nicht gewohnt, ein Nein zu kassieren, aber zu einem Ja kann ich mich einfach nicht durchringen.

KAPITEL 14

Weston

Ich hatte wirklich überlegt, den verfluchten Wirtschaftskurs heute zu schwänzen. Nicht weil ich mir das leisten kann, sondern weil ich, verflucht noch mal, todmüde bin. Ich hätte es tun sollen. Dann würde ich jetzt nicht geradewegs Miles in die Arme laufen. Was zum Teufel hat er überhaupt auf dem Campus zu suchen? Es sind Semesterferien. Nur eine überschaubare Gruppe von Strebern besucht die angebotenen Ferienkurse. Der Rest der Studenten genießt die freie Zeit, besucht die Familie oder macht einen drauf. Eve und einige andere quetschen ihre Praktika in diesen Zeitraum, aber Miles gehört zu keiner dieser ambitionierten Gruppen. Er sollte gar nicht hier sein.

»Wes?«, brüllt er über die Rasenflächen, die von streng geometrischen Wegen durchzogen sind. Es ist wohl zu spät, um hinter einen der Kirschbäume, die die Hauptgebäude der Universität flankieren, zu springen und sich zu verstecken. Ich seufze unterdrückt und warte, bis er vor mir steht. Seine Haare sind vom Duschen noch feucht und er trägt eine Sporttasche lässig über der Schulter. Natürlich dürfen die Mitglieder der Footballmannschaft auch in den Ferien auf dem Campus trainieren. Daran hätte ich denken müssen.

»Alter, du bist es echt. Ich dachte schon, ich halluziniere.« Er lacht und schließt mich in eine schnelle, typisch herzliche Miles-Umarmung.

»Keine Halluzination«, bestätige ich und bin unschlüssig, was ich noch sagen, wie ich erklären soll, was ich hier tue.

»Du bist es also endlich leid, deinen Alten zu ärgern, und schreibst dich ein? Hier an der UW?« Miles tippt gegen meinen Rucksack, in dem sich meine Uni-Sachen befinden. »Warum hast du mir nichts davon erzählt? Das bedeutet, du könntest zu uns ins Footballteam kommen. Wir würden endlich wieder zusammen spielen. Der Coach wird begeistert sein. Gute Running-backs sind Mangelware.« Miles ist so enthusiastisch, dass er mich gar nicht zu Wort kommen lässt. »Wie geil ist das? Wir zwei wieder vereint auf dem Platz.« Er hält mir die Hand hin, damit wir unser spezielles Handshaking-Ritual abziehen können, und grinst bis über beide Ohren. »Lets do a little magic.«

»Miles«, sage ich schlicht, ignoriere seine Hand und bringe ihn allein mit der Art, wie ich seinen Namen betone, dazu, dass seine Begeisterung einstürzt.

»Also wirst du nicht …?«

»Kein Football«, spreche ich seine Befürchtung aus. »Ich bin nur Gasthörer in ein paar Sommerkursen, die mir helfen sollen, das Wipe Out auf Vordermann zu bringen.« Was gleichzeitig ausschließt, in die Uni-Mannschaft zu kommen. Das steht nur Vollstudenten zu. »Tut mir leid, Miles, aber ich bleibe dem Restaurant noch etwas erhalten und beschere meinem Dad weiter Haarausfall.« Ich grinse, obwohl mir nicht danach ist.

Miles nickt und wir gehen langsam in Richtung der Parkplätze, wo auch meine Bushaltestelle liegt. »Um deinen Alten zu ärgern, reicht es doch, wenn du die Elite-Unis verschmähst. Solltest dir überlegen, ob du dich nicht doch voll in der UW einschreibst. Dann hättest du wenigstens irgendwann 'nen richtigen Abschluss.« Er rückt die Sporttasche zurecht, die er über der Schulter trägt. Als würde er sich nicht wohlfühlen, sich so verdammt erwachsen anzuhören.

Die Studiengebühren könnte ich niemals bezahlen, aber das ist eine Problematik, die Miles nicht verstehen würde. »Lass gut sein«, murmle ich gedämpft. »Das ist, glaub ich, nicht meine Welt.« Miles' ganze Welt ist nicht mehr meine und das ist Scheiße. Scheiße, aber unabänderlich.

Miles nickt und eine Weile laufen wir schweigend nebeneinanderher, bevor er die Stille durchbricht. »Du hast mir nie erzählt, warum du deinen Dad so sehr hasst, dass du selbst jetzt noch das Bedürfnis hast, ihm in den Arsch zu treten.« Er wirkt unsicher. »Und ich habe nie nachgefragt.« Vorsichtig blinzelt er zu mir hinüber.

Ihm ist bewusst, dass er sich mit so heiklen Themen auf dünnes Eis begibt. So ist unsere Freundschaft einfach nicht. Weil ich niemand bin, der Menschen so nah an sich heranlässt. Und Miles ist nicht der Typ, der darauf steht, sein unbeschwertes Leben mit den Problemen anderer zu belasten.

»Hör zu, Miles, Dad ist ein Arschloch, aber ich heule mich deswegen nicht in den Schlaf, okay? Er ist mir, ehrlich gesagt, scheißegal. Ich arbeite nicht im Wipe Out, um ihm etwas zu beweisen, sondern weil es das ist, was mir Spaß macht. Ich kann dort mit dir und den Jungs abhängen, verdiene meine eigene Kohle und es ist der beste Ort überhaupt, um Frauen aufzureißen. Mein Leben ist ein verfluchter Vergnügungspark. Ich habe sogar ein verdammtes Riesenrad im Vorgarten stehen.« *Du fluchst, wenn dir etwas zu nahegeht.* Ich drehe Olivias Stimme den Saft ab, bevor Miles etwas bemerkt.

Sekundenlang mustert er mich, versucht zu ergründen, ob wirklich alles okay ist, und ich starre betont lässig zurück, damit er beruhigt ist. Erleichtert atme ich aus, als wenig später ein Grinsen sein Gesicht erhellt. »Okay. Wie wäre es, wenn wir noch auf ein Bier irgendwohin gehen und du mir endlich mal wieder den Wingman machst?«

»Was ist mit Josie?« Miles war eine ganze Zeit mit ihr zusammen. Sie gefiel mir. Vielleicht, weil sie ihm so ähnlich war. Als würde man mit Miles hoch zwei abhängen.

»Was ist mit Everly?«, stellt er die Gegenfrage und mir entgeht nicht, dass ein Schatten über sein Gesicht huscht.

»Eve arbeitet bei mir. Sie sieht immer noch heiß aus, und um deine unausgesprochene Frage zu beantworten, ob da was geht: Nein! Sie ist nämlich noch genauso verklemmt und anstrengend wie früher. Du bist echt verknallt in sie, oder?«

Verständnislos sieht Miles mich an. »In Everly? Sicher nicht.«

Ich gebe ihm eine Kopfnuss. »In Josie, verdammt.«

Wir sind an Miles' Pick-up angekommen. Neu, chromglänzend, teuer, aber schlicht. Kein Angebermodell. Das hat Miles nicht nötig.

»Vielleicht.« Miles kaut auf seiner Lippe herum und es wundert mich, dass er seine Gefühle nicht abstreitet. »Aber ich war ein Idiot und sie will mich nicht mehr sehen, also.« Er zuckt die Schultern. Eine Geste, die kläglich wirkt.

»Also? Was wirst du tun?«

Miles verdreht die Augen. »Mit meinem besten Freund einen trinken, aber der analysiert ja lieber an meinem Liebesleben herum, anstatt mich abzulenken.«

»Ich kann leider nicht.« Ich hab morgen eine Doppelschicht vor mir. Eine davon mit Eve zusammen. Bis dahin sollte ich am besten mein ausgewachsenes Schlafdefizit eliminiert haben, sonst endet das in einer Katastrophe. »Aber wir holen das Bier und die Wingman-Sache nach. Versprochen.« Ich umarme ihn und klopfe dann gegen die Karosserie des Wagens. »Wir sehen uns morgen im Wipe Out. Ich mache dir eine Extraportion Rührei mit Speck als Wiedergutmachung.«

»Wohin willst du?« Miles deutet auf sein Auto. »Ich kann dich doch eben nach Hause fahren.«

Er weiß nicht, wo ich wohne, sonst würde er das nicht anbieten. Mit dem teuren Wagen sollte Miles sich nicht in South Park blicken lassen. Ich schüttle den Kopf. Miles hat nur mitbekommen, dass ich seit der Trennung von Mom und Dad in einer von Dads Wohnungen lebe. Dass die in einem der schlechtesten Viertel Seattles liegt und so groß ist wie ein Schuhkarton, davon hat er keine Ahnung. Wenn es nach mir geht, wird das auch so bleiben. »Ist nett von dir, aber nicht nötig. Der Bus fährt gleich.«

Skeptisch sieht Miles zu dem einzigen Bus der Linie 48 hinüber, der vor der Uni hält. Die Buslinie, die nach South Park fährt.

Ich sehe ihm an, dass er beginnt, eins und eins zusammenzuzählen. »Ich steige an der Washington Station in die Red Line um.« Ich klopfe ihm gegen den Oberarm. »Muss noch eben ins Wipe Out und was für morgen vorbereiten, bevor ich mich ins Bett hauen kann.«

»Ich könnte dich fahren. Würde schneller gehen. Du erledigst deinen Kram und dann bring ich dich nach Hause.« Miles steht abwartend in der Fahrertür und unterstreicht seine Worte mit einer Kopfbewegung, die mir bedeutet, ich solle endlich einsteigen und nicht so eine Diva sein.

»Okay, mich bis zum Wipe Out mitzunehmen, ist gar keine dumme Idee.« Bis auf die Tatsache, dass ich nie vorhatte, heute Abend noch dort vorbeizufahren. Ich seufze. »Aber dann verschwindest du bitte. Ich kann niemanden gebrauchen, der mir auf den Füßen steht, weil er die letzte Fähre nach Bainbridge kriegen muss.« Miles lebt im Poolhaus seiner Eltern. Die Hardfords haben es ausbauen lassen, als er im Abschlussjahr war. Um ihn danach in ihrer Nähe zu halten und ihm gleichzeitig den benötigten Freiraum zu geben.

Anstatt einer Antwort rutscht Miles hinters Steuer und schließt die Tür. Er wartet, bis ich ebenfalls eingestiegen bin, und startet dann den Motor. »Ist echt alles in Ordnung?«

»Klar.« Es gelingt mir nicht, die Anstrengung aus meiner Stimme zu vertreiben.

»Falls nicht, könntest du auch mit ins Poolhaus kommen. Du kannst so lange bleiben, wie du willst. Ist ganz schön ruhig da, seitdem du nur noch so selten vorbeikommst.« Er fährt los und konzentriert sich ein bisschen zu sehr auf die völlig leere Fahrbahn. »Ich mein ja nur, wir könnten ein bisschen zocken. Mal wieder abhängen.«

»Danke, aber dann müsste ich morgen früh mit lauter Schnöseln auf der Fähre sitzen.« Ich lache tonlos und verziehe das Gesicht. Wieso zum Henker legt Miles es heute darauf an, mitten ins unangenehme Schwarze zu treffen? »Außerdem muss ich im Gegensatz zu dir früh raus. Unsere Tagesabläufe sind verdammt azyklisch.« Ich stoße ihn leicht an, und als er sich nicht entspannt, schiebe ich hinterher: »Es ist wirklich alles okay.«

Miles sagt nichts, nickt aber und schaltet dann die Musik an. Ich bin nicht sicher, ob er mir glaubt, aber immerhin hat er kapiert, dass ich nicht weiter darüber reden will. Schweigend lenkt er den Wagen von der Uni weg in Richtung Pier.

* * *

Miles ist nach Hause gefahren. Er wird also nicht merken, dass ich dank seiner Fürsorge heute im Wipe Out schlafen muss. Den letzten Bus nach South Park habe ich verpasst. Ein Taxi kostet ein Vermögen und zu Fuß bräuchte ich so lange, dass es sich nicht lohnen würde. Also führe ich jetzt die Generalprobe für die kommenden Monate durch.

Genervt rolle ich mich auf die Seite. Ich spüre trotz der im Outdoorladen so hochgelobten Isomatte jede Fuge des Küchenfußbodens, und sobald ich mich bewege, erzeugt das Scheißding ein hässliches Quietschen, das Tote aus dem ewigen Schlaf reißen würde.

Ich dämmere gerade langsam weg, was eine echte Leistung darstellt, weil ich jeden verdammten Knochen meines Körpers spüre, als der Lüfter der Kühlung surrend anspringt. »Fuck!« Ich drehe mich zurück auf den Rücken und starre durch das Halbdunkel an die fleckige Decke der Küche. Ich verstehe nicht, wieso Eve sich so gegen die Möglichkeit sperrt, mich bei sich wohnen zu lassen. Ich hätte deutlich weniger blaue Flecken und sie weniger Geldsorgen.

Dabei muss ich ihr zustimmen, es wäre schwieriger, der Anziehungskraft zwischen uns zu widerstehen, wenn wir erst zusammenwohnen. Ich für meinen Teil hätte nichts dagegen, dort weiterzumachen, wo wir hinter dem Schuppen aufgehört haben. Sex würde vermutlich endlich diese dämliche Fixierung, die ich seit Neuestem auf sie habe, auflösen. Das wäre ein echter Vorteil, aber alles Übrige würde dadurch unendlich verkompliziert.

KAPITEL 15

Everly

In der Küche des Wipe Out ist ein ganzer Mount Everest an Geschirr zu spülen. Ich habe mich heute bewusst für den Küchendienst einteilen lassen. Die monotone Arbeit und der frustrierend hohe Berg an Geschirr passen deutlich besser zu meiner Laune als der Dienst am Kunden. Die Schicht in der Notaufnahme hat mich an meine Grenzen gebracht. Jetzt auf Hugh zu treffen, würde mir den Rest geben.

Wes betritt die Küche. Sieht aus, als hätte er versucht sein gekränktes Ego beim Feiern zu stabilisieren, nachdem ich sein Angebot, bei mir einzuziehen, abgelehnt habe. Er sieht vollkommen übernächtigt aus und gestresst.

Trotzdem hält er inne, als er die Bestellungen für Ravi an das Klemmbrett heftet. »Alles klar?«, fragt er und mustert mich prüfend.

Ich antworte ihm nicht. Weil ich dann vermutlich den Kampf gegen meine Gefühle verlieren würde.

»Eve?«

Ich schüttle den Kopf, drehe mich nicht zu ihm um und zum Glück lässt Wes mich tatsächlich in Ruhe. Sekundenlang zögert er, geht dann aber zurück in den Gastraum.

Durch den Industriespüler wird der Tellerberg schnell kleiner und ich schaffe es ungefähr bei Korb sechs, meine Laune auf

Meeresspiegelniveau zu heben. Ich fühle mich gefasster. Zumindest so lange, bis ich spüre, dass Wes hinter mir auftaucht. Jede einzelne Zelle meines illoyalen Körpers reagiert auf seine Nähe, als er vorsichtig ein dickwandiges Glas auf die Arbeitsfläche neben mich schiebt – ein dampfender Latte macchiato mit Karamell. Ich mag es, dass keine aufdringliche Botschaft auf dem Milchschaum herumschwappt. Er sagt nichts, stellt das Glas einfach neben mir ab und geht wieder.

Ich nehme einen Schluck. Genau die richtige Mischung aus Karamell und der herben Kaffeenote. Kaffee und Zucker haben mir schon immer geholfen, meine Laune zu stabilisieren. Aber bevor das Koffein seinen Job tun kann, brüllt Wes aus dem Gastraum nach mir.

Alarmiert renne ich durch die Küche hinter den Tresen. Wes sitzt auf dem Boden davor. Neben ihm liegt ein Mann. Er ist vielleicht vierzig, von stämmiger Statur. Und er ist nicht bei Bewusstsein. Seine Haut ist aschfahl und Schweiß glänzt auf den wächsernen Gesichtszügen. Wes ist fast genauso blass.

»Eve?«, reißt er mich aus meiner Erstarrung. »Studierst du Medizin, oder was? Hilf mir, verdammt noch mal.«

Ich knie mich neben ihn und rufe die Dinge ab, die ich bisher während meines Grundstudiums gelernt habe. »Hast du den Notruf abgesetzt?«

Er schüttelt den Kopf und kramt sein Handy heraus. Aber anstatt die 911 zu wählen, wirft er es Miles zu, der mit den anderen Gästen mittlerweile einen Kreis um uns bildet. »Ruf an. Ich helfe Eve.«

»Hast du eine Decke, um ihn warm zu halten? Und ein Kissen für seinen Kopf?«, frage ich Wes, nachdem ich den Puls und die Atmung kontrolliert habe. »Sein Kreislauf ist vollkommen im Keller.«

»Miles Hadford«, meldet sich Miles in diesem Moment an Wes' Telefon. »Ich rufe aus dem Wipe Out am Pier 55 an. Einer der Gäste ist zusammengebrochen. Wir brauchen dringend einen Rettungswagen und einen Notarzt, denke ich. Der sieht echt nicht gut aus.« Er spricht mit der Rettungsleitstelle, während ich den Mann in die stabile Seitenlage drehe.

Wes hilft mir, so gut er kann. Drapiert ein Kissen unter dem Kopf des Patienten und deckt den Mann zu.

Miles beantwortet noch ein paar Standardfragen, legt dann auf und gibt Wes sein Handy zurück.

Den Mann so zu sehen und kaum helfen zu können, erinnert mich an die bleiche Haut der jungen Frau, die heute Morgen in der Notaufnahme gestorben ist und wegen der ich mich heute in der Küche hinter einem Berg von Geschirr verstecken wollte. Es setzt mir mehr zu, als es sollte.

Wes sieht mich fragend an, als alles erledigt ist. »Was jetzt?«

»Wir warten.« Ich umschließe das Handgelenk des Mannes mit meinen Fingern und kontrolliere noch einmal den flachen Puls.

»Das ist alles?«

Ich nicke. Mehr kann ich nicht für ihn tun. Nicht hier. Ich bin noch keine Ärztin, und selbst wenn ich schon weiter in meiner Ausbildung wäre, das hier ist der Fußboden eines Restaurants, kein OP. Der Mann hat mit Sicherheit einen Herzinfarkt. Was hat Wes erwartet, dass ich mitten im Wipe Out einen Stent setze?

»Er hat wahrscheinlich einen Infarkt. Wir haben ihn in die stabile Seitenlage gebracht. Seinen Oberkörper leicht erhöht gelagert, um das Herz zu entlasten. Ich überprüfe seinen Puls und wir halten ihn warm. Solange er atmet, ist das alles, was wir im Moment tun können.«

Wes nickt, aber es ist offensichtlich, dass ihm diese Vorgehensweise nicht gefällt. Nichts tun ist nicht seine Stärke.

Eine der Oberärztinnen in der Notaufnahme sagt immer, es hilft den Angehörigen, wenn man ihnen eine Aufgabe gibt. Wes ist kein Angehöriger, aber das ist egal. »Kennst du ihn?«

»Sein Name ist George Weathers. Seine Mutter will nächste Woche ihren Geburtstag hier feiern. Er wollte den Ablauf der Feier mit mir besprechen, als er umgekippt ist.«

»Also kennst du ihn«, fasse ich zusammen. »Dann sprich mit ihm. Das wird helfen.« Beiden.

Er sieht mich skeptisch an. »Was soll ich ihm denn sagen? Wir hatten ein reichhaltiges Buffet für den Geburtstag Ihrer Mutter geplant, aber das ist vielleicht keine gute Idee. Das viele Fett macht Ihre Pumpe nicht mehr mit?« Er verdreht die Augen und wendet sich ab. Anstatt mit ihm zu sprechen, legt er dem Mann seine Hand auf den Brustkorb. Es ist eine intime Geste, die überhaupt nicht zu Wes und dem Spott in seiner Stimme passt. Er fährt sich durch die Haare und dreht sich von mir weg. Auch Miles sieht er nicht an. Er starrt durch die bodentiefen Fenster auf die Elliot Bay hinaus und stellt durch seine Hand sicher, dass der Mann noch atmet.

Ich sehe, wie sie sich im seichten Rhythmus von George Weathers' Atemzügen bewegt. Erst als die Rettungssanitäter eintreffen, entfernt Wes sie. Er steht wortlos auf, schüttelt Miles ab, der ihn fragt, ob er okay sei, und verschwindet in der Küche. Ich gebe die wenigen Informationen weiter, die ich habe, und warte, bis die Sanitäter George Weathers abtransportiert haben. Erst jetzt spüre ich, wie sehr ich mich davor gefürchtet habe, dass der Mann aufhören könnte zu atmen, solange ich mit ihm allein war. Noch einen Patienten, der am heutigen Tag in meiner Anwesenheit stirbt, hätte ich nicht verkraftet.

»Ist er okay?« Miles stellt sich mir in den Weg und zeigt unbeholfen auf die Küchentür, hinter der Wes verschwunden ist. »Das war echt 'n krasser *Grey's-Anatomy*-Scheiß, den du da abgezogen hast.« Nach der Tür zeigt er jetzt auf den Boden, wo vor wenigen Minuten noch George Weathers lag.

Ich nicke und spare mir den Kommentar, dass die Wirklichkeit in etwa so viel mit *Grey's Anatomy* zu tun hat wie die Waterfront Senior Residence mit einem echten Zuhause. Außerdem habe ich kaum etwas getan. Ich will mich an Wes' Freund vorbeidrücken, aber Miles hält mich zurück.

»Hör zu, ich weiß, dass wir keine Freunde oder so was sind.« Er sieht sich um, ob uns keiner zuhört, bevor er leise weiterspricht. »Aber ich mache mir Sorgen um unseren Helden da drin.«

Es ist merkwürdig, mit Miles zu reden und zu sehen, dass er nicht nur ein oberflächliches Arschloch ist, das mich mein gesamtes Schulleben lang geärgert hat, sondern dass er sich wirklich um jemanden sorgt und Wes ein echt guter Freund ist. »Wes braucht sicher nur fünf Minuten. Kommt ja nicht alltäglich vor, dass so etwas passiert.« Ich beiße mir auf die Unterlippe. »Und er macht sich als Manager bestimmt Sorgen um das Wipe Out und ob der Vorfall negative Folgen für den Laden hat.«

Die übrigen Gäste haben sich wieder an ihre Tische zurückgezogen. Lediglich das Stimmengewirr deutet darauf hin, dass hier gerade etwas passiert ist, was alle Anwesenden noch immer beschäftigt. Miles hingegen zieht nicht zu seinen Kumpels ab, sondern folgt mir zum Tresen. »Er stand total neben sich, als er dem Typen seine Hand auf die Brust gelegt hat. Hab ihn so noch nie gesehen.«

»Es hat ihn eben nicht kaltgelassen, dass der Mann fast in

seinem Laden gestorben ist. So was soll es geben, Miles. Nicht jeder scheißt auf seine Mitmenschen.«

Miles nickt. »Könntest du mal eben vergessen, dass du mich hasst?« Er hebt beschwichtigend die Hände. »Und versteh mich nicht falsch, dazu hast du alles Recht der Welt.« Er stützt sich schwer auf dem Tresen auf. »Aber ich muss mit irgendwem reden, der sich nicht darüber lustig macht.« Er sieht nicht zu Wes' Clique hinüber, aber ich weiß auch so, wer gemeint ist. »Ich habe irgendwie das Gefühl, dass Wes schon seit einiger Zeit neben der Spur ist. Dass es ihm nicht gut geht, und das hat nichts mit dem Vorfall gerade zu tun.« Er atmet tief durch. »Ich mache mir Sorgen. Wie so 'ne blöde Glucke um ihr Küken oder so.«

»Ich weiß nicht, was ich dir sagen soll.« Ich sehe Miles an und zucke die Schultern. »Warum fragst du ihn nicht, was los ist, wenn du so besorgt bist? Ihr seid beste Freunde.« Was ihn deutlich mehr für diesen Job qualifiziert als mich.

Miles verzieht das Gesicht. »Tolle Idee«, stößt er sarkastisch hervor, zügelt dann aber seine Stimme und reißt sich zusammen. »Tut mir leid, ich wollte nicht …« Er bricht ab und dreht einen Kaffeelöffel zwischen seinen Fingern, den er aus dem Holzkasten auf dem Tresen gezogen hat. »Und um deine Frage zu beantworten. Ich habe Wes schon tausendmal gefragt, was los ist. Warum er seit dem Abschluss kaum noch mit uns abhängt. Warum er hier arbeitet, obwohl er echt zu schlau ist, um für immer Kuchen und Burger an Touristen zu verteilen. Aber er antwortet mir nicht. Natürlich sagt er etwas, aber Antworten sind das nicht. Ich weiß nicht mal, wo er wohnt, seitdem sein Alter die Bude am Pike Place verkauft hat.«

Ich fühle mich unwohl bei diesem Gespräch, denn all das geht mich nichts an. »Warum erzählst du mir das, Miles?«

Er tritt unsicher von einem Fuß auf den anderen. »Er spricht mit dir. Ich sehe euch ab und an draußen auf dem Pier und er sieht irgendwie relaxed aus, wenn ihr zusammen seid.«

Wir sprechen manchmal über das Wipe Out, wenn wir gemeinsam Pause haben. Wann ich arbeiten kann. Hin und wieder über meine Großmutter. »Dabei geht es nicht um wirklich persönliche Sachen. Ich bin vermutlich die letzte Person, der er sich anvertrauen würde«, wiegle ich ab. »Außerdem glaube ich nicht, dass du dir Sorgen um ihn machen musst.« Ich zupfe meine Haare zurecht. »Wir sprechen hier von Weston Lewis. Selbst wenn irgendetwas nicht stimmen sollte: Der fällt immer auf die Füße.«

Miles nickt, wirkt aber nicht überzeugt. »Wenn er schon nicht mit mir redet, könnte ich Wes vielleicht hinterm Tresen vertreten, bis er wieder einsatzbereit ist?«

»Gott bewahre«, blocke ich sein Angebot ab, aber ein Lächeln klettert über meine Lippen. »Wir wollen den Laden ja nicht in den Bankrott treiben.«

»Okay, falls du deine Meinung änderst, ich bin gleich dahinten bei den Jungs.« Er wendet sich ab, um zu gehen, hält dann aber inne und dreht sich noch mal zu mir um. »Und vergiss bitte, was ich gesagt habe, okay. Ich sehe sicher nur Gespenster und Wes würde mir in den Arsch treten, wenn er mitbekommt, dass ich mit dir darüber geredet habe.«

Ich schließe meinen Mund mit einem imaginären Schlüssel ab und werfe ihn über die Schulter.

Miles lächelt. »Bist gar nicht so schrecklich, wie ich immer dachte«, sagt er und seine gewohnt flapsige Art ist zurück.

»Du hast ja keine Ahnung«, erwidere ich grinsend. Wer hätte je gedacht, dass ich mal zu einer Verbündeten von Miles Hadford werden würde. Ich bringe die noch offenen Bestellungen an die Tische und vergewissere mich, dass alle Gäste versorgt sind, bevor ich in die Küche gehe, um nach Wes zu sehen. Bis jetzt ist er nicht wiederaufgetaucht.

Als ich die Küche betrete, steht er vor dem großen Fenster, das den renovierungsbedürftigen Teil des Piers und einen unnatürlich blauen Ausschnitt der Elliot Bay zeigt. Er massiert seine Schläfen.

»Kopfschmerzen«, frage ich leise und bringe Wes so dazu, sich zu mir umzudrehen.

Wider Erwarten tut er meine Frage nicht mit einem flapsigen Spruch ab, sondern nickt. Die Sonne wirft Lichtpunkte auf das Muster seines Tattoos. Es gefällt mir, dass er es sich nicht wie die meisten auf dem Oberarm hat stechen lassen. Stattdessen bedeckt es die Innenseite seines Unterarms. Ich verstehe, was Miles gemeint hat. Wes ist fertig. Nicht von einer durchfeierten Partynacht oder dem Vorfall mit George Weathers. Da ist mehr. Aber selbst, wenn ich recht habe, geht es mich nichts an.

Noch immer sehen wir einander an. Ravi hantiert hinter dem deckenhohen Regal herum und bereitet das Abendgeschäft vor. Ansonsten ist es still. Eine Stille, die die Luft zwischen uns zum Schwingen bringt. Ich habe das Gefühl, ich müsste dringend etwas sagen, um den Moment zu zerbrechen, und gleichzeitig will ich nicht, dass er endet. »Was bedeutet es?«, frage ich leise. So leise, dass es den perfekten Kompromiss zwischen meinem Verstand und meinem Herzen bildet.

Wes folgt meinem Blick zu seinem Unterarm und fährt dann nachdenklich die fremdartigen Schriftzüge nach. »Das ist ein Sak Yant.«

Ich nicke, obwohl ich keine Ahnung habe, was das bedeutet.

»Du hast keinen blassen Schimmer, was das ist«, stellt er fest und ein vorsichtiges Lächeln durchbricht seine ernsten Gesichtszüge.

Er gewinnt wieder Boden, wird wieder zu dem Wes, der mich regelmäßig in den Wahnsinn treibt, und das fühlt sich seltsam vertraut an. »Nein, weiß ich nicht«, gebe ich zu.

»Diese Tattoos werden nur von Mönchen in thailändischen Klöstern gestochen«, erklärt er. »Ich hab's mit siebzehn machen lassen, als mein Vater mich zu einem Thailandurlaub gezwungen hat. Er ist ausgerastet.«

Sein Grinsen wird breiter. Ganz offensichtlich amüsiert es ihn selbst jetzt noch, seinen Vater dermaßen auf die Palme gebracht zu haben. Vielleicht sollte ich dieser Information mehr Bedeutung beimessen, aber da es Wes generell gefällt, Menschen zu ärgern, nicke ich nur.

»Die Mönche suchen das Motiv und den Platz aus. Ist nicht jedermanns Sache, sich so auszuliefern. Ich hatte ganz schön Schiss. Es ist eine Mischung aus Pali und der alten Schrift der Khnem und soll mit seinen Kräften unverwundbar machen. Den Körper vor bösen Einflüssen schützen.« Ein trockenes Lachen bricht aus ihm heraus. »Ich glaube, der zahnlose Greis hat das schon richtig ausgesucht. Irgendwer sollte mich dringend vor mir selbst schützen.«

Etwas in seinen Augen sagt mir, dass er gerade absolut ehrlich ist und mehr von sich preisgibt, als er es für gewöhnlich tut. Aber der Moment ist so schnell wieder vorbei und ich so durcheinander, dass ich mir nicht sicher bin, ob ich mich nicht geirrt habe. Es war einfach alles zu viel heute. Erst der Tod der jungen Frau in der Notaufnahme, dann George Weathers' Zusammenbruch und jetzt Wes. Immer wieder Wes.

»Vielleicht hat er aber auch nur die Karte seines Lieblingsrestaurants abgeschrieben«, sagt er mit einem angestrengten Lachen. Er fährt noch einmal über die dunkle Tinte und zuckt die Schultern. »Warum hast du vorhin geweint?« Er wechselt so abrupt das Thema, dass ich ihm überrumpelt ehrlich antworte.

»War eine schlimme Schicht im Krankenhaus.« Ich versuche zu überspielen, wie nahe er mir gerade kommt, ohne dass er seinen Platz vor dem Fenster verlassen hat. Ein gequälter Laut, der leichte Hysterie erahnen lässt, entweicht mir.

»Eve?«, fragt er sanft.

»Heute Morgen ist eine Patientin gestorben«, flüstere ich und verstehe nicht, wie er es schafft, dass ich mein Innerstes vor ihm nach außen kehre. »Es war das erste Mal, dass ich so unmittelbar davon betroffen war. Ich habe die Herzdruckmassage übernommen, während die Ärzte versucht haben sie zu retten. Sie hat es nicht geschafft. Wir konnten sie nicht retten.«

»George Weathers hast du gerettet«, entgegnet Wes ruhig.

Ich habe gar nichts getan. Und selbst wenn es so wäre, würde das den Tod der jungen Frau wohl kaum ausgleichen. Trotzdem wärmt mich Wes' Versuch des Tröstens. »Sie war viel zu jung. Nur ein paar Jahre älter als ich«, flüstere ich.

»Das ist Scheiße«, sagt er. Nicht mehr. Vielleicht weil man es nicht treffender bezeichnen könnte, und es gefällt mir, dass er nicht versucht irgendetwas zu beschönigen. Stattdessen nimmt er mich in den Arm und verdrängt mit seiner Nähe die Dunkelheit. Zumindest so lange, bis die Klingel ein fertiges Gericht ankündigt. Wes löst sich von mir und zieht den Teller aus der Durchreiche. Aber anstatt ihn in den Gastraum zu bringen, kommt er zurück zu mir und stellt das Essen vor mir ab.

»Ich hab Ravi gebeten, ihn noch mal warm zu machen. War eine Fehlbestellung.« Er schiebt den Teller noch etwas näher an mich heran. »Du solltest etwas essen, bevor du umkippst.«

Ich starre den Burger an. Tränen schwimmen in meinen

Augen. Das ist keine Fehlbestellung, die er für mich hat aufwärmen lassen. Dafür ist die Zusammenstellung zu speziell. Ein vegetarischer Burger mit Baconstreifen.

»Ich kenne niemanden außer dir, der auch nur in Erwägung zieht, so etwas zu essen«, sagt er mit einem leichten Zwinkern. Und bevor in meinen Verstand sickert, dass er damit meine Vermutung bestätigt, gibt er mir einen sanften Kuss auf die Schläfe und verschwindet in seinem Büro.

Dort, wo mich seine Lippen berührt haben, prickelt meine Haut selbst dann noch, als ich schon längst allein bin.

* * *

Wes ist früher gegangen. Nach Hause, um zu schlafen und die Kopfschmerzen loszuwerden, die seit dem Vorfall mit George Weathers immer schlimmer wurden. Er hat versucht sich nichts anmerken zu lassen, fluchte leise vor sich hin, bis Ravi und ich ihn überredet haben, dass er nach Hause geht und sich ausruht. Meine Wiedergutmachung für den wirklich süßen Trost in Form meines Lieblingsburgers.

Er hat sich nicht mal von seinen Freunden verabschiedet, die bis kurz vor Feierabend an ihrem gewohnten Tisch saßen. Es muss ihm also echt schlecht gehen.

Mittlerweile ist das Wipe Out leer bis auf Ravi und mich. Ich spüle die letzten Gläser, als mich plötzlich ein Klingeln in Wes' winzigem Büro innehalten lässt. Das ist sein Handyklingelton. Eingängige Bässe und ein harter Rhythmus eines Rocksongs, den ich schon häufiger gehört habe, bevor er Anrufe entgegengenommen hat. Er muss das Handy liegen gelassen haben, als er aufgebrochen ist.

»Müssten wir da rangehen?«, frage ich Ravi, der länger als

ich hier arbeitet und sicher weiß, ob Wes das Handy nur privat oder auch geschäftlich nutzt.

Ravi ist jedoch interessierter daran, seine Küche auf Hochglanz zu säubern, als an dem Anruf. »Wenn es wichtig ist, wird derjenige sich wieder melden oder es auf dem Festnetz versuchen.«

Er hat recht und ich widme mich wieder den Gläsern, obwohl der Song penetrant immer wieder einsetzt. Irgendwer hat ein verdammt wichtiges Anliegen und gibt einfach nicht auf.

Auf zwei Tabletts staple ich Geschirr, das ich brauche, um die vorbestellten Tische für das morgige Frühstück einzudecken.

Ravi taucht im Gastraum auf und lehnt sich gegen den Tresen. »Brauchst du noch lange?«, fragt er.

»Ich muss noch zwei Tische für morgen früh eindecken.«

Ravi guckt auf die Uhr. »Normalerweise würde ich dir helfen, aber ich habe gleich noch ein Date.« Er kommt zu mir und lässt den Schlüssel des Wipe Out an einem Band vor meinem Gesicht baumeln. »Könntest du den Rest vielleicht allein machen und dann abschließen? Sonst komme ich zu spät.«

Ich bin mir nicht sicher, was Wes davon halten wird. Er hat Ravi die Verantwortung übertragen, nicht mir. Trotzdem nicke ich. Für mich ist es kein Problem.

Erleichtert drückt Ravi mich an sich, legt mir den Schlüssel in die Hand und verlässt das Wipe Out. Vom Pier aus winkt er mir noch mal zu. Ich erwidere die Geste und mache mich dann daran, die Tische einzudecken. Endlich Feierabend ist jetzt das Ziel. Und tatsächlich bin ich schneller fertig, als ich angenommen hätte. Gerade als ich das Licht in der Küche löschen will, beginnt Wes' Handy im Büro erneut zu klingeln. Ich zögere. Ravi sagte, wenn es wichtig wäre, würde der Anrufer es noch mal versuchen. Das hat er. Zigmal. Und auch, wenn es sich an-

121

fühlt, als würde ich eine Grenze übertreten, öffne ich die Tür zu Wes' Büro. Sollte es privat sein, kann ich beruhigt nach Hause fahren. Sollte es um das Wipe Out gehen, betrifft es auch meinen Job und ich bin im Grunde verpflichtet, etwas zu tun.

Vorsichtig betrete ich den kleinen Raum, der nachträglich von der Küche abgeteilt wurde. Derselbe Boden, ein kleines Fenster. Zwei Seiten des winzigen Zimmers sind mit Regalen versehen und brechend vollgestopft mit Aktenordnern. Vor der Wand zur Küche sind Kartons in verschiedenen Größen gestapelt. Einer ist geöffnet und eingeschweißte Bon-Rollen für das Kassensystem quellen daraus hervor. Mein Blick bleibt an einer Isomatte und einem zerknüllten Schlafsack hängen, die vor den Kisten stehen. Sieht fast so aus, als hätte Wes hier geschlafen. Das ergibt keinen Sinn, also verwerfe ich den Gedanken wieder.

Vor dem Fenster steht ein zerkratzter Schreibtisch, auf dem sich das Telefon vibrierend um die eigene Achse dreht. Es verstummt und beginnt sofort wieder zu klingeln. Als wollte es mir die Entscheidung erleichtern, tatsächlich nachzusehen, wer versucht Wes zu erreichen. Mit drei langen Schritten durchquere ich das Büro und hebe das Telefon hoch. Gastro International, zeigt das Display an. Sie liefern die Getränke für das Wipe Out. Wenn sie um diese Uhrzeit so vehement versuchen Wes zu erreichen, muss es um einen Notfall gehen. Ich glaube kaum, dass ich helfen kann, indem ich rangehe und ihnen dann sage, dass ich nicht befugt bin, Entscheidungen für das Wipe Out zu treffen. Das kann nur Wes tun. Die einzige Möglichkeit ist, ihm das Telefon zu bringen. Nur müsste ich dafür wissen, wo er wohnt. Ich lasse meinen Blick über den Schreibtisch wandern, ohne etwas anzurühren. Wenn es einen Hinweis gibt, ohne dass ich rumwühlen muss, gut. Falls nicht, werde ich gehen. Eine Rechnung seines Stromanbieters springt mir ins Auge. Darauf ist nicht die Adresse des Wipe Out vermerkt, sondern eine mir unbekannte. Ich tippe die Straße in mein Handy ein und lasse das Navigationsgerät den kürzesten Weg suchen. Wes' Handy stopfe ich hinten in meine Jeans und lösche die Lichter. Dann schließe ich das Wipe Out ab und mache mich auf den Weg.

Laut der Route auf meinem Handy soll ich die Linie 48 nehmen, die in wenigen Minuten vom Pike Place Market abfährt. Eilig laufe ich zur Bushaltestelle.

Nur wenige Menschen sitzen gemeinsam mit mir in dem hell erleuchteten Bus, der durch das nächtliche Seattle kurvt. Und je weiter wir uns vom Stadtkern entfernen, desto mehr Leute steigen aus, bis am Ende nur noch eine ältere Frau mit einem winzigen, zitternden Hund und ich übrig sind. Die Gegend wirkt zunehmend ungepflegt. Graffiti zieren die Häuserwände und hübsche Vorgärten mit schicken Holzzäunen machen Maschendrahtzäunen Platz, an denen sich achtlos weggeworfener Müll verhakt. Zwielichtige Typen lungern auf den Gehwegen herum. Wir passieren den Industrial District und überqueren schließlich die First Ave Bridge, die uns geradewegs nach South Park führt. South Park ist ein übler Bezirk. Laut den Politikern soll das Stadtviertel in den nächsten Jahren einen enormen Aufschwung erfahren. Das wäre vielleicht Grund genug für Wes' Dad, dort eine Immobilie als Anlageobjekt zu erwerben. Aber warum sollte er seinen Sohn in dieser Gegend wohnen lassen? Wes sagte, dass sein Vermieter ihm wegen Eigenbedarf kündigen würde. Also gehört seinem Vater die Wohnung vielleicht gar nicht. Die Wahl seiner Wohngegend könnte ein weiterer Versuch sein, seinem Dad eins auszuwischen. Das würde zu Wes passen.

Als wir die Haltestelle erreichen, an der ich rausmuss, ist mir schon etwas mulmig zumute. Zum Glück sind es von hier nur rund dreihundert Yards bis zu dem Wohnhaus, in dem Wes' Apartment liegt. Das sagt zumindest mein Handy, das ich krampfhaft umklammere. So schnell ich kann, lege ich die Strecke zurück und erreiche schließlich ein hässliches vierstöckiges Haus mit einer schmutzig rissigen Fassade. Das einzig Farbenfrohe an dem Gebäude sind die Graffiti. Das Fenster der Außentür ist gesprungen und die Hälfte der Klingelschilder nicht lesbar. Wenn ich nicht herausfinde, welches zu Wes gehört, bin ich geliefert. Ich kann um diese Uhrzeit nicht wahllos Menschen aus dem Bett schmeißen. Ich gehe die Schilder durch und atme erleichtert auf, als ich Wes' Nachnamen in schnörkellosen Druckbuchstaben entdecke. Kein Hauch von Individualität, aber er ist es. Ich klingle Sturm, denn ich fühle mich unwohl, in diesem Viertel allein vor einer verschlossenen Tür zu stehen. Zunächst passiert nichts. Aber dann knackt die Gegensprechanlage und Wes' Stimme bellt mir ein verschlafenes »Was?« entgegen.

»Ich bin es. Everly. Kann ich kurz raufkommen?« Laut Klingelschild müsst es der dritte Stock sein. Ich trete einen Schritt zurück und blinzle die Hauswand empor. Kein Licht verrät, welches der trüben Fenster zu Wes' Wohnung gehört.

»Eve? Fuck! Was zum Henker?« Er hört sich jetzt deutlich wacher an. Und verärgert. »Warte.« Es knackt noch einmal. Dann herrscht Stille. Für genau zwei Minuten, bevor ich Schritte höre und Wes mir die Haustür öffnet. Sein Shirt hängt schief, als hätte er es achtlos übergeworfen. Die Haare sind vom Schlaf zerwühlt und seine Augen klein vor Müdigkeit.

»Was tust du hier?« Er scannt die Umgebung, als hätte er Sorge, mich könnte jemand belästigt haben oder es noch tun. Hereinbitten tut er mich trotzdem nicht.

Umständlich befördere ich sein Handy aus der Hosentasche. »Das hast du im Wipe Out liegen lassen.«

Er nimmt es entgegen und wiegt es in seiner Hand. »Und deswegen fährst du um diese Uhrzeit hier raus? In diese abgefuckte Gegend?« Er ist wütend. »Hast du eine Ahnung, wie gefährlich dieser Stadtteil, verflucht noch mal, sein kann? Gerade für jemanden wie dich?«

Was soll das denn heißen? Für jemanden wie mich. »Gern geschehen«, erwidere ich. »Hast du eine Ahnung, wie oft das blöde Ding geklingelt hat?« Ich deute auf das Handy in seiner Hand. »Scheint wichtig zu sein. Und wenn du denkst, ich könnte nicht auf mich aufpassen, nur weil ich ein Mädchen bin, liegst du falsch.« Eine ziemlich abenteuerliche Behauptung, denn ich habe tatsächlich Angst vor dem Rückweg. Ich hätte vorher gucken sollen, wann der nächste Bus zurückfährt. Wer weiß, wie lange ich jetzt allein in dieser Gegend warten muss.

»Woher weißt du überhaupt, wo ich wohne?«, fragt er jetzt argwöhnisch.

»Deine Stromrechnung lag auf dem Schreibtisch.« Ich beiße mir auf die Unterlippe. »Ich habe nicht spioniert«, füge ich eilig hinzu.

»Ach ja?« Wes grinst schwach.

»Ja«, erwidere ich fest. »Der Brief lag oben auf dem Schreibtisch und ich dachte, es wäre hilfreich, dir das Telefon zu bringen, weil dein Lieferant unentwegt anruft.« Wie aufs Stichwort setzt das Brummen wieder ein und mit einer Sekunde Verzögerung beginnt der immer gleiche Song aus den Lautsprechern des Handys zu plärren.

Wes nimmt den Anruf entgegen und hört eine ganze Weile nur zu. Dann beginnt er mit dem Lieferanten zu diskutieren. Es geht ganz offensichtlich um die Getränkelieferungen, die wir für das Wochenende dringend brauchen und die wegen eines internen Fehlers des Lieferanten auf dem Spiel stehen. Wenn das nicht klappt, können wir das Wipe Out auch gleich zulassen. Ohne Getränke kein Umsatz – und genau das sagt Wes dem Anrufer auch. Ich überlege, einfach zu gehen. Neben Wes zu stehen und ihm zuzuhören, wie er verhandelt, ist bescheuert. Ich habe erledigt, warum ich gekommen bin, und sollte dringend zusehen, dass ich nach Hause komme und schlafe. Aber gerade, als ich mich umdrehen und verschwinden will, hält Wes mich am Arm zurück und bedeutet mir mit seinem Blick, dass ich bleiben soll.

Kurz darauf legt er auf und hebt das Telefon an. »Danke. Das war tatsächlich wichtig.«

»Kein Problem.« Ich deute über meine Schulter. »Ich sollte jetzt gehen.«

Wes schüttelt den Kopf. »Ich bringe dich. Ist zu gefährlich allein in dieser Gegend.«

»Das brauchst du nicht.« Es ist doch idiotisch, dass er mich ganz bis zum Pioneer Square begleitet und am Ende kein Bus mehr fährt, der ihn nach Hause bringt. »Ich komme klar, echt.« Ich schlage ihm spielerisch gegen den Oberarm, aber er fängt den Schlag ab und umschließt sekundenlang meine Hand.

»Ich bringe dich«, sagt er fest und gibt erst dann meine Hand frei. Seine Berührung hat meinen Widerstand komplett zerlegt und so folge ich ihm, als er zielstrebig in Richtung Bushaltestelle geht.

Es hat wohl wenig Sinn, ihn vom Gegenteil überzeugen zu wollen. »Wie geht es deinem Kopf?«, frage ich, als wir wenig später im Bus sitzen, der gemächlich Richtung Innenstadt fährt.

»Hm«, brummt Wes und sieht mich unverwandt an. »Besser, schätze ich.«

Ich nicke und überlege, ob die Frage, wieso er hier wohnt, zu direkt ist. Er passt nicht in diese Gegend. In ein Haus, das abbruchreif ist. Mit Graffiti auf den Wänden und einer kaputten Eingangstür.

»Spuck es schon aus«, fordert er mich plötzlich auf. »Ich sehe doch, dass du etwas zu sagen hast.« Er fährt sich durch die Haare und schüttelt den Kopf. »Oder noch besser, lass es, okay!« Wes sieht mich eindringlich an und verdreht die Augen, als ich seinem Blick standhalte. »Es ist ein Loch«, gibt er zu. »Aber es ist ein Dach über dem Kopf. Mehr brauche ich nicht. Ich bin da nicht wie du.« Er setzt seinen Scheißegal-Gesichtsausdruck auf, als wäre ihm sein Zuhause einfach nicht wichtig, aber das nehme ich ihm nicht ab. Früher hat er in einem Dreihundert-Quadratmeter-Luxusapartment am Pike Place mit Blick auf die Elliot Bay und das Riesenrad gewohnt. Ich sage nichts, sehe ihn einfach nur an.

»Du hättest das gar nicht mitkriegen sollen«, schiebt er hinterher und starrt dann aus dem Fenster. »Ist eh nur noch für kurze Zeit.«

»Und dann?« Ich ziehe einen Fuß auf den plastikverschalten Sitz unter mir. »Schläfst du dann im Büro des Wipe Out?« Eine Schlussfolgerung, die zu dem zerwühlten Schlafsack und der Isomatte passt.

Er zuckt zurück und verengt seine Augen zu Schlitzen. »Du hast also nicht spioniert?« Er zieht eine Augenbraue in die Höhe. »Ich bin nicht obdachlos, Eve. Niemand, den du retten musst, weil er sonst nicht zurechtkommt. Die Campingsachen in meinem Büro habe ich 'nem Freund abgekauft und im Wipe Out zwischengelagert. Mehr nicht.«

Das erklärt nicht, warum die Sachen benutzt wurden. Und da Wes in letzter Zeit nicht campen war, muss er damit im Büro übernachtet haben.

»Ich suche noch nach einer Wohnung, das stimmt«, gibt er

zu. »Aber ich habe noch bis Ende des Monats. Bis dahin finde ich etwas.«

Nicht in einem so engen Zeitfenster und ohne die Hilfe seines Dads, die er ganz offensichtlich nicht annehmen will. Ich kann nichts gegen das dringende, absolut bescheuerte und tief greifende Bedürfnis tun, ihn retten zu wollen. Egal, wie absurd das ist. Ich gebe mir keine Mühe, es zu verbergen.

»Ach, scheiß doch drauf.« Wes schüttelt meine Hand ab. »Denk, was du willst. Mir egal.« Er lehnt sich gegen die Scheibe. »Ich bin heute Nacht, verflucht noch mal, zu müde und zu abgefuckt, um dir deine Weltverbessererfantasien auszureden.«

Ich sage nichts. Nicht während der übrigen Fahrt, nicht, als wir aus dem Bus steigen, und auch nicht, als er mich bis zur Haustür meines Wohnkomplexes bringt. Erst als ich aufschließe, atme ich tief durch und spreche aus, was mich seit unserer Abfahrt in South Park nicht mehr losgelassen hat. »In Ordnung!« Meine Stimme zittert nicht einmal. Als wäre sie viel sicherer als ich, das Richtige zu tun. Wes tatsächlich anzubieten, mit mir zusammenzuziehen, fühlt sich an wie der Moment auf dem höchsten Punkt der Achterbahn, bevor die Wagen mit halsbrecherischem Tempo nach unten jagen. Und gleichzeitig weiß ich, es ist das Richtige. Das einzig Richtige, denn ich will nicht, dass er auf einer Isomatte schläft oder in einem Loch von Wohnung endet, das noch schlimmer ist als das jetzige.

Wes kneift irritiert die Augen zusammen. »Was soll das bitte bedeuten? In Ordnung?«

»Ich brauche einen Mitbewohner und du brauchst ein Zimmer«, wiederhole ich seine Worte. Ich lächle, als wäre es keine große Sache. Dabei ist es das.

Jules wird mich umbringen. David wird ausrasten, wenn er davon erfährt, und ich werde es wahrscheinlich sehr schnell bereuen. Vor allem, weil ich entgegen aller Vernunft auf Wes reagiere. Selbst, wenn er nur so vor mir steht, wie er jetzt gerade tut und die Stirn runzelt. Und ich kann absolut nichts dagegen tun.

»Ich brauche kein Scheißmitleid von dir, Eve. Du wolltest nicht, dass ich bei dir wohne, und jetzt, wo du meine Situation kennst, änderst du plötzlich deine Meinung?« Er mustert mich eindringlich. »Ich brauche deine Hilfe nicht.« Er kommt mir gefährlich nahe und Wut ummantelt seine Worte. Sein Atem streift meine Wange und mein Herz schlägt mir bis zum Hals. Nicht weil ich Angst vor seiner Reaktion habe, sondern weil ich wünschte, er würde mich in diesem Moment küssen. Ich schließe die Augen und öffne sie erst wieder, als er Abstand zwischen uns bringt.

»Du bist nicht besonders gut darin, Hilfe anzunehmen«, murmle ich und bin sicher, man hört mir an, wie angeschlagen ich bin. »Ich versuche nicht, dich zu retten, oder so einen Quatsch«, lüge ich. »Ich brauche so schnell wie möglich einen Mitbewohner, wenn ich die Wohnung halten will. Das ist alles. Denn im Gegensatz zu dir ist es mir nicht egal, wo ich lebe. Ich will diese Wohnung nicht verlieren. Und da kommst du ins Spiel.« Ich lächle vorsichtig. »Ich habe keine Zeit, Bewerber zu sichten. Du bist zufällig liquide, hast einen sicheren Job und bist nur meistens schrecklich. Du hattest vermutlich recht, als du sagtest, du wärest die Lösung für meine Probleme. Du würdest also mich retten, wenn man es genau nimmt.« Ich verstumme und zucke mit den Schultern.

Wes zögert. Er kämpft mit sich, nickt aber. Vermutlich aus Mangel an Alternativen. »Wenn das so ist. In Ordnung«, sagt er leise und gibt mir feierlich die Hand.

KAPITEL 16

Weston

»Das ist sie also, die heilige Wohnung?« Ich klopfe gegen den Türrahmen und nicke. Ich bin müde, weil Eve mich mitten aus einem unruhigen Schlaf gerissen hat, und der Kopfschmerz pocht trotz zweier Schmerztabletten und immerhin drei Stunden Pause noch immer dumpf hinter meiner Stirn. Trotzdem bin ich Eve in ihre Wohnung gefolgt und lasse mich durch die hellen und gut geschnittenen Räume führen.

Man sieht deutlich den Einfluss von Olivia. Jedes Zimmer ist in einer anderen Farbe gestrichen. Keine gedeckten Farben, sondern ein wildes, fröhlich buntes Durcheinander. Die Küche erstrahlt in einem hellen Türkis. Hawaiianische Ketten hängen an den Hängeschränken und auf der Fensterbank steht eine solarbetriebene Hula-Frau und tanzt trotz der Dunkelheit vor dem Fenster monoton vor sich hin. Der Fernsehtisch besteht aus einem alten Surfboard und der Rest des Mobiliars sieht aus, als hätten Olivia und Eve ihn auf verschiedenen Flohmärkten zusammengetragen. Ein buntes Sammelsurium, das Gemütlichkeit verströmt, obwohl nichts wirklich zusammenpasst.

»Hast du was auszusetzen?«, fragt Eve, als sie meinen Blick bemerkt. Sie kennt das Apartment am Pike Place, das von einer Innenarchitektin durchgestylt war, aber sie weiß auch, wo ich derzeit wohne. Womit sie die Einzige ist. Es gefällt mir nicht, dass sie und ich dieses Geheimnis teilen.

Anstatt einer Antwort fahre ich mir durch die Haare. Was sollte ich auch sagen? Dass ihre Wohnung ein Palast gegen das Loch ist, in dem ich zurzeit wohne? Und erst recht im Vergleich zu dem Küchenboden des Wipe Out, der meine Zukunft wäre, wenn das hier nicht klappt? Dass mir der Stil deutlich besser gefällt als die kühle Eleganz meines ehemaligen Zuhauses? Ganz sicher werde ich ihr nicht sagen, dass ich mich hier schon jetzt wohlfühle.

Sie pustet sich eine Locke aus dem Gesicht und wickelt das wilde Chaos auf ihrem Kopf dann zu einem Knoten zusammen. Mir ist klar, dass sie noch immer auf eine Antwort wartet.

»Nein, ist schön«, versuche ich es unverbindlich. Die irren Gedanken in meinem Kopf gehen sie nichts an. »Vielleicht sieht es ein bisschen so aus, als würden wir uns in den Siebzigern befinden, aber das ist okay«, sage ich. Ich bringe sie lieber auf die Palme, als ihr einen Blick hinter meine Fassade zu erlauben.

Eve verdreht die Augen. »Das hier wäre dein Zimmer«, murmelt sie beherrscht, nutzt aber den Konjunktiv, um mir einen unterschwelligen Tritt zu verpassen, dass ich mich besser benehmen sollte, weil sie ihr Angebot jederzeit widerrufen kann. Sie zeigt in ein großes Zimmer mit einem Albtraum von Rosentapete und geht dann weiter. »Das hier ist die Küche. Lass bitte kein Geschirr stehen und räum hinter dir auf. Ich hasse Unordnung.«

»Da sind wir ja quasi wie füreinander gemacht.« Ich bin zwar nicht halb so schlimm wie Miles, aber ich denke, es könnte ausreichen, um sie mit meiner Unordentlichkeit in den Wahnsinn zu treiben. Allerdings frage ich mich ernsthaft, warum ich ihr das ausgerechnet jetzt sagen muss. Wenn ich so weitermache, wird die fiese Isomatte schneller zu meiner Zukunft, als mir lieb sein kann. Eve ist meine beste – und bisher einzige Chance, dem zu entgehen. Das sollte ich nicht so leichtfertig aufs Spiel setzen. Ich brauche sie und dieses Zimmer. Und sie braucht das Geld, das ich ihr zahlen werde. Also bemühe ich mich um ein Waffenstillstandslächeln.

»Dahinten ist das Bad.« Sie sieht mich prüfend an. »Wenn deine Zahnpasta morgens im Waschbecken klebt oder irgendwo Haare rumliegen, bringe ich dich um.«

Das Funkeln in ihren Augen sagt mir, dass sie das todernst meint. Also nicke ich.

»Um diese Uhrzeit fährt kein Bus mehr zu dir. Du kannst also meinetwegen schon heute Nacht hier schlafen.« Sie mustert mich sekundenlang, als müsste sie ihr Angebot noch mal überdenken. »Frische Bettwäsche ist im Schrank auf dem Flur«, sagt sie dann und schiebt sich an mir vorbei, um die Tür zu ihrem Zimmer zu öffnen. Ich erhasche einen Blick auf helle Möbel, graue Stoffe und wenige bunte Akzente. »Aber glaub ja nicht, ich beziehe dir um diese Uhrzeit noch das Bett.«

»Und ich dachte, das Zimmer wäre mit Vollpension«, kann ich mir nicht verkneifen, aber meine Worte treffen nur die Tür, die Eve mit einem Rums hinter sich zuzieht. Ihre Reaktion entlockt mir ein Lachen. Wenigstens ein Lichtblick. Ab sofort kann ich sie ständig auf die Palme bringen.

KAPITEL 17

Everly

Das Biscuit Bitch ist brechend voll. Normalerweise umgehen wir die Stoßzeiten in unserem Stammlokal, aber mein Terminkalender war ungnädig. Zwischen den Schichten im Krankenhaus, der Arbeit im Wipe Out und den Besuchen bei Nana war das hier der einzige Termin für ein Treffen mit Chloe und Jules.

Ich zwänge mich durch das Getümmel vorm Tresen und steuere auf unseren Tisch zu, an dem die beiden schon auf mich warten. Ich umarme sie und schiebe mich neben Jules auf eines der Sofas.

»Wie geht's dir? Siehst gestresst aus.« Chloe schiebt mir einen Latte macchiato zu, den sie schon für mich bestellt haben.

»War ziemlich viel los diese Woche«, antworte ich ausweichend und bestelle einen Schokoladenkuchen bei Pepe, der an unserem Tisch vorbeieilt. »Ich komme gerade von Nana. Sie ist im Töpferwahn und hofft auf eine Patrick-Swayze-Erfahrung an der Töpferscheibe.« Wie in *Ghost – Nachricht von Sam.* »Leider eignet sich der Kunstlehrer nicht für diese Fantasie. Davor war ich in der Klinik und gestern hatte ich eine doppelte Schicht im Wipe Out. Dort gab es einen Notfall. Ein Gast ist zusammengeklappt und ich musste Erste Hilfe leisten.« Anschließend habe ich Wes sein Telefon vorbeigebracht, und stellt euch vor, er wohnt in einer Bruchbude in South Park, aus der er ausziehen

133

muss. Deswegen habe ich ihm angeboten, bei mir zu wohnen. Ich atme tief durch und schlucke diesen Teil der Zusammenfassung hinunter: »Außerdem war David im Restaurant.«

Jules klatscht verzückt in die Hände. »Habt ihr euch endlich wieder versöhnt?«

Das wird zu einer fixen Idee von Jules, zu glauben, David und ich hätten noch eine Zukunft. »Ich habe ihn weggeschickt«, erkläre ich.

»Du hast was?« Jules sieht mich an, als wäre ich nicht ganz bei Trost.

»Ich kann nicht einfach ignorieren, was passiert ist.«

Chloe nickt und tätschelt mir den Arm. »Da bin ich voll bei dir. Er soll ruhig ein bisschen zappeln. Aber in der Zwischenzeit solltest du sehen, dass du dir einen Mitbewohner suchst. Dann steht die Frage nach dem Zusammenziehen auch nicht mehr zwischen euch, solltet ihr euch doch wieder annähern.«

Wes wohnt bei mir. Wieso spreche ich es nicht einfach aus?

Die beiden beginnen, Pläne zu schmieden, nach welchem Verfahren sie die Bewerber aussieben wollen, aber ich höre nur mit halbem Ohr zu.

Ich frage mich, ob ich David wirklich noch eine Chance geben sollte? Schließlich war er immer für mich da. Selbst dann noch, als ich mich verändert hatte. Nach dieser Nacht. In der ersten Zeit danach, als ich so verdammt distanziert war, verschlossen, ohne dass er verstehen konnte, warum. Ich habe nie mit ihm darüber gesprochen, was passiert ist. Ihm nie von dem Zedernholzgeruch erzählt, den die Erinnerungen an Kyle noch heute heraufbeschwören. Sie tun es jetzt, während meine Freundinnen ausgelassen reden und lachen.

Ich sehe den Faden des Bettüberwurfs, der sich im Rhythmus meines Atems bewegt. Spüre Kyles Gewicht auf mir. Ich weiß noch, wie ich Jules' Namen flüsterte. Zu leise, um sie aus ihrem alkoholgetränkten Schlaf zu reißen. Ich konnte mich nicht wehren, war zu panisch und zu betrunken, um Kyle abzuschütteln. Ich konnte nicht einmal Nein sagen. Gedacht habe ich es zehntausendmal. Während er mir die Unterhose runterriss. Während er seine Hose öffnete und seine Haut meine berührte. Und als ich die vier Buchstaben endlich hervorgewürgt bekam, hat Kyle sie nicht ernst genommen, sie ignoriert. Jules war meine Rettung. Sie ist gerade noch rechtzeitig zu sich gekommen und hat den Mistkerl niedergeschlagen, bevor er noch mehr tun konnte. Sie hat mich angezogen, meine zerrissene Unterhose in ihrem Rucksack versteckt und mein zerlaufenes Make-up gerichtet, bevor sie mich da rausschaffte und irgendwer einen Krankenwagen für dieses Schwein rief. »Niemand wird das je erfahren, Eve«, hat sie mir auf dem Weg nach draußen zugeflüstert. »Nicht, wenn du es nicht möchtest.«

Ich wollte es nicht. Zu groß war die Angst, vielleicht selbst schuld an dem gewesen zu sein, was passiert ist. Noch heute frage ich mich, ob ich Kyle durch irgendetwas ermutigt habe. Vielleicht habe ich mich zu aufreizend bewegt. Etwas Missverständliches gesagt. Die falschen Klamotten getragen. Ihn anzuzeigen, hätte bedeutet, sich dem zu stellen. Nana hätte davon erfahren. Die ganze Schule hätte es gewusst. Ich hätte Fragen beantworten müssen, dabei wollte ich nur vergessen. Bis heute kann ich es nicht, obwohl ich gelernt habe, besser damit umzugehen.

Die Einzige, die davon weiß, ist bis heute Jules.

Ich sehe sie an, wie sie sich etwas Milchschaum von der Lippe wischt und begeistert in Chloes Mitbewohner-Casting-Planung einsteigt. Sie hat es nie jemandem erzählt. Nicht mal Chloe. Und sie hat selbst dann geschwiegen, als das Arschloch sie wegen Körperverletzung verklagte und man sie zu Sozialstunden verdonnerte. Und anstatt die Sache richtigzustellen, habe ich weiter geschwiegen. Ich habe Jules nicht geschützt, so wie sie es bei mir getan hat. Diese Party hat alles verändert. Heute beherrscht diese Nacht nicht mehr jeden meiner Gedanken, aber sie ist noch immer ein Teil von mir. Ein Teil, den David nie kennengelernt hat und der Distanz zwischen uns gelegt hat. Eine Distanz, die nie wieder ganz gewichen ist. Nur ich kann das ändern. Indem ich David und mir noch eine Chance gebe – und ihm die Wahrheit erzähle. Und laut Chloe und Jules sollte ich das dringend tun. Aber alles in mir sträubt sich dagegen.

»Ist alles okay bei dir?« Chloe mustert mich besorgt.

Ich beeile mich zu nicken. »Ich war nur in Gedanken.«

»Also bist du dabei?«

Etwas ratlos blicke ich erst Chloe und dann Jules an.

»Du warst aber weit, weit weg.« Chloe seufzt und fasst dann die Eckdaten für mich zusammen. »Mitbewohner-Casting mit jeder Menge Sekt und albernen Bewerbungsaufgaben. Damit wir auch genug Spaß haben.«

»Ganz nach meinem Geschmack«, stimmt Jules zu.

Das hört sich nach einem guten Vorschlag an. Nach einer echten Hilfe und jeder Menge Spaß, wäre da nicht der Umstand, dass Nanas Zimmer längst vergeben ist. Womit wir wieder bei der Wahrheit wären, die ich dringend aussprechen müsste. Aber ich kann es nicht. »Ihr seid die Besten. Wirklich. Aber ich will erst mal sehen, ob ich mit dem Job im Wipe Out finanziell zurechtkomme, ohne jemanden Fremdes bei mir wohnen zu lassen«, murmle ich. »Sollte das nicht klappen, werde ich kommendes Semester einen Zettel ans Schwarze Brett der Uni hängen.« Bis dahin ist Wes sicher längst wieder ausgezogen, weil er etwas Eigenes gefunden hat. Das klingt nach einem Plan. Einen mit Lücken, aber immerhin ist es ein Plan.

KAPITEL 18

Weston

Olivia wurde vor fünf Minuten aufgerufen. Wenigstens kann sie mir die nächsten Stunden nicht mehr wegen des Dates mit Eve in den Ohren liegen, das ich ihr versprochen habe. Denn so wie es aussieht, wird es noch eine halbe Ewigkeit dauern, bis wir das Krankenhaus verlassen können. Sie wollen einige Tests durchführen und danach noch den Behandlungsplan durchsprechen, der dann im Haus 73 angewendet werden soll.

Ich habe mir Unterrichtsmaterial mitgenommen, aber ich kann mich nicht konzentrieren. Es sind diese verfluchten weißen Wände und der Geruch, der über allem liegt. Diese Mischung aus Desinfektionsmittel, Krankheit und unpersönlicher Kälte macht mich wahnsinnig. Da unterscheide ich mich vermutlich nicht unbedingt von anderen Menschen. Die meisten Besucher sehen fast so blass und mitgenommen aus wie die Patienten selbst. Was sich bei mir unterscheidet, sind die verdammten Bilder, die dieser Geruch heraufbeschwört.

Ruckartig setze ich mich auf, werfe die Unterlagen in meinen Rucksack und verlasse die Onkologie. Bevor Olivia wiederkommt und mich im aseptischen Warteraum vermissen kann, werde ich zurück sein.

Das Geräusch meiner Schritte wird von dem Linoleum am Boden geschluckt. Ich wollte längst nach George Weathers

137

sehen. Es sollte mich nicht interessieren, was aus ihm und seinen verkalkten Adern geworden ist, aber sicher zu wissen, dass
er wohlauf ist, würde mir etwas mehr Zuversicht in Bezug auf
Olivias Krankheitsverlauf geben. Ich könnte das Gefühl gebrauchen, dass es uns gelungen ist, dem Tod in den Arsch zu
treten. Nur dieses eine Mal.

Auf der kardiologischen Station ist es genauso still wie schon
in der Onkologie. Nichts erinnert an die Hektik, die in den
Krankenhausserien immer gezeigt wird. Der Kampf gegen den
Tod findet in ruhiger Konsequenz statt.

»Kann ich Ihnen helfen?« Eine Schwester bleibt unmittelbar
vor mir stehen. Sie ist jung und hat ein sympathisches, wenn
auch etwas aufgesetztes Lächeln. Ihr Blick senkt sich, bevor sie
ihn wieder anhebt und noch ein wenig mehr ihrer ebenmäßigen
Zähne zeigt. Mit dem Geld, das diese unnatürliche Zahnreihe
gekostet haben dürften, konnte ihr Kieferorthopäde mit Sicherheit sein Wochenendhaus abbezahlen. Sie ist hübsch und sie flirtet mit mir. Es hätte mich schlimmer treffen können.

»Vielleicht«, erwidere ich lächelnd, obwohl mir ihre Zähne
zu gerade sind, sie zu perfekt und ich nicht interessiert. »Ich
suche nach einem Patienten, der auf Ihrer Station liegen
müsste.«

»Ich gucke gern mal nach. Wie ist denn sein Name?« Sie kaut
aufreizend auf der Unterlippe herum. Ihre Anmache ist dermaßen platt, dass sie schon allein deswegen nicht mein Typ ist.
Ich muss mich zwingen, sie nicht vor den Kopf zu stoßen.

»George Weathers. Er wurde vor vier Tagen mit einem Herzinfarkt eingeliefert.« Sie huscht hinter den Tresen und tippt auf
einer veralteten Computertastatur herum, die an einem moder-
nen Flachbildschirm hängt. Ihre Stirn legt sich in Falten.

»George Weathers?« Sie fragt das nicht, weil sie mich nicht

138

verstanden hätte. Ich nicke, obwohl mir bereits klar ist, wie ihre Antwort ausfallen wird.

»Es tut mir leid, aber Sie sind nicht mit ihm verwandt, oder?«

»Ich will ihn nur besuchen.« Ich habe längst begriffen, was die junge Schwester mir nicht sagen darf. Meine Stimme ist wackelig, also schlage ich leicht mit der Handfläche auf den Tresen, als würde ihr das mehr Kraft verleihen. »Ich wusste nicht, dass ich für eine einfache Auskunft mit ihm verwandt sein muss, verdammte Scheiße.« *Du fluchst, wenn dir etwas zu nahegeht.* Unwillig schüttle ich Olivias Stimme ab. Es gibt gar keinen Grund auszuflippen. Vielleicht atmet George Weathers noch gegen eine summende Beatmungsmaschine an. Ein Anblick, den man nicht einmal Angehörigen zumuten sollte. Es muss nicht heißen, dass er tot ist. Nur, dass es mich als Außenstehenden nichts angeht. Ich schüttle den Kopf und weiß es längst besser. Es hat einen Grund, dass wir innerhalb von Sekundenbruchteilen von plattem Flirten in ein unsicheres Schweigen geschlittert sind.

»Ich darf leider nur Informationen an Familienmitglieder rausgeben«, sagt die Schwester zaghaft.

»Dann bin ich sein Onkel.«

Sie verzieht mitleidig das Gesicht. »Es geht nicht. Tut mir leid.«

»Ist er tot?«, frage ich und verstehe nicht, wieso ich das Offensichtliche unbedingt hören muss, während sich Mister Sensenmann darüber scheckiglacht, dass ich wirklich dachte, man könnte gegen ihn gewinnen.

»Ich darf Ihnen keine Auskunft geben.« Sie legt mir die Hand auf den Arm und drückt leicht zu. Als würde dieses Scheißmitleid mir kein schweigendes Ja entgegenbrüllen. Wütend entziehe ich mich ihr und lasse sie mit ihren geraden, weißen Zähnen, ihren Vorschriften und ihrem kleinen, perfekten Leben stehen.

Ich kann nicht zurück in das stickige Wartezimmer. Eilig nestle ich das Handy aus meiner Hosentasche, rufe in der Onkologie an und bitte die Schwester, Olivia auszurichten, dass ich draußen im Wagen auf sie warte. Ich muss hier raus. Und zwar bevor die Erinnerungen mehr werden als ein verdammtes Stroboskopflackern.

* * *

Ich habe Olivia vom Krankenhaus zurück ins Waterfront gebracht und Miles den Pick-up zurück auf den Parkplatz neben dem Fähranleger gestellt. Er hat ihn mir geliehen, ohne zu fragen, wofür ich den Wagen brauchte. Und ich habe ihm wie immer nichts erzählt. Ich muss nicht mein Innerstes vor ihm ausbreiten, damit er für mich da ist. Deshalb ist er auch mein bester Freund. Ich brauche ein Auto und er gibt es mir. Ganz einfach.

Für alles Weitere sind Bars zuständig. Bars, in denen schon am helllichten Tag Alkohol ausgeschenkt wird, der mich vergessen lässt, dass George Weathers tot ist. Der die Gewissheit auslöscht, dass Olivia stirbt.

Ich drücke die Tür zu einer solchen Spelunke auf. Sie liegt in unmittelbarer Nähe zum Parkplatz. Drinnen ist es schummrig und es riecht nach Bier und kaltem Rauch. Keine angenehme Mischung, die mich aber trotzdem nicht davon abhält, mich auf einen der Barhocker zu schieben. Wortlos bestelle ich ein Glas Whiskey. Ist vermutlich nicht schlau, wieder so anzufangen wie nach Moms Tod. Trotzdem kippe ich das Glas in einem Zug hinunter und klopfe auf die Theke, um klarzumachen, dass ich wirklich dringend Nachschub brauche.

Hinter der Theke steht keine hübsche Blondine, die ich flach-legen könnte, sobald ich den richtigen Pegel habe. So was gibt es vermutlich nur im Film. In der Wirklichkeit schenken in Spelunken, in die man am helllichten Tag geht, um sich zu betrinken, Typen den Stoff aus, die genauso desillusioniert und resigniert aussehen wie die Gäste, die um diese Zeit hier abhängen.

Außer mir sitzt noch ein älterer Typ am Tresen, der schon seit einer Ewigkeit in sein halb leeres Bier starrt, und zwei Männer kleben im rückwärtigen Teil an einer eingebauten Sitzbank. Immerhin huschen ihre Augen lebhaft zwischen den Spielautomaten und dem Fernseher hin und her. Dadurch wirken sie deutlich lebendiger als das Modell »ausgestopfter Rentner« neben mir. Keiner von uns will den Laden verlassen und das, obwohl der Boden klebrig von verschüttetem Alkohol ist, das Furnier der Theke abblättert und ein schmieriger Film auf den Möbeln liegt. Sich so abzuschießen, ist echt erbärmlich, aber das ist mir egal.

»Noch einen?« Das Gesicht des Barmanns bleibt ausdruckslos. Er hat vermutlich vor langer Zeit aufgegeben, nach dem Warum und Wieso zu fragen. Die Geschichten wiederholen sich und Ratschläge zu geben, ist vergebliche Liebesmühe.

Ich nicke und warte, bis er das Glas halb gefüllt hat. Angefangen habe ich mit Whiskey, aber das Zeug jetzt schmeckt anders und ist klar. Es brennt in der Speiseröhre, also hat es genug Umdrehungen. Alles andere ist egal. Hauptsache, ich kann Olivia vergessen, Eve, die da irgendwie mit drinhängt, und George Weathers. Es reicht, um Mom zu vergessen.

KAPITEL 19

Everly

Es ist noch dunkel, als ich wach werde und dringend auf die Toilette muss. Laut Handydisplay ist es fünf Uhr morgens. Mir bleibt nicht mehr viel Zeit, bis der Wecker klingelt, und ich mich für meine Schicht im Wipe Out fertig machen muss. Seufzend rapple ich mich auf und schlurfe über den Flur zum Bad.

Wes verfolgt seinen Plan, mir aus dem Weg zu gehen, sehr stringent. Es sollte mich erleichtern, nicht enttäuschen. Seit vier Tagen wohnt er jetzt hier. Wenn man zwei Reisetaschen in Nanas altes Zimmer zu stellen und ansonsten nie zu Hause zu sein als Einzug bezeichnen kann.

Die Tür zu seinem Zimmer steht offen. Er ist wie immer nicht da. Die Laken auf Nanas altem Bett sind nicht zerwühlt. Er war noch gar nicht zu Hause. Dabei ist die Nacht so gut wie vorbei. Nicht mein Problem. Ich rede mir ein, dass es mich nur deswegen ärgert, weil mit einem vollkommen übermüdeten Wes zu arbeiten sehr wohl mein Problem ist.

Ich stoße mir fast das Knie an seiner Zimmertür, stolpere fluchend über den Flur und betrete das Bad mit dem festen Vorsatz, Wes aus meinem Kopf zu kriegen und meinem Hirn lieber noch etwas Ruhe zu gönnen, bevor ich in den Tag starten muss. Deswegen schalte ich auch das Badezimmerlicht nicht an. Die Lampe im Flur wirft einen verwaschenen Streifen Helligkeit auf die Fliesen, der mich hoffentlich nicht vollständig weckt. Dann kann ich nach dem Gang auf die Toilette noch etwas dösen.

Im Gegensatz zu Wes brauche ich nämlich meinen Schlaf. Mit geschlossenen Augen setze ich mich auf die Toilette und gähne herzhaft, als mich eine Bewegung neben mir zusammenfahren lässt. Wenn ich noch Geräusche erzeugen könnte, würde ich schreien, aber mit einigen Sekunden Verzögerung dämmert mir, dass ein Einbrecher, der mich auf der Toilette heimsucht, unwahrscheinlich ist und dass es wohl eher Wes ist, der da in voller Montur in meiner Badewanne liegt. Aus einem Reflex heraus angle ich trotzdem nach der Klobürste und schwenke sie wie ein Schwert vor mir.

»Was hast du denn damit vor?«

Seine Stimme hört sich seltsam schleppend an. Er ist betrunken. Ich habe ihn einige Male feiern sehen, aber nie wirklich betrunken erlebt. »Was zum Henker tust du da?«, stelle ich die Gegenfrage.

»Liegen.« Er macht keine Anstalten, zu verschwinden und damit die peinliche Situation zu beenden, dass ich halb nackt vor ihm auf der Toilette sitze.

Hastig ziehe ich Pyjamahose und Slip hoch. »Liegen?«, frage ich lang gezogen, um davon abzulenken, was ich gerade tue. Als er nicht reagiert, denke ich schon, er wäre eingeschlafen, aber seine Augen sind offen und gegen die Kacheln der Wand gerichtet. »Warum liegst du besoffen in meiner Badewanne?«, präzisiere ich meine Frage.

»Unsere Badewanne, Mitbewohnerin«, stellt er klar.

Ich seufze. »Also gut, was tust du besoffen in unserer Badewanne?«

Er antwortet nicht, was vermutlich daran liegt, dass es keine intelligente Erklärung für sein Verhalten gibt.

»Dann lasse ich dich wohl besser allein, bei was auch immer du hier auch tust.« Ich sollte wie angekündigt gehen, aber irgendetwas hält mich zurück. Ich bleibe sitzen, ziehe die Knie an den Körper, schlinge meine Arme darum und sehe Wes an. Nur sein schwerer Atem ist zu hören. Ich habe das Gefühl, etwas sagen zu müssen. »Warum packst du deine Taschen nicht aus?« Die denkbar dämlichste Frage, denn es geht mich überhaupt nichts an.

Er antwortet nicht.

Die Stille macht mich unsicher. »Du könntest meinetwegen gern dein Zimmer streichen. Es so verändern, wie du magst.« Warum sage ich das, wenn ich doch eigentlich denke, er wird eh nicht länger als bis zum Semesterbeginn bleiben?

»Sagtest du bereits, als ich eingezogen bin«, erwidert Wes matt.

»Warum tust du es dann nicht? Dein Zimmer hat eine Rosentapete.« Was ganz sicher nicht seinem Stil entspricht. »Außerdem könntest du deine übrigen Möbel herholen? Deko vielleicht, um den Raum etwas wohnlicher zu gestalten?«

»Deko?« Er verzieht angewidert das Gesicht. »Ist nicht so mein Ding.«

»Und ich dachte, du versteckst diese Seite von dir nur erfolgreich«, versuche ich einen Witz, der aufgrund meiner wackligen Stimme verendet, ohne Wes aus seiner Reserve zu locken. Ich seufze und versuche wirklich ihn zu verstehen. »Ein bisschen Wandfarbe fällt aber nicht wirklich unter Dekoration.«

Er antwortete nicht, sondern reibt sich den Nacken. »Bin eh nur zum Schlafen hier.«

Als hätte ich das nicht bemerkt. »Du schläfst gerade in einer Badewanne, also scheint dein Zimmer nicht der Hit zu sein, oder?«

»Wenn man es genau nimmt, schlafe ich nicht«, sagt er und verzieht das Gesicht. »Irgendjemand hält mich nämlich davon ab.«

Als hätte er geschlafen, bevor ich kam. Ich tippe ihm leicht gegen das Knie. »Was ist passiert?«, frage ich leise.

Er dreht sein Gesicht zu mir, aber die übliche Lässigkeit wirkt verzerrt. »Braucht man einen Grund, um zu trinken? Manchmal mache ich das einfach so zum Spaß. Solltest du auch mal probieren. Macht dich vielleicht lockerer.«

Es trifft mich, dass er mich ganz offensichtlich für verkrampft hält. Und eine Spaßbremse. Ich verkneife mir den Kommentar, dass er trotz Alkohol nicht aussieht, als wäre er besonders locker. »Ist das nicht tierisch unbequem?«, frage ich stattdessen.

Er muss die Knie anziehen, um in die Wanne zu passen. Wieder sagt er nichts. Sekundenlang ist es vollkommen still, bevor seine tiefe Stimme die Dunkelheit durchbricht. »George Weathers ist gestern Abend gestorben.«

Eine Information. Mehr nicht. Sie trifft mich unerwartet. Hart. Ich weiß nicht, was ich sagen soll. Es ist nichts Neues, dass ich mich für Menschen verantwortlich fühle. Neu ist hingegen, dass es Wes anscheinend ebenso geht. Er muss sich nach George Weathers erkundigt haben, und da die Ärzte so sensible Daten nicht einfach herausrücken, muss es ihm so viel bedeutet haben, dass er eine ausgeklügelte Charmeoffensive bei einer der Schwestern gestartet hat.

Er hat den Kopf auf dem Wannenrand abgelegt und starrt gegen die Holzvertäfelung. Jeder schwere Atemzug zeigt mir, dass er noch mehr sagen will, es aber nicht tut.

Ich weiß nicht, was ich machen soll. Er kennt sich mit Verlusten nicht aus. Ich schon. Also reagiere ich, wie Nana nach dem Tod meiner Eltern, als ich nichts und niemanden an mich heranließ. Ich nehme seine Hand und umschließe vorsichtig seine Finger. Ohne etwas zu sagen. Ohne Erwartungen, dass er etwas sagt.

Ich hätte erwartet, dass Wes sich mir entzieht. Er ist einfach nicht der Typ, der Händchen hält und zugibt, dass ihn irgendetwas erschüttert. Aber die Dunkelheit weicht alles auf – auch Wes' stahlharte Abwehr. Und meine Art, wie ein Pulverfass auf ihn zu reagieren. Es weicht uns auf. So weit, dass er den Druck meiner Hand erwidert und die Augen schließt. Das Gefühl, das er in mir auslöst, fühlt sich falsch an. George Weathers ist tot. Es ist unangebracht, mich in diesem Moment perfekt zu fühlen, nur weil ich Wes' Hand halte. Aber ich kann nichts dagegen tun, dass ein warmes Gefühl von unseren verknoteten Händen aus durch meinen Körper kriecht und sich in jeder meiner Zellen festsetzt.

* * *

Ein seltsames Summen weckt mich. Meine Knochen tun weh und es dauert einen Augenblick, bis ich realisiere, dass es vermutlich der Tatsache geschuldet ist, dass ich auf dem Badewannenvorleger eingeschlafen bin. Dann erinnere ich mich, warum zum Henker ich auf dem Badezimmerboden liege. Es ging Wes schlecht und ich habe versucht für ihn da zu sein. Wir haben Händchen gehalten, was eigentlich nur in einem Paralleluniversum hätte geschehen dürfen. Hastig rapple ich mich auf. Mein Rücken dankt mir die Nacht mit stechenden Schmerzen, die mich leise aufstöhnen lassen.

Wes hingegen liegt vollkommen entspannt in der Wanne, als wäre dies der rückenfreundlichste Ort der Welt. Seine schwarze Jeans ist ihm ein Stück zu weit über die Hüften gerutscht, sodass ich seine muskulöse Leiste sehen kann und den Ansatz dunkler Haare, die unter dem Bund seiner Boxershorts verschwinden. Hastig lasse ich meinen Blick zu dem grauen Shirt wandern, das, dem Flecken nach zu urteilen, gestern Nacht einiges mitgemacht haben muss. Sein Mund ist leicht geöffnet. Er ist weiter weg als der Nordpol.

Es summt schon wieder und mittlerweile bin ich wach genug, um das Geräusch als Klingel zu identifizieren. Wer auch immer vor der Tür steht, wird nicht gehen, ehe ich öffne. Im Flur blicke ich auf die Uhr und eine Adrenalinwelle jagt durch meinen Körper. Es ist viel zu spät. Wes und ich haben hoffnungslos verschlafen und werden niemals rechtzeitig ins Wipe Out kommen. Hastig öffne ich die Tür, um nachzusehen, wer davorsteht.

»Hi, Süße.« Jules stürmt mit einem flüchtigen Kuss an mir vorbei in die Küche, deren Tür gefährlich nah an der zum Badezimmer liegt, und stürzt sich auf die Kaffeemaschine, ohne mir Gelegenheit zu geben, ihren Besuch direkt an der Tür zu beenden. »Wieso hast du noch keinen Kaffee fertig?« Wie eine Ertrinkende macht sie sich daran, ihre tägliche Koffeinmorgenration aufzusetzen.

Chloe folgt ihr und setzt sich mit verknoteten Beinen auf die Küchenbank. Ich muss verhindern, dass Jules und sie auf diese Weise erfahren, dass Wes mein neuer Mitbewohner ist. Ich hätte es ihnen längst sagen müssen, aber ich war zu feige. Sollten sie es so erfahren, wäre das der absolute Supergau. Trotzdem dauert es einige schockstarre Minuten, bevor ich hinter ihnen herhaste und dabei die Tür zum Bad zuziehe. Mir ist klar, die Vogel-Strauß-Politik wird ein jähes Ende finden, sollte Wes aufwachen oder eine der beiden ins Bad gehen. Ich hoffe einfach, dass das nicht passiert. Damit Jules mich nicht bis in alle Ewigkeit hasst, weil ich sie mit Wes' umwerfendem Körper in meiner

Badewanne überrasche. Damit ich das Gespräch auf neutralem Boden führen kann. Mit einem ausgeschlafenen Hirn und den richtigen Worten.

Als ich zu meinen Freundinnen in die Küche trete, berühre ich meine Hand, die bis eben noch in Wes' lag, und mein Herz macht einen bescheuert glücklichen Extraschlag. Als hätte ich Zeit für so etwas.

»Waren wir verabredet?« Durchaus möglich, dass ich es verschwitzt habe, so chaotisch, wie mein Leben gerade ist.

»Dürfen wir nicht einfach mal so vorbeikommen?«, entgegnet Jules und betrachtet mich argwöhnisch. »Du siehst irgendwie abgerockt aus. Warst du gestern etwa ohne uns feiern?«

»Ich arbeite rund um die Uhr.« Das stimmt. Allerdings sehe ich nicht deswegen so aus, als hätte ich letzte Nacht kein Auge zugemacht. Schuldbewusst linse ich zur Badezimmertür, bevor ich mich wieder auf Jules und Chloe konzentriere. »Und ich bin auch schon wieder verflucht spät dran. Genau genommen zu spät.« Ich sehe die beiden entschuldigend an.

»Du musst schon wieder arbeiten?« Chloe schiebt enttäuscht ihre Unterlippe vor. »Als wir dein Rad um diese Uhrzeit unten stehen sehen haben, dachten wir, du hättest heute endlich mal frei.« Sie verdreht die Augen. »Kannst du nicht ausnahmsweise Mal blaumachen? Ruf an und sag, dass du krank bist. Dann machen wir uns einen epischen Mädelstag.« In ihrem Kopf schmiedet sie sicher bereits detaillierte Pläne.

Jules nickt. »Beste Idee ever. So machen wir es. Du arbeitest echt viel zu viel, Eve. Der Arsch sollte dir mal freigeben.«

»Der Arsch kann nichts dafür. Eve trägt sich freiwillig ständig zum Arbeiten ein.« Wes' Stimme schlägt wie ein Brecheisen zwischen uns. Seit meinem letzten Blick in Richtung Bad und jetzt muss er aufgewacht sein und schlendert nun in die Küche,

148

als wäre es das Selbstverständlichste der Welt. Und für ihn ist es das wohl auch. Er wohnt hier und kann nicht wissen, dass ich Chloe und Jules bislang nichts von seinem Einzug erzählt habe.

Dass es ein Problem ist. Ein Freundschaften-verschlingendes-riesiges-schwarzes-Loch-Problem.

Er hat das fleckige Shirt ausgezogen. Vermutlich liegt es zerknüllt auf dem Badezimmerboden. Das ist kein fairer oder objektiver Gedanke, denn Wes ist ein überraschend ordentlicher Mitbewohner, aber ich will ihn gerade hassen. Denn er hat meinen Plan mit seinem Auftauchen zerstört.

Mit freiem Oberkörper durchquert er die Küche und streift sich betont langsam ein frisches Shirt über.

Einen Moment lang starren Jules und Chloe ihn genauso perplex an wie ich, bevor Jules vor Wut rot anläuft und nach Luft schnappt wie ein Fisch auf dem Trockenen.

Ich sehe mich unauffällig nach einem Loch um, in dem ich verschwinden könnte. Natürlich gibt es keines. »Jules«, sage ich leise und dann noch einmal bittend: »Jules?«

Sie sieht mich nicht an, fixiert noch immer Wes und bedeutet mir mit einer Handbewegung, still zu sein.

Wes zupft vollkommen ungerührt an seinem Shirt herum, bevor er das Jules-Blickduell annimmt und zu meinem Erstaunen gewinnt. Es zeigt, wie wenig Jules die Sache von damals verwunden hat.

»Eve hat es euch also nicht gesagt. Habe ich mir fast gedacht«, bemerkt Wes und zieht eine Flasche Orangensaft aus dem Kühlschrank.

Er hat es sich also gedacht und musste trotzdem mit der Tür ins Haus fallen, indem er in die Küche gerannt kommt? Ein bisschen Schneckenschubsen als Frühstücksamüsement. Dezent ist wirklich nicht seine Stärke. Mir ist schlecht. Und als Jules mich mit ihrem Blick filetiert, wird mir noch übler. Wes hingegen trinkt seelenruhig den Saft direkt aus der Verpackung und lehnt dabei lässig an der Küchenzeile.

»Eve?« Jules' Stimme könnte Granit schneiden. »Was macht der Typ hier?«

»Er …« Ich fahre mir nervös durch die Haare und wünschte, ich könnte ein Duell mit Jules ebenso leicht für mich entscheiden wie Wes. Aber gegen Jules habe ich noch nie gewonnen. »Er wohnt hier«, gebe ich kleinlaut zu. Und er treibt mich in den Wahnsinn. Auf jede erdenkliche Weise. »Ich wollte es euch längst sagen, aber irgendwie …« Es gibt keine Erklärung dafür, dass ich es nicht getan habe. Im Grunde gibt es nicht mal eine gute Erklärung, warum ich ihn überhaupt hier wohnen lasse, obwohl ich wusste, wie meine beste Freundin darüber denken würde.

»Er tut was?«, fragt Jules und ihre Stimme ist ein undeutliches Pfeifen, als wäre sie kurz vorm Hyperventilieren.

»Ich brauchte einen Mitbewohner. Die Kosten für die Wohnung fressen mich auf und Weston war die einfachste und schnellste Wahl«, bemühe ich mich, seine Anwesenheit zu erklären. Ein ziemlich dürftiger Versuch.

»Du hast gesagt, du würdest bis zum Beginn des Semesters warten.« Jules bringt gleich einen von uns um. Mir wäre es sehr recht, wenn sie mit Wes anfangen würde.

»Wir hätten jemand anderen gefunden. Jemand Besseren als diesen Idioten.« Sie lacht tonlos. »Aber du hast gesagt, das wäre nicht nötig. Du wolltest dich erst nach dem Sommer darum kümmern. Ich glaub das einfach nicht. Du wolltest uns nur aus dem Weg haben, um diesen Typen hier wohnen zu lassen.«

Wes hört ihr vollkommen ruhig zu, aber ich sehe ihm an, dass ihn Jules' Worte provozieren, und mir ist klar, er wird etwas

Unmögliches sagen. Etwas, das die Situation auf keinen Fall entschärfen wird, aber bevor ich ihn abhalten kann, ist es bereits zu spät.

»Nach all den Jahren noch immer so verletzt, Jules?« Er schnalzt mit der Zunge und grinst sie an. »Ich weiß ja, dass ich ziemlich unvergesslich und einzigartig bin, aber dass du mir nach ein bisschen Rumgeknutsche drei Jahre nachtrauerst, spricht nicht gerade für die Kerle, mit denen du danach was hattest.«

»Wenn irgendetwas an dir einzigartig ist, dann deine Fähigkeit, ein absoluter Idiot zu sein«, zischt Jules.

Sie hat recht und ich sterbe vor Angst, Wes könnte noch einen draufsetzen und einen dummen Spruch wegen letzter Nacht bringen. Wegen damals. Das würde Jules den Rest geben und unserer Freundschaft vermutlich den Todesstoß versetzen. Sie darf niemals erfahren, dass ich seine Hand gehalten habe, dass wir uns damals geküsst haben, dass ich diejenige war, die ihn gebeten hat, sie links liegen zu lassen und was immer sich hätte entwickeln können, im Keim zu ersticken. Wieso führt es jedes Mal zu einem weiteren epischen Geheimnis zwischen meinen Freundinnen und mir, wenn es um Wes geht?

»Lass uns bitte allein!«, fordere ich ihn auf. Ich muss mit Jules und Chloe reden. Schadensbegrenzung betreiben. Ohne dass Wes allein durch seine Anwesenheit weiter Öl ins Feuer gießt. Versuchen es ihnen zu erklären. Aber Wes reagiert nicht. Müsste ich nach gestern Nacht nicht einen Karmabonus haben? Still zähle ich bis drei, aber als ich wieder hinsehe, lehnt Wes noch immer an der Arbeitsplatte und macht keinerlei Anstalten, dies zu ändern. »Wes?«, fordere ich ihn noch mal auf, aber er geht nicht, leert den Orangensaft und wirft die Verpackung dann in den Mülleimer.

Ein letztes Mal funkle ich ihn an, lege so viel Kälte in diesen

Blick, dass er eigentlich schockgefrieren müsste, und drehe mich dann ruckartig um. Ich muss versuchen ihn auszublenden. Jetzt geht es um Jules und mich. Und das ist wichtiger als ein Mitbewohner oder was auch immer sich mein Herz in Bezug auf Wes eingebildet hat. »Ich hätte euch sagen müssen, dass er hier wohnt. Ich wusste nur einfach nicht, wie«, beginne ich, aber Jules unterbricht mich ungewöhnlich hart.

»Hör auf, mir so eine Scheiße zu erzählen. Mitbewohner.« Jules lacht tonlos. »Ich bin nicht bescheuert. Als würde Weston Lewis mit einer Frau zusammenwohnen, ohne sie flachzulegen.«

Wes lacht. Ihn scheint Jules' Ausbruch zu belustigen. Mich trifft jedes ihrer Worte.

»Was ist eigentlich los mit dir?«, faucht sie mich an. Ihr Blick ist kalt. »Langsam ergibt das alles einen Sinn: Du willst David keine Chance mehr geben, weil du einen Neuen hast. Und du hast es mir nicht gesagt, weil du wusstest, was ich darüber denken würde.« Sie stößt die Luft aus und zupft an ihrem Zopf herum, als wäre sie unschlüssig, ob sie die folgenden Worte aussprechen soll. Aber dann tut sie es doch. »Kann es sein, dass du immer genau die Männer willst, für die ich mich interessiere? Das war schon bei Jonathan in der Middle School so.«

Er hatte erst sie geküsst und dann mich. Ich fand ihn doof und hätte ihm fast eine runtergehauen. Das hat dann Jules übernommen. Ich wollte ganz sicher nichts von diesem Idioten, aber dafür hat Jules in ihrer Wut gerade kein Auge.

»Seit Monaten flirtest du mit Pepe, und wie man sieht, hast du was mit Weston«, zählt Jules weiter auf. »Du warst so versessen darauf, ihn mir damals auszureden. Wahrscheinlich, weil du da schon scharf auf ihn warst. Genau wie auf …« Sie holt tief Luft und ich schließe die Augen. Ich zittere. Sie darf seinen

Namen nicht aussprechen. Mir ist schlecht und ich fürchte, ich werde mich jeden Moment mitten auf den Küchenfußboden übergeben. Nicht einmal vor Gericht ist Jules eingeknickt, aber jetzt hier in meiner Küche tut sie es. Aus Wut. Enttäuschung. Und vielleicht, weil sie zu lange geschwiegen hat. Wir beide.

»Genau, wie du auf Kyle gestanden hast«, bricht es aus ihr hervor.

»Du hattest was mit Kyle?« Wes klingt ehrlich überrascht, dass der widerliche Cousin von Connor mein Typ war, aber sowohl Jules als auch ich ignorieren ihn.

»Du hast mit Kyle rumgemacht?«, fragt jetzt auch Chloe. »Obwohl er mit Jules zusammen war?«

Kyle und was damals auf dieser Party passiert ist, war immer Jules' und mein Geheimnis. Ein tiefschwarzes Band, das uns enger zusammengehalten hat als jede andere Freundschaft. Tränen treten mir in die Augen und ich schüttle den Kopf. »Nein«, flüstere ich, aber Jules' Wut treibt sie weiter. Über eine Grenze, die für immer eine Kerbe in unsere Freundschaft schlägt.

»Als ich weggetreten war. Ich habe immer geschwiegen, Eve. Scheiße, ich habe dir geglaubt, dass du das alles nicht wolltest. Wegen dir habe ich einen Eintrag im Strafregister bekommen und hatte den Monsterärger mit meinen Eltern. Trotzdem habe ich nie etwas verraten. Nicht mal, als die Idioten auf der Highschool angefangen haben, mich MMA zu nennen. Als wäre ich verrückt und es mein verfluchtes Hobby, Typen den Arsch zu versohlen. Ich war Psycho-Jules, mit der man besser nicht ausgehen sollte. Es hat mich getroffen, aber ich habe nie etwas gesagt. Weil ich dich beschützt habe und dir nie in den Rücken gefallen wäre. Selbst dann nicht, als dieser Freak da drüben mich deswegen hat sitzen lassen.«

Jules hat mir nie erzählt, wie Wes die Sache beendet hat. Und ich habe nie nachgefragt, weil ich vergessen wollte, welchen Anteil ich daran hatte.

»Das war Scheiße.« Ihre Stimme zittert und zeigt, wie sehr sie Wes' Abfuhr getroffen hat. Weil er sie wegen einer Sache abgelehnt hat, die sie eigentlich zur Heldin hätte machen sollen. Es zeigt, wie sehr Kyles Übergriff nicht nur mich, sondern auch Jules' Leben beeinflusst hat. »Aber ich habe dir geglaubt. Ich dachte, es wäre das Richtige. Und unter Freunden tut man das Richtige, um den anderen zu beschützen.« Sie geht zwei Schritte rückwärts. »Wie kann das hier richtig sein? Erklär mir das, Eve. Ich habe dir geglaubt, dass du nichts von Kyle wolltest, dass du das Opfer warst.« Sie stockt. »Aber jetzt ...« Sie sieht demonstrativ zu Wes, wegen dem ich sie angelogen habe. Mehr als nur dieses eine Mal. »Du bist neidisch und du hast mich belogen. Gute Menschen tun so etwas nicht. Beste Freundinnen tun so etwas nicht.« Ihre Stimme bricht und sie kneift die Lippen zu einem schmalen Strich zusammen.

Ich verliere Jules. Ich spüre die Panik in meinem Kreislauf, auf meiner Zunge, in meinem Kopf, wo die Gedanken unkontrolliert umherschießen. »Ich wollte dich nie verletzen. Und Kyle hat ... Er war es ...« Ich verstumme. Ich kann nicht aussprechen, dass er mich um ein Haar vergewaltigt hätte. Ich schüttle das Gefühl ab, ihn auf meiner Haut zu spüren. »Ich wollt nie etwas von ihm und das weißt du«, flüstere ich. Immer wenn ich versucht habe zu verstehen, was ich falsch gemacht habe, war es Jules, die mir diese Gedanken vehement ausgeredet hat. Aber jetzt nähren ihre Worte die alten Zweifel. »Bitte, Jules, du musst mir glauben.«

»Du bittest sie ernsthaft darum, dir zu verzeihen?«, mischt sich Wes ein. »Wofür? Dafür, dass Kyle ein widerliches Schwein ist?« Er stellt keine Sekunde infrage, dass es den Vorfall gab oder wer schuld daran gewesen ist. »Dafür, dass Jules das jetzt gegen dich verwendet? Komm schon, Eve.« Wes stößt sich von der Arbeitsplatte ab und macht Anstalten, zu mir zu kommen, hält aber inne, als ich seinem Blick ausweiche. Er fährt sich durch die Haare und wendet sich jetzt Jules zu. »Ist das dein verdammter Ernst, Jules? Denn falls ja, bist du als Freundin das Allerletzte.«

»Und damit kennst du dich so gut aus, weil das Gorilla-Gehabe zwischen dir und Miles die Blaupause einer tiefen Freundschaft ist?«, ätzt Jules ihn an und für einen Moment denke ich, Wes wird ihr eine knallen. Egal, ob sie ein Mädchen ist oder nicht.

Aber stattdessen knipst er die Wut in seinen Augen aus. Jegliches Gefühl schwindet aus seinem Gesicht. »Das sage ich, weil ich weiß, dass Eve kein Arschloch ist. Und damit, ein Arsch zu sein, kenne ich mich genauso gut aus wie du.«

Es berührt mich, dass Wes versucht mich zu beschützen, aber gleichzeitig reizt er Jules' Wut damit nur noch weiter.

»Hoffst du ernsthaft, mit dieser Pseudoheldennummer bei ihr zu landen?« Jules sieht aus, als würde sie ihn gleich köpfen, wendet sich dann aber mir zu. »Weißt du was, Everly.« Mein vollständiger Name wirkt steif und hart aus ihrem Mund. »Wenn du unbedingt einen Typen wie den da daten willst, nur zu. Ihr verdient einander. Aber ich bin hier fertig.« Sie macht ein paar Schritte Richtung Tür, geht aber nicht, als würde sie insgeheim darauf hoffen, dass ich einknicke und sie anbettle, mir zu verzeihen. Ein Teil von mir will genau das tun, aber zum ersten Mal ist da noch ein anderer Teil. Der, der es ihr vielleicht nie verzeihen kann, dass sie unser Geheimnis verraten hat. Ich wünsche mich zurück vor die Badewanne, als noch alles gut war. Bevor Wes durch sein Auftauchen in der Küche einen

Monstersturm entfacht hat. Eine Naturkatastrophe, die Jules'
und meine Freundschaft gerade zermalmt.

»Was haltet ihr davon, wenn wir uns erst mal alle beruhigen
und wir uns später im Biscuit Bitch treffen? Dann können wir
mit etwas Abstand über alles reden«, mischt sich Chloe ein. Sie
bemüht sich, die Wogen zu glätten, bevor wir unsere Freundschaft unwiderruflich kaputt machen.

Wes stößt die Luft aus und zeigt damit überdeutlich, was er
von dem Vorschlag hält.

Chloe ignoriert ihn. »Eve? Jules?« Sie ist noch immer auf
Rettungsmission.

»Es tut mir leid«, sage ich an Jules gewandt. »Wirklich. Ich
komme nach der Arbeit im Biscuit Bitch vorbei.« Aber jetzt
muss ich erst mal hier raus. Ich schlüpfe in die Flip-Flops, die
neben der Haustür stehen, werfe mir nur eine Strickjacke über
die Pyjamahose und das Shirt, die ich zum Schlafen getragen
habe, und verlasse fluchtartig das Haus. Ich will Jules keine
Gelegenheit geben, Chloes Vorschlag abzulehnen. Ich will mir
selbst keine Gelegenheit geben, diese Chance, unsere Freundschaft zu retten, auszuschlagen.

Durch das Treppenhaus eile ich hinaus auf die Straße. Wes
denkt vielleicht, es wäre kein Weltuntergang, Jules zu verlieren.
Er hat keine Ahnung. Ich brauche Jules. Sie ist schon immer,
und noch mehr seit dem Tod meiner Eltern, mein Rettungs-
anker, mein Motivationscoach, mein In-den-Hintern-Treter mein
Mutmacher, mein An-mich-Glauber, mein Nächtelang-Händ-
chen-Halter und mein Immer-für-mich-Daseier. Ohne sie bin
ich nicht ich. Ich kann sie nicht verlieren, ohne mich selbst zu
verlieren. Aber gleichzeitig bin ich nicht mehr sicher, ob es nicht
längst zu spät für uns ist.

»Eve, warte. Das war doch nur ein verdammter Streit. Nimm

dir das nicht so zu Herzen.« Wes holt mich ein, als ich die Straßenecke erreiche. Er ist mir gefolgt und gibt Jules damit vermutlich gerade einen weiteren Grund, uns zu hassen. Im Laufen zieht er sich seine Lederjacke über.

Ich will nur für einen Moment meine Ruhe haben und meine Gedanken sortieren. Ich muss überlegen, was ich jetzt tun soll, aber Wes' Nähe lenkt meinen Fokus auf den einzigen Menschen, an den ich gerade keinen Gedanken verschwenden sollte.

Er dreht sich um und läuft rückwärts vor mir her, um mich ansehen zu können. »Eve, du rennst im Pyjama durch Seattle. Jetzt bleib doch mal kurz stehen.«

»Nein«, bringe ich schwach hervor. Ich wünschte, ich würde nicht so verzweifelt klingen, sondern entschlossen.

»Nimm ihre Launen doch nicht so ernst«, sagt er leise, als er mit mir auf einer Höhe ist. »Auch wenn ich nicht sicher bin, ob Jules dich als Freundin überhaupt verdient, sie wird sich wieder einkriegen.«

Als würde er Jules kennen. Sie kann verheerend konsequent sein. »Tut mir leid, aber mir ist nun mal nicht alles und jeder scheißegal.« Meine Stimme bricht. Ich senke den Blick, weil Tränen in meinen Augen perlen und ich nicht will, dass Wes es sieht. Leider bin ich nicht schnell genug.

Abrupt bleibt er stehen und sein Stopp kommt so unvermittelt, dass ich gegen ihn pralle. Ich spüre die flachen, harten Muskeln unter seinem Shirt und seinen Atem an meiner Wange. Der Geruch nach Leder mischt sich mit dem von Orangensaft. Sein Herz schlägt kräftig und regelmäßig. Meins hat bei unserer Kollision ausgesetzt.

»Das mit Kyle …« Er bricht ab. »Ich habe dich an diesem Abend gesehen«, sagt er so leise, dass nur ich ihn hören kann.

»Du bist rausgegangen, saßt auf der Treppe hinten im Garten. Allein. Alle haben sich um Jules gekümmert.« Er sieht mich noch immer an. »Du hast geweint. Deine Wimperntusche war verschmiert. Dein Kiss-Shirt hatte einen Riss.« Er zeigt auf die Stelle unterhalb seines Rippenbogens, wo mein Shirt damals kaputtgegangen war. »Ich wusste, etwas stimmte nicht, aber das ...« Er hebt die Schultern an und lässt sie wieder fallen. »Ich hätte ...«

Er hat mich gesehen, obwohl ich in dieser Nacht unsichtbar war. Alles drehte sich um Jules. Sie war meine Heldin. Für die anderen entweder eine Irre oder das Opfer. Ich erinnere mich an das Gefühl, unter all den Menschen vollkommen einsam zu sein mit der Katastrophe, die in meinem Inneren wütete.

»Ich kann Jules nicht leiden, aber was Kyle angeht ... Sie hat das einzig Richtige getan.« Er atmet tief durch. »Er kann von Glück sagen, dass ich ihn nicht in die Finger bekommen habe, dass ich es nicht wusste.« Wes' Hände haben mich bis jetzt auf rettendem Abstand gehalten, aber nun zieht er mich in seine Arme. »Ich hätte an diesem Abend für dich da sein sollen.«

Wir waren keine Freunde. Und Wes ist absolut nicht der Typ, der sich um mehr kümmert als um sich selbst und sein Image. Aber vielleicht lag ich schon immer falsch, was ihn betrifft. Er erinnert sich sogar an das Shirt, das ich getragen und am selben Abend in den Müll geschmissen habe. Mein Lieblingsshirt.

Menschen eilen an uns vorbei, wie Wasser, das einen Stein umspült, während Wes' Arme mich umgeben. Wir sind ein Wes-Everly-Stein auf einem Bürgersteig mitten in Seattle. Dabei hätte ich nie gedacht, dass wir gemeinsam jemals irgendetwas sein würden.

»Sie hat dich beschützt«, flüstert er mir ins Ohr. »Wer so etwas tut, beendet eine Freundschaft nicht wegen eines einzigen

Streits.« Er atmet tief durch. »Aber, wenn es das irgendwie leichter macht, kann ich wieder ausziehen.«

Ich schüttle vehement den Kopf. Ich will nicht, dass er geht. Alles, nur das nicht. Das ist nicht besonders durchdacht. Einfach ein Gefühl, dem ich nachgebe. Es muss einen anderen Weg geben. »Jules ist meine Familie«, flüstere ich, um ihm und mir zu erklären, warum ich sie noch immer liebe und genau nach diesem Weg suchen werde. Egal, was sie mir gerade für Abscheulichkeiten an den Kopf geknallt hat.

Er nickt. Obwohl ich sicher bin, dass er keine Ahnung hat, wovon ich rede. Er bindet sich nicht an Menschen. Nie.

Trotzdem ist er mir gefolgt und steht jetzt hier, während ich spüren kann, wie sein Herz gegen seinen Brustkorb schlägt und meins denselben Takt sucht.

KAPITEL 20

Weston

Ich verstehe nicht, wieso ich ihre Hand gehalten habe. Wieso ich sie, verdammt noch mal, in den Arm genommen habe. Ich war betrunken, aber nicht betrunken genug, damit es als Ausrede durchgeht. Dass ich emotional leckgeschlagen war, reicht ebenfalls nicht aus, um zu rechtfertigen, was ich getan habe. Sex wäre eine Sache. Die Nacht Händchen haltend mit Eve zu verbringen ist eine ganz andere.

Ihre Nähe löst dieses gefühlsduselige Verhalten bei mir aus, das ich verabscheue. Sie ist wie ein verdammter Hundewelpe, der meinen Beschützerinstinkt weckt, mit ihren großen dunklen Augen, ihrem ernsten Gesicht und all den Scheißproblemen, die ihr an den Hacken kleben.

Ich müsste sie dafür hassen, aber ich versuche lieber das Gefühl zu kappen und alle anderen gleich mit dazu. Hass ist im Prinzip das Gleiche wie Liebe. Beide Gefühle sind mächtig, verschlingend. Nicht mein Ding.

Ich konzentriere mich darauf, die elend vielen Bestellzettel vor mir abzuarbeiten. Wenigstens das Wipe Out ist gnädig. Wir sind bis auf den letzten Platz besetzt, sodass keine Zeit bleibt, darüber zu reden, was gestern Nacht passiert ist und heute Morgen die wenig rühmliche Fortsetzung fand. Ich bin mir sicher, dass Eve Gesprächsbedarf hat. Sie will immer alles zerreden. Sie wollte reden, als wir uns das erste Mal geküsst haben. Der nächste Versuch zu reden hat dazu geführt, dass sie meine Hand hielt. Nicht zu vergessen unsere Umarmung auf dem Gehsteig, nur dass in dem Fall ich derjenige war, der uns reingeritten hat.

Und schon schneit eines dieser komplizierten Dinge herein. David nervt generell, aber heute noch mehr als sonst. Ich bin einfach nicht in der Stimmung für das David-schleimt-sich-ein-um-Everly-zurückzubekommen-Spiel.

»Bayle?«, stelle ich wenig begeistert fest, aber er übergeht es gekonnt.

»Lewis.« Er klingt so versöhnlich, dass ich mich am liebsten übergeben möchte. Ich mag ihn nicht. David mag mich nicht. Die Fronten sind klar.

»Wir haben zu tun«, knurre ich.

»Ich muss mit Ly sprechen«, fährt er unbeirrt fort.

Ich vermute, dass Jules ihm von dem Streit erzählt hat und er hier ist, um Everly zur Vernunft zu bringen. Was Jules angeht, ihn und vor allem mich.

»Wenn sie zu tun hat, warte ich.«

»Nicht hier«, entgegne ich und höre mich an wie ein eifersüchtiger Vollidiot. Ich bin nicht eifersüchtig. War ich nie und wegen Eve werde ich damit sicher nicht anfangen.

»Und warum nicht, wenn ich fragen darf?«

»Weil du mir einen Tisch besetzt, Bayle, mit dem ich Umsatz machen könnte, wenn du ihn nicht blockierst.« Neutral. Viel besser.

»Wes, Telefon!« Eve streckt ihren Kopf aus der Küche und hält mir den Hörer hin. Ihr Blick bleibt an David hängen, der meine Ansage ignoriert und seine Hand zur Begrüßung hebt. Ein kurzes Flackern in ihren Augen, der Bruchteil einer Sekunde,

161

der ihre Bewegung in ein Davor und Danach zerhackt. Es zeigt, wie sehr es ihr zusetzt, ihn zu sehen. Sie hängt noch an ihm. Natürlich. Sie waren ewig in einer Beziehung. Sie gehören zusammen. Haben sie schon immer.

Ich zerknülle das Geschirrtuch in meiner Hand und feuere es vor die Kaffeemaschine. Das geht mich, verdammt noch mal, nichts an. Soll sie seinem penetranten Versuch eines Liebescomebacks doch nachgeben und mit Jules die Friedenspfeife rauchen.

Aber anstatt zu David zu gehen und in seine Arme zu sinken, wie sie es früher vermutlich getan hätte, wirft Eve ihm einen dunklen Blick zu und das Telefon auf den Tresen. Dann verschwindet sie in der Küche.

»Ich muss ans Telefon, wenn du also nichts bestellen willst, verzieh dich, Bayle.« Mir ist der Triumph, den Eves Abfuhr in meine Stimme gelegt hat, deutlich anzuhören.

Ein selbstgefälliges Grinsen breitet sich auf Davids Gesicht aus. »In dem Fall hätte ich gern 'ne schön kühle Cola und einen Flat White.«

Ich hätte ihm wohl keine Steilvorlage bieten sollen. Notgedrungen notiere ich seine Bestellung und lege den Zettel hinter die anderen. Ich werde ihn nicht rausschmeißen und den Gästen damit eine Show bieten, die dem Ruf des Wipe Out schaden würde. »Nic, kannst du bitte hier weitermachen?«, frage ich betont ruhig. Nic ist heute unsere dritte Kraft. Er arbeitet erst wenig länger hier als Eve und ist leider nur halb so talentiert, weswegen er schnell an seine Grenzen stößt.

»Ich kann das hier nicht alles allein machen.« Er deutet leicht panisch auf den Berg an Bestellzetteln und die VW-Durchreiche, wo mehrere Essen zum Servieren bereitstehen.

»Bin ja sofort wieder da. Ich nehme nur kurz das Gespräch

an«, beruhige ich ihn. Das Telefongespräch wird mir einige Minuten geben, in denen ich mich von Davids ätzendem Grinsen erholen kann. Dann laufe ich hoffentlich nicht mehr Gefahr, ihn im Affekt mit einer Kuchengabel um die Ecke zu bringen. Ich verziehe mich erst in die Küche, wo mein Blick unweigerlich auf Eve fällt. Sekundenlang fesseln mich die Locken, die sich in ihrem Nacken kräuseln, bevor ich mich daran erinnere, dass der Anrufer noch immer wartet. Also gehe in mein Büro und ziehe die Tür hinter mir zu. »Lewis«, melde ich mich und gehe fast davon auf, dass mein Gegenüber am anderen Ende der Leitung aufgegeben hat, aber das ist nicht der Fall.

»Gut, dass ich dich erwische, Weston«, kommt der Anrufer ohne Begrüßung zum Punkt.

»Peter?« Mein Patenonkel. Warum ruft er mich an? Wir haben, seitdem er mir den Kredit gegeben hat, nicht mehr miteinander gesprochen. Ich hoffe nicht, dass er etwas an den Raten drehen will, auf die wir uns geeinigt haben und deren Höhe mich schon jetzt auffrisst. Das würde mir das Genick brechen.

»Ja, ich versuche schon eine halbe Ewigkeit, dich zu erreichen. Deine alte Nummer ist nicht mehr vergeben und deine Handynummer hast du mir nie geschickt«, sagt er. Das erklärt, warum er im Wipe Out anruft.

»Den Anschluss der Wohnung habe ich schon gekündigt.« Ich lasse mich auf den Schreibtischstuhl fallen. »Aber ich hätte dir eine Nummer geben müssen, unter der du mich erreichen kannst. Entschuldige.«

Er ist nicht sauer, lacht. »Kein Problem. War nicht schwer, die Nummer des Restaurants herauszufinden.«

»Was gibt es denn?« Ich mag Peter, aber wir stehen uns nicht so nahe, dass er mich anrufen würde, um Small Talk zu betreiben. Die Raten des Kredits habe ich immer fristgerecht bezahlt.

163

Ich bin beunruhigt, weil es nur eine Sache gibt, die uns ansonsten verbindet.

»Es geht um deinen Vater«, bestätigt er meine Befürchtungen.

Für einen Moment schließe ich die Augen. Ich muss meinen Vater nicht mögen, aber ich kann nicht jedes Mal wie ein trotziges Kind reagieren, wenn sein Name fällt. »Was will er?«, frage ich kühl und bin bereits sicher, mir wird nicht gefallen, was Peter zu sagen hat.

»Es tut mir echt leid, Weston. Alexander will auch den Dachboden.«

Natürlich will Dad den Dachboden. Ich kneife die Haut oberhalb der Nasenwurzel mit Daumen und Zeigefinger zusammen. Er weiß, dass ich dort oben male, dass es mir etwas bedeutet. Dad hat ein verdammtes Talent dafür zu zerstören, was mir wichtig ist. Ich stoße die Luft aus. »Er lässt nicht mit sich reden?«, starte ich einen letzten Versuch. Ich weiß nicht, warum ich das tue. Es ist, als bräuchte ich eine offizielle Bestätigung, dass mein Vater wirklich der elende Mistkerl ist, für den ich ihn halte.

»Ich fürchte, nicht.«

Peters Bedauern in der Stimme kotzt mich an, obwohl er die falsche Person für meine Wut ist. »Wann?«, frage ich brüsk und reibe mir die Schläfen. Ich will nur noch die Fakten und dann dieses elende Gespräch beenden.

»Er hat mich gebeten, Wohnung und Dachboden bis Ende des Monats räumen zu lassen«, murmelt Peter. »Es gibt bereits einen Nachmieter. Hast du schon etwas Neues? Du könntest deine Sachen sonst bei mir zwischenlagern.«

»Ist nicht nötig«, murmle ich.

Peter seufzt. »Sprich mit ihm, Weston. Dieser offene Krieg

zwischen euch bringt am Ende nur Verlierer hervor. Ich könnte dabei sein, wenn ihr miteinander redet. Ich weiß, dass Alexander an einer Lösung interessiert ist. Als neutrale Person gelingt es mir sicher, dafür zu sorgen, dass ihr wieder eine Basis findet.«

Ich bin versucht einfach aufzulegen. Peter kann den Unsinn unmöglich selbst glauben.

»Denk daran, was deine Mutter wollen würde«, setzt er leise nach.

Ernsthaft? Er spielt die Mom-Karte? Ich schlage meinen Kopf leicht gegen den Türrahmen. »Ende des Monats«, bestätige ich tonlos die Frist, die mein Vater mir gesetzt hat. Das ist in zwei Wochen. »Ich hole mein Zeug ab. Was ich dalasse, kann Dad entsorgen. Die Schlüssel werfe ich dir in den Briefkasten.«

»Gib sie mir doch persönlich.« Peters Stimme klingt versöhnlich. »Wir könnten reden, gemeinsam etwas essen«, fährt er fort, bricht aber ab, als ich nicht reagiere.

»Ich werfe sie dir in den Briefkasten«, mache ich meinen Standpunkt ein letztes Mal klar und lege auf. Das Telefon feuere ich auf den Tisch vor mir. Es schlittert gegen einen Stapel Papiere, dreht sich halb um die eigene Achse und bleibt dann liegen. Ich muss hier raus. Dringend, aber dafür müsste ich an Eve und Bayle vorbei. Also bleibt nur dieses winzige Büro, das nicht genug Platz für meine Wut lässt. Ich stehe auf, stemme die Arme gegen die Wand, renne auf den zwei Quadratmetern auf und ab und fege schließlich mit einer unkontrollierten Bewegung die Unterlagen vom Schreibtisch.

Es ist mir egal, dass ich mich dabei an der abgeplatzten Tischkante des Schreibtisches verletze. Ich spüre es kaum. Da ist nur Kälte. Wie damals in diesem beschissenen Badezimmer unserer Wohnung.

KAPITEL 21

Everly

Irgendetwas stimmt nicht mit Wes. Erst hat er sich ewig im Büro verschanzt und Nic mit den Gästen alleingelassen, sodass ich einspringen musste. Und jetzt ist seine Laune so unergründlich distanziert, dass es mir Angst macht. Ich würde ihn gern fragen, was passiert ist, ob ich ihm helfen kann. Am liebsten würde ich meine Hand in seine legen wie letzte Nacht und, was immer ihn belastet, damit ein kleines bisschen besser machen.

Aber es ist nicht Nacht. Wir sind nicht allein im Badezimmer meiner Wohnung, wo die Grenzen für einen isolierten Zeitraum nicht existent waren. Hier im hellen Licht des Wipe Out, in Gesellschaft der letzten Gäste, ist es unmöglich, ihm so nahe zu kommen. Deswegen stehe ich einfach nur neben ihm und poliere Gläser. Dutzende, ohne dass einer von uns etwas sagt.

Es ist ruhig geworden. Nur drei Tische sind noch besetzt. An einem davon sitzt David. Ich verstehe nicht, wieso er immer noch hier ist. Warum er mit einer beachtlichen Vehemenz versucht die Scherben unserer Beziehung wieder zusammenzusetzen. Aber anstatt von seiner Beharrlichkeit beeindruckt zu sein, nervt es mich.

Ich sehe Wes an und beiße mir auf die Unterlippe. Dass ich glaube, etwas Zerbrochenes wird nie wieder heil werden, hat nichts mit ihm zu tun.

Verzweifelt versuche ich das leicht entflammbare Vibrieren zu kappen, das er trotz der Armlänge Abstand in mir auslöst. Es gelingt mir nicht. Distanz. Das wird helfen. Ich nehme das volle Tablett und trage es zum Regal, wo ich die Gläser einräume. David steht von seinem Stuhl auf und kommt auf mich zu.

»Ly?«

Ich sehe ihn an. Kein Kribbeln. Keine Reaktion. Nicht mal ein seichtes Flackern meiner Gefühle. »Was willst du, David? Ich muss arbeiten.«

»Und ich muss mit dir reden.« Er beugt sich näher zu mir und redet so leise, dass es Wes schwerfallen dürfte, ihn zu verstehen. »Bitte, Ly, ein Gespräch ist doch nicht zu viel verlangt.« Als ich ihm nicht widerspreche, fährt er ermutigt fort. »Menschen machen Fehler. Ich habe einen Fehler gemacht. Das bedeutet doch aber nicht, dass alles zu Ende sein muss. Lass das nicht zu.«

Hinter mir klappert die Tür zur Küche. Wes hat uns allein gelassen. Ich sollte mich auf David konzentrieren, der nach Worten sucht, sie verwirft, neue findet, aber stattdessen ist da nur die Leere, die Wes hinterlassen hat, als er in der Küche verschwunden ist.

»Ich war ein Idiot, aber ich dachte wirklich, ich würde etwas verpassen, wenn ich jetzt schon mit dir zusammenzehe, wir schon mit Anfang zwanzig wie ein Ehepaar zusammenleben«, sagt er schließlich. »Ich dachte, es gäbe so viel zu entdecken und dass ich unbedingt noch Erfahrungen sammeln müsste, bevor ich mich für immer binde.«

»Das klingt nicht verkehrt«, murmle ich. Für immer. Das ist eine verdammt lange Zeit und ich sehe nicht ihn, wenn ich an mein »Für immer« denke.

»Ja, aber mir ist klar geworden, dass ich diese Erfahrungen

gar nicht allein machen will. Wir waren immer ein gutes Team, hatten dieselben Ziele, die gleiche Idee von unserer Zukunft.«

Das hört sich an wie eine simple Kosten-Nutzen-Rechnung. Nicht gerade wie ein Gefühlstornado.

Er trommelt leicht auf den Tresen und hört erst auf, als ich seine Hand anstarre. »Ich vermisse dich«, sagt er leise und macht dann eine kurze Pause. »Ich vermisse uns und das, was wir waren!«

Ich versuche mich zu erinnern, was wir waren. David hat mir Sicherheit gegeben. Ich ihm die Unterstützung, die er für seine ambitionierten Ziele brauchte. Ein Vorzeigepaar. Wir waren Freunde. Das Plus unter dem Strich. Etwas Gutes. Das ist viel. Mehr, als viele andere haben. Aber Liebe ist das nicht. Auf jeden Fall nicht die Art, die ein »Für immer« überdauert.

»Mir ist auch etwas klar geworden, seitdem wir uns getrennt haben«, sage ich und atme tief durch. Es fällt mir unendlich schwer, die Worte auszusprechen, weil mir klar ist, dass sie David, treffen werden. »Ich habe mich immer nur auf andere verlassen, weißt du. Das will ich nicht mehr. Ich habe das Gefühl, ich muss die Erfahrungen, von denen du sprichst, allein machen, um herauszufinden, was ich will und wer ich eigentlich bin. Selbst wenn nicht alle positiv sein werden. Ich muss das tun, David, und das geht nur, wenn ich mich ganz auf mich konzentriere.« Ich komme mir vor wie eine Lügnerin, weil das nicht mal die halbe Wahrheit ist. Ich schließe die Augen und erinnere mich daran, wie Wes seine Arme um mich geschlungen hat. Er wärmt nicht nur, er schafft eine Hitze, die alles Negative verbrennt. Vielleicht auch das Positive. Trotzdem sehne ich mich nach dieser Hitze.

»Ich kann warten, bis du so weit bist. Ich lasse dir die Zeit, die du brauchst«, dringt Davids Stimme zu mir durch.

Ich muss deutlicher werden. »Ich vermisse uns nicht«, sage

ich fest. Ich liebe David nicht mehr. Diese Erkenntnis ist so klar wie der azurblaue Himmel über dem Ozean. Vielleicht habe ich das nie wirklich getan. Vielleicht konnte ich ihm deswegen nie von Kyle erzählen. Und vielleicht war die daraus resultierende Distanz der Anfang vom Ende.

»Das glaube ich dir nicht.«

»Es tut mir leid.«

»Hast du einen anderen?«, fragt er plötzlich misstrauisch und senkt den Blick. Möglich, dass Jules ihm von ihrer Theorie, was Wes und mich angeht, erzählt hat.

Die übrigen Gäste ziehen sich ihre Jacken über und wollen gehen. »Nein.« Ich berühre Davids Arm. »Das ist nicht der Grund. Es fühlt sich einfach nicht mehr richtig an.« Meine Gefühle für ihn hätten nie für ein gemeinsames Leben gereicht. Vollkommen unabhängig davon, was ich ansonsten empfinde. »Und du musst aufhören herzukommen. Das hier ist mein Arbeitsplatz.«

Er nickt und schüttelt dann den Kopf. »Okay.« Mit einem verrutschten Lächeln sieht er mich an. »Aber solange es keinen anderen gibt, werde ich uns nicht aufgeben.«

Ich will ihm sagen, dass es aussichtslos ist und er loslassen muss, aber er wirft zwanzig Dollar und einen Zettel auf den Tresen. »Ich bin aus der WG ausgezogen«, sagt er im Gehen. »In eine kleine Wohnung in Queen Annes. Wenn du bereit bist zu reden, weißt du, wo du mich findest.«

Ich stecke die Adresse ein und nicke, obwohl ich weiß, dass ich nicht hingehen werde.

An der Tür dreht David sich noch mal um. »Du weißt, ich liebe dich, Ly.« Er verlässt das Wipe Out, ohne mir die Gelegenheit zu geben, etwas darauf zu erwidern. Ich hätte sowieso nicht gewusst, was ich noch hätte sagen sollen.

Eilig räume ich Davids Tisch ab, um Feierabend machen zu können. Wenn ich Jules und Chloe noch treffen will, wird es höchste Zeit. Ich werde Wes fragen, ob es in Ordnung ist, wenn er und Nic den Rest allein machen.

Als ich die Tür aufdrücke, steht er mit dem Rücken zu mir vor der großen Edelstahlspüle. Einige verwaiste Gläser stehen noch auf der Abtropffläche und warten darauf, weggeräumt zu werden.

»Ist David endlich weg?«, fragt er mich mit einer Stimme, die so dunkel ist wie flüssiger Teer.

Ich nicke, obwohl er mich, so wie er steht, nicht sehen kann. Langsam gehe ich zu ihm hinüber und lehne mich gegen die Spüle. Das kühle Metall dämpft die Hitze, die seine Nähe in mir auslöst.

»Was ist passiert?« Mein Blick wandert zu seiner Hand, obwohl meine Frage nicht auf den hässlichen Schnitt abzielt, der den Ballen ziert.

»Das?« Er sieht die Wunde distanziert an. »Das ist … nichts.«

Sieht überhaupt nicht nach nichts aus. Ich nehme seine Hand in meine und wie gestern Nacht lässt er es geschehen. Ich sollte das nicht tun. Weil ich mit jedem Mal, das ich ihn berühre, ein Stück von mir an ihn verliere. Erst mit einiger Verzögerung entzieht er sich mir. »Du solltest das desinfizieren«, murmle ich.

»Was du nicht sagst, Frau Doktor.« Seine Stimme ist leise und ich mag das Lächeln, das darin mitschwingt.

»Was ist los?«, wiederhole ich meine Frage.

»War einfach ein Scheißtag.« Er dreht sich halb von mir weg und räumt das restliche Geschirr weg. »Ich will nicht drüber reden, okay?«

»Okay.« Unschlüssig bleibe ich stehen. »Kann ich dich mit Nic allein lassen?« Es geht nicht darum, ob er es schafft, die

Gäste zu bedienen und später das Restaurant zu schließen. »Ich müsste los.« Ich mache eine unsichere Geste zur Tür. »Das Treffen mit Jules und Chloe.« Ich kann sie nicht versetzen.

Er nickt, aber als ich mich zum Gehen abwende, hält er mich am Arm zurück. »Eve.« Er löst seine Hand erst, als ich einen Schritt auf ihn zumache. Sein Atem streift meine Wange. »Du hast mich gefragt, ob ich noch Sachen habe, die ich holen will. Der Anruf vorhin …«

Er bricht ab, sieht mich eindringlich an. Das Dunkel seiner Augen macht etwas mit meinem Puls. Mit meinem Atem. Für einen Moment glaube ich, er wird mich küssen, aber dann zerbricht seine raue Stimme die Spannung zwischen uns. »Die Wohnung wurde neu vermietet und es gibt tatsächlich einige wenige Dinge, die ich noch brauche. Und da dachte ich …«

Es scheint ihm unmöglich, die Frage, ob ich ihm helfen kann, laut auszusprechen. Genauso unmöglich wie meine Zustimmung. Weil ich Jules verliere, wenn ich mich weiter auf ihn einlasse. Weil es stimmt, was ich David gesagt habe. Ich muss mich um mich selbst kümmern, bevor ich überhaupt darüber nachdenke, mich wieder auf jemanden einzulassen. »Ich habe am Wochenende frei. Wenn du willst, komme ich mit und helfe dir«, sage ich trotzdem. Und obwohl es so falsch ist, wie etwas nur falsch sein kann, fühlt es sich verdammt richtig an.

Ich stehe eine ganze Weile vor dem Biscuit Bitch auf dem Gehweg und hadere damit, hineinzugehen. Chloe und Jules müssten schon da sein. Ich sollte die Fronten nicht verhärten, indem ich zu spät zu unserer Aussprache komme, aber ich bin verletzt. Jules hat mich verletzt und ich habe keine Ahnung, ob ich ihr das je verzeihen kann. Egal, wie sehr ich sie brauche oder wie wenig ich mich bereit fühle, sie zu verlieren, ich kann ihr das nicht einfach so vergeben.

Seufzend reibe ich mir über die Stirn und schiebe die Tür auf. Von Kaffeeduft und Stimmen geschwängerte Luft empfängt mich. Und Pepe, mit dem ich fast kollidiere.

»Cara mia, wie schön, dich zu sehen«, sagt er in seinem melodischen Akzent. Er zwinkert mir zu und schiebt sich hinter den Tresen. »Latte macchiato al caramello?«, fragt er mit einem breiten Grinsen.

Ich nicke. Ohne Kaffee und Zucker werde ich das Gespräch sicher nicht überstehen.

In Rekordzeit drückt Pepe mir das Getränk in die Hand. »Ich schenke dir wie immer *mio cuore*.« Er fast sich halb im Scherz an die Brust und deutet mit einem Nicken auf mein Getränk.

Zwei ineinanderverschlungene Kakaoherzen schwimmen auf dem Milchschaum. Ich stöhne leise auf. »Danke, Pepe, das ist irgendwie ... ähm ... sehr nett«, murmle ich und rühre die Herzen mit einem schiefen Grinsen unter den Milchschaum, während ich mich suchend nach meinen Freundinnen umsehe.

»Hinten ist noch ein Tisch frei. Ich schicke die beiden zu dir, wenn sie kommen.« Er nickt mir zu und deutet auf einen der letzten freien Tische in einer kleinen Nische.

Jules ist die Pünktlichkeit in Person, aber sie ist noch nicht hier. Ich ziehe mein Handy aus der Hosentasche. Es ist bereits fünf Minuten nach der verabredeten Zeit und weder sie noch Chloe haben eine Nachricht geschickt, dass sie sich verspäten werden. Ich schlucke die Wut hinunter, die in mir aufsteigen will. Immerhin weiß ich ja noch gar nicht, ob sie mich wirklich versetzen. Sie könnten sich entgegen ihren Gewohnheiten einfach nur verspäten. So etwas passiert.

Ich setze mich, nippe an meinem Getränk, scrolle durch

Instagram, um mir die Zeit zu vertreiben, und lande wie von selbst auf Jules' Profil. Die Posts dokumentieren ein buntes, fröhliches Leben, das Jules im Fünfminutentakt mit ihren Followern teilt. Der letzte Post ist von heute Morgen. Ein Selfie mit Chloe auf dem Occidental Square. Der Zeitstempel zeigt, dass es unmittelbar vor ihrem Besuch bei mir hochgeladen wurde. Sie lacht aus jeder Pore und ihre Haare haben sich mit denen von Chloe verfangen. Sie formt ein Victory-Zeichen, das ihr halbes Gesicht verdeckt. Darunter steht nur »Sista-Time«, umrahmt von einer ganzen Reihe von Herzen. Seit diesem Post herrscht Funkstille auf ihrem Profil.

Eine Nachricht zerteilt plötzlich das Bild. Sie ist von Chloe: *Tut mir leid. Ich dachte wirklich, es wäre eine gute Idee, wenn ihr euch aussprecht, aber es sieht so aus, als bräuchte Jules noch etwas Zeit. Ich habe alles versucht, sie zum Kommen zu überreden.*

Jules braucht also Zeit. Weil ich mit einem Mann zusammenwohne, den sie vor Jahren einen Tag lang gedatet hat. Wie ich mich fühle, weil sie in ihrer Wut allen mein Geheimnis vor die Füße geworfen hat, ist anscheinend egal. Meine Gedanken sind nicht fair. Aber fair zu sein, fällt mir gerade extrem schwer. Denn obwohl Jules nicht das einzige Opfer dieses Streits ist, weint sie sich gerade bei Chloe aus, während ich allein bin. Wo bleibt da die Gerechtigkeit?

Es war eine Scheißidee, überhaupt herzukommen. Ich lege das Geld für meinen Kaffee auf den Tisch und lasse den Latte macchiato halb voll zurück. Diese Abfuhr verlangt nach einem Getränk mit mehr Wumms. Nanas Obstlikör wäre eine vernünftige Alternative.

Ich beeile mich, nach Hause zu kommen, und gehe schnurstracks zum Kühlschrank, um besagte Flasche herauszunehmen, halte aber mitten in der Bewegung inne. Auf einem Teller im obersten Fach thront ein riesiger Veggieburger mit einer doppelten Portion Baconstreifen. Ein Zettel liegt auf dem Rand.

Echt Eklig. Wes.

Nur er schafft es, dass eine so süße Geste gleichzeitig eine Beleidigung ist. Es entlockt mir ein Lächeln, das durch die Tränen bricht, die beginnen, mir über die Wangen zu laufen.

KAPITEL 22

Weston

Es ist eine denkbar schlechte Idee, Eve mit hierherzubringen. Zum einen, weil sie noch immer wegen des Streits mit Jules angegriffen ist und ich deswegen ständig das blödsinnige Bedürfnis verspüre, sie in meine Arme zu ziehen. Zum anderen, weil sie als Einzige weiß, wo ich wohne, und das bereits mehr Information ist, als ich normalerweise bereit bin zu geben. Sie muss nicht noch weitere Details meines Lebens erfahren. Sie mit in die Wohnung zu nehmen, wird das aber kaum verhindern. Der einzige Lichtblick ist, dass unser heutiges Treffen mit viel Fantasie als Date durchgeht und ich damit endlich mein Versprechen Olivia gegenüber einlöse. Seufzend verriegle ich Miles Wagen, den ich vor der Tür geparkt habe, und schließe trotz meiner Zweifel die Haustür auf.

»Ist im dritten Stock«, teile ich Eve knapp mit und gehe voraus. Als wir die Etage erreichen, keucht sie aus dem letzten Loch. Sport war noch nie ihre Stärke.

»Ich weiß, warum ich in 'nem Haus mit Aufzug wohne«, stellt sie schwer atmend fest.

»Ich wohne auch in einem Haus mit Aufzug«, erinnere ich sie daran, dass wir jetzt Mitbewohner sind, und schließe die Tür auf. Ich mache eine einladende Bewegung in den dunklen Flur der Wohnung.

»Jahrelang aber nicht, was echt masochistisch ist.« Sie betritt das Apartment und sieht sich um. Ihr Blick wandert über die alten, verschrammten Kartons, die sich seit unserem Umzug vor vier Jahren hier stapeln. Zwischen den braunen Papprücken haben sich Staubmäuse gebildet. Sauber ist anders, aber wenigstens kann ich den derzeitigen Zustand der Wohnung auf meinen Auszug schieben. Eve braucht nicht zu wissen, dass es hier nie anders aussah.

»Ist ganz schön.« Sie versucht nett zu sein, aber die Wohnung ist ein Loch und ich sehe die Frage, die schon bei ihrem ersten Besuch hier in ihrem Gesicht stand. Sie weiß, dass Dad ein reicher Drecksack ist, und wundert sich, warum ich so wohne. Warum ich ihn nicht um Hilfe bitte.

»Müssen die alle mit?« Sie klopft gegen die Umzugskartons, die ihr am nächsten stehen.

Ich schüttle den Kopf. Keine Ahnung, was darin ist. Irgendein schlauer Kopf hat mal gesagt, dass alles, was man zwei Jahre lang nicht vermisst hat, genauso gut entsorgt werden kann. Der Inhalt dieser Kartons hat mir vier Jahre nicht gefehlt, was die Dinge eindeutig zu unwichtigem Müll macht.

»Das bleibt alles hier.« Ich gebe einem der obersten Kartons einen Schlag, der ihn gefährlich ins Wanken bringt, und durchquere den Flur. Moms Zimmer lasse ich links liegen. Die Tür ist verschlossen. Ich habe den Raum seit ihrem Tod nie wieder betreten. Jetzt werden all ihre Sachen in den Müll wandern.

»Die Sachen, die mitsollen, sind im Schlafzimmer.« Ich zeige auf die Tür am Ende des Flurs und steuere benommen darauf zu. Das Bad ignoriere ich. Dabei wünschte ich, ich könnte mich nur einen Augenblick hinlegen. Die Augen schließen. Die Kühle der Badewanne und der Kacheln einatmen. Man muss schon ziemlich neben der Spur sein, wenn der Lieblingszufluchtsort eine beschissene Badewanne ist. Ich drücke die Zimmertür auf, bevor Eve merkt, wie unrund ich gerade laufe.

Der Plan geht auf. Neugierig schiebt sie sich an mir vorbei und mustert jeden Winkel meines Zimmers. Dann schlendert sie zum Regal hinüber, wo meine Bücher stehen. Das meiste sind Schulbücher, die ich nie abgegeben habe. Ich weiß nicht, ob die Schule das stillschweigend geduldet oder ob mein Vater die Lehrmittel ersetzt hat. Auf jeden Fall habe ich jetzt jederzeit die Möglichkeit, die Einzelheiten des amerikanischen Bürgerkriegs nachzuschlagen. Zielsicher greift Eve nach der zerfledderten Ausgabe von *Der Fänger im Roggen*. Das einzige Buch, das ich jemals zu Ende gelesen habe.

»Salinger?« Sie zieht eine Augenbraue nach oben, sagt aber nichts weiter.

Es interessiert mich, warum sie das Gesicht verzieht. Liegt es an dem Umstand, dass sie Salinger nicht mag, oder daran, dass sie mir nicht zugetraut hat, diese Art von Büchern zu lesen? »Magst du es?«

»Hm«, antwortet sie unbestimmt, als wüsste sie nicht, was sie sagen soll. »Im Grunde schon.« Es ist ihr ganz offensichtlich unangenehm, dass wir damit neben unserer Arbeit, der Wohnung und der Nacht im Bad auch noch diese Gemeinsamkeit teilen.

Ich erlöse sie. Dieses Buch ist keine Gemeinsamkeit. Es ist lediglich das Lieblingsbuch meiner Mutter. Ich habe es nur ihr zuliebe gelesen und vermutlich aus demselben Grund aufbewahrt.

»Ich stehe nicht besonders auf Salinger. Eher auf die X-Men-Comics von Parker und Cruz. Sehr sozialkritisch und zweideutig.«

Sie lacht und legt das Buch in den leeren Karton, den ich mit

177

ins Zimmer gebracht habe. Als wüsste sie ganz genau, wie wichtig mir die zerfledderten Seiten sind. Dann sieht sie sich suchend um. »Du hast nirgendwo Fotos?«

»Nein.« Habe ich nicht. Weil ich mich nicht damit aufhalte, mich an der Vergangenheit festzuklammern. Was die spannende Frage aufwirft, was zum Henker ich hier gerade tue. Ich sollte mich beeilen, damit wir schnellstmöglich wieder verschwinden können. Ich ziehe eine schwarze Sporttasche unter dem Bett hervor und stopfe wahllos die restliche Kleidung aus den Kommoden hinein. Als sie voll ist, gebe ich ihr einen Tritt und befördere sie damit vor Eves Füße. Dann raffe ich einige wenige, wichtige Papiere zusammen, hole meine Sachen aus dem Bad und packe alles zu dem Buch in den Karton. Darauf lege ich den Football, den ich unzählige Male mit Miles geworfen habe. Ganz früher sogar mit Dad. Eine weit entfernte Erinnerung, die ich abschüttle.

»Sag mir, wie ich dir helfen kann«, fordert mich Eve auf. »Deswegen hast du mich doch mitgenommen.«

»Du kannst mir beim Tragen helfen. Das Einpacken übernehme ich selbst. Außerdem bin ich fertig.«

Sie sieht mich entgeistert an. »Was ist mit dem ganzen Rest?«

»Ich kenne den Vermieter. Der entsorgt alles.«

»Das ist dein Kram.« Eve dreht sich um die eigene Achse. »Der Großteil deiner Sachen.«

»Ich habe es dir schon mal gesagt, ich hänge nicht an Dingen.« An ihr schon. Der Gedanke irritiert mich. Ich schultere lieber die Tasche, anstatt weiter darüber nachzudenken, und überlasse Eve den nur halb vollen Karton. Dann steuere ich auf den Ausgang zu. Ein ätzend nostalgischer Teil von mir will stehen bleiben, sich noch einmal umsehen und Abschied nehmen, aber ich ignoriere ihn. Ungeduldig warte ich, bis Eve neben mir in das Halbdunkle des Hausflurs tritt, und ziehe lauter als beabsichtigt die Tür hinter uns zu.

»Das ist also alles?« Sie deutet auf die Tasche und den Karton, die ich auch allein hätte tragen können.

»Nicht ganz.« Ich steuere auf die schmale Tür zu, die vom Hausflur auf den Dachboden führt. Die Tasche und den Karton stelle ich auf dem Boden direkt neben dem Treppenaufgang ab. Die Stufen sind ausgetreten. Ich gehe voraus, bis wir das Atelier erreichen. Ein riesiger Raum, der zwar genug Platz zum Malen bietet, aber im Grunde zu wenig Lichteinfall hat, um den Namen wirklich zu verdienen.

Trotzdem ist das hier besser als mein Schuhkartonzimmer, in dem keine Farbe auf Böden oder Wände kommen durfte und wo die Nachbargebäude vierundzwanzig Stunden am Tag ihre dunklen Schatten in das winzige Fenster warfen.

Eve ist stehen geblieben und sieht sich um. An der lang gezogenen Wand rechts von ihr stehen jede Menge fertige Bilder, auf denen ich meine Launen festgehalten habe. Mittig im Raum lehnt eine leere Leinwand an einer aus einem Stapel Europaletten selbst gebauten Staffelei.

»Sind die von dir?«

Ich nicke stumm und beginne, eines der Bilder zwischen den anderen herauszuzerren. Neben meinen Kisten voller Farbe und Malutensilien werde ich nur dieses eine Bild mitnehmen. Den Rest kann Dad meinetwegen verbrennen. Vermutlich gibt ihm das ein Stück seines Seelenfriedens wieder. Das Malen war immer ein Streitfaktor zwischen uns. Unnötig in seinen Augen. In meiner Welt essenziell. Ich klemme mir die Leinwand unter den Arm, greife nach einer der kleineren Kisten, in der ich meine Pinsel und Spachtel aufbewahre, und will gehen, aber Eve hält mich am Arm zurück.

»Du kannst mich nicht herbringen, mir so etwas zeigen und erwarten, dass ich gehe, ohne es mir genau anzusehen.« Sie entfernt sich von mir und zieht das erste Bild ein Stück hervor. »Darf ich?«

Ich lege den Kopf leicht schief. Mir gefällt die Perspektive, die ich so auf ihre dunklen Augen habe, und ich nicke zögerlich.

Eve zieht ein Bild nach dem anderen heraus, betrachtet sie und schiebt sie dann sorgfältig zurück an ihren Platz. Zum Schluss stellt sie sich vor das Bild, das ich gegen meine Hüfte gelehnt habe. Ich überlasse es ihr und entferne mich etwas. Ihre Finger folgen den farbigen Linien und Schlieren, die einen tiefen, hypnotisch schwarzen Fleck umgeben.

»Das Bild habe ich gemalt, als wir in der Abschlussklasse waren«, höre ich mich sagen und kann nicht glauben, dass ich ihr das wirklich erzähle. »Kurz nach dem Tod meiner Mutter.«

Sie zuckt zusammen, sieht mich an, sagt aber nichts.

Ihre Reaktion zeigt, dass sie nichts von Moms Tod wusste. Woher auch? Ich habe niemandem erzählt, dass sie krank war. Nicht einmal Miles. Er denkt bis heute, ich wäre nach unserem Abschluss allein durch Europa gereist. Eine Auszeit weg von allem. Inklusive einer selbst auferlegten Internetabstinenz, die die fehlenden Selfies vor dem azurblauen Mittelmeer erklärte. »Sie ist kurz nach unserem Abschluss gestorben«, präzisiere ich meine Aussage. Als hätte ich Eve nicht sowieso schon zu viele Informationen gegeben. Sie nickt und berührt das schwarze Zentrum des Bildes, meine Dunkelheit, anstatt mir irgendwelche leeren Worte vor die Füße zu werfen.

Sie nimmt die Wut und Trauer auf, die zwischen den Pinselstrichen stecken. Und ich fühle mich nackt, angreifbar. Ein Gefühl, das ich nur schwer aushalten kann. Ich muss mir Ablenkung suchen, sonst drehe ich durch. Seit Jahren benutze ich

Stücke von MDF-Platten zum Anmischen der Farben. Zögerlich nehme ich ein sauberes Stück in die Hand, öffne die Tuben und schmiere die verschiedenen Farbtöne auf das Pressholz. Aus Rot und Blau mische ich einen satten Magentaton und gehe zu der leeren Leinwand hinüber, die auf der Staffelei wartet. Mit unbestimmten Pinselstrichen verteile ich die Farbe auf der Leinwand. Es ist nicht so, dass ich ein begnadeter Künstler wäre oder auch nur im Ansatz wüsste, was ich tue, wenn ich male. Es ordnet einfach meine Gedanken und hilft mir, zur Ruhe zu kommen.

Eve sieht auf und lacht unsicher. »Du malst aber jetzt nicht mich, oder?«

Es ist nicht sie, die ich male. Mehr das, was sie in mir auslöst, aber das werde ich sicher nicht zugeben. »Ich bin nicht Leonardo DiCaprio und du räkelst dich nicht nackt auf einem Sofa der Titanic, oder?«, erwidere ich und zwinkere ihr zu. Wir in dieser Konstellation würden vermutlich eine ähnliche Katastrophe auslösen wie die Titanic 1912.

Sie schlendert zu mir hinüber, was mich dazu bringt, den Pinsel sinken zu lassen. Ich wische mir die Hand an der Jeans ab, bevor ich unsicher meine Haare nach hinten streiche. Ich lege die Pressholzplatte beiseite, den Pinsel daneben. Ich lasse die Hände gegen meine Oberschenkel klatschen. »Ich habe mir nur die Zeit vertrieben. Wenn du fertig bist, lass uns gehen.«

»Noch nicht«, bittet sie und deutet unbestimmt in Richtung der Leinwand. »Lass mich dir zusehen. Nur kurz.« Sie sieht mich mit diesem Blick an, der einen wehrlos macht, und bevor ich richtig darüber nachdenken kann, nicke ich.

KAPITEL 23

Everly

Seitdem Wes den Pinsel mit kräftigen Schwüngen über die Leinwand treibt, strahlt er eine Ruhe aus, die sonst oft in Lässigkeit ertrinkt.

Innerhalb kürzester Zeit entsteht ein scheinbares Chaos aus Farben und Formen, das abstrakt ist und mich gleichzeitig berührt. Das Tattoo auf seinem Unterarm tanzt im Rhythmus seiner Bewegungen. Ich starre auf die schwarze Tinte und schlucke trocken. Mein Herzschlag rast meiner Überzeugung hinterher: Wir – er und ich – wären unmöglich.

»Du solltest es auch mal versuchen«, sagt Wes plötzlich und zeigt auf die Leinwand. »Ich hab selbst zwar wenig Erfahrung damit, aber ich habe gehört, dass Malen extrem gut dabei hilft, über penetrante Ex-Freunde und Beste-Freundinnen-Ärger hinwegzukommen«, fügt er lächelnd hinzu.

Er hält mir den Pinsel hin. Als ich nicht zugreife, legt er ihn auf einen kleinen Tisch, der neben der Leinwand steht. Langsam kommt er auf mich zu und ein Lächeln umspielt seine Mundwinkel.

»Was hast du vor?«, frage ich und meine Stimme bebt.

»Lass dich überraschen.« Er ist mir so nah, dass ich die Vibration seiner Stimme spüre. Genau wie seinen Atem, der sich mit meinem vermischt. Ich bin kurz davor, meine Selbstkontrolle zu verlieren. Ich erwarte, dass er mich küssen wird. Und mir ist klar, dass ich ihm nichts entgegenzusetzen hätte. Da ist absolut nichts, was sein Blick nicht längst zersetzt hat.

Aber anstatt seine Lippen auf meine zu senken, streicht er aufreizend langsam meinen Arm hinab und schiebt seinen Körper an mir vorbei, bis er hinter mir steht. Mein Blick folgt seiner Hand, die eine prickelnde Spur auf meiner Haut hinterlässt. Der raue Holzboden ist übersät mit verwaschenen Farbresten. Der perfekte Hintergrund für unsere Hände, die Wes miteinander verflicht. Wortlos hebt er meine Hand an und führt sie zur Farbpalette.

»Wes«, protestiere ich schwach, aber es ist bereits zu spät. Ich berühre kühle Farbe, die meine Haut benetzt, während ich seine Muskeln dicht an meinem Rücken spüre, seine Arme, die mich umgeben.

»Konzentrier dich auf das, was du fühlst, und bring es einfach auf die Leinwand«, flüstert er rau. Sein Atem streift meine Haare.

Und genau das tue ich. Ich schließe die Augen und konzentriere mich. Nicht auf David oder Jules, die ich hierdurch vergessen soll, sondern auf Wes. Auf Wes, der hinter mir, neben mir, um mich herum ist und jeden klaren Gedanken zum Erliegen bringt.

Er hat mich noch immer nicht losgelassen – aber nun bin ich es, die unsere Hände über die glatte Leinwand führt. Unsere Finger vermischen die Farben, die Linien. Ich kann nicht mehr erkennen, wo ich aufhöre und Wes beginnt. Unsere Körper bewegen sich gemeinsam. Der Raum um uns verschwindet, die Welt ist weit weg, selbst die Farbsprenkel auf dem Boden sind winzige Sterne in einem weit entfernten, bunten Kosmos.

Als ich innehalte, löst Wes seine Hand und zieht einen Streifen Magenta über meinen Arm, den Hals bis zu meinem Kinn. Er dreht meinen Kopf halb zu sich, zögert. Es dauert zwei raue Atemzüge, bevor ich es nicht mehr aushalte und meine Lippen auf seine presse. Adrenalin fließt durch meine Venen. So stelle ich mir einen Bungee-Sprung vor. Nur liegt um meine Knöchel kein Sicherungsseil.

Zum Glück lässt Wes keinen Platz für die Angst vor meiner eigenen Courage, als er in den Kuss einsteigt. Er vergräbt seine Hand in meinem Haar und es ist ihm vollkommen egal, dass er uns dabei in Magenta taucht. Er drängt mich gegen die Leinwand und die noch feuchte Farbe dringt durch den Stoff meines Tops, während sein Atem ein wildes Verlangen erzeugt, das mit zweihundert Stundenkilometern durch meinen Körper rast.

Wes' Herz schlägt hart gegen seinen Brustkorb und meins fängt seinen Takt ein. Ein leises Stöhnen bricht über seine Lippen und brandet gefährlich durch meinen Körper.

David hat mich oft berührt, aber nie war es so. So wild. So unkontrolliert. So Eve–Wes.

Nur Sekunden später löst er sich von mir und presst schwer atmend seine Stirn an meine. Als wäre es der einzige Weg, nicht vollständig die Kontrolle zu verlieren.

Die Welt um mich herum nimmt klirrend wieder Gestalt an, als mir bewusst wird, was wir gerade getan haben. Unsicher streiche ich mir die Haare hinter die Ohren, lege einen Schritt Dachboden zwischen uns. Der Kuss ist erst wenige Sekunden alt und erscheint doch Lichtjahre entfernt. Und gleichzeitig noch nah genug, um zu sehen, dass Wes und ich mit Abstand betrachtet eine unmögliche Kombination sind.

»Eve«, flüstert Wes heiser und macht den Schritt auf mich zu, den ich nur Sekunden zuvor zwischen uns gelegt habe.

»Bitte nicht«, krächze ich und stoppe damit seine Bewegung.

Ich bin erstaunt, wie überzeugend die zwei Worte klingen, obwohl jede meiner Zellen das Gegenteil will.

Er kämpft mindestens so sehr mit sich wie ich, folgt mir aber nicht, als ich mich weiter zurückziehe.

Wir hätten das nie tun dürfen. Egal, wie atemberaubend der Kuss war, er hat alles kaputt gemacht. Wie soll ich nach dem, was hier passiert ist, weiter mit Wes zusammenwohnen oder arbeiten? Wie soll ich ihm nah sein und nicht daran denken, wie es sich angefühlt hat, ihn zu küssen? Wie soll ich verhindern, dass sich so etwas wiederholt? Denn das darf es nicht. Die Liebe hat einen schrägen Sinn für Humor, sonst hätte ich mein Herz wohl kaum an den einzigen Typen verloren, der absolut tabu ist. Aus mindestens fünf Millionen Gründen. Sekundenlang sehen wir einander an, bevor ich mich umdrehe und fluchtartig den Dachboden verlasse.

»Verdammte Scheiße«, höre ich Wes hinter mir fluchen. Er tritt gegen irgendetwas. Ein ohrenbetäubendes Poltern verfolgt mich, als ich durch die Tür schlüpfe und die schmalen Stufen hinablaufe.

KAPITEL 24

Weston

Miles liegt auf dem Sofa und sieht fern, als ich das Poolhaus betrete. Die Couch ist ein schweineteures Teil, das es trotzdem schafft, einem den Rücken zu ruinieren. Zumindest, wenn man die ganze Nacht darauf schläft. Das habe ich schon oft genug ausprobiert.

»Hi.« Er rappelt sich umständlich auf und begrüßt mich ehrlich überrascht, aber erfreut. »Was machst du denn hier, Wes?«

»Ich habe den Laden spontan für ein paar Tage zugemacht. Am Anfang der Woche ist das Geschäft nicht so stark und ich will endlich die Außenanlage fertig kriegen. Das könnte jetzt im Sommer echt einen Unterschied machen.«

Miles reibt sich über die Augen. »Brauchst du Hilfe?« Er macht eine Popeye-Geste. »Ich kann mit anpacken. Wobei ich mich frage, wieso das nicht der Besitzer macht. Der müsste doch ein Interesse daran haben, eine Firma beauftragen, oder was weiß ich.« Er zuckt mit den Schultern.

Ich winke ab. »Ich bin nicht hier, weil ich will, dass du Sand für mich schippst.«

»Okay.« Er sieht mich fragend an. »Warum bist du dann hier?«

»Ich dachte, ich komme einfach mal rum. Hab mich sehr rargemacht in letzter Zeit.«

Miles nickt. »Hast du.« Er grinst, anstatt es mir übel zu nehmen. »'ne Frau oder der Job?«, hakt er entgegen seiner Gewohnheit nach.

Ich atme tief durch. Vielleicht bringt es ein wenig Ordnung in das Chaos in meinem Kopf, wenn ich dasselbe tue wie Miles, meine Regeln breche und seine Frage beantworte. »Ich bin umgezogen.«

Miles wartet ab, ob ich noch mehr sagen werde, und als ich es nicht tue, hakt er nach. »Dann wohnst du nicht mehr bei deiner Mom?«

Ich schüttle den Kopf. Sie ist vor drei Jahren gestorben. Vor drei Jahren habe ich sie allein beerdigt. Nur ihre Schwester aus Idaho und ihre Eltern waren da. Alle drei kannte ich kaum. Sie waren niemand, bei dem ich mich hätte ausheulen können. Ich hätte dich gebraucht, Miles. »Eve suchte einen Mitbewohner. Ich wollte ausziehen.« Dad hat mich rausgeschmissen. Ich schlucke die Worte hinunter. Die Gefühle, die sich nach oben kämpfen wollen. »Es passte. Also wohne ich jetzt bei ihr.«

»Du wohnst mit Everly Scott zusammen?« Miles lacht und schüttelt die Hand, als wäre das verdammt krasser Scheiß. »Entschuldige.« Er lässt die Schultern kreisen, bemüht sich, wieder ernst zu werden, und ist erfolgreich. »Ihr wohnt zusammen, du lebst noch, scheint ganz gut zu funktionieren, oder nicht?« Es ist merkwürdig, diese Art von Gespräch zu führen, und noch seltsamer, dass Miles gar nicht mal übel darin ist.

»Hat es, aber dann hat sie mir beim Umzug geholfen und …« Ich lasse mich gegen die Rückenlehne fallen und starre an die Decke. »Verdammte Scheiße, Miles, ich habe sie geküsst und jetzt ist alles so verflucht verfahren.«

»Was ist mit Bayle?«

»Sie haben Schluss gemacht. Deswegen arbeitet sie bei mir.

Und lässt mich bei sich wohnen. Sie braucht das Geld, weil sein Anteil an der Miete fehlt. Schätze, dass ich beides mit der Aktion verkompliziert habe.«

Miles steht auf und schenkt uns einen Whiskey ein. Als wäre Eve zu küssen ein Grund, einen Schnaps auf den Schrecken zu trinken. Ich nehme das Glas entgegen. Sie zu küssen ist vielleicht kein Grund. Dass mein Herz seitdem keine Ruhe mehr gibt, hingegen schon.

»Habt ihr darüber gesprochen?«

Ich schüttle den Kopf. »Sie ist abgehauen und seitdem gehen wir uns aus dem Weg. Keine Ahnung, wie das weiterlaufen soll.«

»Ich würde sagen, dass kommt darauf an, ob du sie noch mal küssen willst oder nicht«, bringt Miles lachend hervor.

Ich gebe ihm eine Kopfnuss und klopfe auf das Polster der Couch. »Kann ich vielleicht ein paar Tage hier schlafen, bis sich die Gemüter beruhigt haben?«

»Dann musst du zwar morgen früh mit lauter Schnöseln auf der Fähre fahren«, wiederholt er meine eigenen Worte und stößt sein noch volles Glas gegen mein leeres. »Aber hier ist immer ein Platz für dich, das habe ich dir schon oft genug gesagt.«

KAPITEL 25

Everly

Das Wipe Out ist leer. An der Eingangstür klebt ein handgeschriebener Zettel:

Geschlossen wegen Umbauarbeiten.

Wieso hat Wes mir nicht Bescheid gegeben, dass ich heute nicht zu kommen brauche? Ich habe mich abgehetzt, um nach meinem Yogakurs hierherzukommen. Normalerweise hätte ich nicht einmal Zeit dafür gehabt. Aber obwohl ich eine wandelnde Yoga-Katastrophe und selbst nach drei Jahren noch immer kein Stück besser bin als an meinem ersten Tag, hilft es mir, zur Ruhe zu kommen. Und das war bitter nötig, nach dem, was mit Jules passiert ist. Mit David. Und mit Wes.

Hätte ich gewusst, dass meine Schicht ausfällt, wäre ich stattdessen zu Nana gegangen und hätte versucht durch ein Gespräch mit ihr etwas klarerzusehen. Denn der Yogakurs hat, was das angeht, heute versagt.

Ich puste mir die Haare aus der Stirn und drücke die Hintertür auf. Offenbar ist es höchste Zeit, dass Wes und ich ein klärendes Gespräch führen. Die letzten Tage war er nicht zu Hause. Er geht mir aus dem Weg, und wenn ich ehrlich bin, habe ich dasselbe getan. Aber das ist keine Dauerlösung. Wir müssen darüber sprechen, was auf dem Dachboden passiert ist und wie wir verhindern können, dass so etwas noch mal geschieht, damit unser Verhältnis nicht noch weiter belastet wird. Wir sind Kollegen. Mitbewohner. Nicht mehr.

Eine kühle Brise weht durch die offenen Schiebetüren am anderen Ende des Gastraums. Ein riesiger Haufen Sand versperrt den Ausgang in den Bereich des Piers, der bis jetzt gesperrt gewesen ist. Pflanzen lehnen an der Wand in den ersten Strahlen der Sonne und daneben steht Wes auf eine Schaufel gestützt und sieht mir entgegen.

»Du bist zu spät«, stellt er mit einem Blick auf seine Uhr fest.

Er sagt das, als würde ich ständig zu spät kommen. Das ist genau ein Mal vorgekommen und da war es nicht wirklich meine Schuld.

»Du hast eh nicht geöffnet?«, entgegne ich und deute auf den Zettel an der Tür. »Du hättest Bescheid sagen können, dass ich heute nicht zu arbeiten brauche, dann hätte ich den Tag anders verplanen können.« Irgendwie hat er es geschafft, dass ich ihn ansehe, und sein Anblick katapultiert mich zurück auf den Dachboden, zurück zu unserem Kuss inmitten von Farbsplittern. Ich muss schlucken, um den festen Tonfall nicht irgendwo zwischen jeder Menge Ölfarbe, Wes und mir zu verlieren.

»Wenn ich ehrlich bin, wollte ich dir erst absagen, aber dann habe ich festgestellt, dass ich es allein niemals bis zum Wochenende schaffe. Ich brauche also deine hochgeschätzte Arbeitskraft.« Er stützt sich auf den Stil seiner Schaufel.

»Wäre Nic da nicht die bessere Wahl? Oder Ravi?« Ich bin nicht gerade ein Handwerksgenie. Wenn ich ehrlich bin, will ich einfach nicht stundenlang Seite an Seite mit ihm arbeiten. Nicht, solange wir nicht die Fronten geklärt haben.

»Denen hatte ich schon freigegeben, als mir klar wurde, dass das hier eine größere Aktion wird als gedacht.« Er zieht entschuldigend die Augenbrauen nach oben. »Ich hoffe, du überlegst jetzt nicht, mir wegen der Sache auf dem Dachboden einen Korb zu geben. Denn es tut mir ehrlich leid.« Er senkt den Blick. »Ich hätte das nicht tun dürfen.«

Ich habe ihn geküsst. Umso netter ist es, dass er das auf seine Kappe nimmt. »Mir tut es auch leid.« Wieso fühlen sich die Worte, verdammt noch mal, nach einer Lüge an?

»Es war meine Schuld. Ich war einfach …« Er fährt sich durch die Haare. »Vielleicht war ich ein bisschen neben der Spur wegen des Umzugs.«

Damit ist die Sache dann wohl erledigt. Er hatte einen schwachen Moment. Ich ebenso. Und daraus ist etwas entstanden, das wir beide bereuen. »Schon vergessen«, bringe ich heiser hervor und zwinge mich zu einem Lächeln. Ich bereue es. Ich bereue es. Ich bereue es. Wenn ich es nur oft genug sage, wird es bestimmt irgendwann wahr.

Wes nickt, nimmt die Schaufel und stößt sie in den Sandberg. »Also hilfst du mir?« Er blinzelt gegen die Sonne zu mir herüber. »Der ganze Sand muss verteilt werden. Am Ende soll es hier so aussehen wie in einem Beachclub. Ich habe sogar Deko.« Er zwinkert mir zu und grinst. »Hinter der Ecke steht noch eine Schaufel, falls du dich durchringst. Als Anreiz: Es könnte sein, dass du in dem Fall zur Mitarbeiterin des Monats gewählt wirst.«

Wortlos ziehe ich das Werkzeug hinter der Hausecke hervor, halte aber inne, bevor ich loslege. »Warum gibst du dir so viel Mühe mit dem Wipe Out? Umbauarbeiten gehören zu den Aufgaben des Besitzers. Du als Manager bist dazu doch gar nicht verpflichtet.«

Wes ist ganz nach oben auf den Sandberg geklettert, sodass

ich nur seine Umrisse sehe, die sich dunkel gegen das Sonnenlicht abheben. »Das Wipe Out gehört mir.«

Einen Augenblick lang glaube ich, mich verhört zu haben. »Ist das dein Ernst?«, frage ich verdattert. »Du hast gesagt, du wärst der Manager.«

Wes löst eine Sandlawine aus, mit der er gemeinsam vor mir zum Stehen kommt. »Dann habe ich wohl gelogen«, murmelt er. »Ich hänge es nicht gern an die große Glocke.«

Warum hat er es dann ausgerechnet mir erzählt? »Was ist mit Miles?«

»Wenn der das wüsste, wäre ich schon pleite, weil er ständig Sonderkonditionen verlangen würde.« Er grinst schief. »Es weiß niemand außer dir und meinem Patenonkel, der diese Schnapsidee mitfinanziert hat, und es wäre nett, wenn das auch so bleibt. Der Umbau und damit die volle Nutzung des Außenbereichs werden mehr Einnahmen in die Kasse spülen. Die alte Lady zu kaufen, hat mich 'ne Stange Geld gekostet, das ich irgendwie wieder reinholen muss.«

Deswegen konnte er sich also keine eigene Wohnung leisten. Ich hätte ihm niemals zugetraut, dass er eine dermaßen große Verantwortung übernimmt. Dass er etwas so ernst nimmt, dass er sich dem vollkommen verschreibt.

Mir gefällt das Bild, das sich dadurch von ihm ergibt. Und das ist nicht gut. Trotzdem beginne ich, Sand zu schaufeln. Und rede mir ein, dass ich es nur tue, um meinen Job zu behalten. Wenn das Wipe Out finanzielle Probleme hat, bin ich die Erste, die gehen muss. Aber ich bin schlecht darin, mich selbst zu belügen. Furchtbar schlecht.

Stumm schaufeln wir den Sand in jeden Winkel des Piers. Normalerweise füllen Menschen Stille immer mit Worten. Wir nicht.

Vier Stunden später bin ich zwar erschöpft, aber wir haben mehr geschafft, als ich für möglich gehalten hätte. Die Sonne brennt noch immer von einem strahlend blauen Himmel, der nur ab und an von zerfaserten Schäfchenwolken durchbrochen wird. So ganz und gar untypisch für Seattle. Wes schaufelt voller Inbrunst und ohne erkennbare Erschöpfungzeichen die letzten Sanderhebungen beiseite, während ich das bisherige Ergebnis begutachte.

Palmen schaffen mit Schilf und Bambus natürliche Abgrenzungen auf der Sandfläche. So sind mehrere gemütliche Separees entstanden, die erahnen lassen, wie es hier bald aussehen könnte. Ich hätte nie gedacht, dass mir die körperliche Arbeit so guttun würde. Ein sichtbares Resultat zu erschaffen, hat all die verschobenen Teile in mir wieder an ihren Platz gerückt und damit sogar Yoga geschlagen. Ich fühle mich ausgelaugt, aber glücklich. Und auch Wes ist total entspannt.

Er fährt sich durch die verschwitzten Haare, trinkt einen Schluck und reicht mir dann lächelnd die Wasserflasche.

»Was hältst du davon, wenn wir für heute Feierabend machen und ich uns zu Hause als Belohnung etwas koche?« Er zwinkert mir zu.

Seine Frage prickelt wie Prosecco in meinen Venen, aber ich sollte diese Form der Nähe nicht zulassen. »Ich muss noch lernen«, sage ich und sehe ihn dabei nicht an.

Wes nickt. »Trotzdem musst du essen«, gibt er zu bedenken. »Außerdem könnte ich dir vielleicht helfen, was das Lernen angeht.« Er deutet auf den ordentlich verteilten Sand. »Eine Hand wäscht die andere, oder nicht? Um was geht es denn?«

»Du schläfst also wieder in der Wohnung?«, frage ich leise.

Er nickt. »Ich war die letzten Tage nur bei Miles, weil ich dachte, es wäre gut, dir ein bisschen Raum zu geben.«

»Intrakutannähte«, beantworte ich seine Ausgangsfrage, anstatt mich für die Rücksichtnahme zu bedanken, die mich irgendwie rührt.

Er pfeift durch die Zähne. Weiter sagt er dazu nichts, nimmt mir aber die Schaufel aus der Hand.

»Du gehst Olivia besuchen. Ich kaufe ein und mache uns etwas zu essen«, erklärt er und sein Tonfall zeigt, dass er keine Widerrede duldet. »Danach lernen wir.« Resolut schiebt er mich vor sich her ins Innere des Wipe Out und seine Hand auf meinem Rücken löst einen Flächenbrand aus, den ich vergeblich versuche zu ersticken.

KAPITEL 26

Weston

Eve und ich werden beide morgen einen epischen Muskelkater haben, aber in diesem Moment fühle ich mich einfach gut, entspannt, zufrieden. Ich habe vor langer Zeit aufgehört, mir so positive Gefühle durch Gedanken an die Zukunft kaputt zu machen.

Wir stehen gemeinsam in der Küche und sie hilft mir, die Einkäufe aus den Papiertüten in die Schränke zu räumen. Sie hat ein echt ausgeklügeltes Ordnungssystem. Typisch Eve. Aber ich verspüre kein Bedürfnis, sie deswegen aufzuziehen. Überhaupt ist mein Bedürfnis, mich von ihr fernzuhalten, auf eine gefährliche Größe zusammengeschrumpft. Ich schiebe es auf die körperliche Erschöpfung und den mangelnden Schlaf. Eine ziemlich gute und einleuchtende Erklärung und bei Weitem nicht so kitschig wie: Ich empfinde mehr für sie, als gut ist.

»Olivia ging es heute nicht gut. Sie meinte, es grassiert eine Grippe im Waterfront. Ich mache mir Sorgen«, sagt Eve.

Zu Recht. Ich müsste etwas sagen. Eve hat die Wahrheit verdient. Wenn Olivia sie belügt, sollte ich vermutlich das Gegenteil tun, aber es ist nicht leicht, mich gegen ihre Entscheidung zu stellen. Sie würde mich dafür hassen. Eve wird es tun, wenn sie je erfährt, dass ich bei Olivias Schauspiel mitgemacht habe.

»Wofür ist das?« Eve hält eine Schweinshaxe in die Höhe und verzieht das Gesicht.

»Das ist zum Üben.« Ich nehme ihr das Fleischstück ab und lege es auf den Tisch. »Du musst doch Intrakutannähte üben, oder?« In unserer Küche sieht es plötzlich wie in einem Schlachthaus aus.

»Schon, aber was genau soll ich damit machen?« Sie pustet sich die Locken aus dem Gesicht. Die Arme sind vor ihrer Brust verschränkt.

Seit unserem Kuss auf dem Dachboden setzt sie alles daran, mich auf Abstand zu halten. Das habe ich kapiert und ich werde diese Grenze wohl oder übel respektieren. Das hier ist lediglich meine Form, Danke zu sagen. Ich angle ein Filetiermesser aus einer der Schubladen und treibe die Klinge in das Fleisch. Ein lang gezogener Schnitt entsteht. »Die Intrakutannaht ist eine besondere Form der Hautnaht in der Humanmedizin«, wiederhole ich Dads Ausführungen über die medizinisch korrekte Art des Vernähens von Wunden, die er mir immer und immer wieder vorgebetet hat. »Bei dieser Naht windet sich der Faden knapp unterhalb der obersten Hautschicht hin und her und vermeidet somit Einstichkanäle wie bei der Donatinaht.« Ich verziehe das Gesicht. »Mein Vater hatte eine merkwürdige Auffassung von Freizeitvergnügen«, füge ich als Erklärung hinzu. Ich hätte nie gedacht, dass sein penetranter Drill, mich zum zukünftig besten Medizinstudenten aller Zeiten machen zu wollen, irgendwann einmal nützlich sein könnte.

Unsicher sehe ich sie an, bevor ich meinen Blick auf das zerteilte Fleisch vor mir richte. Aus meiner Hosentasche befördere ich ein Wundnähset, das ich ebenso wie die Lebensmittel auf dem Nachhauseweg gekauft habe, während Eve Olivia besucht hat. »Dann zeig mal, was du kannst.« Ich schiebe ihr Nadel und Faden sowie das Schweinefleisch rüber und sehe sie auffordernd an.

Und tatsächlich nimmt sie das Nahtmaterial aus meiner Hand entgegen und beugt sich konzentriert über das Fleisch. Sie ist langsam und wirkt ungewohnt unsicher. Dabei war sie in der Schule immer hervorragend. Tadellose Noten, immer die richtige Einstellung. Begabung gepaart mit der richtigen Dosis Fleiß und Respekt den Lehrern gegenüber. Früher hätte ich dazu Streberin gesagt. Jetzt kommt mir ihr Verhalten mit einem Mal ziemlich intelligent und erwachsen vor.

»Das ist wirklich übel«, stelle ich fest, als ich den Unfall, den Eve fabriziert hat, betrachte. Ihre Naht erinnert an meinen verzweifelten Versuch, in der Junior High aus Stoffresten einen Hasen zu fertigen. Am Ende stellte mein Versuch eine neue Gattung dar.

»Pass auf.« Ich trete näher an sie heran und berühre sie am Arm, als ich ihr die Nadel abnehme. Ich räuspere mich und ziehe das Fleisch zu mir. »Du musst auf dich zu nähen und den ersten Stich orthogonal zum Wundrand in die Tiefe setzen. Dann drehst du die Nadel durch den Einstich. Drehen, nicht ziehen. Der Ausstich erfolgt dann in der Dermis des ipsilateralen Wundrandes.« Ich zeige ihr meinen Einstich und lasse die Nadel dann im subkutanen Fettgewebe dem Verlauf der Wunde folgen.

Eve nickt und schüttelt dann den Kopf. »Dein Vater wollte, dass du Arzt wirst. Ich verstehe langsam, warum.« Sie deutet auf den von mir sauber vernähten Anfang des Schnitts.

»Ich mag meinen Job. Danke«, erwidere ich und wünschte, ich würde mich nicht so hoffnungslos kindisch anhören.

»Tut mir leid. Ich wollte dir nicht zu nahe treten.« Sie lächelt mich an. »Deine Arbeit im Wipe Out ist für dich bestimmt genauso erfüllend wie das Medizinstudium für mich.«

197

Ich kann die Wärme ihres Körpers spüren, ihren Atem auf meiner Haut, als sie meinem Blick ausweicht und sich vornüberbeugt, um genau zu ergründen, wie ich die Wundränder vernäht habe. Dass sie das sagt, ist wirklich nett. Es bedeutet mir etwas.

Sanft berühre ich Eves Arm und lasse meine Hand zu ihrer Hüfte gleiten.

»Wes«, sagt sie leise, aber bestimmt, und schiebt mich weg.

Sie will das nicht. Und ich sollte sie nicht wollen. Lässig gehe ich auf Abstand. Obwohl es mich, verdammt noch mal, zu viel Kraft kostet. Ich drehe mich von ihr weg und ziehe ein Pale Ale aus dem Kühlschrank, öffne die Flasche und nehme einen tiefen Schluck. Das Getränk ist kühl. Genau, was ich jetzt brauche. Ich kehre zu Eve an den Tisch zurück und nehme Nadel und Faden wieder auf. »Zum Schluss wird der Faden mit einem letzten Stich unter die Haut geführt und direkt über der Wunde abgeschnitten, sodass er subkutan zum Liegen kommt«, beende ich meine Ausführungen. Unbeteiligt zu klingen, ist verdammt anstrengend. Zum Glück erlöst mich die Türklingel von dieser Aufgabe.

Eve springt auf und läuft durch den Flur zur Haustür. Es ist so idiotisch, sie zu vermissen, sobald sie den Raum verlässt. Ich vermisse nie etwas – oder jemanden. Ich nehme einen tiefen Schluck Bier, als David gefolgt von Eve die Küche betritt. Um ein Haar verschlucke ich mich.

David nickt mir distanziert zu und bleibt mittig im Raum stehen, als erwarte er, ich würde die beiden allein lassen.

»Lewis«, sagt er knapp und sein Blick bleibt an dem zerfledderten Stück Schwein hängen. Er schluckt und ich versuche mir vorzustellen, welches Bild in seiner Fantasie gerade aufploppt.

Ein leises Lachen rutscht mir über die Lippen, schafft aber

den Absprung nicht, als ich mir die Frage stelle, warum er hier ist. Wenn Eve ihn eingeladen hat …? Was dann? Ich rufe mich selbst zur Ordnung. Sie hat jedes Recht einzuladen, wen auch immer sie will. Ich habe keine Ansprüche, keinen Grund, mich in ihre verkorkste Beziehung einzumischen. Egal, wie sehr ich der Meinung bin, dass David ihr nicht guttut. Ich wäre mit Sicherheit nicht die bessere Wahl.

»Was willst du hier, David?« Eves Blick ist hart und hat den Effekt einer Tür, die sie ihm vor der Nase zuknallt.

Also hat sie ihn nicht eingeladen. Ich bin scheißerleichtert.

»Ich bin hier, um endlich mit dir zu sprechen. Du hast dich nicht gemeldet. Im Restaurant vobeizusehen, macht keinen Sinn. Dort sind wir nie allein.« Er sieht demonstrativ in meine Richtung. »Ich hatte gehofft, hier wäre das anders.«

Ich sollte wohl gehen. Ist ja nicht so, dass ich einen Wink mit dem Vierkantholz nicht verstehen würde. Ihn zu ignorieren ist allerdings heute neben Eves unbeständiger Nähe mein Highlight des Tages.

»Es kann doch nicht sein, dass Lewis immer danebensteht, wenn wir reden wollen.«

»Wir wollen nicht reden«, stellt Eve klar. »Du willst reden, David.« Sie stößt die Luft aus und fährt sich durch die Haare. »Ich will das nicht. Das habe ich dir schon neulich im Wipe Out gesagt.«

»Und ich habe dir gesagt, ich werde nicht aufgeben.« Er schnaubt frustriert. Irgendwie verstehe ich ihn. Es ist unbefriedigend, nicht zu bekommen, was man will. Ich hätte allerdings nie gedacht, dass David und ich mal etwas gemeinsam haben würden. Dass Eve unsere Schnittstelle sein würde, ist geradezu absurd.

Ich will Eve gerade Rückendeckung geben und David sagen,

dass er endlich Leine ziehen soll, aber das ist gar nicht nötig. Denn die Kuschelkurs-Everly, die ständig versucht es allen recht zu machen, hat der toughen Eve Platz gemacht, die mir damals auf dem Steg den Tod an den Hals gewünscht hat.

Sie strafft die Schultern, macht einen Schritt auf Bayle zu und schiebt ihn vor sich her aus der Küche in den Flur und zur Haustür. »Ich kann das nicht mehr, Dave. Dein ständiges Auftauchen bei der Arbeit, hier zu Hause.« Sie schließt sekundenlang die Augen. »Ich liebe dich nicht mehr. Das habe ich dir gesagt. Aber du hörst mir einfach nicht zu. Es tut mir leid, wenn es dich verletzt oder deinen Zehnjahresplan umwirft, aber das ist die Wahrheit. Ich liebe dich nicht. Und das wird sich auch nicht ändern, egal, wie oft du auftauchst und versuchst mich vom Gegenteil zu überzeugen. Egal, wie viel Zeit du mir gibst.«

»Ly«, fleht David. Er weiß, dass er verloren hat. Wenn ich ihn nicht so verabscheuen würde, täte er mir glatt leid.

»Ich habe immer getan, was alle von mir erwartet haben, und mich viel zu selten gefragt, was zum Henker ich will. Aber ich kann das nicht mehr. Ich will es nicht.« Sie wirkt entschlossen, als sie auf einen Karton neben der Tür zeigt. Lediglich das leichte Zittern beim Einatmen zeigt, wie sehr ihr die Konfrontation zusetzt. »Ich will, dass du jetzt gehst. Nimm deine letzten Sachen mit, und wenn es stimmt, was du sagst, und du mich noch liebst, tu mir einen letzten Gefallen, respektier meine Entscheidung und komm nicht mehr her.«

David holt Luft, will noch etwas sagen, aber Eve schüttelt ganz langsam den Kopf und mit jeder Bewegung ihrer Locken zerstört sie seine Hoffnung, zwischen ihnen könnte sich doch noch alles zum Guten wenden. Schließlich dreht er sich wortlos um und verlässt die Wohnung.

Eve schließt die Tür hinter ihm, lehnt sich mit dem Rücken dagegen. Ihr Atem entweicht geräuschvoll und sie sinkt langsam zu Boden.

Ich weiß, dass sie Abstand will. Nicht nur zu David, sondern auch zu mir. Das hat sie sehr deutlich gemacht, aber ich kann nicht hier stehen und zusehen, wie ihr Körper nach der Anspannung der letzten Minuten zitternd aufgibt. Mit wenigen Schritten bin ich bei ihr und hocke mich neben sie.

»Bist du okay?«

Anstatt einer Antwort schlingt Eve ihre Arme um mich und klammert sich an meinem Shirt fest, während sie nickt und gleichzeitig zu schluchzen beginnt. Eine Mischung aus Erleichterung und Traurigkeit schwingt darin mit.

Ich streiche ihr über das Haar, erwidere ihre Umarmung und versuche nicht mehr in die Berührung unserer Körper hineinzuinterpretieren, als dass Eve emotional aufgewühlt ist.

Ich rufe meinen Körper zur Ordnung, der auf ihre Nähe reagiert, halte sie einfach nur fest. Dabei will jede Faser von mir mehr. Mehr von ihr. Mehr von uns. Verdammte Scheiße. Vorsichtig löse ich mich von ihr und bringe etwas rettenden Abstand zwischen uns.

Aber Eve lässt es nicht zu. Sie schiebt ihre Hand an meinem Hals hinauf, bis sie meine Wange berührt, den Rand meiner Lippen. Ich presse die Kiefer aufeinander, bemühe mich, nicht auf den Flächenbrand zu reagieren, den sie damit auslöst.

»Eve«, stoße ich rau hervor und tauche meinen Blick in ihren. Sie ist durcheinander. Vermutlich nicht die beste Ausgangslage, um gute Entscheidungen zu treffen, aber in Eves Augen steht dieselbe Entschlossenheit wie nur Minuten zuvor, als sie Bayle rausgeschmissen hat.

»Ich bin es leid, immer nur das zu tun, was andere wollen«,

flüstert Eve. Ihre Lippen dicht an meinen. Und dann küsst sie mich. Sanft. Bis die Berührung ausufert.

Ich ziehe sie auf meinen Schoß und minutenlang küssen wir uns, die Körper eng aneinandergepresst wie zwei Ertrinkende. Unser Atem prallt in heißen, rauen Stößen gegeneinander, als wir schließlich kurz innehalten. Wir starren einander an und irgendwo in meinem Hirn flammt schwach der Gedanke auf, ich sollte das hier beenden, bevor wir uns beide darin verlieren. Aber ich kann nicht. Und verdammt, ich will es auch nicht.

KAPITEL 27

Everly

»Wes«, bringe ich hervor und erkenne meine Stimme nicht mehr wieder. Sie ist belegt. Voll von sexuellem Verlangen, wild, obwohl ich sonst das komplette Gegenteil bin. Ich bin die unantastbare Everly, die sich nie fallen lassen konnte. Niemand, der sexuelle Feuerwerke empfindet.

Ich sehe Wes im Zwielicht des Flurs an, spüre seinen Körper an meinem und mein Herz schlägt schneller, als er seine Lippen erneut auf meine legt.

Seine Hände wandern unter mein Shirt, berühren erhitzte Haut und die Heftigkeit, mit der ich darauf reagiere, erschreckt mich, sodass ich mich unwillkürlich versteife.

Wes zögert, hält inne. »Wenn du das nicht willst …«, flüstert er dicht an meinem Ohr und geht etwas auf Abstand.

Dann würde er das hier beenden. Er weiß von Kyle. Weiß, was damals passiert ist. Gegen meinen Willen. Und er will Rücksicht nehmen. Damit gewinnt er den Rest meines Herzens, der ihm nicht sowieso schon verfallen war. Sanft umfasse ich sein Gesicht und schüttle den Kopf. Ich will das hier. Ihn. Und dann küsse ich Wes, wie ich noch nie einen Mann geküsst habe. Wild, zügellos, mit jeder Emotion, die in mir steckt.

Seine Reaktion darauf zündet Lustexplosionen in meinem Körper. Ich stöhne leise und verhindere, dass er mir erneut

Raum gibt. Ich will keine Distanz. Ich will ihn. Meine Hände berühren seine Hüfte, die festen Muskeln unter seinem Shirt.

Ungeduldig streift er sich den Stoff über den Kopf. Er unterbricht den Kuss nur für diese knappe Bewegung und presst danach seinen Mund erneut auf meinen. Das Shirt lässt er achtlos auf den Boden fallen und folgt mit seinen Lippen meiner Körperlinie.

Ich kann seinen heißen Atem durch meine Kleidung spüren. Jeder Millimeter von mir wird davon elektrisiert, streckt sich ihm entgegen. Ungeduldig ziehe ich mir ebenfalls das Oberteil aus und genieße seinen hungrigen Blick auf meinem Körper. Und dann küsst er mich. Sanft und aufreizend. Meine Lippen. Meinen Hals. Mein Schlüsselbein. Meine Brüste. Ich erzittere und wölbe mich ihm entgegen. Meine Finger vergrabe ich tief in seinen Haaren, als er seine Zungenspitze unter den feinen Stoff meines BHs schiebt. Elektrische Wellen sammeln sich in meinem Körper und ich habe das Gefühl, mich aufzulösen.

»Verdammt, Eve«, knurrt Wes leise und beißt spielerisch in meine Haut.

Ich ziehe seinen Kopf noch näher, will ihn spüren. Wir sprechen vielleicht nicht immer dieselbe Sprache, unsere Körper hingegen schon. Und das ist eine vollkommen neue Erfahrung für mich. Es passiert einfach. Ich lasse mich fallen. Ich falle. Und Wes fängt mich mit jeder Berührung, jedem Kuss auf. Es ist berauschend und wird noch mitreißender, als Wes seine Lippen um meine Brustwarze schließt und vorsichtig daran saugt. Ich bedecke seinen Nacken mit Küssen und erzittere, als er meinen Rock hochschiebt und seine Hand meine Mitte berührt. Seine Finger sind kühl, als er beginnt, mich zu reizen. Ich halte die Luft an. Mein Puls rast. Ich dämpfe mein Stöhnen an seiner Haut. Er spürt, wie feucht ich bin. Bei David wäre es mir unangenehm gewesen, aber das Verlangen, das Wes durch meinen Körper jagt, lässt keinen Platz für solche Empfindungen. Und sein tiefes, heiseres Keuchen zeigt mir, wie sehr es ihn anmacht, mich so zu sehen.

Fahrig zerre ich am Verschluss seiner Hose herum, bis ich sie endlich geöffnet bekomme.

Im selben Moment schiebt Wes mich von seinem Schoß, ohne seinen Blick von mir zu lösen. Er steht auf und zieht mich mit sich. Als ich vor ihm stehe, hebt er mich hoch und trägt mich vom Flur in mein Zimmer. Gemeinsam sinken wir auf das Bett, wo er mir zärtlich Rock und Slip auszieht. Dann schiebt er seine Hose an den Schenkeln hinab und befördert sie mit einer knappen Bewegung neben das Bett. Sanft küsst er meinen Knöchel, bevor seine Zunge sich langsam nordwärts arbeitet und feuchte Kreise auf meine Schenkelinnenseiten malt, auf die zarte Haut meiner Hüfte, auf meine Brüste. Seine Arme sind rechts und links von mir aufgestützt, sodass sein nackter Körper über meinem schwebt. Ich kann jeden Zentimeter, der mich von ihm trennt, überdeutlich spüren. Das Schlafzimmerfenster ist geöffnet und lässt kühle Nachtluft hinein, die eine Gänsehaut hervorruft, wo Wes' Zunge mich berührt.

Ich bewege langsam meine Hand an seiner Härte. Für einen Moment schließt er seine Augen und beißt sich auf die Unterlippe, bevor er fortfährt meinen Körper mit Küssen zu bedecken. Ich umschließe ihn fester und erhöhe das Tempo meiner Bewegungen. Sein Atem geht flach und seine Bauchmuskeln spannen sich an.

»Warte«, bringt er keuchend hervor. »Bin gleich wieder da.«

Wo will er denn hin? Ich meine, jetzt? Ich habe nicht vor, ihn gehen zu lassen, aber Wes umfasst mein Handgelenk und zwingt mich, ihn loszulassen.

»Wenn du nicht willst, dass die Sache jetzt schon gelaufen ist, musst du aufhören, verdammt.« Seine Stimme trägt ein leises Lachen in sich. Er steht auf und verschwindet in seinem Zimmer. Als er zurückkommt, hat er Kondome in der Hand.

Ich nehme ihm eines ab und streife es ihm über, während er seinen Blick in meinem versenkt. Die Intensität, mit der er das tut, lässt einen ganzen Schwarm Schmetterlinge im Vollsuff gegen meine Magenwand krachen. Ich verschränke meine Finger in seinem Nacken und ziehe seinen Kopf zu mir, um ihn zu küssen.

Ihn zu küssen ist besser, als meinem Verstand zu erlauben, erneut die Kontrolle zu übernehmen, und mich zu fragen, ob ich lebensmüde bin, mich ausgerechnet auf Weston Lewis einzulassen. Ich knabbere an seinen Lippen, wandere über sein Schlüsselbein zur Schulter und verharre knapp unterhalb seines Kinns. Sein Atem beschleunigt sich bei jedem meiner Küsse.

Mit einem Ruck presst Wes mich auf die Matratze und ist über mir, aber anstatt mich zu nehmen, umklammert er mich und dreht sich mit mir auf den Rücken. Jetzt bin ich über ihm. Er überlässt mir die Kontrolle. Ich senke mich auf ihn hinab, werde eins mit Wes. Leidenschaft jagt durch meinen Körper und bringt mich dazu, ihn in tiefer zu drängen. Ich erkenne mich selbst nicht wieder, als ich unseren Rhythmus intensiviere.

Er flüstert meinen Namen und wir finden keuchend einen gemeinsamen Takt, lassen uns fallen. Nur wenige Stöße später spannen sich Wes' Muskeln an und er kommt tief in mir. Ich presse mich an ihn. Und er reißt mich mit sich fort, hält mich, als Schockwellen durch meinen Körper strömen und meine Welt, kurz darauf aus den Angeln heben.

Dann vergräbt Wes erschöpft sein Gesicht in meiner Halsbeuge und atmete tief durch, als bräuchte er einen Moment, um zu verarbeiten, was gerade passiert ist. Ich hingegen will mehr. Noch nie hat Sex mich hungriger gemacht, anstatt mein Verlangen zu stillen.

Wes blinzelt mich an, als ich mich neben ihn gleiten lasse und er seine Arme um mich schlingt. Ich liebe das Lächeln, das er mir schenkt. Er küsst meine Augenlider, meine Stirn, meine Wangen und verschränkt seine Hand dabei mit meiner. »Worüber denkst du nach?«, fragt er zwischen den Küssen.

Ich lache und presse meine freie Hand auf meinen Bauch, in dem noch immer die Lust pulsiert, aber ansonsten absolute Leere herrscht. »An Burger«, antworte ich wahrheitsgemäß, obwohl es desaströs unromantisch ist. »Mit Bacon und jeder Menge Pommes frites.«

Er lacht und küsst mich.

»Und an Eis.«

»Du bist unersättlich, wie es scheint«, witzelt Wes und zieht mich enger in seine Arme.

»Du hattest mir ein Essen versprochen.« Ich tue so, als wäre ich enttäuscht, ihn anstatt eines Abendessens bekommen zu haben.

»Ich sollte dich besser füttern, bevor du dir noch fiesere Zusammenstellungen ausdenkst als Veggieburger mit Bacon.« Er will aufstehen, aber ich halte ihn zurück und küsse ihn, in dem abgeschlossenen Raum seiner Arme. Weil Essen nicht das Erste war, woran ich gedacht habe. Im Grunde war Essen sogar so ziemlich das Letzte. Aber es war das Einzige, das nichts mit Wes zu tun hatte.

KAPITEL 28

Weston

Ich wusste, dass wir eine besondere sexuelle Energie haben, aber auf das hier war ich nicht vorbereitet.

Eve liegt neben mir und schläft. Wir hatten Sex. Mehr als einmal, und weil ich zurecht befürchtete, dass wir nicht damit aufhören konnten, habe ich irgendwann chinesisches Essen bestellt, damit wir nicht verhungern. Wir haben im Bett gegessen und anschließend noch einmal miteinander geschlafen. Wenn es nach mir ginge, müssten wir dieses Bett nicht wieder verlassen. Zumindest nicht in absehbarer Zeit.

Doch Eve hat mehrfach klargemacht, dass sie kein Interesse daran hat, das hier auszubauen. Es war ein Moment. Eine Nacht. Ihr ist die Freundschaft zu Jules wichtiger, als dass mehr daraus werden könnte, und das respektiere ich. Das hier führt also nirgendwohin und ich sollte es nicht verkomplizieren, indem ich mich so verdammt auf sie versteife. Aber das ist leichter gesagt als getan, wenn sie nur in einem meiner schwarzen Shirts neben mir liegt.

Es ist hochgerutscht und verdeckt gerade so viel oder wenig, dass es mich wahnsinnig macht. Schon wieder.

Ich berühre ihren Bauch und streiche sanft mit dem Daumen an ihrer Seite entlang. Sie erschaudert, schläft aber weiter.

Warum also liege ich noch hier neben ihr und betrachte ihre

vom Schlaf entspannten Gesichtszüge wie ein verliebter Trottel? Eve ist schön. Nicht im klassischen Modelsinn, wie eine Jules. Sie ist auf eine natürliche, berührende Art schön, klug und stark. Stärker, als sie denkt. Vorsichtig schlinge ich mir eine Strähne ihrer Locken um den Finger und atme ihren Geruch ein. Ganz offensichtlich ist es gefährlicher als erwartet, Sex mit Eve zu haben. Aber anstatt zu gehen, bleibe ich einfach liegen und sehe zu, wie sich mein blödes Shirt an ihrem Körper im Rhythmus ihres Atems hebt und senkt. Von wegen nicht kompliziert.

KAPITEL 29

Everly

Als ich mitten in der Nacht aufwache, liegt Wes neben mir. Die Augen geschlossen. Sein Arm ruht locker auf meinem Körper. Es fühlt sich warm und vertraut an, in einer halben Umarmung von ihm wach zu werden. Das hier ist Irrsinn. In jeglicher Hinsicht.

Sein schlafender Körper ist nur halb vom Laken bedeckt und gibt den Blick auf ein weiteres Tattoo auf seiner Seite frei. Koordinaten, die sich von seiner Leiste über harte Muskelplatten bis unter die Achsel ziehen. Unweigerlich muss ich daran denken, wie sich sein Körper gestern in harten, rauen Atemstößen gegen meine Brust gepresst hat. Da ist wieder dieses Verlangen, ihn zu berühren. Aber dann würde ich ihn wecken und wir müssten darüber reden, was passiert ist. Wie ich dazu stehe. Was er darüber denkt.

Wes ist kein Beziehungstyp, der Sex an Emotionen koppelt. Er wird versuchen mir schonend beizubringen, dass das nicht mehr als ein Moment war, Sex, ein Ausrutscher. Und ich werde nicht damit umgehen können.

Vorsichtig rutsche ich unter Wes' Arm hinaus, um das Zimmer zu verlassen. Vielleicht gelingt es mir, klarer zu sehen, wenn ich mich nicht mehr in seiner Nähe befinde. Aber bevor ich die Bettkante erreiche, hält er mich am Arm zurück.

»Wo willst du hin?«, fragt er und klingt überhaupt nicht so, als wäre er gerade erst aufgewacht.

»Ich ... ich weiß nicht.« Na toll, jetzt stottere ich auch noch.

Er zieht mich zurück neben sich, und anstatt zu verschwinden, lasse ich es zu. Ich beiße mir auf die Unterlippe und senke den Blick.

»Lass das, bitte.« Er lacht und das Geräusch ist einnehmend, ehrlich und dunkel. »Ich meine das ernst. Wenn du so auf deiner Lippe herumkaust, kann ich für nichts garantieren.«

»Hm, du meinst, in etwa so?«, frage ich unschuldig und ziehe meine Unterlippe ein Stück ein. Dann grabe ich meine Schneidezähne in die Haut und werfe ihm einen sexy Blick zu. Was tue ich hier eigentlich? Als würde ich mich mit sexy Blicken auskennen. Wahrscheinlich lacht er sich gleich tot.

Aber Wes tut das genaue Gegenteil. Er sieht mich eindringlich an, streicht mir eine Haarsträhne hinters Ohr und kommt mir so nah, dass mein Inneres knistert wie ein Brausepulvermeer.

»Du machst mich fertig«, flüstert er rau und küsst mich, bevor ich etwas darauf erwidern kann. Der Kuss ufert aus, bis wir uns nach Atem ringend voneinander lösen. Zwischen uns liegen nur Millimetermeter und Verlangen.

Offensichtlich hat Wes noch nicht genug von mir. Und das reicht. Es reicht, um für den Moment die planende, alles hinterfragende, kopflastige Everly wegzusperren und mich in das Gefühl fallen zu lassen, das Wes in mir auslöst. In dem ich mich auflöse, als er mit der Hand mein Gesicht umfasst und sein Mund meinen für einen weiteren Kuss sucht. Seine Muskeln unter mir spannen sich an, aber seine Lippen bleiben sanft.

Ich berühre die Stoppeln seines Bartes mit meinen Fingerkuppen, erforsche sein Gesicht und streiche über das Tattoo auf seinen Rippen. »Wofür stehen die Koordinaten?«, flüstere ich an seinem Mund.

Er stöhnt leise, packt meine Hand und zieht mich mit einer starken Bewegung auf seinen Schoß. »Vielleicht zeig ich es dir irgendwann«, erwidert er unbestimmt und stürzt sich in einen Kuss, der mich alles vergessen lässt. Unser Atem bebt und nimmt unsere Körper mit. Ich will ihm so nah sein wie letzte Nacht, unsere Zeit ausdehnen, den Moment hinauszögern, an dem wir hässliche Worte für etwas finden müssen, was sich wunderschön und so absolut unglaublich anfühlt. Nachdem wir uns erneut geliebt haben, streicht Wes zärtlich über meinen Rücken. Keiner von uns sagt etwas. Dieser Moment ist vollkommen und jedes Wort würde das kaputt machen. Also hält Wes mich einfach fest und schafft damit ein fragiles Uns.

KAPITEL 30

Weston

Wir haben Olivias Behandlungstermine so früh wie möglich gelegt, damit ich mein Versprechen, sie zu fahren, erfüllen kann, ohne das Wipe Out zu vernachlässigen. Heute hat das Restaurant zu, aber den ersten Temin am Morgen zu haben, ist dennoch gut. Vielleicht schaffe ich es so, zurück zu sein, bevor Eve wach wird. Das würde mir ersparen, ihr zu erklären, wo ich zum Henker um diese Uhrzeit hin verschwunden bin.

Damit das hinhaut, müsste Olivia allerdings endlich die Pancakes essen, die ich ihr auf dem Rückweg besorgt habe. Ich werde sie erst allein lassen, wenn sie anstandshalber einen dieser Chocolate-Chip-verseuchten Dinger gegessen hat.

Olivia sieht schlecht aus. Ihre Haut ist zu bleich und sie hat abgenommen. Ich brauche keine Testergebnisse, um zu sehen, dass die Therapie ihr keine Zeit erkauft. Sie raubt ihr nur Kraft. Vielleicht war es ein Fehler, sie davon zu überzeugen.

»Was ist los mit dir? Du bist so schweigsam heute.« Olivia mustert mich aufmerksam.

Ich werde ihr mit Sicherheit nicht erzählen, was zwischen Eve und mir abgelaufen ist. Oder was es mit mir macht, sie so zu sehen. »Nichts«, erwidere ich.

»Todkranke Menschen anzulügen, ist nicht gut fürs Karma, also sag schon!«, beharrt sie und nimmt einen tiefen Schluck aus ihrem Wasserglas. »Wer weiß, wie lange ich noch da bin, um dir zuzuhören.«

Sie hat es echt drauf, einem mit der verdammten Wahrheit die Beine wegzuhauen. Ich lasse mich zurück auf das Sofa fallen. Vermutlich ist es erträglicher, über Eve und mich zu reden als über Olivias Ende. Trotzdem bleibe ich stumm.

Olivia sieht mich mit hochgezogenen Augenbrauen an, bis ich seufzend nachgebe.

»Eve und ich haben uns neulich gestritten.«

»Und es hat dir etwas ausgemacht.« Sie grinst mich wissend an.

Ich schüttle den Kopf, obwohl ich weiß, dass sie das nicht beeindrucken wird. »Es war eine blöde Situation und ich habe mich bescheuert verhalten. Das war alles.«

»Während eures Dates?« Sie lächelt siegessicher, als wäre das alles allein ihr Verdienst. »Und was ist dann passiert?«

»Wir haben uns wieder vertragen.« Ich setze mich auf, zögere. »Scheiße, also gut, wir sind uns irgendwie nähergekommen«, gebe ich zu. Das beschreibt nicht einmal im Ansatz, was da zwischen uns auf dem Dachboden war. Nicht, was letzte Nacht passiert ist. Ich fahre mir über die Augen. »Das führt nirgendwohin und ich weiß nicht, wie es jetzt weitergehen soll.«

»Everly und du, ihr passt gut zusammen.« Olivia wirkt zufrieden. »Sie braucht jemanden, der sie aus ihrem Schneckenhaus holt, und du …« Sie sieht mich lächelnd an. »Du brauchst definitiv einen Anker.«

Anker haben die Angewohnheit, einen in die Tiefe zu reißen. Mom ist der beste Beweis dafür. Die kaputte Liebe zu Dad hat sie zu Fall gebracht. »Ich bin nicht gut in Beziehungen«, presse ich hervor.

»Sie hat mir erzählt, dass du ihr ab und zu ihren Spezialburger mitbringst, obwohl du ihn widerlich findest.«

Als wäre das eine verdammte Liebeserklärung. »Es ist nur Essen. Nicht mehr.«

Sie sagt nichts, sieht mich nur an. Was will sie denn hören? »Ich bin einfach kein Gefühlsmensch. War ich noch nie.« Ich meine, was für ein Arschloch muss man sein, um seine eigene Mutter sterben zu lassen, ohne ihr gesagt zu haben, dass man sie liebt?

Noch immer sagt Olivia nichts, und obwohl ich weiß, dass sie genau das mit ihrer stoisch ruhigen Art bezweckt, lockt sie mich aus der Reserve.

»Eve will Liebe, Ehe, Kinder und all diesen Kram. Wir passen null zusammen«, bringe ich knurrend hervor.

Olivia tätschelt mir grinsend den Arm. Die Frau macht mich wahnsinnig. Das muss genetisch sein. »Wer sagt, dass ihr zusammenpassen sollt? David hat wunderbar zu ihr gepasst. Die beiden sind wie ein kongruentes Puzzlestück, und was ist passiert? Er hat sich getrennt, weil ihre Beziehung todlangweilig war.«

»Er will sie zurück.« Hört sich verdammt danach an, als wäre ich eifersüchtig.

Olivia winkt ab und stellt ihren Massagesessel an. »Er sucht einfach nur den bequemen Weg. Lieber das stabile Unglück wahren, als ins kalte Wasser zu springen. David ist gesprungen. Es war ihm zu kalt und jetzt versucht er ans bekannte Ufer zurückzukrabbeln. Er ist einfach nicht mutig genug, hinter seinen Entscheidungen zu stehen. Aber sie hat dich bei sich einziehen lassen und ihn nicht zurückgenommen, oder?« Sie macht eine bedeutungsschwangere Pause.

Die Richtung, die unser Gespräch nimmt, gefällt mir überhaupt nicht. »Nur, weil Dad mich rausgeschmissen hat.« Die Wut in meiner Stimme richtet sich nicht gegen Olivia und sie weiß das. Sie sieht mich liebevoll an. Wie Mom früher. Und gleichzeitig ist sie so anders. Auch nach all den Jahren habe ich Moms Tod null verarbeitet. Sonst würde ich nicht ständig an sie denken. Das ist die bescheuerte Wahrheit. Sie ist schon so lange tot. Ich bin erwachsen und trotzdem hat sich das nicht verändert. Egal, wie viel Zeit vergangen ist. Ich verbiete mir, darüber nachzudenken, was das über meinen Geisteszustand aussagt.

Ich sehe Olivia an, versuche den Port auszumachen, den sie unter einem weiten Pullover versteckt und von dem ich trotzdem weiß, dass er da ist. Vor nicht einmal einer Stunde haben sie dadurch Gift in ihren Körper gepumpt. Sie denselben Weg gehen zu sehen, ist, als würde Mom noch einmal sterben. Ich hasse, was das mit mir macht.

»Hast du dir überlegt, warum dein Vater dir gekündigt hat?«

»Weil er ein Scheißkerl ist?« Ich blitze Olivia wütend an, aber sie schüttelt den Kopf.

»Du weißt, dass das nicht stimmt. Er liebt dich. Man liebt seine Kinder immer.«

Das Verhältnis zwischen Dad und mir ist nichts, was ich diskutieren werde. Nicht einmal mit Olivia. Ihr scheint nicht aufzufallen, dass unser Gespräch an diesem Punkt für mich beendet ist.

»Ich liebe meine Tochter noch heute, so viele Jahre nach ihrem Tod«, fährt sie tief in Gedanken fort. »Ich wünschte, sie könnte sehen, was aus ihrer kleinen Everly geworden ist. Ich wünschte, wir könnten noch einmal alle zusammen in das kleine Ferienhäuschen auf Long Beach fahren, wo wir früher immer Urlaub gemacht haben. An diesem Ort waren wir verdammt glücklich.« Sie lächelt traurig. »Blake wäre so stolz auf Eve.«

Sie deutet auf einen verschnörkelten Rahmen, in dem sich ein leicht angelaufenes Bild von einem kleinen Mädchen befindet, das von einer groß gewachsenen Frau mit derselben Lockenpracht über den Strand gewirbelt wird. Im Hintergrund brechen Wellen und senden feine Schaumkronen in Richtung Ufer.

Olivia schluckt schwer. Ich rutsche nähe an sie heran, anstatt endlich zu gehen, und lege tröstend meine Hand auf ihre. »Es tut mir leid.«

»Ich komme zurecht.« Sie tätschelt meine Hand. »Aber Everly sollte niemanden mehr verlieren. Und wenn sie das schon muss, möchte ich, dass sie so lange wie möglich von diesem Thema verschont bleibt. Sie soll unbeschwert sein, bis es nicht mehr aufzuschieben ist.«

Damit hat Eve in etwa zu dem Zeitpunkt aufgehört, als ihre Eltern sich um einen Brückenpfeiler gewickelt haben. Sie hatte nie Zeit, sich zu verabschieden, und Olivia nimmt ihr die Chance ein weiteres Mal. Ich weiß, wie es ist, wenn man um diese wertvolle Zeit gebracht wird. All das müsste ich sagen, aber ich würde auf vierundachtzigjährigen Granit beißen.

Olivia weiß, was ich von dieser Taktik halte. Trotzdem steht es mir nicht zu, mich gegen ihre Entscheidung zu stellen. »Ich muss los«, sage ich mit belegter Stimme und rapple mich vom Sofa hoch. Olivia hat die Augen geschlossen und lehnt in ihrem Sessel. Sonnensprenkel fallen auf ihren zerbrechlichen Körper. Sie sollte nicht sterben müssen. Eve braucht sie. Ich tue es, verdammte Scheiße. Auch wenn mir nicht klar ist, wie das passieren konnte.

»Guck mich nicht an, als hätte ich bereits den Löffel abgegeben. Ich kann spüren, wie du mich anstarrst«, sagt sie noch immer mit geschlossenen Augen und lächelt. »Menschen entwickeln sich zu wahren Schwachköpfen, wenn sie mit dem Tod konfrontiert werden. Du nicht, Weston. Erhalte dir das bitte.«

»Wusste nicht, dass das etwas Gutes ist«, brumme ich und gehe zur Tür.

»Du bist ein guter Junge.«

Mir fällt nichts ein, was ich darauf erwidern könnte, also klopfe ich leise gegen den Türrahmen und gehe.

KAPITEL 31

Everly

Die Sonne fällt als goldenes Rechteck auf das Bett, als ich wach werde. Es muss bereits später Vormittag sein. Ich bin eingeschlafen. Dabei wollte ich jede Sekunde mit Wes auskosten, denn mir ist klar, dass unsere gemeinsame Zeit zu Ende ist, sobald wir uns der Realität stellen. Wes hat nie einen Hehl daraus gemacht, dass er mit Liebe nichts anfangen kann und Beziehungen zum Kotzen findet. Er beschränkt seine emotionalen Bindungen auf Sex. Ohne Verpflichtungen.

Ich wusste, dass er so tickt, bevor ich ihn in mein Leben gelassen, bevor ich ihn gestern Abend geküsst habe. Trotzdem wünschte ich, ich hätte mich geirrt. Jules hätte sich geirrt, dann würde ich jetzt nicht allein im Bett liegen. Aber es ist genau so gekommen, wie sie es vorausgesehen hat.

Das ist doch idiotisch. Ich sollte einen Scheiß auf Jules geben, die es nicht einmal für nötig gehalten hat, zu unserem Treffen zu kommen, und ich sollte nicht über Wes nachdenken, der sich einfach davongestohlen hat. Das Problem ist, ich kann das zwischen uns nicht als das sehen, was es war. Ein wenig Spaß, ein Ausbruch aus meinem geregelten Leben. Nicht mehr. Mein Herz macht da einfach nicht mit.

Auf nackten Füßen tapse ich in den Flur. Genau wie Wes' Berührungen letzte Nacht verursacht die Kälte eine Gänsehaut auf

219

meinem Körper. Im Türrahmen zu seinem Zimmer bleibe ich stehen und starre auf die weiß lackierte Zarge. Sekundenlang verharre ich wie ein Reh im Scheinwerferkegel, ehe ich mich losreiße. Ich sollte duschen und seinen Geruch loswerden, anstatt wie ein verschrecktes Reh rumzustehen. Vermutlich sollte ich sogar weit mehr als nur seinen Geruch loswerden.

Wes aus meinem Leben zu verbannen, bedeutet aber gleichzeitig, wieder am Anfang zu stehen. Ohne Job. Ohne Mitbewohner. Ohne einen Plan, aber dafür mit einem noch größeren Emotionschaos als nach der Trennung von David.

Ich lasse mich an der Wand hinabgleiten und massiere meine Schläfen. Wie gestern sitze ich auf dem Boden. Nur, dass Wes mich heute nicht in seine Arme zieht. Wahrscheinlich ist er zu Miles gegangen, wie schon nach unserem Kuss, um mir aus dem Weg zu gehen. Ich schlinge meine Arme um die Knie, mache mich klein, als würde ich meinen dämlichen Gefühlen so weniger Angriffsfläche bieten.

Keine Ahnung, wie lange ich auf dem Boden gehockt habe, aber irgendwann öffnet sich die Wohnungstür und Wes stolpert mit einem Eimer Farbe und einem ganzen Arsenal an Pinseln in die Wohnung. Als er mich am Boden sitzen sieht, hält er inne. »Was machst du da?« Wahrscheinlich denkt er, ich hätte nicht alle beieinander, weil ich allein im dunklen Flur sitze. Er hat recht. Deswegen schweige ich.

Wes stellt den Farbeimer ab und mustert mich besorgt. »Alles okay?«

»Ja, sicher«, murmle ich und versuche zu ignorieren, dass er genau dieselben Worte benutzt wie gestern Abend.

»Ich war einkaufen«, erklärt Wes, obwohl ich ihn nicht danach gefragt habe, wo er war. »Irgendjemand hat mir geraten, dringend die Rosentapete zu überstreichen. Außerdem hatte ich

einen Mordshunger und dachte, dir geht es vielleicht ähnlich.«
Er wedelt mit einer Tüte, aus der der frische Geruch von Bagels
strömt, und kneift die Augen zusammen, als ich nicht reagiere.
»Ist echt alles in Ordnung?«

Ich werde ihm kaum erzählen, dass ich durchgedreht bin,
weil er nicht da war, als ich aufgewacht bin. Das wäre so ver-
einnahmend, wie ich es in all den Jahren bei David nicht war.
Und wir führen nicht mal eine Beziehung. Was immer das hier
auch ist, er ist mir nicht verpflichtet. »Natürlich«, erwidere ich
fest. »Mir geht es gut.« Und ich höre mich tatsächlich wie jemand an, der damit umgehen kann, dass wir nicht mehr als
WG-Buddys mit gewissen Vorzügen sind.

Er streicht mir eine Locke aus dem Gesicht und die Berührung fühlt sich so sehr nach mehr an, dass ich lächle.

»Willst du sehen, was ich schon geschafft habe?«, fragt er und
streckt mir seine Hand entgegen, um mir aufzuhelfen. Ich ergreife sie. Sobald ich stehe, zieht er mich an sich. Ich kann die
Hitze seiner Haut durch das Shirt spüren, seinen kräftigen Herzschlag, die Muskeln, die meinen Puls durcheinanderbringen. Es
ist unmöglich, ihm keinen Emotionsboden zu überlassen.

Ich sehe ihn an und bleibe an diesem leicht amüsierten Lächeln
hängen, das seine Mundwinkel zucken lässt. Natürlich entgeht
ihm nicht, wie ich auf ihn reagiere. Bevor ich analysieren kann,
was ich jetzt tun sollte, was in einer unverbindlichen Affäre
angebracht und, viel wichtiger, was sinnvoll wäre, senkt er seine
Lippen auf meine.

Nach dem Kuss dreht er sich wortlos um und zieht mich hinter sich her in sein Zimmer. Der Raum ist kaum wiederzuerken-
nen. Die Wände sind kahl. Die Rosentapete ist fast vollständig
verschwunden und steht jetzt in Müllsäcken verpackt hinter der
Tür. So kahl wirkt der Raum unpersönlich und kalt.

Wes löst sich von mir und zeigt auf die Wand gegenüber der Matratze. »Diese Seite will ich in einem dunklen Beige streichen.« Er dreht sich wieder zu mir um. »Für den Rest habe ich mir vom Verkäufer einen warmen Sandton aufquatschen lassen.«

Das Bild, das Wes vom Dachboden mitgenommen hat, steht am Boden vor der Wand. Es gibt dem Zimmer schon jetzt durch die intensiven Farbtöne und die abstrakten Formen und Linien genau den richtigen Touch Moderne. Ich kann mir gut vorstellen, dass sich dieser Effekt durch die Wandfarbe potenzieren wird.

»Wann hast du das alles gemacht?« Ich deute auf die Müllsäcke und die vorbereiteten Wände. Allein für das Entfernen der Tapeten hätte ich eine Woche gebraucht.

»Du hast eine halbe Ewigkeit geschlafen. Da schafft man 'ne Menge.« Er lacht mich mit einer feinen Note Spott an. Dann tritt er ganz nah an mich heran und lässt seine Lippen über meine gleiten. Selbst wenn dieses Wes-Sex-und-Everly-Gefühlsding nirgendwo hinführen wird, will ich mich darauf einlassen. Weil sich das hier einfach so verdammt gut anfühlt.

Genieße den Moment! Das ist mit Sicherheit auch ein Sprichwort aus Nanas Sprüchekoffer, den ich berücksichtigen will. Mehr als alles andere. Auch wenn mir klar ist, dass wir irgendwann über uns sprechen müssen.

»Du denkst zu viel nach«, raunt Wes mir zu und umschließt mit seinen Händen mein Gesicht. Sein Kuss wird fordernder, wechselt sich mit abrupt einbrechender Zärtlichkeit ab. So lange, bis ich nicht mehr in der Lage bin, überhaupt einen sinnvollen Gedanken zu fassen.

So präsent er ist, wenn er sich mir zuwendete, so stark ist die Leere, die mich umgibt, als er mich wenig später loslässt und zu dem winzigen Quadrat Blumenmustertapete hinübergeht, das wie ein Relikt aus Nanas Zeit in diesem Zimmer an der Wand prangt.

Wes bildet mit Daumen und Zeigefinger ein Viereck, durch das er die Rosen betrachtet. »Weißt du, ich dachte, ich könnte einen Rahmen drum herum anbringen.« Er kneift ein Auge zu. »Als Andenken an Olivia«, fügt er leise hinzu und senkt den Blick.

Seine Idee rührt mich. »Das wird ihr sicher gefallen.« Ich schlinge meine Haare zu einem Zopf zusammen. »Aber sag nicht, als Andenken. Das hört sich an, als würde sie bald sterben.«

Wes zuckt zusammen und sieht aus, als wollte er etwas sagen, aber stattdessen löst er sich von mir, dreht sich zu dem Bild, das er vom Dachboden mitgenommen hat, und berührt das schwarze Zentrum. Die Dunkelheit ist von bunten Schlieren und Strichen überzogen.

Es bewegt etwas in mir. Etwas, das ich lange Zeit verschlossen habe. Etwas, das ich bestimmt nicht vor Wes zeigen sollte, aber ich kann meine Gefühle nicht verbergen.

Wie von selbst kommen mir die Tränen und Wes zieht mich wortlos in seine Arme. Er macht keinen Witz, versucht nicht mich abzulenken oder die Tränen fortzuwischen, die über meine Wangen laufen. Er ist einfach nur da. Seine Arme umgeben mich, während ich den Schmerz zulasse, den das Bild in mir hervorruft. Nach dem Tod meiner Eltern habe ich mich dafür entschieden, trotzdem fröhlich zu bleiben, aber das heißt nicht, dass sich die Traurigkeit nicht immer noch von Zeit zu Zeit Bahn bricht.

Lange stehen wir einfach nur da, bevor ich mich von ihm löse. »Du weißt, was damals mit meinen Eltern passiert ist.«

Ungelenk zeige ich auf das Bild. »Es ist …« Ich zögere. »Es fängt einfach beängstigend genau ein, was ich damals gefühlt habe.« Was ich noch immer fühle, wenn ich an Mom und Dad denke. Ihm muss es mit seiner Mom genauso gehen. Deswegen hat er dieses Bild als Einziges mitgenommen. Mein Blick wandert über die bunten Linien auf schwarzem Grund. »Was ist mit deiner Mom passiert?«, frage ich leise. Ich will mehr über sein Leben wissen. Etwas über den Teil von ihm erfahren, den er in der Regel unter Verschluss hält. Egal, ob das gegen die Regeln einer unverbindlichen Affäre verstößt.

Er starrt wortlos auf die Leinwand, ringt mit sich und um die richtigen Worte, aber er mauert nicht. Und ich lasse ihm die Zeit, die er braucht.

»Meine Mom ist sechs Wochen nach unserem Abschluss gestorben«, beginnt er schließlich. Leise und fest. Als müsste er beweisen, dass ihn diese Sache nicht mehr ins Wanken bringt. Aber der Raum zwischen seinen Worten ist so dunkel wie das Schwarz in der Mitte des Bildes. »Es ging schnell.«

Er spricht das »zu schnell« nicht aus, aber es ist da. »Die Wohnung … wir haben gemeinsam darin gewohnt, nachdem Dad sich von ihr getrennt hat. Bis sie …« Seine Muskeln sind angespannt. Er ist weit weg, als er fortfährt. »Sie hatte Krebs. Lange Zeit wusste ich es nicht. Am Morgen vor Miles' Party ist sie im Bad zusammengebrochen.«

Die Party, auf der wir uns geküsst haben. Der Morgen vom SAT-Test. Er hat ihn nicht geschwänzt. Er ist nicht gekommen, weil es seiner Mom schlecht ging.

»Erst da habe ich erfahren, dass sie krank ist. Da war es im Grunde schon zu spät.« Er dreht mir den Rücken zu. »Sie wollte mich schonen, hat es mir deswegen verschwiegen. Das hat uns viel wertvolle Zeit gekostet«, sagt er mit belegter Stimme. »Ich war wütend. So scheißwütend. Selbst dann noch, als ich es nicht mehr hätte sein dürfen.« Er schüttelt in einer knappen Bewegung den Kopf. »Das ist lange her. Ist keine große Sache mehr«, sagt er.

Ich glaube, es ist eine Riesensache. Sonst würde er nicht so verdammt teilnahmslos klingen. Ich berühre das Tattoo auf seinem Arm und lasse meine Hand in seine hinabgleiten. Sein Blick folgt meiner Bewegung, als würde er Dingen wie Händchen zu halten, damit etwas besser wird, grundsätzlich misstrauen. Aber er zieht sie nicht zurück.

»Hast du Hunger?«, fragt er leise. »Die Bagels müssten noch warm sein und ich für meinen Teil bin am Verhungern.«

Ich verstehe, dass er nicht weiter darüber reden will, und nicke.

Gemeinsam gehen wir in die Küche. Auf dem Flur sammelt Wes die Bagelstüte ein, die er dort stehen gelassen hat.

Das Schweinegemetzel von gestern ist zu meiner Überraschung aus der Küche verschwunden. Wes muss das Fleisch entsorgt haben. Stattdessen steht Orangensaft in einer von Olivias Karaffen auf dem gedeckten Tisch. »Du hast dein Zimmer renoviert, Frühstück vorbereitet und das alles, während ich geschlafen habe?«

»Du schläfst, wie gesagt, ziemlich lange. Ich habe zwischendurch schon dreimal die Rosenranken zurückschneiden müssen, die deinen Turm umwucherten, Dornröschen.« Er lacht leise. Es ist eines dieser Geräusche, die einem wie warmes Wasser das Rückgrat hinabrieseln. Ich könnte mich daran gewöhnen, es jeden Morgen zu hören.

Er setzt sich, zieht die noch warmen, mit Frischkäse und Kräutern bestrichenen Bagels aus der Tüte und legt mir einen auf den Teller. Von seinem bricht er ein Stück ab und schiebt es sich mit einem genießerischen Augenverdrehen in den Mund.

Seine andere Hand legt er wie selbstverständlich auf meinen Oberschenkel und schafft damit eine Nähe, die mir das Gefühl gibt, nichts könnte uns etwas anhaben. Dabei weiß ich, wir schweben in einem luftleeren Raum.

Ich sollte mir Gedanken machen, wohin das Ganze führen wird und wie viel ich mit diesem Wahnsinn riskiere. Aber Wes vertreibt diese Gedanken, indem er mit seinem Daumen über meine Stirn streicht und die Falte glättet, die ich schon als kleines Kind hatte. Dad hat sie immer »Eves Denkerfalte« genannt und mich damit aufgezogen.

»Worüber grübelst du nach?«

»Nichts Wichtiges.« Die Untertreibung des Jahrhunderts, aber zum Glück bohrt Wes nicht weiter nach.

»Eigentlich wollte ich uns noch Rührei machen, aber deine Schränke sind ...« Er verzieht das Gesicht. »... leer ist irgendwie untertrieben.«

»Als würdest du kochen.« Seitdem er hier wohnt, habe ich ihn noch nicht ein Mal am Herd stehen sehen. In der Regel isst er im Wipe Out oder schaufelt im Stehen etwas Müsli in sich hinein. »Dafür hast du Ravi, oder nicht?«

»Kochen macht mir Spaß und hat was Meditatives. Ich komme viel zu selten dazu, aber ich tue es gern. Und ich schlage mich recht passabel. Zumindest hat Miles sich nie beschwert.«

»Miles isst alles«, gebe ich zu bedenken.

»Auch wieder wahr. Du kochst wirklich nie?« Er sieht mich nachdenklich an und zeigt auf die Pinnwand, an der zig Lieferdienstnummern hängen.

»Nie«, gestehe ich inbrünstig. »Ich habe einfach kein Talent dafür.«

»Das könnten wir bestimmt ändern.«

Mir gefällt das *wir* in seinem Satz auf jeden Fall mehr als die Vorstellung von mir in der Küche. »Letzte Woche sind mir Nudeln missglückt. Ich kann wirklich nicht für dein Überleben garantieren, wenn du das durchziehen willst.«

»Ich würde es auf einen Versuch ankommen lassen.« Er zwinkert mir zu. »Heute Abend?«

Kochen. Gemeinsam. Das klingt verdammt nach einem richtigen Date. Haben die letzten Stunden vielleicht nicht nur mich, sondern auch Wes verändert, interpretiere ich zu viel in seine Worte hinein? »Ich muss zugeben, es interessiert mich, wie du mich Küchenkatastrophe bekehren willst. Das kann ich mir nicht entgehen lassen.« Ich zwinkere ihm zu. »Ich würde sagen, damit haben wir ein Date.« Wahrscheinlich bin ich zu euphorisch, aber ich freue mich einfach darauf, den Abend mit ihm zu verbringen. Doch diese Freude zerplatzt, als ich sehe, wie sich Wes' Miene versteinert. Er steht auf und krampft seine Hände um die Lehne des Stuhls.

»Ich glaube, ich muss da was klarstellen. Ich date nicht und ich reite auch nicht irgendwann mit dir in den Sonnenuntergang. So bin ich einfach nicht. Ich glaube nun mal nicht an all diesen Beziehungskram. Ich will das, was wir jetzt gerade haben, weil es für den Moment gut ist. Verdammt gut. Aber ich werde dem Ganzen keinen Namen geben. Ich mache keine Versprechungen. Nie.« Er kommt mir ganz nah. »Kommst du damit klar? Denn wenn nicht …« Er bricht ab und schlingt seine Finger um meine. Eine Berührung, die zeigt, er will, dass ich bleibe, auch wenn er mich im Grunde gerade aufgefordert hat zu gehen, sollte ich nicht dieselbe Einstellung teilen wie er. Unsere Sichtweise könnte nicht unterschiedlicher sein, aber eins weiß ich mit absoluter, unverrückbarer Gewissheit, ich käme nicht damit klar, es jetzt zu beenden. Ihm nie wieder so nahe zu kommen. Vielleicht sind wir zu verschieden und haben keine gemeinsame Zukunft, aber uns bleibt dieser Moment. Und mit einem wortlosen Nicken stehle ich uns einen weiteren.

Wes zögert noch, wägt vielleicht ab, ob er mir glauben soll, dass ich damit zurechtkomme, aber dann stürzt er sich in einen tiefen Kuss und löscht alle noch verbliebenen Zweifel aus. Er drängt mich gegen die Arbeitsplatte und ich erkenne mich selbst nicht wieder, als ich hemmungslos darauf eingehe. Fahrig zerre ich an meinem Slip, während Wes ungeduldig ein Kondompäckchen öffnet. Nur Sekunden später schiebt er sich zwischen meine Beine und nimmt mich mitten in der Küche. Ohne irgendeine Vorwarnung, ohne jegliches Vorspiel. Normalerweise brauche ich Zeit und die richtige Atmosphäre, um in Stimmung zu kommen. Ich habe es immer vermieden, an die harte Lust von Kyle erinnert zu werden, habe auf Sparflamme geliebt, aber Sex mit Wes zu haben, ist das Gegenteil. Es ist eine Explosion. Seine raue Lust und das pure Verlangen, das er mir vollkommen ungefiltert zeigt, überschreibt diesen Teil meiner Vergangenheit einfach und bringt mich zum Beben.

Ich schreie auf, versuche mein Gesicht, meine Gefühle und meinen Höhepunkt an Wes' Schulter zu verbergen, aber er lässt es nicht zu. Mit seinen Händen umrahmt er mein Gesicht, sieht mich an. Wir haben kein Date. Er hat keine Gefühle für mich. Das hier ist nichts Ernstes und mit jedem seiner verbissenen Stöße versucht er das nicht nur mir, sondern auch sich selbst zu beweisen.

KAPITEL 32

Weston

Everly ist ins Krankenhaus gefahren, um ihre Schicht dort zu absolvieren. Ich werde sie erst wiedersehen, wenn sie danach nach Hause kommt und wir zusammen kochen. Vielleicht ist es gar nicht schlecht, wenn wir uns ein paar Stunden nicht sehen und dadurch einige Dinge wieder in die richtige Perspektive rücken. Und ich spreche nicht von Eve, die unser gemeinsames Abendessen heute als Date bezeichnet hat, sondern von mir. Denn ich wollte allen Ernstes, dass es eines ist. Ich meine, als würde ich an die Liebe glauben oder daran, dass ausgerechnet Eve und ich füreinander geschaffen wären.

Ich puste mir die Haare aus der Stirn und schleppe die frisch geschliffenen und geölten Holzmöbel in den Außenbereich. Morgen öffnet das Wipe Out wieder und bis dahin will ich alles fertig haben. Grobe Holzplanken bedecken den Sand auf den Laufwegen, sodass die Kellner später beim Bedienen nicht im tiefen Untergrund einsinken.

»Hi!« Miles taucht auf dem Pier auf und winkt mir zu. Er macht sich nicht die Mühe zu warten, bis ich ihm die Pforte aufschließe, die den Außenbereich des Wipe Out vom öffentlich begehbaren Pier abgrenzt, sondern klettert einfach oben drüber.

»Was geht?«, begrüße ich ihn mit unserem ganz eigenen

Handshake. Ein Ritual, für das wir eigentlich zu alt sind, aber es gehört einfach zu uns.

»Nichts.« Miles lässt sich auf einen der Stühle fallen, die ich bereits aufgestellt habe. »Ich bin hier, um dir zu helfen.«

»Bist du nicht.« Ich deute mit einer Kopfbewegung auf die Möbel, die noch an der Hauswand lehnen, wo ich sie habe trocknen lassen. »Aber ich bin ein Dreckskerl und nutze deinen Liebeskummer wegen Josie schamlos aus.« Ich zwinkere ihm zu und Miles packt wortlos mit an. Eine Weile arbeiten wir konzentriert, bis schließlich alle Möbel an ihrem Platz stehen. Ich setze mich auf einen der Stühle und Miles nimmt mir gegenüber Platz. Eine frische Brise weht vom Puget Sound herüber und bietet eine herrliche Abkühlung nach der körperlichen Anstrengung.

»Was genau hast du denn getan, was dein einnehmendes Wesen nicht wieder richten kann?«

Er verdreht die Augen. »Ich habe es so richtig verkackt. Bei der einzigen Frau, bei der ich das besser nicht hätte tun sollen.« Er lässt die Stirn sachte auf die Tischkante fallen. »Bisher wollte ich nur meinen Spaß, aber bei Josie ist das anders. War es schon, bevor diese ganze Scheiße passiert ist. Sie ist die Richtige.«

Miles war nie ein Romantiker. Vielleicht stelle ich seine Einschätzung deswegen nicht infrage und konzentriere mich stattdessen auf den Grund für die Trennung. »Von welcher Art Scheiße reden wir genau?« Ich gehe davon aus, dass er sie betrogen hat. Dass Miles zu viel gesoffen hat und mit einer anderen abgestürzt ist. Deshalb haben die Frauen zumindest bisher immer mit ihm Schluss gemacht.

»Sie ist schwanger.« Seine Antwort ist wie eine Bombe, die zwischen uns zündet und der Atmosphäre den Sauerstoff entzieht. Seine Schultern sacken nach vorn. »Und ich habe sie gefragt, ob sie sicher ist, dass es von mir ist.«

»Ich hoffe, sie hat dir dafür eine runtergehauen.«

Er nickt. »Und dann ist sie gegangen. Wes, ich war einfach überfordert. Ich weiß selbst, wie arschig das war. Wenn ich könnte, würde ich die Zeit zurückdrehen und es anders machen.« Er atmet tief durch. »Ich weiß nicht, ob ich jemals so ein guter Dad sein kann wie meiner, aber ich will dieses Kind. Mit ihr. Und ich habe eine Scheißangst, dass sie es jetzt nicht mehr bekommen will. Und falls doch, dann nicht mit mir.«

Er hat Tränen in den Augen und ich lege ihm meine Hand in den Nacken, drücke zu und schüttle ihn leicht. »Deinen Dad zu schlagen, wird vermutlich unmöglich, aber meinen hast du jetzt schon in der Tasche«, versuche ich die Situation aufzulockern, scheitere aber, weil meine Stimme gefährlich wackelt. »Du hättest es mir eher sagen müssen.«

Miles blinzelt gegen die Sonne. »So wie du mir immer alles erzählst?«

Ich nicke. »Das habe ich wohl verdient.« Er weiß also, dass ich ihm nicht alles erzähle. Was habe ich erwartet? Miles ist nicht auf den Kopf gefallen. Dass er mich trotzdem nie gedrängt hat, mich mehr zu öffnen, rechne ich ihm hoch an. Dass er es jetzt nicht tut, wo ich quasi zugegeben habe, dass es Dinge gibt, die es wert wären, sie mit ihm zu teilen. »Hast du einen Plan, was du jetzt tun wirst?«

»Wenn ich den hätte, würde ich nicht mit dir Dickschädel hier sitzen.« Er macht eine verzweifelte Grimasse. »Ich kann nicht glauben, dass ich mir allen Ernstes bei dir Beziehungstipps hole.«

»Und ich kann nicht glauben, dass du eine ernsthafte Beziehung führst.« Ich weiche dem Schlag aus, den er auf meinem

Oberarm platzieren will. »Und dass du Kindskopf Vater wirst. Du wirst das Kind hoffnungslos verziehen und Josie mit all dem Quatsch, den ihr zusammen anstellen werdet, in den Wahnsinn treiben.« Ich lache. »Das wird bestimmt lustig und ich habe hoffentlich einen Platz in der ersten Reihe.«

»Immer.« Miles starrt auf die Tischplatte, bevor er wieder mich ansieht. »Aber erst einmal muss ich sie davon überzeugen, dass wir das zusammen schaffen. Die Frage ist, wie ich das anstelle.«

»Das schreit vermutlich nach einer monstermäßig großen Geste«, stimme ich ihm zu, denn es wird sicher nicht leicht, Josie zu überzeugen. Miles' einziger Vorteil ist, dass sie absolut verknallt in ihn ist. Ob er nun ein Arsch war oder nicht. Ob sie es will oder ihn lieber hassen würde, sie liebt ihn.

»Warum bin ich da nicht selbst draufgekommen?« Miles schüttelt den Kopf und fährt sich über das Gesicht. »Sie hat mal zu mir gesagt, dass Menschen, die große Gesten für ihre Liebe brauchen, einander nicht genug sind. Alles, was ich tun muss, ist, ihr zu beweisen, dass wir genug sind.« Er steht auf und gibt mir einen Kuss auf die Stirn. »Du bist ein Genie. Ich muss zu ihr. Sofort.«

»Was hast du denn jetzt vor?« Ich sehe ihm kopfschüttelnd nach, wie er zur Pforte rennt, versucht darüberzuflanken und sich fast den Hals bricht. Eine Antwort bleibt er mir schuldig, weil er direkt weiterhastet. Mein bester Freund wird Vater. Ich hätte mir gewünscht, einen Dad wie Miles zu haben. Ich klopfe auf das Holz der Tischplatte und stehe auf, um mich mit der noch anstehenden Arbeit zu beschäftigen und auszublenden, dass es nur einen Menschen gibt, dem ich von den Neuigkeiten erzählen will.

KAPTIEL 33

Everly

In meiner Mittagspause schwänze ich meinen Yogakurs und fahre mit dem Bus zum Waterfront, um Nana zu sehen. Sie ist immer noch krank und hat mich gebeten, sie nicht zu besuchen, damit ich mich nicht anstecke.

Wenn ich Angst vor so etwas hätte, dürfte ich nicht in einem Krankenhaus arbeiten. Das wird mich also ganz sicher nicht davon abhalten, bei ihr vorbeizusehen. Nachdem ich kurz die frische, leicht salzige Brise eingesogen habe, betrete ich die Seniorenresidenz und fahre mit dem Fahrstuhl in den zweiten Stock, wo Nanas Apartment liegt. Ich habe keinen Schlüssel, also klopfe ich und warte, dass sie mir aufmachen wird, aber hinter der Tür regt sich nichts. Unschlüssig bleibe ich vor dem Apartment stehen, klopfe erneut. Mit demselben Ergebnis. Ich ziehe mein Handy aus der Tasche und versuche sie anzurufen, aber ihr Telefon ist ausgestellt und ich werde sofort auf die Mailbox umgeleitet.

Es wäre möglich, dass sie trotz ihrer Grippe eine der Freizeitaktivitäten wahrnimmt. Also wird mir nichts anderes übrig bleiben, als unten an der Rezeption nachzufragen, wo sie steckt.

Gerade als ich gehen will, gleiten die Türen des Fahrstuhls auf und Nana tritt heraus. Zusammen mit Wes. Ich blinzle, aber das Bild bleibt das gleiche. Was hat er hier zu suchen? Wieso hat er Nana untergehakt und besucht sie hier?

Es ist Nana, die mich zuerst bemerkt. »Eve«, ruft sie überrascht. Die Stimme so fest und kraftvoll wie immer, auch wenn sie ansonsten angeschlagen wirkt und ausgezehrt. Sie sieht wirklich schlecht aus. Ich werde sie überreden, sich von einem meiner Kollegen in der Klinik untersuchen zu lassen.

Wes zuckt leicht zurück, als sie meinen Namen sagt, lässt Nana aber nicht los. »Eve«, murmelt er, als die beiden vor mir stehen bleiben. Er wirkt unsicher. Weston Lewis ist nie unsicher. Mir in Nanas Gegenwart zu begegnen, schafft also das Unmögliche. Schließlich gibt er sich einen Ruck und mir einen flüchtigen Kuss auf die Wange. Sanft legt er seine Hand auf meinen Rücken und augenblicklich will ich mehr als nur diese eine Berührung.

»Entzückend, ihr zwei zusammen.«

»Was machst du hier?«, frage ich Wes und ignoriere Nanas Kommentar.

Er wirft Nana einen durchdringenden Blick zu, bevor er sich wieder mir zuwendet. »Olivia hat einen Spaziergang gemacht und es ging ihr nicht gut«, sagt er. Die Augen auf den Boden gerichtet. »Ich war im Wipe Out und habe sie am Pier straucheln gesehen. Also dachte ich, ich bringe sie nach Hause.« Er kneift die Lippen zu schmalen Strichen zusammen. »Es geht ihr wirklich nicht gut.«

Das sehe ich selbst. Wieso sagt er das, als wäre es ein Vorwurf? »Sie sollte sich hinlegen und ausruhen.«

Wes hält Nanas Schlüssel hoch und schließt wortlos auf. »Ihr kommt allein klar?«, fragt er dann. »Ich habe noch was zu erledigen.« Sein Gesicht ist ausdruckslos. Ich weiß, was das bedeutet, aber mir ist nicht klar, was ihm zu nahegeht. Also nicke

234

ich nur und sehe ihm hinterher, als er die Tür zum Treppenhaus aufdrückt und fast fluchtartig verschwindet.

Ich führe Nana in ihr Zimmer und setze sie auf ihrem Massagesessel ab. Das Fußteil stelle ich so hoch, dass sie liegen kann. Dann wickle ich sie in eine der zig Wolldecken ein, die auf ihrem Sofa herumliegen. Nana mag es kuschelig.

»Was hast du dir dabei gedacht, mit einer Grippe draußen herumzulaufen?« Ich sehe sie streng an. »Ich würde dich gern mit ins Krankenhaus nehmen, damit einer meiner Kollegen dich durchcheckt.«

Nanas Augen sind geschlossen, als sie den Kopf schüttelt. »Ich komme gerade vom Arzt.«

Deswegen war sie also draußen. »Ich hätte dich doch fahren können.«

Sie tätschelt meine Hand. »Du hast schon genug um die Ohren. Ich hab mir einfach ein Taxi genommen. Auf dem Rückweg wollte ich dann laufen und habe mich wohl etwas übernommen. Das ist alles.«

Ich nicke. »Und Wes hat dich gerettet.« Ein Held in schimmernder Rüstung. Ich muss lächeln, weil er dieses Bild von sich hassen würde.

»Ich habe dir gesagt, dass er ein guter Junge ist.«

Das hat sie. Und damals wollte ich ihr nicht glauben. Jetzt schon. Ich kuschle mich zu ihr auf den breiten Sessel und Nana schlingt einen Teil der Decke um mich. »Was hat der Arzt gesagt?«

Sie seufzt. »Dass ich Geduld haben muss, aber dass es besser wird.« Sie winkt ab. »Es gibt schlimmere Orte, um abzuwarten, habe ich recht?« Sie öffnet ihre Augen und ich folge ihrem Blick über das azurblaue Wasser der Elliot Bay, die gegen die feinen Sandstrände von Bainbridge Island stößt. Durch das geöffnete

Fenster fallen Sonnenstrahlen und wärmen Nanas erschöpften Körper. »Man kann den Ozean schmecken«, murmelt Nana und schläft wenig später ein. Den Rest meiner Pause verbringe ich dicht an ihren schlafenden Körper gekuschelt und versuche mir keine Sorgen um sie zu machen. Eine hartnäckige Grippe kann in ihrem Alter zu einem echten Problem werden.

KAPITEL 34

Weston

Der rechteckige, quaderförmige Bau des Northwestern Hospital of Seattle ragt in den sternenklaren Abendhimmel. Ich stehe in der Nähe des Ausgangs und warte auf Eve.

Zu Hause auszuharren, habe ich nicht ausgehalten. Nicht die Ungewissheit, ob Olivia ihr die Wahrheit erzählt hat. Es wäre das einzig Richtige, und gleichzeitig würde es bedeuten, dass sie wüsste, dass ich ihr die Krankheit ihrer Großmutter verschwiegen habe. Sollte sie mich dafür hassen, würde ich das nicht so einfach wegstecken.

Ich trete von einem Bein auf das andere und schlinge die Arme um den Körper. In den Nächten wird es durch die Nähe zum Sund kalt, egal, ob wir mitten im Hochsommer stecken. Ich habe nicht einmal eine Jacke angezogen und sollte vermutlich besser zu Hause sein und auf sie warten, anstatt mir hier den Arsch abzufrieren.

Ein Krankenwagen fährt an die Notaufnahme heran. Das Geräusch der Sirenen ist penetrant und verstärkt das Gefühl, nicht hier sein zu wollen. Ich hasse Krankenhäuser, die Geräusche, die Gerüche. Alles daran. Das hier war zu lange meine beschissene Realität und es reicht vollkommen, wenn ich wegen Olivia wieder hierhermuss. Ich sollte mich dem nicht noch öfter aussetzen. Nicht mal für Eve.

237

Gerade als ich ernsthaft in Erwägung ziehe, unverrichteter Dinge das Feld zu räumen, tritt sie endlich aus einem der Seiteneingänge der Klinik.

Ihre Locken sind zu einem Knoten am Hinterkopf gebunden, aber einige Strähnen kringeln sich in ihrem Nacken. Ich will sie genau dort küssen, spüren, wie sie sich mir entgegenbiegt, wenn meine Hand ihren Körper entlangfährt. Ich trete aus dem Schatten des Gebäudes und stelle mich ihr in den Weg. »Hi«, quetsche ich an einem schiefen Grinsen vorbei.

»Wes«, sie wirkt unsicher, aber nicht sauer. Olivia hat also nichts gesagt. Ich sollte nicht erleichtert sein.

»Was machst du hier? Ich dachte, wir treffen uns zu Hause.«

»Ich wollte dir etwas zeigen. Ich hoffe, du bist noch nicht am Verhungern.« Ich lasse ihr keine Zeit zu antworten, weil ich ihr den Mund mit einem Kuss verschließe. Fast schon verzweifelt ziehe ich sie an mich.

»Lass uns gehen, sonst wird es noch später«, flüstere ich heiser und nehme ihre Hand. Bestimmt ziehe ich sie hinter mir her und kämpfe das Gefühl nieder, ihre Hand in meiner würde sich vertraut und warm anfühlen. Denn das wäre der späteste Zeitpunkt, an dem ich so ein Verhältnis wie unseres beenden müsste, um zu verhindern, dass mehr daraus wird.

Schweigend laufen wir durch die nachtdunkle Stadt, bis wir den Pier erreichen.

»Du bringst mich ins Wipe Out?«

»Du wärst ein Wahnsinnsdetektiv«, frotzle ich und ihr Lachen bringt meinen Herzschlag durcheinander.

»Was machen wir hier?«, fragt sie, nachdem sie mir einen halbherzigen Schlag gegen den Oberarm gegeben hat.

Ich schüttle den Kopf. »Überraschung. Tut mir leid.« Mehr wird sie nicht aus mir herausbekommen.

»Am Ende verhaften sie uns noch, weil irgendjemand denkt, wir steigen hier ein«, sagt Eve und wirft einen vorsichtigen Blick über die Schulter, wo der menschenleere Pier und die Uferpromenade liegen.

»Wenn wir im Knast landen, kannst du sagen, die Sache wäre allein auf meinen Mist gewachsen.«

»Sehr witzig«, flüstert sie. »Vielleicht sollten wir einfach nach Hause gehen.«

»Niemals.« Ich grinse sie an. »Weißt du, wie lange ich vor dem Krankenhaus gestanden habe? War schweinekalt.« So etwas sollte ich ihr nicht erzählen. Ich sehe, wie sie darüber nachdenkt, warum ich das getan habe. Dabei reicht es, wenn ich mich das frage. Ich öffne die Tür und ziehe sie ins Innere. Mitten in der Nacht sieht das Wipe Out verändert aus, irgendwie zombiemäßig. Schatten werfen sich gezackt über Stühle und Tische des verwaisten Gastraums. Ich ergreife Eves Hand und ziehe sie vor die Fensterfront.

»Mach die Augen zu!«, fordere ich sie auf und meine Lippen streifen ihren Mundwinkel.

Sie tut es, ohne Wiederrede. Obwohl sie sonst über jeden Scheiß diskutiert.

Ich entferne mich widerwillig von ihr, öffne die breiten Glasflügeltüren und sehe, wie ihr Körper erzittert, als ein Windstoß in den Raum dringt.

»Eine Sekunde noch«, raune ich ihr leise ins Ohr und verschwinde hinter den Tresen. Dann lege ich den Schalter um und gehe langsam zurück zu Eve.

Sie steht vollkommen unbeweglich da. Das Licht Hunderter kleiner Leuchtkörper erhellt ihr Gesicht. Ich sehe sie sekundenlang einfach nur an und ihr Anblick quetscht meinen Brustkorb zusammen.

Ich schlucke trocken und trete von hinten an sie heran, berühre sie aber nicht. Ich weiß nicht, ob ich mir selbst beweisen muss, dass ich ihr widerstehen kann. Dass ich es ohne sie aushalten kann.

»Du darfst gucken.« Kaum hat sie die Augen geöffnet, schlägt sie die Hände vors Gesicht und schüttelt den Kopf. »Wes«, ist alles, was sie sagt.

Ich bleibe ebenfalls stumm.

»Wann hast du das alles gemacht?«, flüstert sie.

Unzählige Lichterketten erhellen die Dunkelheit des Piers, den wir gemeinsam in einen Beachclub verwandelt haben. Sie hat es nur bei Tag gesehen, als Sand und Pflanzen gesetzt waren. Die Möbel, Lichter und Dekoration machen den Anblick erst perfekt. Mehrere große Windlichter flankieren die dunklen Holztische. Weiße Lichterketten hängen in den frisch gepflanzten Palmen und pastellfarbene Lampions werfen bunte Lichtkegel in den Sand. Ich muss zugeben, dass es ganz passabel aussieht.

»Das ist unglaublich.«

»Ich bin enttäuscht.« Ich lache leise und das Geräusch setzt sich als Vibrieren in ihrem Körper fort. »Du scheinst überrascht zu sein. Ich dachte, du wüsstest längst, dass ich unglaublich bin.«

Sie ignoriert meinen dämlichen Spruch und geht langsam in den Garten hinaus. Ihre Finger streichen über die Pflanzen und Möbel, während sie sich unter den Lichterketten dreht wie ein Kind vorm Weihnachtsbaum.

Ich hole zwei Wolldecken aus dem Gastraum und folge ihr in eines der hinteren Separees, das durch die Pflanzen und das Gebäude des Wipe Out vom Pier aus vollständig verdeckt ist. Sie steht im Halbdunkeln und betrachtet das unstete Flackern

240

der Kerze im Windlicht. Die Muster, die dadurch auf ihrem Gesicht entstehen, sind wunderschön. Bevor meine Gedanken noch kitschiger werden können, schlinge ich eine der Decken um Eves Körper. Der feste Stoff eignet sich hervorragend, um sie an mich zu ziehen.

»Du hasst es zu dekorieren«, sagt sie schlicht und knabbert an ihrer Unterlippe, wie sie es immer tut, wenn sie Dinge nicht versteht, wenn sie sie analysiert und unter das Vergrößerungsglas packt. »Also, wer bist du und was hast du mit Weston Lewis gemacht?«

»Ich bin jemand, den es verrückt macht, wenn du das mit deiner Lippe tust«, murmele ich leise und beiße leicht hinein. Ich sauge an der zarten Haut und lasse daraus einen langen Kuss entstehen. Er ist süß, schwer und bewegt etwas ganz anderes in mir, als er sollte.

KAPITEL 35

Everly

Wes liegt neben mir auf einer Wolldecke im Sand. Wir haben nicht zusammen gekocht, sondern uns über die Reste von Ravis Spezialnudeln hergemacht. Kalt, direkt aus einer Schüssel, die im Kühlschrank des Wipe Out stand, waren sie fast noch leckerer als frisch von Wes' Koch zubereitet.

Die Kühle des Bodens dringt durch die Fasern der Decke. Trotzdem würde ich gerade nirgendwo anders sein wollen. Meine Hand gräbt sich in den Untergrund, lässt winzige Kiesel rieseln, greift erneut zu. Die stetige Bewegung ist beruhigend und erinnert mich an die Sommer meiner Kindheit, an Mom und Dad, an ihr Lachen und daran, wie glücklich wir waren.

Wes hat seinen Kopf auf den Unterarm gestützt und sieht mich an. Normalerweise mag ich es nicht, beobachtet zu werden, aber Wes' Blick lässt mein Herz schneller schlagen und erzeugt ein Kribbeln, das mir ein Lächeln auf die Lippen legt.

Zerfasertes Mondlicht dringt über uns durch Wolkenfetzen. Die Farben der Lampions vor dem nachtdunklen Himmel erinnert mich an die farbigen Schlieren auf Wes' Bild. Er scheint etwas Ähnliches zu sehen, denn er dreht sich auf den Rücken und formt einen Bildausschnitt mit seinen Händen. Eine Weile hält er sie so, als würde er sich jede Einzelheit einprägen. Dann lässt er die Arme sinken und dreht sich wieder auf die Seite. Ich spüre seinen Atem auf meinem Gesicht, seine Finger auf meiner Haut, als er über meine Stirn streicht.

»Du denkst über irgendetwas nach«, sagt er und tippt auf die Stelle, an der sich immer dann eine Falte bildet.

»Vielleicht«, murmle ich und sehe ihn an. »Ich habe mich an die Sommer am Meer erinnert. Mit meiner Familie.« Ich streiche ihm durch die zerwühlten Haare. Es gibt mir Halt. Und Wes lässt es zu. Er schließt seine Augen und erst, als ich aufhöre, fragt er: »Erzählst du mir davon? Das war auf Long Beach, oder? Olivia hat sich verplappert«, fügt er entschuldigend hinzu und umschließt meine Hand mit seiner. »Sie sagte, es war ein besonderer Ort für euch.«

Es fühlt sich an, als könnte er die Bedeutung genauso fühlen wie ich. Ich möchte ihm davon erzählen. Dabei spreche ich nie über meine Eltern. Es tut weh, über den Unfall und ihren Verlust zu reden. Aber Wes hat mich nach der Zeit davor gefragt. »Ich erinnere mich an Moms Kreischen, wenn die Wellen ihre hochgekrempelten Hosenbeine erwischt haben«, sage ich, und obwohl ich Wes' Hand in meiner überdeutlich spüre, kommt es mir so vor, als wäre ich wieder mit meinen Eltern am Strand, inmitten von Dünengras, mit dem Gefühl, einen Sommer voller Abenteuer vor mir zu haben. Ich wische mir eine Träne aus dem Augenwinkel, an der weniger Schmerz als Wehmut hängt.

»Dad hat uns in jeder freien Minute in seinen ausgebauten Bus geladen und ist mit uns durch die Weltgeschichte gefahren. Und jeden Sommer haben wir Olivia auf Long Beach getroffen. Meistens sind wir am Meer entlanggefahren und Dad hat den Bus irgendwo am Wasser geparkt. Wir haben gemeinsam Sonnenuntergänge beobachtet, Lagerfeuer gemacht und sind schwimmen gegangen. Mom und ich haben nie gekniffen.

Egal, wie kalt es war. Bei Dad sind nie mehr als seine Füße nass geworden. Er hatte es nicht so mit dem Meer. Aber der Bus war sein Leben. Er hat ihn John-Boy getauft.«

»Die Waltons. Ein Klassiker.« Wes lacht leise und ich mag das Vibrieren und die Art, wie er mich an seine Brust zieht. Es ist keine fordernde Geste, sondern eine stille, unverrückbare, die den Raum zwischen uns überbrückt. »Scheint ein Elternding zu sein mit dieser merkwürdigen Serie.«

Ich warte ab, ob er noch etwas sagen wird, aber er hat anscheinend nicht vor, mehr zu erzählen. »Eigentlich hieß der Bus Charles«, fahre ich deswegen fort. »Weil er genauso launisch war wie Moms verhasster Großonkel. Ich erinnere mich noch, wie sie mit einem Schraubenschlüssel auf dem Kühler herumgehauen und den Wagen angebrüllt hat.« Es ist komisch. Die Erinnerungen an Mom und Dad verblassen. Die, die noch klar und deutlich sind, erinnern an Lichtblitze in einem nebligen Grau und sind verwirrend wahllos. Ich würde mich gern an Moms Geruch erinnern, daran, wie sie die Kette getragen hat, die sie mir vermacht hat, aber es gibt einfach kein Bild davon in meinem Kopf. Dafür erinnere ich mich an ihren ölverschmierten, hochroten Kopf, als sie Charles alias John-Boy mit dem Schraubenschlüssel bearbeitet hat. »Es hat in Strömen gegossen und wir standen irgendwo nördlich von Chinook auf dem Highway«, fahre ich tief in Gedanken fort. »Ich saß auf dem Fahrersitz und Dad stand draußen. Mitten im Regen. Er war bis auf die Haut durchnässt und hat gelacht. So lange, bis Mom aufgegeben hat und einstimmte. Er hat mich vom Sitz gehoben und ist mit uns durch den Regen getanzt.« Während *Here comes the sun* von den Beatles aus John-Boys Boxen drang. Laut und scheppernd, denn die Lautsprecher waren noch älter als der Rest des Wohnmobils. »Dad war schließlich der Meinung, dass der Bus einfach nur ein bisschen mehr Liebe brauchte, damit er nicht mehr ständig streikte. Den Namen des verhassten Großonkels zu tragen, wäre da wenig hilfreich. Also hat er ihn kurzerhand umbenannt.« Ich runzle die Stirn. »Und das Schrägste ist, Dad behielt recht. Von dem Moment an, als wir John-Boy jeden Abend eine gute Nacht gewünscht haben, hat er kaum noch Zicken gemacht.«

»Ich erinnere mich an deinen Dad«, sagt Wes unvermittelt. »Er hat dich oft in die Schule gebracht.«

Ich verdrehe die Augen. »Ja, hat er, und das war spätestens ab der Middle School echt peinlich.«

»Ich fand es ziemlich cool«, entgegnet Wes und nichts an seiner Stimme lässt erkennen, dass er einen Witz macht. Er, der seit der Elementary die Gruppe Schüler angeführt hat, die sich deswegen über mich lustig gemacht hat.

»Du hättest gewollt, dass dein Dad dir vor der Schule zum Abschied einen Kuss gibt?«, frage ich zweifelnd und runzle die Stirn.

»Mein Vater würde wahrscheinlich einen allergischen Schock bekommen, wenn ich ihm so nahe käme«, erwidert Wes und klingt schmerzhaft neutral. »Du hast dich sicher damals gefragt, warum ich den SAT-Test nicht mitgeschrieben habe.«

Er runzelt die Stirn. »Zum einen wegen Mom, aber auch, weil ich Dad reizen wollte. Am besten bis aufs Blut.« Er zieht eine Grimasse.

»Hat es geklappt?«

Er lässt eine schmale Spur aus Sand meinen Arm hinabrieseln. »Nicht wirklich.«

Ich würde ihn gern fragen, was zwischen ihm und seinem Dad vorgefallen ist, aber bevor ich die richtigen Worte finde, wechselt er das Thema. »Ich stelle mir gerade vor, wie du im

Regen tanzt. Du warst bestimmt zuckersüß. Und hast deinem Dad die Füße blau getreten.«

Ich antworte nicht, denn das hieße zuzugeben, dass er richtigliegt, und es verunsichert mich, dass er mich anscheinend viel zu gut kennt. Dad hat mich damals auf seine Füße klettern lassen, weil ich seinen Schritten nicht folgen konnte. Ich lache und wische mir die Tränen weg.

Wes küsst mich. Zärtlich, lange, bis ich mich wieder gefangen habe, und erzählt mir dann leise von kleinen Streichen und größeren Fehltritten, mit denen er seinen Vater in den Wahnsinn getrieben hat. Von Miles, der all die Jahre immer an seiner Seite war, und von dessen Familie, die Wes mehr liebt als seine eigene.

Ich genieße seine Stimme und die Nähe, die er ganz Wes-untypisch zulässt und die mir mein Herz raubt.

KAPITEL 36

Weston

Monstertropfen klatschen auf meine Haut, als ich noch im Dunkeln vor die Haustür trete, um laufen zu gehen. Die Nacht war verdammt kurz, aber mit Eve im Sand zu liegen, bis der Regen uns vertrieben hat, war es definitiv wert.

Der heutige Tag wird weitaus weniger angenehm werden. In weniger als drei Stunden hat Olivia den Termin im Krankenhaus, bei dem man ihr die Testergebnisse mitteilen wird. Selbst einem Laien wie mir ist klar, sie werden ernüchternd ausfallen. Es geht ihr nicht besser. Im Gegenteil.

Wenn ich für sie stark sein und nicht ausflippen will, muss ich mich vorher verausgaben. Am besten so sehr, dass ich den Zen-Status erreiche. Die große Runde durch den Elliot-Bay-Park ist dafür perfekt. Die Strecke führt immer am Wasser entlang und dank des Wetters und der Uhrzeit bin ich so gut wie allein unterwegs. Erst auf Höhe des Cruise Terminals mache ich kehrt und ziehe das Tempo auf dem Rückweg noch mal an.

Als ich eine gute Stunde später erneut den Occidental Square erreiche, bin ich vollkommen durchnässt und ausgepowert, aber der gewünschte Effekt ist trotzdem ausgeblieben. Und meine schlechte Laune driftet wie das Wetter in fifty fucking shades of grey ab, als ich Bayle vor dem Haus stehen sehe.

247

Für einen Moment ist er unschlüssig, wie er auf mich reagieren soll, aber dann breitet sich ein widerliches Grinsen auf seinem Gesicht aus. »Lewis«, grüßt er mich. So scheißfreundlich, als wären wir Freunde.

»Was machst du hier, Bayle? Eves Abfuhr war doch mehr als deutlich«, stoße ich unbeteiligt hervor.

David kneift die Augen zusammen und macht einen Schritt auf mich zu. »Ist ja süß«, setzt er zum Gegenschlag an. »Glaubst du echt, ich bin blind? Denkst du, ich kriege nicht mit, wie du sie ansiehst? Aber eins ist klar, selbst wenn sie auf dich reinfallen sollte, sie wird sich niemals auf Dauer mit 'nem Typen wie dir abgeben. Immerhin hattest du schon in der Highschool drei deiner vier besten Jahre hinter dir. Du bist definitiv nicht Everlys Liga. Nicht, was sie sucht.«

Ich haue ihm gleich eine runter. Ernsthaft, ich weiß nicht, wieso ich es nicht längst getan habe. Oder warum ich ihn nicht einfach stehen lasse und nach oben gehe.

»Du wirst sie nicht einmal verlieren, Lewis«, ätzt David weiter. »Verlieren kann man nur, was man hatte, und du wirst sie nie wirklich haben. Sieh es ein und lass Ly endlich in Ruhe.«

Um ihm Platz zu machen, damit er Eve zurückerobern kann. Niemals. »Verpiss dich, Bayle.« Wir starren einander an, bis David sich schließlich an mir vorbeidrängt und sich tatsächlich durch den Regen entfernt. Immerhin ist er schlau genug zu gehen, bevor ich ihm einen Tritt in den Arsch verpasse.

Ich betrete das Gebäude und schließe, im ersten Stock angekommen, die Wohnungstür auf. Eve schläft noch. Bis auf das Prasseln des Regens ist es still. Ich lege meine Stirn gegen das kühle Holz. Wenn Bayle recht hat, haben wir nicht den Hauch einer Chance. Sie wird mehr wollen. Ein Mehr, das ich nicht bin. Aber mit einem hat David unrecht. Sollte Eve mich verlassen, wird sich das, verdammt noch mal, danach anfühlen, etwas zu verlieren.

* * *

Das Holz der Bank unter mir ist warm. Der Regen hat mittlerweile aufgehört und der Sonne Platz gemacht, die sich durch das Blätterwerk schiebt.

Olivia lässt sich auf die Bank sinken. Sie hat es nicht besonders weit geschafft, dabei war dieser Spaziergang ihre Idee. Ich weiß, dass sie reden will, ohne dass uns irgendwer stört, ohne Eve in unserer Nähe. Über das, was die Untersuchungen ergeben haben. Scheiße noch mal, ich will es nicht hören. Aber ich bin der Einzige, mit dem Olivia überhaupt darüber reden kann. Deswegen bin ich hier. Ich sehe sie nicht an, sondern fixiere die Rückseite des Krankenhauses, die man von hier durch die Bäume sehen kann.

»Wie läuft es mit meiner Lieblingsenkelin?«

Was soll ich darauf erwidern. »Wir arbeiten gut zusammen, denke ich.« Das kann alles bedeuten oder auch nichts.

Olivia stößt die Luft aus und verdreht die Augen. »Ich rede nicht von der Arbeit. Wie entwickelt es sich mit euch beiden?«

»Ganz okay.« Ich werde ihr mit Sicherheit nicht erzählen, dass ich bereits so weit in diese Sache mit Eve verstrickt bin, dass Bayle leichtes Spiel hatte, mir den Tag zu versauen.

»Das ist gut.« Olivia nickt. »Everly wird jemanden brauchen, wenn ich nicht mehr bin.«

Die Ergebnisse, die Olivia mitgeteilt bekommen hat, müssen katastrophal sein. Ich habe es längst gewusst, trotzdem trifft mich die Bestätigung, die in ihrem Blick liegt. »Ich bin nicht gut darin, für andere da zu sein. Das habe ich dir gesagt«, presse ich hervor.

»Ich habe nicht mehr lange. Dann kann ich diese Rolle nicht mehr übernehmen.«

Meine Antwort auf diese vernichtende Aussage ist schmerzhaft. Für den Mülleimer und meinen Fuß. Das grüne Plastik geht nicht kaputt. Auch nicht, als ich ein weiteres Mal dagegentrete. Und noch einmal. Es bleibt im Gegensatz zu allem anderen heil. Das Schicksal hat einen miesen Sinn für Humor. Ich lache durch blinde Wut hindurch und durch Tränen, die sich irgendwie dazwischengestohlen haben.

»Weston.« Olivia hebt flehend eine Hand. »Es ist okay.«

Nichts ist okay. Ich brülle und trete ein letztes Mal zu. Der Mülleimer sieht aus, als hätte es meine Attacke gar nicht gegeben. Ich kann nichts ausrichten. Gar nichts.

Ich habe gedacht, ich käme damit klar, für Olivia da zu sein, aber das stimmt nicht. Ich stehe schwer atmend neben der Bank, auf der sie sitzt, und stütze die Hände auf die Oberschenkel. Mein Kopf baumelt zwischen meinen Armen.

»Du magst Everly. Mehr, als du zugibst.« Olivia berührt sachte meinen Arm.

»Vielleicht.« Warum sage ich so etwas? »Aber das spielt keine Rolle. Spätestens, wenn sie erfährt, dass wir beide sie die ganze Zeit angelogen haben, wird sie mich hassen«, entgegne ich. Was Bayles Zukunftsszenario in beängstigende Nähe rücken lässt.

»Wird sie nicht. Everly wird verstehen, warum es so besser war. Versprich mir einfach, dass du für mein kleines Mädchen da sein wirst, wenn ich das nicht mehr kann?«

»Du fängst jetzt nicht an, dich zu verabschieden.« Ich fühle mich, als würde ein Panzer auf meiner Brust parken. Ein Gefühl, das die Panik rechtfertigt, die in mir aufsteigt. »Lass das, okay?« Olivia, die Kämpferin, das Stehaufmännchen, liegt am Boden und macht sich für das Ende bereit. Es spielt keine Rolle, ob es noch Tage sind oder wenige Wochen, die Zeit reicht nicht.

»Es würde mir viel bedeuten, wenn du es mir versprechen könntest.«

Sie wartet, bis ich sie ansehe, und schließlich nicke.

»Gut.« Sie atmet erleichtert aus. »Es gibt da allerdings noch eine weitere Sache, um die ich dich bitten muss. Ich soll übers Wochenende stationär aufgenommen werden. Sie wollen mich palliativ einstellen. Könntest du ein paar Tage mit Everly wegfahren, damit sie nichts davon mitbekommmt?«

»Sag ihr, verflucht noch mal, was los ist«, fordere ich Olivia auf. Das ist absurd. Ich kann Eve nicht weiter anlügen.

Olivia verschränkt ihre Finger und nickt. »Ich sage es ihr. Versprochen. Aber erst, nachdem ich medikamentös eingestellt bin. An einem schönen Ort. Ich will es ihr so schonend wie möglich beibringen.«

Selbst der schönste Ort der Welt wird diese Sache für Eve nicht weniger schmerzhaft machen. Und Olivia läuft die Zeit davon. »Sag es ihr! Jetzt!«, fordere ich. Olivias Plan raubt Eve die wertvolle Zeit mit ihr.

Olivia sieht mich nur an, sagt nichts, bis ich schließlich einwillige. Ich halte nichts von dem Plan, aber ich bin verdammt schlecht darin, todkranken Menschen ihren letzten Wunsch abzuschlagen. »Also schön«, brumme ich und hoffe, der falsche Weg – und das ist definitiv der allerfalscheste – wird uns am Ende nicht das Genick brechen.

* * *

Olivias Diagnose liegt wie ein Zementklotz in meinem Magen. Genau wie ihre Bitte, Eve weiter die Wahrheit zu verschweigen. Alles in mir sträubt sich dagegen, aber ich habe es ihr versprochen. Deswegen bin ich nach meiner Schicht im Wipe Out und dem Wirtschaftskurs nicht direkt nach Hause gefahren. Ich hoffe, dass Miles wie jeden Donnerstag auf dem Campus trainiert, denn ich muss dringend mit ihm sprechen, bevor ich versuche Eve von einem gemeinsamen Trip zu überzeugen.

Der Kraftraum liegt in den Katakomben des Stadions, neben den Umkleidekabinen. Miles trainiert mit Connor und zwei anderen Typen, die ich nicht kenne, lässt aber die Hantel sinken, sobald er mich sieht, und begrüßt mich.

»Hi, Großer.« Ohne hinzusehen, absolviert er unser Handshake-Ritual. »Was treibt dich hierher?«

»Wie läuft es mit Josie?«, stelle ich die Gegenfrage.

Miles wiegt den Kopf hin und her. »Sie wird das Kind bekommen. Das ist erst einmal das Wichtigste.«

Ich schließe ihn kurz in die Arme und murmle ein »Glückwunsch!«.

Miles nickt und klopft mir zum Dank gegen den Oberarm. »Ist ein erster Schritt, aber bis sie mir verzeiht, werde ich wohl noch etwas zu Kreuze kriechen müssen. Zum Glück ist eine meiner ausgeprägtesten Eigenschaften Hartnäckigkeit.« Er grinst. »Immerhin bin ich seit einer Ewigkeit mit dir befreundet«, führt er als Beweis an und weicht dem Schlag aus, den ich ihm dafür verpasse.

»Ich freue mich wirklich für dich«, sage ich und meine es so. Auch wenn ich die Grundidee von Beziehungen anzweifle, sind Josie und Miles eines der wenigen Paare, denen ich zutraue, dass sie die Naturgesetze überwinden und wirklich glücklich werden.

»Aber du bist nicht nur hier, um dich nach meinem kränkelnden Liebesleben zu erkundigen, habe ich recht?« Miles sucht meinen Blick und gibt mir einen sanften Schubs. »Was ist los?«

Ich ziehe die Tür zum Trainingsraum zu, sodass uns die anderen nicht hören können. »Ich müsste dich um einen Gefallen bitten.«

Miles ballt die Hand zu einer Faust, hebt sie vor den Mund und stößt einen undefinierbaren Laut aus. »Ladys und Gentlemen, der unnahbare Weston Lewis bittet tatsächlich um Hilfe.« Er lacht und wird dann wieder ernst. »Immer. Das weißt du hoffentlich. Um was geht es?«

»Ich muss Eve für ein paar Tage aus der Stadt bringen.«

Miles nickt, fragt aber nicht nach dem Grund. Als wüsste er, dass ich es ihm nicht erzählen kann. Er sollte nicht vor Eve von Olivias Krankheit erfahren.

»Ich brauche jemanden, der in der Zeit ein Auge auf Ravi hat und ihm zur Seite steht, wenn er den Überblick im Wipe Out verliert.«

Miles sieht mich ungläubig an. »Ist das dein Ernst? Du vertraust mir den Laden an?« Dann runzelt er die Stirn. »Was sagt denn dein Vorgesetzter dazu? Ich will nicht, dass du am Ende wegen mir und meiner zweifelhaften Gastronomieerfahrungen gefeuert wirst. Du liebst die alte Lady auf dem Pier.«

Es ist längst an der Zeit, Miles die Wahrheit zu sagen. »Es gibt keinen Vorgesetzten«, gestehe ich vorsichtig. »Nur mich. Das Wipe Out gehört mir. Seit ein paar Monaten schon.«

»Du gerissener Mistkerl.« Miles lacht. Er ist nicht sauer. »Guter Schachzug, es uns zu verschweigen, damit wir keine Gratisgetränke abgreifen«, sagt er noch immer lachend. Ich habe sein unerschütterliches Gemüt eindeutig unterschätzt.

Entschuldigend zucke ich mit den Schultern, leugne es aber nicht und Miles nimmt es mir keine Sekunde krumm.

»Das wird sich jetzt ändern, mein Lieber«, droht er mir scherzhaft an. »Wenn ich mich hinter den Tresen stelle, schreit das geradezu nach lebenslangen Freigetränken. Und sobald du wieder da bist, will ich alles über diesen Deal wissen.« Er schlägt ein. »Bis dahin passe ich gut auf deinen Laden auf.«

»Danke«, murmle ich und bin nicht sicher, wie ein einzelnes Wort je ausreichen soll, um zu zeigen, wie sehr er mir damit den Hintern rettet. Ohne ihn wäre ich aufgeschmissen.

»Du kannst meinen Wagen haben.« Er zieht seinen Autoschlüssel aus der Tasche und wirft ihn mir zu. »Ich bin hier fertig und brauche den Wagen den Rest der Woche nicht. Wenn du mich nach Hause fährst, kannst du den Truck direkt mitnehmen.«

Bevor ich nach etwas suchen kann, das mein erstes Danke toppt, dreht Miles sich um und fängt an, seine Sachen in typischer Miles-Manier einzupacken. Ein wildes Durcheinander an Sportsachen, das gute Chancen hat, noch ein paar Tage vor sich hin zu miefen, bevor er es in die Waschmaschine befördert. Ich wiege den Schlüssel in meiner Hand und lächle.

KAPITEL 37

Everly

Chloe sitzt nicht am Strand, sondern auf der Mole oberhalb. Die Stahlrohre des fest verbauten Windspiels, das die Laute von Seehunden im Sculpture Park nachahmt, direkt vor sich.

Die untergehende Sonne taucht ihr Gesicht in ein blasses Orange. Stumm setze ich mich neben sie und bin erleichtert, als Chloe mich zur Begrüßung in eine Umarmung zieht.

»Hi, wie geht es dir?«, murmle ich.

»Ich hasse es, zwischen den Stühlen zu sitzen.« Sie sieht noch immer über den Sund. Der Fähre nach Bremmerton hinterher, die kurz davor ist, hinter der Südspitze von Bainbridge Island zu verschwinden.

»Das verstehe ich.«

Chloe hatte sich ihre Semesterferien sicher anders vorgestellt, als die neutrale Zone zwischen zwei verfeindeten Parteien zu bilden. Warum hat sie dann aber auf dieses Treffen bestanden? Damit begibt sie sich mitten ins Epizentrum. Jules wird ihr sicher die Hölle heißmachen, weil sie mich direkt unter dem Neonglobus des Post Intelligencer trifft.

»Ich habe es auch schon Jules gesagt. Ihr seid beide meine besten Freundinnen. Und ich werde mich nicht für eine von euch entscheiden.«

Es ist das erste Mal, das Chloe massiv Stellung bezieht, und ich finde es gut, dass sie das für sich tut und nicht für eine von uns. »Und das hat Jules einfach so akzeptiert?«, frage ich trotzdem zweifelnd. Ich streiche mir die Haare aus dem Gesicht und sehe sie an. Die letzten Sonnenstrahlen des Tages wärmen mein Gesicht. Sobald die Sonne ganz untergeht, werden die Temperaturen fallen.

Chloe grinst schief. »Sie liebt mich eben.« Dann zuckt sie die Schultern und schiebt etwas Sand über die Inschrift auf den Betonplatten unter uns, die auffordern, gemeinsam mit dem Windspiel die Rufe der Seehunde nachzuahmen. »Okay, ganz so einfach war es nicht«, schiebt sie hinterher. »Erst hat sie einen Diva-Aufstand vom Zaun gebrochen, aber als Jules gemerkt hat, dass ich meine Meinung nicht ändern werde, hat sie es wohl zähneknirschend akzeptiert. Ich bin hier, weil ich hoffe, du tust dasselbe.«

»Natürlich.« Niemals würde ich von Chloe verlangen, dass sie sich für eine Seite entscheidet. Das ist Jules' Spezialität.

»Aber noch mehr hoffe ich, dass ihr wieder zueinanderfindet. Ihr solltet dringend noch mal miteinander sprechen. Und ich dachte, vielleicht könntest du in der WG vorbeikommen. Dann würde Jules sicher nachgeben.«

Ich sehe die Hoffnung, es wäre so einfach, die Harmonie wiederherzustellen, die Chloe so wichtig ist. Aber dieses Mal wird es das nicht sein. Einfach. Egal, wie sehr ich Jules trotz allem liebe.

Ich schlinge die Enden meiner Strickjacke enger um meine Mitte und schüttle den Kopf. »Ich war da, Chloe. Jules war diejenige, die nicht zu unserer Aussprache erschienen ist. Dabei bin ich mindestens so wütend auf sie wie sie auf mich.«

Wir wissen beide, dass ich alles Recht der Welt dazu habe. Noch immer haben Chloe und ich nicht über Kyle gesprochen.

Jahrelang habe ich geschwiegen und fast erwarte ich, dass Chloe mich auffordern wird, ihr von diesem Abend zu erzählen, aber stattdessen nimmt sie nur meine Hand. Sie hält sie fest und sieht schweigend zu, wie die Sonne hinter den Inseln des Sunds versinkt. Als würde sie spüren, dass ich nicht über die Einzelheiten sprechen kann.

»Die Sache mit Kyle gegen dich zu verwenden, war wirklich ein No-Go«, ist alles, was sie schließlich leise sagt. »Aber du weißt, dass Jules das nicht wollte. Sie war verletzt.«

Und dann schlägt sie blindlings um sich. Das weiß ich. Und ich habe ihr immer verziehen und habe mir gesagt, dass sie nun mal nicht aus ihrer Haut kann, aber dieses Mal ist es anders. Gedankenverloren drehe ich den zierlichen Ring an meinem Zeigefinger, während Chloe noch immer meine Hand hält. »Ich kann nicht immer den ersten Schritt machen, mich nicht ständig entschuldigen, während von ihr nie etwas kommt. Dieses Mal ist sie zu weit gegangen.« Nicht einen, sondern mindestens zehn Schritte. »Ich liebe Jules. Das werde ich immer tun, aber nach dem, was sie getan hat, brauche ich Zeit. Und sie muss den ersten Schritt machen.«

Chloe sagt nichts, nickt nur und drückt meine Hand. Eine stille Geste, die zeigt, dass sie mich versteht, auch wenn sie sich sicher wünscht, ich würde wie immer nachgeben und den Streit damit beenden.

KAPITEL 38

Weston

Eve liegt neben mir und ist dem Schlaf näher als dem Wachsein. Die Sonne kitzelt ihre Sommersprossen und ich berühre sie. Als würde ich den Pinselstrichen auf einem Gemälde folgen. Perfektes Sepiabraun, durchzogen von Honig und Gold.

Eve verzieht das Gesicht und lächelt, anstatt die Augen zu öffnen. »Beobachtest du mich?«, murmelt sie schlaftrunken.

»Fahr mit mir weg!«, bitte ich sie, anstatt auf ihre Frage zu antworten. Es hängt viel zu viel davon ab, dass Eve unserem Trip zustimmt, um so mit der Tür ins Haus zu fallen. Aber es bricht einfach so aus mir hinaus. Und zwar nicht, um die Mission Everly-freies-Seattle voranzutreiben, sondern weil ich es wollte. Ich will mit ihr zusammen sein. Ohne die Arbeit. Ohne Jules und Chloe, die jeden Moment dazwischenfunken könnten. Und ohne Bayle, dessen Worte noch immer durch mein Hirn spuken.

Sie öffnet die Augen. »Du weißt, dass das nicht geht.« Sie sieht mich an, als wäre ich nicht ganz bei Trost. Womit sie vermutlich richtigliegt. »Wir müssen beide arbeiten, Boss.«

Ich stütze mich auf meinen Unterarmen ab. »Ich habe Miles gebeichtet, dass das Wipe Out mir gehört. Er ist ganz versessen darauf, mich zu ruinieren, und passt das kommende Wochenende auf den Laden auf.«

»Ist das dein Ernst?«

»Ich weiß. Ich hätte es ihm besser bis in alle Ewigkeit verheimlichen sollen«, sage ich mit gespielter Verzweiflung in der Stimme. »Miles schafft es sicher ganz allein, mir die komplette Bar leer zu saufen.« Ich drehe mein Gesicht so, dass ich Eve ansehen kann. »Aber er hat es sich in den Kopf gesetzt und so schnell kommt die Gelegenheit nicht wieder. Also, was sagst du?«

»Wenn ich bis dahin Doppelschichten im Krankenhaus schiebe, könnte ich vielleicht ein paar Tage am Stück freibekommen.«

»Versuch es!« Ich werde so verdammt fordernd, sobald es um Eve geht. Und das hat rein gar nichts mit Olivia und ihrer Bitte zu tun. »Bitte«, füge ich etwas ruhiger hinzu und küsse sie. Mein einziges Argument, um sie zu überzeugen. Zum Glück braucht es nicht mehr. Sie nickt und erwidert den Kuss. Und ich bin unangebracht erleichtert. Es geht hierbei nicht um eine Auszeit. Nicht darum, Ferien zu machen und mich noch weiter in Eve zu verstricken. Wir fahren weg, damit sie nicht mitbekommt, wie Olivia im Krankenhaus mit Medikamenten vollgepumpt wird. Das ist nichts, was mich in irgendeiner Weise erleichtern sollte. Ich sollte es ihr sagen. Jetzt. Aber ich bleibe stumm und lege meine Hände um Eves Taille, als sie sich über mich schiebt und die verdammte Realität damit für eine Weile verbannt.

KAPITEL 39

Everly

Miles' Pick-up riecht nach Neuwagen. Wir sind bereits seit Stunden unterwegs und noch immer hat Wes mir nicht verraten, wohin wir fahren. Die Olympic Mountains haben wir hinter uns gelassen und folgen der 101 weiter nach Süden. Ich bin nicht sicher, ob Wes bewusst ist, wie oft ich diese Strecke mit Mom und Dad gefahren bin. Ob er diese Route deswegen ausgewählt hat. Ich habe ihm von unseren Ausflügen erzählt. Und von John-Boy, der genau wie Mom und Dad nicht mehr existiert.

»Bist du in Ordnung?« Wes mustert mich besorgt.

Ich nicke und sehe aus dem Fenster, an dem gerade eines der so typischen Küstenstädtchen vorbeifliegt. Ich mag die Ortschaften, aber die einsamen Strecken des Highways liebe ich noch viel mehr. Wenn das Sonnenlicht wie jetzt gerade durch die schmalen Baumreihen blitzt. Reflektiert vom Pazifik, der direkt dahinterliegt und am feinen Sandstrand leckt.

»Dad ist früher immer mit der Sonne um die Wette gefahren«, versuche ich zu erklären, was mich so emotional macht. »Und ich habe ihm viel zu lange geglaubt, dass er das wirklich könnte.« Ich lächle. »Verrätst du mir endlich, wohin wir mit der Sonne um die Wette fahren?«

»Auf gar keinen Fall.« Wes lacht und legt seine Hand auf

meinen Oberschenkel. Es fühlt sich warm und vertraut an. Ein Kribbeln bahnt sich von dort aus seinen Weg durch meinen Körper. »Ist nicht mehr weit«, beruhigt er mich.

Und tatsächlich verändert sich wenig später die Landschaft. Das üppige Grün und die riesigen Kiefern entlang der Straße weichen weiten Flächen voller Dünengras. Wes biegt von der 101 ab und folgt den Schildern in Richtung Ocean Shores. Eine Halbinsel, auf der ich noch nie war, die aber denselben Charme versprüht wie Long Beach. Ich lasse das Fenster herunter und atme den Geruch nach Sonnencreme ein, die salzige Luft. Vom Strand wird das ausgelassene Lachen von Kindern herüber-geweht. Wes lenkt den Wagen durch das Stadtzentrum, vorbei an einem Souvenirshop, den man durch ein riesiges Haimaul betritt. Die Straßen sind voller Menschen, die auf dem Weg zum Strand sind oder nach einem langen Tag auf dem Weg zurück in ihre Ferienhäuser. Ich nehme die Energie des Ortes auf, der mich so sehr an die Sommer mit Mom und Dad auf Long Beach erinnert.

Wes lässt das Stadtzentrum der Insel hinter sich und biegt in einen Sandweg ein, der zu den wenigen exklusiven, einsam ge-legenen Strandhäusern der Halbinsel mit direktem Zugang zum Ozean führt. Am Ende einer langen Auffahrt hält er den Pick-up vor einem in Hellgrau gestrichenen Strandhaus, das sich trotz seiner beeindruckenden Größe harmonisch in die Dünen schmiegt. Fenster, Türen und die Treppen, die auf die Veranda führen, sind in Weiß gehalten und lassen das Gebäude einladend wirken.

Wes steigt aus und ich tue es ihm gleich. »Was ist das hier?«, frage ich, noch immer überwältigt von dem Anblick.

Er tippt sich gegen die Seite. »Ich habe dir gesagt, ich würde es dir irgendwann zeigen.«

Sein Tattoo. Ich sehe ungläubig zwischen ihm und dem Haus hin und her.

»Mom hat dieses Haus geliebt. Die Sommer hier. Selbst Dad war hier einigermaßen erträglich.« Unsicher kratzt er sich am Kinn. »Vielleicht bin ich deswegen gern hier.«

Wie bei mir sind Wes' gute Erinnerungen mit dem Pazifik verbunden. »Und dein Dad hat nichts dagegen, dass wir hier sind?« Das Haus ist riesig und dürfte jetzt in der Hauptsaison eine hübsche Stange Geld einbringen, wenn er es stattdessen an Fremde vermieten würde.

Wes' Nicken geht in ein Kopfschütteln über, während er sich über das Kinn fährt. »Es ist ihm vermutlich scheißegal. Das letzte Mal war er vor zehn Jahren hier, und das auch nur, weil Mom ihn genötigt hat. Derzeit ist er mit irgendeiner seiner Flammen in der Karibik. Peter, mein Patenonkel, vermietet das Haus für ihn, damit es nicht ständig leer steht, aber bei den Preisen, die er verlangt, ist die Auslastung miserabel. Dieses Wochenende haben wir es für uns.« Er hält einen Schlüssel hoch und betritt die Veranda.

Ich folge ihm. »Wundert mich, dass Dad es nicht längst abgestoßen hat. Das ist seine übliche Vorgehensweise.«

Mir ist klar, dass Wes gerade nicht von dem Gebäude vor uns spricht. Das ist, was schwarz und dunkel zwischen ihm und seinem Vater steht. Er hat den Kontakt zu seinem Sohn abgebrochen, als der ihn am meisten brauchte. Ich kann mir nicht vorstellen, wie es sein muss, allein mit dem Tod eines geliebten Menschen umzugehen. Ohne Nana wäre ich zerbrochen. Wes hatte niemanden.

Er fährt mir über den Nasenrücken. »Du grübelst jetzt aber nicht darüber nach, ob du Mitleid mit mir haben musst?«, fragt er und küsst mich zärtlich.

Ich folge der Bahn seines Fingers und reibe über die Falte zwischen meinen Augenbrauen. »Dad hat sie immer die Eve-Denkerfalte genannt. Er hat mich geliebt«, rutscht es mir heraus. Ich beiße mir auf die Lippen. Das war gedankenlos, aber es scheint Wes kaum zu treffen, oder zu sehr? Es fällt schwer, das bei ihm zu unterscheiden.

Wes schließt die Haustür auf. »Mein Vater ist anders. Aber das ist kein Grund, ein Leben lang deswegen zu heulen.« Er lächelt angestrengt. »Es gibt durchaus auch positive Begleiterscheinungen, der Sohn eines reichen Drecksacks zu sein.« Er schiebt die Tür auf und zeigt auf das Innere des Hauses.

Es ist lichtdurchflutet und mit moderner Eleganz eingerichtet. Naturbelassene Holzelemente durchbrechen hin und wieder die Schlichtheit und geben den Räumen Wärme. Eine breite Treppe führt in den ersten Stock.

Wes führt mich in eines der sechs gleich großen Schlafzimmer und deutet auf das Bett. »Du kannst hier schlafen. Ich nehme eines der anderen Zimmer.«

Wir werden also nicht in einem Raum schlafen. Das muss nichts heißen. In Seattle haben wir auch jeder ein eigenes Zimmer und verbringen trotzdem den Großteil der Zeit gemeinsam. Ich sehe mich in meinem Domizil fürs Wochenende um. Der Raum wird von einem breiten Kingsize-Bett dominiert. Zwei antike Kommoden stehen unter dem Fenster, von dem aus man einen atemberaubenden Blick auf den Ozean hat.

»Das Badezimmer ist gleich nebenan«, redet Wes weiter und schiebt mich in ein luxuriös eingerichtetes Bad.

»Nasszelle«, erklärt er knapp und macht eine diffuse Handbewegung, die an einem der alten Balken stoppt. Die Art, wie er mit den Händen über das Holz streicht und nachdenklich einzelne Möbelstücke mustert, zeigt, wie schön und gleichzeitig schmerzlich die Erinnerungen sind, die ihn mit diesem Haus verbinden.

»Du grübelst schon wieder.« Er küsst mich. Ruhig und liebevoll. Es ist eine vertraute Geste, die mich lächeln lässt. »Ich mag die Eve-Denkerfalte.« Er lacht und zieht mich dann hinter sich die Treppe hinab. »Aber trotzdem machen wir jetzt etwas, bei dem du keine Zeit haben wirst zu grübeln.«

Er öffnet eine Tür, die direkt neben dem Eingang liegt, und zieht mich hindurch. Der Raum wirkt wie ein weiteres geschmackvolles Badezimmer. Nur fehlen die Waschbecken, die Dusche oder eine Toilette. Die Kacheln haben einen feinen Schokoladenton und bedecken Fußboden und die Hälfte der Wände. Handtücher liegen fein säuberlich gefaltet auf Holzregalen, die scheinbar an der Wand schweben. Ich drehe mich um die eigene Achse. Außer den Regalen, zwei Bänken aus demselben Holz und einigen Spinden im hinteren Teil ist das Zimmer leer. Ich drehe mich zurück zu Wes, um ihn zu fragen, was das hier ist und was er vorhat. Er hat sein Shirt ausgezogen und knüllt es vor seiner Brust zusammen.

»Nicht nachdenken«, erinnert er mich und streift nun auch die Hose ab. »Mach einfach mit.«

Bei was genau? Mit den Fingerspitzen berühre ich seine Bauchmuskeln, aber Wes verhindert, dass ich bis zum Bund seiner Boxershorts vordringe. Das hat er also nicht gemeint. Mit seiner freien Hand öffnet er eine weitere Tür. Chlorgeschwängerte Luft trifft meine Lungen und der Anblick eines gigantischen Pools meine Augen. Viele winzige Lichtpunkte in der Decke sehen aus wie ein Sternenhimmel, der sich in der Wasseroberfläche spiegelt.

»Zieh dich aus, sonst schwöre ich bei Gott, dass ich dich mit den Sachen in den Pool schmeiße«, raunt mir Wes zu und tritt an den mit wunderschönem Mosaik gefliesten Rand des Beckens. Die komplette Giebelseite des Hauses ist verglast und bietet einen freien Blick über Dünen, Strand und den Ozean.

Ich bin noch dabei, das alles auf mich wirken zu lassen, als Wes mich packt. »Du hast es nicht anders gewollt.«

»Wes, nein!«, quietsche ich und trommle mit meinen Händen auf seine Brust, aber er lässt sich überhaupt nicht von meiner Gegenwehr beeindrucken. Er wirft mich einfach mitsamt meiner Kleidung ins Wasser. Nach Luft schnappend tauche ich Sekunden später wieder auf und zupfe an meinem Shirt herum, das durch die Aktion komplett durchsichtig geworden ist.

Wes nimmt währenddessen Anlauf und springt neben mir ins Wasser. Als er auftaucht, schüttelt er sich lachend die Haare aus der Stirn.

»Du bist verrückt«, japse ich und stimme in sein Lachen ein. Es gibt keine Möglichkeit, diesem ansteckenden Lachen zu entkommen, ihm zu entkommen. »Absolut irre«, bekräftige ich. Genau wie das Gefühl, das er in mir auslöst.

»Verrückt nach dir«, sagt er leise und so fest, als wäre das eine unverrückbare Tatsache. Er schwimmt ganz nah an mich heran und löst meine Hand von dem Shirt, sodass sich der nasse Stoff eng an meinen Körper schmiegt.

Mein stolpernder Atem kräuselt die Wasseroberfläche und produziert Minitsunamis, als Wes plötzlich abtaucht und seine Lippen meine Haut berühren. Er liebkost, gedämpft vom Wasser, meinen Körper. Ich schlinge meinen Arm um seinen Nacken, wölbe mich ihm entgegen. Hole Luft, wenn er es tut, werde atemlos, wenn auch er die Luft anhält, um mich unter Wasser weiter zu reizen. Ich lasse mich zum Beckenrand treiben und ziehe Wes mit mir, bis die Kacheln in meinem Rücken mir etwas

Halt geben. Halt, den Wes auflöst, indem er meine Hose öffnet und ungeduldig daran zerrt. »Das hatte ich irgendwie nicht bedacht«, brummt er und betrachtet verzweifelt meine Jeans, die auf halber Höhe hängt und beharrlich an meiner Haut klebt.

Ich helfe ihm, wobei ich fast untergehe und mich vor lauter Lachen am Wasser verschlucke. Wes wirft die Hose achtlos auf die Fliesen, als wir sie endlich ausgezogen bekommen, und taucht wieder unter. Sein Atem prickelt in tausend Luftbläschen auf meiner Haut und ich beiße mir auf die Lippe, um nicht laut aufzustöhnen.

Als er wieder auftaucht, holt er Luft und stürzt uns dann in einen tiefen Kuss. Ich schiebe meine Hände unter seine Boxershorts und erreiche genau, was ich wollte. Das Spiel seiner Zunge wird rauer, fordernder, legt Hitze zwischen uns. Wes unterbricht den Kuss, um seine Zunge an meinem Hals über mein Dekolleté hinabgleiten zu lassen, bis er schließlich meine Brüste erreicht.

Ich keuche und vergesse, Wasser zu treten, sodass wir gemeinsam untertauchen, uns in der Schwerelosigkeit verlieren. Ich habe das Gefühl zu ertrinken. Nicht an dem Wasser, das mich umgibt, sondern an dem Gefühl, das Wes in mir auslöst. Und nur Sekunden später explodieren die Empfindungen in mir, als seine Hand an meinem Bauchnabel hinabgleitet und meine sensibelsten Stellen findet. Ich will nach Luft schnappen, an die Oberfläche schwimmen, aber gleichzeitig würde ich alles dafür geben, für immer mit Wes zu schweben. Ich klammere mich an ihn und erwidere seinen Blick durch eine Säule aus Wasser und gebrochenem Licht.

Seine Hand liegt noch immer an meiner empfindlichsten Stelle, als würde er die letzten Ausläufer meines Höhepunktes auskosten, bevor er seine Lippen auf meine presst. Er unterbricht den Kuss nicht einmal, als wir auftauchen und ich an seinen Lippen vorbei gierig Luft in meine Lungen sauge. Er lächelt, seinen Mund noch immer an meinem, und scheint ziemlich zufrieden mit sich und dem Beben, das er verursacht hat.

Ich lege den Kopf in den Nacken und versuche wieder zu Atem zu kommen, meinen Körper wieder unter Kontrolle zu kriegen, und spüre, wie Wes sich ein Stück von mir entfernt. Als ich ihn wieder ansehe, liegt sein Gesicht so tief im Wasser, dass sein Lächeln an dessen Oberflächenspannung kratzt. »Wie hat dir unsere erste Unternehmung gefallen?«

Ich gebe mich unbeteiligt. »War ganz okay, denke ich.« Leider straft mich mein hektischer Atem Lügen. Mein Körper sehnt sich nach ihm, als könnte er einfach nicht genug von Wes bekommen. Jede meiner Zellen richtet sich nach ihm aus. Als wäre er mein Zentrum. Dabei hat Nana mir beigebracht, mein eigenes Zentrum zu sein. Eine wichtige Lektion, die ich stets beachtet habe und die Wes einfach außer Kraft setzt.

Schwimmend umkreise ich ihn und nähere mich stetig. Wes scheint klar zu sein, was ich vorhabe. Ich will ihn auch berühren, ihn dazu bringen, sich auszuliefern. Ich will sehen, wie er sich ebenfalls fallen lässt. Aber bevor ich ihn erreiche, stemmt er sich schwungvoll aus dem Pool. Mit den Beinen im Wasser bleibt er am Rand sitzen und sieht mich an. Seine Hand gleitet in einer typisch lässigen Pose zu seinen Haaren und streicht sie aus der Stirn.

»Das ist nicht fair«, sage ich und trete vor ihm Wasser.

»Wer hat gesagt, dass ich fair spiele?« Er spritzt etwas Wasser in meine Richtung.

Vielleicht muss ich ihn mit seinen eigenen Waffen schlagen.

Ich lasse mich eine Weile treiben und gebe vermeintlich auf. Erst als ich nah genug bin, packe ich blitzschnell einen seiner Füße. Er hat sich sicher gefühlt und dem Ruck nichts entgegenzusetzen. Und ich gebe ihm keine Chance zu entkommen, als er ins Wasser fällt. Ich küsse ihn, berühre ihn, bewege mich an ihm, bis auch er in mir ertrinkt.

KAPITEL 40

Weston

Eve sitzt vor dem Fernseher, die Haare noch immer feucht vom Baden, und heult sich die Augen aus dem Kopf. Über den Bildschirm flimmert irgendeine Liebesschnulze. Früher hätte ich sie wegen ihrer gefühlsduseligen Art ausgelacht. Und sie hätte mir sicher irgendeinen Spruch gedrückt, weil mir posthume Briefe eines Iren an dessen trauernde Ehefrau keinerlei Gefühlsregungen entlocken.

Aber das war, bevor ich mich auf sie eingelassen habe. Ich würde gern behaupten, dass es nicht so wäre. Weil ich mich nie auf jemanden ernsthaft einlasse. Das ist eine meiner Regeln. Aber hätte ich sie beachtet, würde ich wohl kaum hier sitzen und Eve anstarren, als wäre sie eines der beschissenen Weltwunder.

Und das, obwohl ihre Augen vom Weinen gerötet sind. Dann wäre mir wohl kaum egal, dass sie das epische Drama um Gerard Butlers Ableben in seiner kompletten Bandbreite mitfühlt, obwohl es nur eine blöde Rolle ist. Der Typ ist in echt Schotte und kein Ire und erfreut sich bester Gesundheit. Ich würde mir nicht vorstellen, wie sie schmeckt, nur weil sie auf ihrer Unterlippe herumkaut. Ich würde, verdammt noch mal, nicht denken, dass sie, derangiert, wie sie ist, verflucht vollkommen ist. Ich werfe ein Popcorn in ihre Richtung, damit ihre Perfektion auf ein erträgliches Maß schrumpft. Es bleibt in ihren Locken hängen, aber sie reagiert nicht. Also werfe ich ein zweites und dann ein drittes hinterher.

»Hör auf, Lewis«, warnt sie mich, ohne den Bildschirm aus den Augen zu lassen.

»Sonst was?« Ich werfe ein weiteres Popcorn nach ihr und, Scheiße, ich liebe das Lächeln, das durch die Tränen auf ihrem Gesicht bricht.

Ihre Antwort ist eine Ladung Jolly Ranchers, die sie nach mir wirft und die nicht halb so weich sind wie das Popcorn, mit dem ich sie beworfen habe. »Nur ein emotionaler Krüppel wie du guckt *P. S., Ich liebe Dich* und fängt mitten im Film an, mit Essen zu werfen«, schimpft sie.

Im Film wird der Song *Galway Girl* gespielt. Das einzig Gute an diesem Streifen ist der Soundtrack. Ich stehe auf und balanciere auf den Polstern des Sofas, in die ich tief einsinke, während ich mich für einen weiteren Popcornangriff rüste.

Eve stöhnt, rappelt sich aber ebenfalls auf. Sitzend hätte sie die Schlacht schon verloren, bevor sie überhaupt begonnen hat.

Sie wirft einen letzten Blick auf den Fernseher, bevor sie mich herausfordernd ansieht. Ein Bonbon steckt sie in ihren Mund. Ein weiteres wirft sie nach mir und eröffnet so den Kampf. Innerhalb von Sekunden stehen wir in einem Regen aus noch verpackten Jolly Ranchers und watteweichem, aufgeplatztem Mais. Als meine Tüte nur noch Krümel enthält, die sich nicht vernünftig werfen lassen, kippe ich den Inhalt über unsere Köpfe, während wir wie die Irren zu der irischen Musik aus dem Fernseher tanzen.

Für einen Moment vergesse ich sogar, dass wir nur aus einem beschissenen Grund hier sind. Olivia wird sterben und ich helfe ihr, Eve zu belügen. Mitten in der Bewegung halte ich inne und sehe, wie Eve den Kopf in den Nacken legt, Popcorn aus ihren Locken schüttelt und ausgelassen lacht. Ich muss es ihr sagen. Weil alles andere bedeuten würde zu lügen. Ich atme tief durch, suche nach Worten, während Eve noch immer auf dem Sofa herumhüpft.

Ich kann den Moment nicht zerbrechen. Ich bin ein egoistisches Arschloch, denn mit der Erkenntnis, dass die Wahrheit gleichzeitig unser Ende wäre, schlucke ich sie hinunter. Die Angst, sie zu verlieren, ist zu groß. Und mit Angst umzugehen, ist keine meiner Kernkompetenzen. Hastig überwinde ich die Distanz zwischen uns. Die Popcorntüte trudelt achtlos Richtung Boden, als ich Eve an mich ziehe. Nicht, um sie zu küssen. Ich halte sie einfach fest. Ich halte mich an ihr fest. Das macht es wohl offiziell: Ich bin, verdammt noch mal, verloren.

KAPITEL 41

Everly

»Hi«, begrüße ich Wes, der gegen die Arbeitsplatte lehnt und Kaffee kocht, als ich am nächsten Morgen den offenen Küchenbereich betrete.

Er muss schon länger wach sein, denn im Wohnzimmer erinnert nichts an die Popcornschlacht der letzten Nacht, die damit endete, dass Wes mich in seine Arme zog und wir eine halbe Ewigkeit eng umschlungen auf den wackligen Couchpolstern standen. Der Untergrund sinnbildlich stehend für unsere Beziehung.

»Hast du gut geschlafen?«, fragt er, während er zwei Becher füllt.

Ich nicke und ziehe ihn in eine Umarmung. Ich berühre Wes' Rücken, rutsche mit meiner Hand unter sein Shirt und streiche über seine Muskeln. Er gibt mir einen furchtbar züchtigen Kuss auf die Schläfe und reicht mir einen der Kaffeebecher. Ich nehme ihn entgegen.

»Danke«, sage ich, nachdem ich die Hälfte hinuntergestürzt habe. »Das war genau, was ich jetzt brauchte.« Ich lasse offen, ob ich damit wirklich den Arabica meine oder seine Nähe.

Er versenkt ein nachdenkliches Lächeln in seinem Kaffeebecher und weicht meinem Blick aus, indem er aus dem Fenster sieht. Die Sonne scheint, aber ein heftiger Wind drückt das

Dünengras gen Boden und peitscht Wolkengebilde über den Himmel. Ich habe das Gefühl, Wes will etwas sagen, aber er schluckt die Worte mit dem Rest seines Kaffees hinunter.

Dann wartet er, bis auch ich ausgetrunken habe, nimmt mir den Becher aus der Hand und stellt ihn zusammen mit seinem in die Spüle.

»Was hältst du davon, wenn wir ein bisschen frische Luft schnappen?«, fragt er und stößt sich von der Arbeitsplatte ab.

»Willst du eine Sandburg mit mir bauen?«, necke ich ihn. Wahrscheinlich hat er genau das in seiner Kindheit getan, auch wenn es mir schwerfällt, mir Wes dabei vorzustellen.

»Hey, ich bin der beste Sandburgenbauer der Welt.« Er grinst und nimmt, im Eingangsbereich angekommen, unsere Jacken von der Garderobe. »Aber eigentlich hatte ich etwas anderes vor«, raunt er mir zu und schiebt mich aus der Wärme des Hauses.

Die Hitze seines Atems dicht an meinem Arm und die Aussicht, seine Hände auf meinem Körper zu spüren, die seine Worte heraufbeschwören, jagen mir ein Prickeln durch den Körper.

Er läuft querfeldein und erklimmt eine der flachen, schilfbewachsenen Sanddünen, die zwischen dem Haus und dem Pazifik liegen. Auf dem Gipfel wirft er sich platt auf den Boden und ich sehe mich etwas irritiert um. Der Wind pustet Sandkörner über die Anhöhe und Wes rupft einige Schilfhalme samt Wurzeln aus, die ihm in den Rücken piksen. Nicht unbedingt der bequemste Platz, um sich hinzusetzen.

Er streckt die Hand nach mir aus und ich lasse mich neben ihn auf den Sandboden ziehen. Egal, wie unkomfortabel es auch sein mag, neben ihm zu liegen, seine Lippen auf meinen und seine Hände auf meiner Haut entschädigen für alles.

Jules war meine beste Freundin und ich habe sie durch genau das hier verloren. Für einen Moment erschüttern Zweifel, ob dieser Einsatz zu hoch war, mein Herz, aber dann schiebe ich den Gedanken an Jules trotzig weg.

Ich habe sie nicht wegen Wes verloren. Unsere Freundschaft ist kaputtgegangen, weil sie sich nicht für mich freuen konnte, weil ich mich ihrem Willen nicht gebeugt habe und weil sie sich auf die schlimmste Weise überhaupt dafür gerächt hat. Und weil sie dann noch nicht einmal aufgetaucht ist, um zu retten, was noch zu retten war.

Wes küsst die Falte über meiner Nasenwurzel und ich spüre das Lächeln, das seine Mundwinkel anhebt, als ich mich entspanne. Er schiebt seine Hand in meine und dreht sich zurück auf den Rücken. Mit der freien Hand deutet er in den Himmel, wo eine Wolke die Sonne verdunkelt. »Ich würde sagen, dass die haargenau aussieht wie Hugh.« Ein Lachen schüttelt seinen Körper.

»Als Kind habe ich das oft auf unseren Reisen mit Mom und Dad gemacht«, murmle ich leise und erzittere leicht, als Wes seinen Daumen über meine Handinnenfläche kreisen lässt.

»Ich weiß«, sagt er leise und sucht ein weiteres Wolkengebilde am Himmel, um dessen Form zu deuten. »Das ist eine Honda Viper«, erklärt er und zeigt bereits auf die nächste Wolke. Er legt den Kopf schief. »Oder ein Brathähnchen. Ich bin nicht sicher.«

Was soll das heißen, er weiß? Ich starre ihn an, bis Wes sein Gesicht zu mir dreht und mich eindringlich ansieht. Zärtlich. Liebevoll. Als würde er hoffen, er müsste es nicht erklären. Dann seufzt er und wendet seinen Blick wieder in den Himmel. »Du hast es irgendwann mal Jules erzählt«, sagt er und konzentriert sich dabei nur auf das Blau über uns. »In der Schule. Kurz nach dem Tod deiner Eltern.«

Ich schlucke trocken. Weil er mich an die Zeit nach Mom und Dads Tod erinnert. Und weil ich schockiert bin, gerührt, verwirrt. Ich weiß nicht genau, was ich bin. Immerhin hat er mir gerade gestanden, dass ich ihm schon vor all diesen Jahren so wichtig war, dass er ein Gespräch zwischen Jules und mir belauscht und diese Information abgespeichert hat. Ich war Weston Lewis wichtig genug, um sie acht Jahre nicht zu vergessen.

»Ich habe dich nicht gestalkt, oder so«, murmelt Wes, als hätte ich ihn bei etwas ertappt, und lehnt sein Gesicht an meine Schläfe, um meinem Blick auszuweichen. »Das alles tat mir einfach so unglaublich leid. Ich hätte es gern einfacher für dich gemacht.«

Er umrahmt mein Gesicht mit seiner Hand und streicht mit seinem sandigen Daumen über meine Wange, während ich wünschte, er hätte mir das schon damals gesagt. Ich bin mir sicher, dass das Wahnsinnsglücksgefühl, das er jetzt in mir auslöst, auch damals die Trauer ein ganzes Stück beiseitegeschoben hätte.

»Aber du hattest Jules, Chloe.« Er atmet tief durch. »Und Bayle.«

Sie waren für mich da, aber keiner der drei konnte einen Unterschied machen. Ich schlinge meinen Arm um seinen Hals. »Sein Name klingt bei dir wie eine Beleidigung.«

Er geht nicht weiter darauf ein. »Hat Jules sich noch immer nicht gemeldet?« Er weiß, dass sie nicht zu dem vereinbarten Treffen im Biscuit Bitch gekommen ist und seitdem Funkstille herrscht. »Wie lange will sie das denn noch durchziehen?«

»Sie hat einen sehr ausgeprägten Sturkopf.« Ich lächle gequält. »Chloe und ich haben uns Anfang der Woche getroffen und sie meinte, Jules hält das vermutlich noch ein, zwei Leben lang durch.«

Wes winkelt sein Bein an und schüttelt etwas Sand von seinen Jeans. »Wie sieht Chloe die Sache?«

Ich atme tief durch und fasse dann unser Gespräch zusammen. »Sie hat mir versprochen, sich auf keine Seite zu stellen, aber sie wollte mich dazu überreden, dass ich auf Jules zugehe und das Gespräch suche.« Ich stoße die Luft aus. »Das habe ich immer getan. Jedes einzelne Mal, wenn wir Streit hatten. Chloe meint, ich sollte wie immer nachgeben, aber dieses Mal kann ich das nicht. Nicht, nach dem, was passiert ist. Jules muss den ersten Schritt machen.«

Wes wiegt den Kopf hin und her. Es wundert mich, dass er bei Jules keine klare Front zieht. Sonst ist er geradezu manisch konsequent, wenn es um seine Mitmenschen geht. Und er mag sie nicht einmal. »Könnte sein, dass sie zu stolz dazu ist. Und du bist nicht bereit, sie zu verlieren.«

Anders als er, der sogar seinen Dad aus seinem Leben eliminiert hat. »Vielleicht«, gebe ich zu. »Aber ich kann dieses Mal nicht klein beigeben. Sie hat dir und Chloe von Kyle erzählt. Sie hat mir die Schuld an dem gegeben, was damals passiert ist.« Meine Stimme wird dunkel, fast schwarz. »Das hätte sie nicht tun dürfen. Und dann hat sie es noch nicht einmal für nötig befunden, sich zu entschuldigen oder zumindest zu unserer Aussprache zu erscheinen. Ich war da. Sie nicht. Jetzt liegt es bei ihr.«

Wes nickt. Er zieht mich fester in seine Arme. »Wir haben nie über das geredet, was Jules gesagt hat. Über Kyle und was er dir angetan hat.« Er versteift sich und jeder angespannte Muskel in seinem Körper verrät, was er mit Kyle tun würde, wenn er ihn in die Finger bekäme. Zu seinem Glück studiert Kyle auf der anderen Seite des Landes.

»Fast«, widerspreche ich leise und schüttle den Kopf. »Was

er mir fast angetan hat. Jules hat es verhindert.« Eine Weile schweige ich, bevor ich mit so viel Nachdruck wie möglich sage: »Er spielt keine Rolle mehr.«

»Du hast dich wegen ihm mit Jules zerstritten«, gibt Wes zu bedenken.

Ich setze mich auf und starre auf die Schaumkronen, die über den Ozean tanzen. »Nein. Unser Streit hatte nichts mit diesem Mistkerl zu tun. Es ging um Jules und mich. Darum, dass sie ein so wichtiges Geheimnis nicht für sich behalten hat. Darum, was sie mir vorgeworfen hat. Nur um mich zu treffen, weil sie wegen dir wütend auf mich war. So was tut man nicht als Freundin.«

Wes rutscht von hinten an mich heran, umarmt mich und legt sein Kinn auf meine Schulter. »Jules ist impulsiv. Und sie hat Angst, dich zu verlieren. Deswegen hat sie um sich geschlagen.«

Hört sich fast an, als könnte Wes das nachempfinden.

»Sei nicht so streng mit ihr.«

»Du magst sie nicht einmal«, erinnere ich ihn.

»Ich weiß.« Er lacht. »Aber du magst sie.« Er zuckt die Schultern, als würde das ausreichen.

Ich lege meine Wange an seine und wünschte, Jules würde sehen, dass Wes versucht eine Lanze für sie zu brechen, und nicht der Mistkerl ist, für den sie ihn hält. Für den ich ihn so lange gehalten habe. »Jules muss den ersten Schritt machen«, sage ich beharrlich und küsse sein Kinn, den Rand seiner Lippen, bis er meine findet und wir in einem tiefen Kuss versinken. Das ist so viel besser, als sich das erste freie Wochenende seit einer Ewigkeit durch Gedanken an meine sture, beste Freundin kaputt zu machen. Ich will die Zeit mit Wes genießen. »Ein Einhorn«, sage ich deswegen, als wir den Kuss unterbrechen, um Atem zu holen, und deute in den Himmel.

277

»Ernsthaft? Ein Einhorn?« Wes stöhnt unterdrückt und lacht dann. Er steht auf und klopft sich den Sand von der Hose. »Wusste gar nicht, dass du auf Rosa-Glitzer-Mädchenkram stehst.«

»Tue ich nicht«, protestiere ich. »Ist nicht meine Schuld, wenn die Wolke eben so aussieht.«

Er hebt zweifelnd eine Augenbraue und betrachtet das Wolkengebilde. »Wer darin ein Einhorn sieht, hat definitiv eine rosa Brille auf.«

Ich rupfe ein Büschel Schilf aus der Erde und schüttel den Sand, der an den Wurzeln klebt, ab, bevor ich ihn damit abwerfe. »Du hast einfach keine Fantasie.«

»Sag das noch mal«, fordert er mich auf und reißt ebenfalls Schilf aus dem Boden. Den Sand lässt er in meine Haare rieseln.

Prustend zerre ich an seinen Beinen, kann ihn aber nicht zu Fall zu bringen. Er macht sich los und rast zum Strand hinunter. Ich schaffe es nicht, ihn einzuholen. Erst als er genügend Abstand zwischen uns gebracht hat, dreht er sich um und achtet feixend darauf, dass ich ihm nicht zu nahe komme.

Ich schnappe mir eine Handvoll Algen und hole aus.

Das Gestrüpp klatscht Wes gegen den Rücken und hinterlässt einen fransig feuchten Abdruck. Geräuschvoll stößt er die Luft aus, beendet seine Flucht abrupt und dreht den Spieß dann um. Er jagt mich und macht unmissverständlich klar, dass er keine Gnade walten lassen wird. Es treibt meinen Adrenalinspiegel in die Höhe. Quietschend flitze ich vor ihm über den Strand. Der Sturm zerrt an meinem Atem und dann sind da seine Hände, die meine Taille greifen und mich ins Taumeln bringen.

Erschöpft und japsend kullere ich auf den Rücken und weiß, bevor ich meine Augen öffne, dass er über mir ist. Sein Körper wirft Schatten auf meine Haut, sein Gewicht verdrängt den Sand unter mir.

Lachend sehe ich ihn an, aber Wes' Blick ist todernst. Er erstickt die Ausgelassenheit, mit der wir herumgealbert haben.

»Ich muss dir etwas sagen.« Seine Stimme ist dunkel. Meinem Blick weicht er aus. Und sein Gesichtsausdruck ist so verschlossen, dass es mir Angst macht.

Ich berühre seine muskulösen Arme, die mich einrahmen, und warte auf die Worte, die seinen Adamsapfel beben lassen, aber er bleibt stumm und lehnt sekundenlang seine Stirn an meine. »Ich genieße die Zeit mit dir«, sagt er schließlich, bevor er mich verzweifelt küsst. Wie ein Ertrinkender, der das Ufer sucht.

KAPITEL 42

Weston

Ich bin mir nicht sicher, was mich mehr fertigmacht: dass ich Eve anlüge, und zwar bei einer Sache, die unverzeihlich ist. Oder die Antwort auf die Frage, warum ich ihr nichts von Olivias Krankheit erzähle. Ich habe eine Scheißangst, sie zu verlieren.

Ich spüre ihren Herzschlag an meinem Körper und die Wärme ihrer Haut. Ihre Augenlider flattern etwas, bevor sie sich wieder vollkommen entspannt. Sanft schlinge ich eine Haarsträhne um meinen Finger. Ihre Locken auf dem weißen Laken erinnern mich an ein Aquarell von Boris Ivkov. Ich bin kein Kunstexperte, aber das Bild hat mich beeindruckt. Die Stärke, die von den weichen Linien ausging. Eve beeindruckt mich. Am meisten wohl, weil sie mir vertraut. Ich musste nichts dafür tun. Für sie ist das selbstverständlich. Und mit derselben Selbstverständlichkeit belüge ich sie.

Mit einem Seufzen drehe ich mich auf den Rücken. Ich wollte ihr heute von Olivia erzählen. Und habe es doch nicht getan.

Leise schlüpfe ich aus dem Bett und taste mich im Dunkeln ins Erdgeschoss. Ich mache mir nicht die Mühe, das Licht anzuknipsen, als ich das Poolzimmer betrete. Nur das leichte Surren der Pumpe vermischt sich mit dem Glucksen des Wassers. Ansonsten ist es gespenstisch still. Lautlos gleite ich ins Becken und lasse die Kühle des Wassers die schlafraubenden Gedanken beiseiteschieben. Ich tauche unter und beginne zu schwimmen, sobald ich die Oberfläche durchbreche. Es ist, als würde ich durch die harten Bewegungen davonlaufen, weg von den Erinnerungen, der Vergangenheit, aber vor allem von der Lüge, die monstergroß zwischen Eve und mir steht.

KAPITEL 43

Everly

Es ist mitten in der Nacht. Das sagt mir zumindest die undurchdringliche Dunkelheit vor dem Fenster meines Zimmers. Ich taste neben mir über das erkaltete Laken. Wes liegt nicht mehr neben mir. Er sollte schlafen. Und mir nah sein. Denn sobald er von mir entfernt ist, beginnen sich all diese hässlichen Gedanken in meinem Kopf zu formen, die an uns zweifeln. Also schlinge ich mir das Bettlaken um den Körper und laufe barfuß die Treppe hinab.

Nirgendwo im Haus brennt Licht. Ich kann Wes nicht entdecken, will aber auch nicht rufen. Denn sollte er woanders eingeschlafen sein, will ich ihn nicht wecken. Nachdem ich ihn in den Wohnräumen nicht finden konnte, öffne ich erst die Tür zum Vorraum, schlüpfe hindurch und betrete dann das Schwimmbad.

Wes ist tatsächlich dort und zerteilt mit kräftigen Zügen das Wasser. Nur bei jedem vierten Schlag taucht er unter seinem Arm auf und holt Luft.

Ich sehe ihm zu, anstatt auf mich aufmerksam zu machen, und versuche zu verstehen, was ihn antreibt, mitten in der Nacht wie ein Wahnsinniger zu trainieren. Sieht nach Wut aus. Oder Verzweiflung. Keine positive Emotion auf jeden Fall. Dabei wünschte ich, hier mit mir zu sein, hätte denselben Effekt auf ihn wie auf mich. Glücklich zu sein. Wenig später stoppt Wes sein manisches Sportprogramm und hält sich nach Luft ringend am Beckenrand fest.

Sein Blick erfasst mich. Fast erwarte ich, er würde wütend sein, weil ich ihm zugesehen habe. Bei etwas, das seine Gefühle ungefiltert gezeigt hat, aber er wirkt eher erschöpft. »Komm her!«, fordert er mich auf. Leise, aber bestimmt, und schwingt sich im selben Moment aus dem Wasser. Am Rand des Beckens bleibt er sitzen und sieht mir zu, wie ich das Ende des Bettlakens um meinen Arm schlinge, den Stoff fester um meine Mitte fasse, sodass er nicht nass wird, und zu ihm hinübergehe.

Wes fährt mit seiner Hand an meinem Schenkel hinauf und umfasst dann das Laken. Es ist ihm vollkommen egal, dass es in der Lache aus Wasser landet, die er beim Verlassen des Pools auf den Fliesen hinterlassen hat. Unbeirrt zieht er an dem Stoff, bis ich nackt vor ihm stehe.

Ich schließe die Augen, als seine Finger über meine Schenkel wandern und winzige Wirbel auf die Haut meines Bauches malen. Die Berührungen sind zärtlich, zurückgenommen. Nur in Wes' Augen wütet Erregung.

Wortlos schiebe ich mich auf seinen Schoß, küsse ihn. Ich beiße in seine Unterlippe und ziehe sanft daran, bis Wes seine Hand in meinen Nacken schiebt und hart meinen Mund erobert.

Früher hätte ich niemals so die Initiative ergriffen. Aber das war, bevor ich mich in Wes verliebt habe. Und auch, wenn er es nicht sagt, zeigt Wes mir, dass es ihm genauso geht. In dieser Nacht im Wipe Out, als wir stundenlang im Sand gelegen haben. Mit dem Trip in dieses Haus, um die Sommer meiner Kindheit wiederauferstehen zu lassen. Indem er sich an das erinnert, was ich Jules über Mom und Dad erzählt habe.

Wes stöhnt an meinen Lippen, streicht mir die Locken aus dem Gesicht und schiebt sie zärtlich und mit quälend langsamer Hingabe hinter mein Ohr, während der Rest von ihm pure Leidenschaft ist, in die ich einsteige.

Silbriges Mondlicht erhellt das Schwimmbad, als Wes schließlich, nackt, wie er ist, aufsteht und mich hinter sich her zu einer der vier Kingsize-Liegen zieht, die vor dem Fenster stehen. Wes setzt sich, fordert mich aber nicht auf, neben ihn zu gleiten. Stattdessen küsst er meinen Bauch, meine Leiste. Seine Lippen streichen über meine Mitte. Die Bartstoppeln erzeugen Minifeuer, die knackend und knisternd im Mondlicht explodieren. Ich kann mich nicht mehr auf den Beinen halten und sinke auf seinen Schoß.

Wes' Haut ist vom Schwimmen noch kühl, als ich beginne, mein Becken an seiner Härte zu bewegen, und nach und nach eine Hitze erzeuge, die uns verschlingt.

Wes lässt sich zurücksinken und schließt die Augen. Seine Zähne bohren sich in seine Unterlippe, während er seine Hände an meine Hüften legt und den Rhythmus mitbestimmt.

Ich will ihn in mir spüren, aber Wes hält mich zurück.

»Ich habe nichts hier, Eve«, knurrt er unterdrückt und legt seine Stirn gegen meine. »Lass uns hochgehen«, fordert er mich mit rauer Stimme auf.

Ich will Wes. Hier. Und jetzt. »Ich verhüte«, flüstere ich heiser und beiße mir im selben Moment auf die Zunge. Wes schläft nie ohne Kondom mit einer Frau. Das hat er mir nach unserem ersten Sex gesagt. Das würde Vertrauen voraussetzen, das er niemandem entgegenbringt. Und es bedeutet eine Nähe, die er nicht zulässt. Ich hätte das respektieren sollen.

Sekundenlang sieht er mich stumm an und küsst mich dann so voller Verlangen, dass klar ist, er scheißt auf die Regeln. Er will diese Nähe genau wie ich. Das zwischen uns ist anders. Anders als alles, was ich jemals erlebt habe. Anders als alles, was er bisher erlebt hat.

Mit seiner Selbstbeherrschung kämpfend dreht er mich unter sich. Seine Zunge lässt er dabei über meinen Körper gleiten. Er küsst, saugt und knabbert an meinen empfindlichsten Stellen, folgt meiner Taille bis zur Schenkelinnenseite, wo er einen zerbrechlich feinen Schmerz aus purer Erregung erzeugt. Keuchend biege ich mich ihm entgegen. Auf seinem Weg zurück zu meinem Mund reizt er jeden Zentimeter meines Körpers und dringt im selben Moment in mich ein, in dem er meine Lippen teilt. Ich klammere meine Beine um seine Hüften und fühle ihn. Mich. Uns.

Nur für den Bruchteil einer Sekunde gerät Wes aus seinem sonst so unerschütterlichen Gleichgewicht. Aber bevor ich diesen Umstand analysieren, bewerten oder einordnen kann, erstickt er jeden klaren Gedanken, indem er beginnt, sich in mir zu bewegen. Er vergräbt sein Gesicht an meinem Hals, kurz bevor er kommt, und sein heißer Atem katapultiert mich gemeinsam mit ihm über die Schwelle.

Atemlos bleiben wir danach liegen. Keiner von uns sagt etwas. Wir lassen einander nicht los, verharren in dem Moment, der zwischen uns nachhallt. Bis Wes irgendwann neben mich rutscht und das Laken vom Fußboden angelt. Die eine Seite ist vom Wasser feucht, aber den trockenen Teil breitet er über unsere Körper und schlingt seinen Arm um meine Taille. Ich liebe die süße Schwere, die uns einhüllt, das Gefühl seiner starken Brust, an die ich mich kuschle. Hier in seinen Armen zu liegen und seinem noch immer schnell pochenden Herz zuzuhören, wie es sich langsam beruhigt, ist schmerzlich perfekt.

* * *

»Fuck.«

Das Wort zerrt mich aus dem watteweichen Schlaf, der von Wes umgeben ist.

War. Denn er liegt nicht mehr neben mir.

»Fuck, fuck, fuck!« Er stöhnt verzweifelt.

Auch wenn Wes bereuen sollte, dass er so viele seiner Grenzen auf einmal eingerissen hat, ist es definitiv zu früh dafür. Ich bin todmüde, schließe meine Augen und ziehe das Laken bis unter mein Kinn, aber Wes ist unerbittlich. Er zerrt daran, anstatt es mir zu überlassen.

»Eve, steh, verflucht noch mal, auf«, bittet er mich eindringlich. »Komm schon. Du musst endlich wach werden.« Als ich zumindest die Augen öffne, lässt er das Laken los und schlüpft eilig in eine Badeshorts. Keine Ahnung, wo er die herhat, aber das Muster lässt erahnen, dass sie schon älter ist und vermutlich ein einsames Leben in einem der Spinde gefristet hat, die im Umkleidebereich stehen.

Sein verzweifelter Gesichtsausdruck und die alberne Badehose bringen mich zum Lachen.

»Das ist nicht lustig.«

»Du siehst dich nicht, sonst würdest du das nicht sagen«, bringe ich kichernd hervor. Wieso zieht er sich überhaupt etwas über? Wir sind allein im Haus. Es gibt keinen Grund dazu. Ich meine, gestern war es ihm auch nicht unangenehm, nackt schwimmen zu gehen und ohne Klamotten mit mir auf der Liege einzuschlafen.

Aber bevor ich ihn fragen kann, höre ich eine Männerstimme, die durch das Erdgeschoss nach Peter, Wes' Patenonkel, ruft.

»Wer ist das?« Ich ziehe das Laken über meine nackten Brüste und bin jetzt genauso alarmiert wie Wes.

»Wo sind deine Klamotten?«, stellt Wes die Gegenfrage.

Ich verdrehe die Augen und zeige auf das Laken. »Erinnerst du dich an letzte Nacht?« Ich war nackt. Meine Klamotten liegen oben in meinem Zimmer, und wer auch immer gerade durchs Haus geistert, wird mich genau so sehen, bevor ich mich anziehen kann.

»Also nur das Laken«, stellt Wes sachlich fest. »Ich lenke ihn ab und du läufst nach oben.« Er nickt und wendet sich zur Tür. »Das müsste klappen. Sobald du angezogen bist, hauen wir ab.«

»Wen lenkst du ab?«, frage ich. »Wes, könntest du mit mir reden?«

Er sieht mich nicht an, sondern wendet sich bereits zur Tür. »Mein Dad ist hier. Mit irgendeiner Frau.«

Das darf nicht wahr sein. Er hat gesagt, sein Dad wäre in der Karibik und würde sich nie in dieses Haus verirren. Ich ziehe das Laken enger um meinen Körper und stöhne verzweifelt.

Ich werde Wes' Dad kennenlernen, und das splitterfasernackt. Und Wes trägt diesen Witz einer Badehose. Man braucht keine Leuchte zu sein, um eins und eins zusammenzuzählen und zu wissen, was wir im Poolzimmer getan haben. Mein Gott, das ist apokalyptisch peinlich.

»Was tut er hier?«, presse ich verzweifelt hervor.

»Meinem Leben einen Arschtritt verpassen, denke ich.« Wes fährt sich durch die Haare und starrt die Tür zum Wohnraum an, hinter der sein Vater noch immer nach Peter sucht. Dem Einzigen, der neben ihm einen Schlüssel für dieses Haus haben sollte. »Er ist nie hier.« Er beißt sich auf die Unterlippe. Seine Kiefer mahlen. »Keine Ahnung, was er hier will.«

»Er wird mich so sehen.« Meine Stimme ist nur noch ein dünnes Fiepen.

»Wird er nicht.« Wes nickt, als müsse er sich selbst von seinem Plan überzeugen. Er berührt mich an der Schulter und platziert einen Kuss, wo Sekunden zuvor noch seine Hand gelegen hat. Und bevor ich protestieren oder seinen Plan infrage stellen kann, öffnet er die Tür und durchquert den Vorraum des Schwimmbads. Mit einem letzten Blick auf mich und einem leisen »Beeil dich« schlüpft er in den Wohnraum.

Ich folge ihm vorsichtig, vergewissere mich, dass ich nicht zu sehen bin, als ich die Treppe hinaufhaste und in meinem Zimmer verschwinde. Fahrig streife ich mir Unterwäsche über und durchwühle meine Tasche nach passender Kleidung. Ich weiß, dass Alexander Lewis wohlhabend ist und hohe Ansprüche hat, die sicher nicht vor den Freundinnen seines Sohnes haltmachen. Auch wenn das Verhältnis zwischen ihm und Wes schlecht ist, will ich einen guten ersten Eindruck hinterlassen. Nana sagt immer, es gibt keine zweite Chance für einen guten ersten Eindruck, und ich finde, sie hat recht. Meine Bemühungen enden jedoch, als plötzlich ohrenbetäubender Lärm von unten zu hören ist.

Wes hat nicht erwähnt, dass sein Ablenkungsmanöver die Zerstörung des Inventars beinhalten würde. Ich greife nach dem erstbesten Shirt und streife es mir über, genau wie die Jeans von gestern. Dann eile ich hinunter und treffe in dem Moment im Wohnbereich ein, als Wes seinem Dad gefährlich nahe kommt.

»Du bist allen Ernstes mit ihr hier?«, brüllt er ihn an. Zu seinen Füßen liegen Seidenblumen, inmitten von Scherben.

Wes nimmt keine Notiz davon. Genauso wenig wie von mir. Seine Hände sind zu Fäusten geballt, seine Lippen ein farbloser Strich.

Sein Dad steht ihm gegenüber und hebt beschwichtigend

die Hände. Er hat dieselben Gesichtszüge und die gleichen dunklen Augen wie Wes. Alexanders Haare sind zwar ergraut, aber ich bin mir sicher, dass sie früher dasselbe verwaschene Blond hatten wie Wes'. Hinter ihm steht eine Frau und sucht Schutz vor Wes' geballter Wut. Ihre Kleidung ist schlicht und klassisch, ihre Körperhaltung aufrecht, ohne arrogant zu wirken. Sie strahlt Wärme aus und ist mir auf Anhieb sympathisch.

Wes hingegen starrt sie feindselig an. Er sieht aus, als würde er sie am liebsten so zerbrechen wie die Vase, die zerschmettert am Boden liegt.

Sie lächelt mir vorsichtig zu und ich wünschte, ich hätte sie unter anderen Umständen kennengelernt. Dann hätte ich ihr offen begegnen können. Hier und jetzt muss ich die Fronten ausgleichen und stelle mich hinter Wes. Ich lege ihm meine Hand auf den Rücken, gebe ihm zu verstehen, dass ich da bin. Für ihn. Wann immer er mich braucht.

Aber anstatt diese Geste anzunehmen, zischt er mir zu, dass ich im Wagen warten soll, und schüttelt mich ab.

Ich bin mir nicht sicher, ob Wes' sonstige Eroberungen gehorchen, wenn er ihnen eine Anweisung gibt, aber ich werde nirgendwohin gehen. Besorgt sehe ich mir seine Hand an, deren Knöchel blutig sind. Er muss damit gegen die Wand geschlagen haben.

»Wer ist das, Weston?« Sein Vater mustert mich, mein verblichenes Looney-Tunes-Shirt und meine wilde Lockenmähne neugierig. Ich wünschte, ich hätte in der Eile etwas Passenderes gefunden oder zumindest die Zeit gehabt, meine Haare zu zähmen.

Entgegen meiner Annahme scheint es Wes' Dad jedoch zu amüsieren, dass er uns ertappt hat. Er deutet auf Wes. »Ich vermute, ich will gar nicht wissen, warum du meine alte Badehose trägst.« Er lächelt vorsichtig und sieht nicht danach aus, als würde er Streit suchen. Es scheint eher so, als wollte er das Eis brechen.

»Das geht dich beides einen Scheißdreck an«, knurrt Wes. »Wir sind so gut wie weg, also bemüh dich nicht, freundlich zu sein. Liegt dir sowieso nicht.«

Er wird mich also nicht vorstellen. Die Kluft zwischen Wes und seinem Dad ist größer, als ich angenommen hatte. Trotzdem verbietet es mir meine gute Erziehung, mich nicht wenigstens vorzustellen.

Also strecke ich meine Hand aus. »Ich bin Everly«, sage ich und lächle zaghaft. Wes zieht hinter mir zischend die Luft ein und zeigt, was er davon hält. »Eine Freundin Ihres Sohnes«, füge ich hinzu und wünschte im selben Moment, Wes würde die Sache klarstellen und meinen Status von einer Freundin zu seiner Freundin berichtigen. Aber er bleibt stumm und verschränkt die Arme vor der Brust. Sein Blick ist ausdruckslos. Seine Muskeln angespannt.

»Freut mich sehr. Alexander Lewis. Ich bin Westons Dad.« Er schüttelt meine Hand. »Auch wenn ich nicht damit gerechnet hatte, freue ich mich, euch hier zu treffen.«

Wes stößt verächtlich die Luft aus, verkneift sich aber einen Kommentar.

»Ich habe dir meine Adresse geschickt. Dich angeschrieben. Ein paarmal habe ich sogar versucht anzurufen, aber ...« Er hält inne und winkt ab. »Umso schöner, dass ihr jetzt hier seid.«

Dass wir in einem Haufen Scherben und zerknickter Kunstblumen stehen, macht die Situation bizarr.

»Ich sagte schon, wir sind so bald wie möglich weg.« Wes legt so viel Verachtung in seine Worte, wie ihm möglich ist, und provoziert damit ein unangenehmes Schweigen, das Alexanders Begleitung schließlich bricht.

Sie reicht mir ebenfalls die Hand. »Nikki Lewis«, stellt sie sich vor. Sie hat einen sanften, aber bestimmten Händedruck und macht es mir mit ihrer Art wirklich schwer, sie nicht auf Anhieb zu mögen.

Wes schafft das anscheinend mühelos. Sein eben noch ablehnendes Verhalten kippt in Gletschereiseskälte: »Das ist nicht dein Ernst«, bricht es aus ihm heraus. »Nikki Lewis?« Er zieht mich am Arm von ihr weg. »Du hast sie geheiratet? Ausgerechnet sie?«

Nikkis Blick flackert. Wes' Worte treffen sie. Ich frage mich, wieso er sie so sehr hasst. Beide. Ein Gefühl, das so heftig ist, dass er es nicht hinter seiner ausdruckslosen Fassade verbergen kann.

Mit derselben Handbewegung wie sein Sohn zerfurcht Alexander seine Haare, nur dass das dadurch entstehende Chaos auf seinem Kopf unpassend wirkt. »Ich wollte es dir erzählen«, murmelt er. Er schüttelt den Kopf und der Wunsch, er hätte Wes diese Neuigkeit anders beibringen können, ist deutlich erkennbar. »Aber eine Hochzeit ist nichts, was man per E-Mail mitteilt. Deswegen habe ich versucht anderweitig Kontakt aufzunehmen, aber du hast nie reagiert.« Er bricht ab und macht einen unbestimmten Schritt auf Wes zu.

»Gratulieren muss ich jetzt aber nicht, oder?« Wes starrt ihn an. Mit einem Blick, der mich zerbrechen würde, aber sein Dad bleibt ganz ruhig.

»Es würde mich freuen, aber ich kann dich nicht zwingen«, entgegnet er.

Wes presst die Kiefer so fest aufeinander, dass die Muskeln zittern. »Du hast sie gefickt, um Mom eins auszuwischen«,

presst er hervor. »Eine von vielen, mehr als das war sie nie.«
Nikki ist die Frau, für die Wes' Vater seine Mom verlassen hat.
Ihn. Für Nikki hat Alexander seine kranke Frau abgeschoben.
Hat Wes mit ihrer Krankheit und ihrem Tod alleingelassen. Ich
hole auf, was das Wut-Level angeht.

»Wes«, beschwöre ich ihn und wünschte, ich säße schon mit
ihm im Wagen. »Lass uns einfach fahren.« So wie er es vorhatte. Bevor die Situation vollends eskaliert. Ich berühre seine
Schulter, aber er schüttelt mich ab.

»Halt dich da, verflucht noch mal, raus, Eve«, presst er wütend hervor. »Wieso hast du sie geheiratet?«, wendet er sich erneut an seinen Vater. Die Worte klingen blechern.

Alexander hält der Wut seines Sohnes stand: »Weil ich sie
liebe, Wes. Das habe ich schon immer.«

Wes hat mir erzählt, dass sein Dad nie die Kurzform seines
Namens nutzt. Jetzt tut er es und bringt damit beide aus dem
Gleichgewicht.

»Ach ja?«, murmelt Wes, bevor seine Stimme bricht. Der
Rest von ihm sieht aus, als würde er jeden Augenblick folgen.

»Was damals passiert ist, tut mir leid, aber ich kann das nicht
mehr rückgängig machen«, sagt Alexander betont ruhig.

»Netter Spruch für eine Trauerkarte.« Wes saugt an seinem
Handrücken, wo das Blut langsam gerinnt. »Ach nein, warte,
du hast ja gar keine geschrieben.« Er macht einen Schritt auf
Alexander zu. »Du bist nicht mal zu ihrer verdammten Beerdigung gekommen.«

»Ich dachte, du wolltest es so. Du warst sehr deutlich, was
das anging, und ich wollte dir den Raum geben, den du brauch-
test.« Er atmet geräuschvoll aus. »Ich bin nicht stolz drauf,
dass ich gegangen bin, das kannst du mir glauben.« Alexander
hebt beschwichtigend die Hände. »Es war der denkbar schlech-

teste Zeitpunkt und ich hätte darauf bestehen sollen, danach für dich da zu sein, aber die Trennung an sich war das einzig Richtige.« Er lässt die Hände wieder sinken. »Nicht nur für mich.«

»Du hattest schon immer ein Talent dafür, dir die Welt so zu drehen, dass sie passend für dich ist.«

»Deine Mutter und ich waren uns einig.« Alexanders Stimme schwankt.

»Sie ist verreckt«, entgegnet Wes scharf. Der Schmerz in seinen Augen ist so stark, dass ich ihn in den Arm nehmen will, und gleichzeitig weiß ich, er wird das nicht zulassen. »Allein!«, wirft er hinterher und garniert das Wort mit seinem tödlichsten Blick für Nikki.

Sie löst sich von ihrem Mann. »Alex, lass mich, bitte«, weist sie Wes' Dad zurecht, als der sie zurückhalten will. Sie bleibt unmittelbar vor Wes stehen und sieht ihn prüfend an. »Alex vermisst dich. Er hat Fehler gemacht, das sieht er ein, aber meinst du nicht, dass du ihn lange genug dafür bestraft hast? Ihn und dich selbst? Ihr seid jetzt hier. Wir sind hier. Vielleicht ist das ein Wink des Schicksals.« Sie hält kurz inne. »Bleibt zum Essen. Nur ein Lunch, dann kannst du mich gern weiter hassen, aber gib deinem Vater diese paar Stunden.«

Ich erwarte, dass Wes ihr an den Kopf knallt, dass sie verrückt sei und er niemals mit seinem Vater essen wird, aber er zögert. Er sieht auf die Uhr und zuckt dann gequält die Schultern. »Was meinst du?«, fragt er. Er wirkt unsicher.

»Ich denke, du weißt, was ich tun würde.« Es ist kein Geheimnis, dass ich alles dafür geben würde, um auch nur einen weiteren Tag mit meinen Eltern zu verbringen. Noch hat Wes einen Dad. Das Leben ist zu kurz, um es mit Streitereien zu vergeuden.

Er fährt sich durch die Haare, verschränkt die Arme hinterm Hinterkopf und atmet tief durch. »Also gut«, sagt er knapp. »Bleiben wir. Ein Essen. Nicht mehr. Danach sind wir weg.« Er lässt die Arme sinken und vermeidet es, seinen Dad oder Nikki anzusehen. »Ich muss mir was anderes anziehen«, murmelt er und zupft an der Badehose seines Dads. Dann dreht er sich abrupt um und läuft, immer zwei Stufen auf einmal nehmend, die Treppe hinauf.

»Ich sehe besser mal nach ihm.« Ich deute auf die Küche. »Später helfe ich dann gern mit dem Essen.«

Nikki berührt meinen Arm. »Das erledige ich. Kümmere du dich um Weston. Er hat sicher einiges zu verarbeiten.«

Ich nicke und lasse Alexander und Nikki stehen, um Wes zu folgen.

Er ist in meinem Zimmer, nicht in seinem, obwohl ich vermutet habe, dass er allein sein will, um sich in Ruhe zu sortieren. Ich höre ihn hinter der Tür ruhelos auf- und ablaufen. Mit klopfendem Herzen drücke ich die Tür auf und betrete den Raum. Als er mich sieht, bleibt er stehen und kommt mir dann so nah, dass ich seinen Atem auf meinem Gesicht spüre. Sein Blick ist absolut ausdruckslos.

»Du bist wütend«, flüstere ich.

Er streitet es nicht ab, sieht mich einfach weiter an. »Warum hast du die Einladung dann nicht ausgeschlagen? Wir hätten fahren können. Ich hätte es verstanden.«

Er schüttelt den Kopf, um mir zu signalisieren, dass er nicht darüber reden will. Oder es nicht kann. Stattdessen legt er seine Hände um meine Taille und zieht mich eng an sich. So eng, dass mir seine Nähe den Atem raubt. Genau wie sein Blick, der sich tiefschwarz in meinen brennt, bevor er seine Lippen auf meine presst. Es ist einer dieser Küsse, die Antworten unnötig machen.

Ein Kuss, der jede Faser meines Körpers dazu bringt, auf ihn zu reagieren und ihm mein Herz zu schenken.

Mir ist klar, was er versucht. Er will sich ablenken, die Risse, die das Aufeinandertreffen mit seinem Vater verursacht hat, mit diesem Kuss verschließen. Es ist eine total verkorkste Art, mit Problemen umzugehen. Aber ich verstehe ihn.

KAPITEL 44

Weston

Es ist total abgefuckt, hier zu sitzen, und einen auf heile Familie zu machen. Ich rede mir ein, dass ich es für Eve tue. Die Alternative hierzu wäre, früh in Seattle aufzuschlagen. Und das würde bedeuten, Eve würde auf die denkbar schlechteste Art erfahren, dass Olivia sterben wird. Außerdem will ich, dass sie versteht, warum ich meine Familie von mir stoße. Ich will ihr zeigen, wieso ich all die Jahre den Kontakt mit Dad gemieden habe. Vielleicht muss ich es mir selbst in Erinnerung rufen, um ihm nicht aus einer Scheißmelancholie heraus zu vergeben. Und was wäre dafür besser geeignet als ein gemeinsames Essen, bei dem er sich ins Aus schießen kann?

Ich leere mein Glas in einem Zug und werfe Dad einen herausfordernden Blick zu, als ich mir von seinem schweineteuren Whiskey nachfülle. Es ist mir egal, was er davon hält, dass ich mich mitten am Tag betrinke. Dieses Essen überstehe ich nur mit genügend Alkohol im Blut.

»Was tust du derzeit so, Wes?«, fragt er mich in diesem Moment und stört damit den wackligen Frieden, der daraus bestand, dass die drei reden und ich trinke.

Als wüsste Dad nicht, was ich tue und wie es finanziell um mich steht. Peter hat ihm sicher nicht verheimlicht, dass er mir den Kredit fürs Wipe Out gegeben hat. Er weiß, dass ich bis zum Hals in Schulden stecke, und hat mir trotzdem meine Wohnung gekündigt. Ich kippe den Inhalt des Glases auf die Wut, die unwillkürlich hochkocht. »Koksen und rumhuren«, quetsche ich zeitverzögert hervor.

Dad verschluckt sich fast an seinem Essen, fängt sich aber viel zu schnell wieder und wendet sich Eve zu. Als wäre sie neutrales Gebiet. Ist sie nicht. Sie ist mein Gebiet. Ich stoße ein geräuschloses, trockenes Lachen aus und nehme einen weiteren Schluck.

»Und du, Everly?«, fragt er und tut so, als hätte ich ihn nicht provoziert, seine dämliche Maske fallen zu lassen und allen das Arschloch zu zeigen, das er mein Leben lang war.

Mein Blick fällt auf die Badehose, die ich nach dem Umziehen auf das Sideboard im Eingangsbereich gelegt habe. Bilder flackern durch mein Hirn und wollen mich davon überzeugen, dass er nicht immer so war. Ich sehe Dad in dieser verfluchten Hose. Wie er lacht und mich durch die Luft wirbelt. Hier in diesem Haus. Wir sind gemeinsam durch die Brandung und die Dünen getobt, bis meine Lippen blau gefroren waren und Mom mich in ein dickes Handtuch gewickelt hat. Ich erinnere mich daran, wie wir abends Jolly Ranchers vor dem Fernseher gegessen haben, bis mir schlecht wurde. Mom hat im Schlafzimmer gelesen und durfte natürlich nichts davon erfahren. Heute bin ich sicher, sie wusste es. Aber damals habe ich das Geheimnis geliebt, das ich allein mit Dad geteilt habe. Ich wische die Erinnerungen beiseite, die Dad schon lange nicht mehr gerecht werden.

»Ich studiere in Seattle und arbeite nebenbei in Wes' Restaurant.«

Sie legt mir ihre Hand auf den Arm und ich verstehe selbst nicht, wieso es sich so verdammt gut anfühlt. Es ist nur eine Hand. Und ein Arm. Ihre Hand. Und mein Arm.

»Und was studierst du?«, fragt Dad, bevor er sich ein weiteres Karottenstück in den Mund steckt.

Ich beobachte, wie er darauf herumkaut. Menschen sehen echt dämlich aus, wenn sie kauen. Und wenn sie versuchen dabei vornehm zu wirken, macht es die Sache nicht besser.

Eve hat ihm nicht geantwortet. Sie zögert und ich weiß, warum. »Medizin«, sagt sie schließlich leise und es klingt wie eine verdammte Entschuldigung.

»Das ist toll.«

Natürlich ist Dad Feuer und Flamme. Ich kann ihn verstehen. Eve hat so ihre Art, das in einem auszulösen, aber der Grund, warum Dad so begeistert ist, ist derselbe, aus dem ich eine Enttäuschung für ihn bin.

»Das Medizinstudium ist sehr anspruchsvoll«, fährt er, voll in seinem Element, fort. »Wenn du mal Fragen hast, kannst du dich gern melden. Ich würde mich freuen, dir zu helfen.«

»Wenn das nicht zusammenpasst!« Meine Worte sind zäh und die Satzmelodie ist verwaschen. Dass ich es noch bemerke, zeigt jedoch, ich bin eindeutig noch nicht betrunken genug. »Vielleicht solltest du Eve einfach adoptieren«, stoße ich hervor. »Immerhin studiert sie Medizin, wie du es dir für dein Kind immer gewünscht hast. Sie ist wirklich intelligent und wird keine verdammte Enttäuschung sein.«

»Ich habe nie gesagt, du wärst eine Enttäuschung«, hält Dad dagegen. Stoisch ruhig und so verdammt bestimmt, als würde er es ernst meinen. Ich wünschte, seine Stimme würde nur halb so sehr aus dem Gleichgewicht geraten wie ich.

Er hat es nie explizit in Worte gefasst, aber das brauchte er auch nicht. Er hat mich immer spüren lassen, dass ich hinter seinen Erwartungen zurückgeblieben bin. Also leere ich nur stumm mein Glas.

»Ich habe etwas in der Art nie behauptet. Weil es nicht der Wahrheit entspricht«, wiederholt er sich.

Er wird es nicht gut sein lassen. Obwohl meine Promillezahl längst jenseits der Grenze liegt, innerhalb der man so grundlegende Dinge wie unsere verschrobene Familiengeschichte klären sollte.

»Du solltest vielleicht etwas langsamer machen«, sagt er, als ich mir noch einmal nachschenke.

Schön, dass er sich ausgerechnet jetzt an seine Vaterpflichten erinnert. Leider Jahre zu spät. Ich fahre mir durch die Haare, nehme demonstrativ einen tiefen Schluck und kämpfe gegen die Worte an, die mir aber bereits auf der Zunge liegen. Ich will Dad treffen und der Alkohol verführt mich, Eve als Kollateralschaden hinzunehmen. »Weißt du, Eve ist eine Waise. Sie würde so ziemlich alles tun, um Eltern zu haben. Deine Chancen stehen also gut, dass sie hinnimmt, was für ein Arsch du bist, und einer Adoption zustimmen würde.« Das war hundert Meter unter der Gürtellinie und trotzdem kann ich nicht aufhören. Ich proste Dad zu. »Sie ist schlau, sie wird Ärztin. Du solltest dir wirklich überlegen, sie gegen mich einzutauschen.« Ich knülle die Serviette zusammen und werfe sie neben meinen Teller auf die Damasttischdecke. Mein Blick bleibt an Eve hängen, der Tränen über die Wangen rinnen. Es ist meine Schuld, dass sie weint, und irgendwo hinter der grell flackernden Wut tut es mir leid. Ich will ihr genau das sagen und es wiedergutmachen, aber so einen Schlag macht man nicht einfach wieder gut. Vielleicht bleibe ich deswegen stumm und sehe stattdessen Dad an.

In seinen Augen steht eine stumme Anklage. Und wie immer, wenn er etwas von mir erwartet, tue ich das genaue Gegenteil. Dad will, dass ich mich für mein unmögliches Verhalten entschuldige, also setze ich noch einen drauf. Egal, wie kindisch das ist. Ich kann nicht anders.

»Das mit dem Austauschen hat doch schon mal sehr gut funktioniert.« Ich sehe demonstrativ in Nikkis Richtung. Neben mir schiebt Eve den Stuhl ruckartig nach hinten. Er stößt mit einem Knirschen gegen die Wand und hinterlässt eine Everly-Macke. Genau wie die in meinem Herzen, als sie sich umdreht, sich unsere Blicke sekundenlang treffen und klar ist, dass ich dabei bin, sie durch mein unmögliches Verhalten zu verlieren. Fluchtartig verlässt sie den Tisch und ich halte sie nicht zurück.

KAPITEL 45

Everly

Wes ist zu weit gegangen. Viel zu weit. Meine Eltern zu benutzen, um seinem Dad eins auszuwischen, ist so unterirdisch, dass ich nicht weiß, wie ich ihm das je vergeben soll.

Ich renne die Treppe hinauf und in mein Zimmer. Ich will nur noch hier weg. Nach Hause. Zu Nana und mich bei ihr ausheulen. Sie ist jetzt die Einzige, die dafür sorgen kann, dass es mir ein kleines bisschen besser geht. Jules ist keine Option. Nicht, solange sie sich nicht entschuldigt hat und ich vermutlich nichts als Genugtuung in ihren Augen sehen würde, weil Wes sich genauso verhält, wie sie es vorausgesehen hat. Und weil ich wieder bei ihr angekrochen komme, wie sie es erwartet.

Ich setze mich auf das Bett und stopfe wahllos das Chaos aus Klamotten in meine Tasche, das entstanden ist, als ich vorhin nach etwas zum Anziehen gesucht habe.

Es klopft leise, aber ich reagiere nicht darauf. Natürlich ist das für Wes kein Grund, mich in Ruhe zu lassen. Er öffnet die Tür einen Spaltbreit und schiebt erst seinen Kopf hindurch und zwängt dann seinen Körper hinterher. »Eve«, sagt er und ich höre die Entschuldigung, die in seiner Stimme mitschwingt, die er aber nicht ausspricht. Trotzdem denke ich bereits ernsthaft darüber nach, ihm zu vergeben. Noch vor ein paar Wochen habe ich Jules dafür verurteilt, dass sie ihren Männern so denk-

301

bar unkritisch begegnet. Jetzt bin ich selbst kein Stück besser. Ich straffe die Schultern, um mir das Gegenteil zu beweisen.

»Ich rufe Chloe an«, sage ich mit fester Stimme. »Sie holt mich ab und bringt mich zu Nana. Ich bleibe heute Nacht bei ihr.« Chloe ist meine einzige Option. Sie hat gesagt, sie wolle für mich und Jules gleichermaßen da sein. Ich hoffe, das stimmt. Egal, wie weit der Weg und wie schwierig die Situation zwischen mir und Jules ist, bei der sie immerhin wohnt. »Ich werde im Seabrooks auf Chloe warten«, erkläre ich. Eine Mall mit ortsansässigen Läden und einem kleinen Restaurant, in der ich ausharren kann, bis meine Freundin in einigen Stunden hoffentlich hier eintrudelt. Wenn ich hierbleibe, wird mein Herz meine Prinzipien über den Haufen werfen.

Noch immer sagt Wes nichts, sieht mich nur an, aber als ich gehe und die Tür erreiche, hält er mich zurück. Als würde sein Leben davon abhängen, mich vom Gehen abzuhalten. »Ruf sie nicht an!« Er streicht mit seinem Daumen über meine Haut. »Ich packe meine Sachen. Und dann bringe ich dich selbst nach Seattle zurück.«

Ich starre auf seine Hand, die noch immer mein Gelenk umfasst. Eine Sehnsucht, ihm nahe sein zu wollen, breitet sich von dort aus und rollt durch meinen Körper. Der Geist ist willig, das Fleisch ist schwach. Den Spruch hat Nana jedes Mal lachend zitiert, wenn sie ihrer Schwäche für Bradley Coopers Hintern nachgegeben hat. Ich seufze. Wes ist der letzte Mensch, mit dem ich gerade zusammen sein sollte.

»Du hast wegen uns genug Stress mit Jules. Chloe da mit reinzuziehen ist nicht nötig. Außerdem wäre sie eine halbe Ewigkeit unterwegs. Miles' Auto steht vor der Tür.« Er legt den Schlüssel in meine Hand. »Allerdings müsstest du fahren. Ich glaube, ich hatte zu viel, um noch unfallfrei nach Hause zu kommen«, sagt er leise und ein schuldbewusstes Lächeln stiehlt sich in seine Mundwinkel.

Ein Lächeln von ihm sollte nicht ausreichen, um mich umzustimmen. Ein halbes sollte indiskutabel sein. Aber die Wahrheit ist, dass es ausreicht. Verstärkt wird das Ganze noch dadurch, dass er recht hat. Es wäre viel verlangt von Chloe, die lange Fahrt auf sich zu nehmen. Außerdem müsste ich ihr erklären, warum ich ausgerechnet mit Wes weggefahren bin, was zwischen uns passiert ist, und gerade kann ich das echt nicht.

»Das alles hätte nicht passieren dürfen«, fügt er zerknirscht hinzu, weil ich noch immer nichts sage, und zeigt hinter sich. »Dad hätte gar nicht hier auftauchen sollen. Vor allem nicht mit ihr.«

»Ist das allen Ernstes deine Entschuldigung?«, frage ich und mache mich von ihm los.

»Nein.« Er verschränkt die Hände über dem Kopf und atmet geräuschvoll aus. »Ich weiß auch nicht. Er bringt mich einfach dazu, ihn treffen zu wollen. Er ist so …« Wes beendet den Satz mit einem frustrierten Schnauben. »Ich bin zu weit gegangen und es tut mir leid. Das musst du mir glauben, okay?«

Ich nicke, denn das tue ich. Ob ich ihm seine Worte vergeben kann, weiß ich hingegen nicht.

»Bitte lass uns gemeinsam von hier verschwinden. Und schlaf in der Wohnung. Wenn jemand geht, dann ich. Ich kann Miles fragen, ob ich bei ihm pennen kann, wenn dir das lieber ist.«

Ich nicke. Dabei fühle ich mich hohl und leer bei dem Gedanken, dass er die Nacht woanders verbringen wird. Trotzdem ist es das Beste, erst einmal Abstand zu halten.

»Ich brauche fünf Minuten«, sagt Wes und verschwindet aus dem Zimmer, ehe ich etwas sagen kann. Nach zwei Minuten ist er wieder da. Über der Schulter hängt seine Reisetasche.

Seufzend schließe ich meine Tasche und lasse zu, dass Wes sie mir abnimmt und zur Treppe trägt. »Wir müssen uns von deinem Vater und Nikki verabschieden.«

Wes hält kurz inne und läuft dann unbeirrt weiter. »Ich glaube nicht, dass sie besonders viel Wert darauf legen.«

»Du kannst machen, was du willst, aber ich werde mich verabschieden, wie man es als zivilisierter Mensch tut«, widerspreche ich.

Er seufzt, versucht aber nicht, mich vom Gegenteil zu überzeugen. Als wir den Fuß der Treppe erreichen, kommen uns die beiden bereits entgegen. Wes versteift sich, hält aber die Klappe. Er lehnt sich gegen die Eingangstür und schafft damit die größtmögliche Distanz zu seinem Vater.

Ich reiche ihm die Hand. Dann Nikki, die hinter ihm auftaucht. »Vielen Dank für die Einladung, aber wir werden jetzt aufbrechen.«

»Ihr könntet bleiben.« Nikki sieht mich an, nicht Wes. »Das Essen ist nicht optimal verlaufen, aber …« Sie verstummt und sieht sich Hilfe suchend nach Alexander um, der sie in die Arme schließt und nichts weiter sagt. Er kennt seinen Sohn und weiß, dass an diesem Punkt nicht mehr mit ihm zu reden ist.

»Ich warte draußen«, sagt Wes, wie um diese Einschätzung zu belegen. Allerdings bleibt er stehen, anstatt einfach zu gehen. Er kratzt sich unbeholfen an der Stirn und deutet hinter seinen Vater. »Wegen der Vase. Ich ersetz sie dir.«

»Das musst du nicht.« Alexander lächelt behutsam. »Ich habe das Ding eh nie gemocht.«

Wes zuckt unschlüssig mit den Schultern. »Okay, wie du meinst.« Er hebt die Hand zu einem halben Gruß und verschwindet nach draußen.

Wes hat den Motor angestellt und die Heizung aufgedreht,

als ich den Wagen erreiche, und schiebt sich gerade auf den Beifahrersitz. Ich klettere hinter das Lenkrad, stelle Sitz und Spiegel ein und lenke Miles Wagen dann die unbefestigte Zufahrt hinauf. Auf der asphaltierten Straße angekommen, beschleunige ich den Pick-up. Irgendwie hatte ich gehofft, dass wir reden würden, sobald wir allein sind, dass Wes sich mir öffnen, mir erklären würde, wieso er seinen Vater so sehr hasst, dass er bereit ist, mir dafür wehzutun, aber er starrt nur aus dem Fenster in die vorbeifliegende Landschaft.

KAPITEL 46

Weston

Das zwischen Eve und mir ist so nah dran an diesen Kitschliebesdingern, die sie Rotz und Wasser heulend im Fernsehen sieht. Ich habe für sie versucht meinen Vater zu ertragen. Damit sie nicht mitbekommt, dass Olivia in Seattle im Krankenhaus liegt. Und weil ich dieser Typ für sie sein wollte, der gut in Dingen ist wie Liebe, Familie und dem ganzen zwischenmenschlichen Scheiß. Es ist in die Hose gegangen. Weil es so etwas wie Liebe nun mal nicht gibt. Vielleicht die Sehnsucht nach etwas Unerreichbarem, aber das war es dann auch.

Eve war unerreichbar für mich. Jetzt ist sie es nicht mehr. Und ist das nicht viel besser als Liebe? Sie würde jetzt sagen, dass ich einfach nicht erkenne, dass dieses ätzende Wort irgendwo zwischen uns ist. Sie irrt sich. Zum einen, weil ein beschissenes Wort nicht ausreicht, um zu beschreiben, was ihre Nähe mit mir macht. Zum anderen, weil es eine rein körperliche Reaktion ist. Wenn ich sie berühre, ist das wie ein Beben. Keines, das Katastrophen verursacht, sondern ein gutes. Wenn sie nicht da ist, schlägt mein Herz zu langsam und findet den richtigen Takt erst, sobald sie auftaucht. Ich brauche sie, damit mein Körper funktioniert. So einfach ist das. So biologisch. So eine verfluchte Scheiße.

* * *

Wir sind am Abend angekommen, ohne ein Wort miteinander gesprochen zu haben. Ich bin mir ziemlich sicher, dass Eve reden wollte, aber ich habe mir selbst nicht über den Weg getraut. Alkohol und Wut sind keine gute Mischung. Also habe ich nur die beiden Reisetaschen im Flur des Apartments abgeladen und wollte gehen, um die Nacht wie angekündigt bei Miles zu verbringen, aber Eve hat wortlos die Wohnungstür geschlossen. Ihr Blick resigniert. Die Stimme müde, als sie sagte, ich sollte bleiben. Dann ist sie in ihrem Zimmer verschwunden und bis jetzt nicht wieder aufgetaucht.

Als sie nach meinem dritten Kaffee an diesem Morgen endlich in die Küche geschlurft kommt und sich mir gegenüber hinsetzt, sieht sie vollkommen übermüdet aus. Als hätte sie den Großteil der Nacht mit Grübeln und Weinen anstatt mit Schlaf zugebracht. Sie sieht nicht so aus, als würde sie das überfällige Gespräch vor einer Ration Koffein und etwas im Magen durchstehen.

Ich schiebe ihr einen frischen Bagel und einen Becher Kaffee zu. Die Dinger riechen verführerisch, aber mir fehlt der Appetit, um mehr zu tun, als den Teig zu zerpflücken. Und auch Eve schiebt den Teller von sich. Zwischen uns liegen Stille und ein Berg aus verfluchten Bagels.

Ich müsste den Anfang machen und ihr erklären, was Dad damals getan hat. Wieso er so eine Macht über mich hat, dass ich deswegen saufe und mich dazu hinreißen lasse, solche Dinge wie gestern zu sagen, ausgerechnet sie zu verletzen. Ich müsste mich bei ihr entschuldigen. So lange, bis Eve mir glaubt und mir verzeiht.

»Eve?« Endlose Sekunden vergehen, bevor sie den Blick hebt und mich ansieht. Tränen schwimmen in ihren Augen. Ich strecke die Hand nach ihr aus, will sie in meine Arme ziehen und so erreichen, dass es ihr besser geht. Aber ich tue es nicht. Weil das vermutlich das Letzte ist, was sie nach gestern will. »Können wir darüber reden?«

Eve bleibt mir eine Antwort schuldig, weil es in diesem Moment an der Tür klingelt.

»Ich gehe«, sagt sie und steht auf. Als wäre sie froh, Distanz zwischen uns legen zu können und das Gespräch damit zu verschieben.

Wenig später betritt Jules mit Eve die Küche. Ihr Timing ist wirklich miserabel, auch wenn es mich freut, dass sie endlich den längst überfälligen Schritt auf Eve zugeht.

Ich werfe ihr ein knappes »Hi« zu, das Jules gekonnt ignoriert. Ich hatte nichts anderes erwartet.

»Was gibt es?«, fragt Eve reserviert, bietet ihr aber an, sich zu setzen, indem sie auf einen der Küchenstühle deutet.

»Chloe hat nicht lockergelassen.« Jules tut so, als wäre das der einzige Grund, aus dem sie hier ist. Obwohl klar ist, dass sie nie etwas tun würde, nur weil ihr jemand hartnäckig deswegen in den Ohren liegt. »Na ja.« Sie wirft sich die Haare über die Schulter und sieht an Eve vorbei in den Flur, anstatt sich zu setzen. Als würde das einer Kapitulation gleichkommen. »Ich denke, es wäre vielleicht gut, wenn wir noch mal sprechen. Über alles. Könnte vielleicht sein, dass ich etwas überreagiert habe.«

In Jules' Welt ist das wohl so etwas wie eine Entschuldigung. Das ist gut, auch wenn die Voraussetzung für eine Versöhnung mit Sicherheit sein wird, dass ich aus dieser Gleichung verschwinde. Und gegen Jules werde ich aller Wahrscheinlichkeit nach den Kürzeren ziehen. Fuck. Vor wenigen Wochen wäre das kein Ding gewesen. Jetzt ist es ein Riesending. Hulk-groß.

Trotzdem zwinge ich mich aufzustehen, um die beiden allein zu lassen. Aber bevor ich die Küche verlassen kann, stutzt Jules plötzlich. Ihr Blick bleibt an den Reisetaschen hängen, die noch immer im Flur stehen.

»Ihr wart verreist.« Sie starrt noch immer auf das Gepäck. Zwei Taschen. »Zusammen?«, schiebt sie die eigentliche Frage hinterher und das Wort dehnt sich wie eine verdammte Hängebrücke über dem Grand Canyon. Ihr Blick huscht weiter zu Eve, die nur kurze Jersey Pants und ein Bigsize-Schlafshirt trägt, das verboten sexy und unschuldig zugleich aussieht, und richtet sich dann auf mich. Ich habe mir nach dem Duschen nur eine Jogginghose übergeworfen. Mein Oberkörper ist nackt. Außerdem sehen wir beide aus, als hätten wir während der letzten Nacht kein Auge zugemacht, was der Wahrheit entspricht, auch wenn die Gründe dafür nicht die sind, an die Jules sicher gerade denkt. Ich kann sehen, wie sie beginnt die Einzelteile zu verknüpfen, und sich ihre Gesichtszüge verhärten. Sie stößt die Luft aus. Vermutlich sollte ich noch immer gehen und nicht allein durch meine Anwesenheit noch mehr Öl ins Feuer gießen, aber ich bin nicht sicher, ob ich Eve mit Jules allein lassen kann. Sie sieht aus, als würde sie gleich irgendwen köpfen.

»Ihr wart zusammen weg?«, wiederholt sie ihre Frage, obwohl sie die Antwort bereits kennt. Das beweisen ihre Hände, die sich um die Lehne des Stuhls krampfen, auf den sie sich noch immer nicht gesetzt hat.

Eve schließt die Augen.

»Du sagst mir jetzt sofort, ob da was läuft. Zwischen dir und …« Jules spricht meinen Namen nicht aus, sondern macht eine Kinnbewegung in meine Richtung, als wäre ich ein besonders hässlicher Gegenstand. »… ihm.«

»So ist das nicht«, stammelt Eve und relativiert uns damit. Ihre Worte machen mich wütend. Ausgerechnet mich. Den Meister der Unverbindlichkeit. Das bin ich, solange es nicht um

Eve geht. Verdammt. Ich will nicht, dass sie uns leugnet, auch wenn es das Netteste wäre, was ich derzeit für sie tun kann. Es würde ihr Frieden mit Jules schenken und sie braucht ihre Freundin bei dem, was auf sie zukommt.

»Definiere etwas haben«, quetsche ich durch zusammengebissene Zähne. Ich bin einfach nicht selbstlos genug, um Jules das Feld zu überlassen. Ich bin nicht nett. Auch wenn Eve genau das verdient.

Sie steht kurz davor, in Tränen auszubrechen.

»Du fickst ihn also doch? Ich bin so eine Idiotin. Ich bin allen Ernstes hergekommen, um mich zu entschuldigen. Für das, was ich gesagt habe. Was ich dir vorgeworfen habe.« Sie lacht tonlos auf. »Aber hey, ich hatte scheinbar recht. Das macht eine Entschuldigung wohl unnötig«, zischt sie durch zusammengebissene Zähne und durchbohrt Eve mit einem tödlichen Blick. Sie sieht aus, als würde sie gehen wollen, aber dann überlegt sie es sich anders. Sekundenlang kämpft sie mit sich, bevor sie sich einen Ruck gibt und Eve die Frage stellt, die sie nie hätte stellen dürfen. »War das der Grund? Hattest du damals schon was mit ihm?«

Eve starrt ihre Freundin an, als wäre sie ein verdammtes Reh im Scheinwerferlicht. Im Scheinwerferlicht eines Dreißigtonners. Mir ist klar, dass sie unseren Kuss damals auf dem Steg leugnen wird. Denn dazu müsste sie lügen, und so ist Eve einfach nicht. Sie glaubt an die Wahrheit und dass durch sie alles gut wird.

»Hat er mich wegen dir sitzen gelassen?« Jules' Stimme ist erstickt. Ich bin nicht sicher, ob von komprimierten Tränen oder Wut.

»Ich habe dich nicht sitzen lassen«, gehe ich dazwischen, bevor Eve zugeben kann, dass sie der Grund war. Was rein objektiv betrachtet wohl so war, aber gleichzeitig nicht stimmt. Wie kann sie Schuld haben, wenn sie das alles gar nicht wollte? Ich habe sie geküsst. Weil es mir dreckig ging. Verdammt dreckig. Weil ich an diesem elenden Tag erfahren hatte, dass Mom sterben würde. Und weil ich gehofft hatte, dass der Anziehung zu Eve nachzugeben, diesen Scheißtag retten würde. Ein Lichtblick in all dem Dunkel. Und verdammt, ich hatte recht. »Wir waren nie zusammen, Jules. Wir haben nur rumgeknutscht. Da war nichts, was man hätte beenden können.«

»Halt die Klappe, Lewis«, fährt Jules mir über den Mund. »Ich rede mit Everly, nicht mit dir Vollidioten.« Sie wendet sich Eve zu. »Eve? Sag mir die Wahrheit, verdammt. Hast du ihn gefickt? Warst du der beschissene Grund, dass er mich verlassen hat?«

Für einen winzigen Moment sucht Eve meinen Blick, bevor sie ihn senkt und leise flüstert: »Wir haben uns geküsst. An dem Abend auf Miles' Party.«

Jules atmet aus. Ich wusste nicht, dass ein einfaches Atemgeräusch so viele Gefühle wiedergeben kann. Fassungslosigkeit, maßlose Enttäuschung, Wut. Und das, obwohl kein Wort über Jules' Lippen kommt. Und das ist wohl das wirklich Bedenkliche, weil Jules sonst ohne Unterbrechung redet. Eve hat mit ihrer Enthüllung eine Bombe gezündet, die Jules' Sprachzentrum in Schutt und Asche gelegt hat.

Und dann tut sie etwas, das ich ihr nie im Leben zugetraut hätte. Sie macht einen Schritt auf Eve zu und verpasst ihr eine Ohrfeige.

Eve verteidigt sich nicht einmal. Selbst dann nicht, als Jules ein weiteres Mal ausholt. Ich bin es, der sie stoppt, indem ich ihre Handgelenke packe und sie festhalte.

»Lass mich los«, wütet sie und wehrt sich wie verrückt.

Das werde ich mit Sicherheit nicht tun.

»Er verarscht dich nur, Eve. Und dir ist er wichtiger als unsere Freundschaft.« Sie lacht hysterisch. »Der Typ war damals ein Arschloch und er ist es immer noch. Aber weißt du was, es ist mir egal.«

Ich fixiere Jules' Hände so, dass ich mich zu Eve umdrehen kann. Ich will sie fragen, ob sie okay ist. So okay, wie man eben sein kann, wenn einen die beste Freundin gerade fast ausgeknockt hat und dabei ist, einem die Freundschaft zu kündigen. Aber als ich mich zu ihr umdrehe, sehe ich gerade noch, wie sie schluchzend aus der Haustür stürzt.

»Du bist mir egal, weil du für mich gestorben bist«, brüllt Jules ihr hinterher, während Tränen in ihren Augen stehen.

Ich bringe sie zum Verstummen, indem ich meinen Griff um ihre Handgelenke verstärke und ihr ganz nah komme. »Wir haben uns geküsst«, wiederhole ich Eves Geständnis. »Aber es war, verdammt noch mal, nicht ihre Schuld. Sie hat mich stehen gelassen. Scheiße, ich dachte echt, sie würde mir eine knallen. Sie steht dir so verdammt loyal gegenüber, dass sie nie mehr zugelassen hätte.« Ich hole tief Luft und gebe Jules frei. Sie starrt mich fassungslos an, hat aber ihren Widerstand aufgegeben. »Zwischen uns wäre wahrscheinlich nie etwas gelaufen, wenn du sie nicht verraten hättest. Verfluchte Scheiße, du hast Chloe und mir von Kyle erzählt, nur weil sie so nett war, mir ein verfluchtes Zimmer anzubieten. Sie ist nicht diejenige, die eure Freundschaft mit Füßen getreten hat.« Ich warte nicht, was Jules dazu zu sagen hat, sondern lasse sie stehen und renne Eve hinterher.

Sie sitzt auf der untersten Stufe des Treppenhauses. Die Arme fest um die Beine geschlungen. Ihre Schultern werden von leisen Schluchzern geschüttelt.

Ich kann schlecht mit so vielen Emotionen umgehen und noch weniger damit, was die Traurigkeit in ihren Augen in mir auslöst, als ich mich neben sie setze, sie am Arm berühre und sie mich ansieht.

»Komm wieder mit hoch«, bitte ich sie leise.

»Ich kann nicht. Es ist alles kaputt.« Sie wischt sich die Tränen aus den Augen.

»Du weißt, wie es wirklich war. Du weißt, dass Jules unrecht hat. Und sie weiß es auch. Sie ist wütend und scheiße verbohrt, aber sie ist immer noch oben. Sie hätte gehen können, aber sie ist noch da.« Ein untrüglicher Beweis, dass Jules zwar gesagt hat, dass Eve ihr scheißegal ist, aber das Gegenteil der Fall ist. »Geh zu ihr. Sprecht miteinander.«

Eve verdreht die Augen. »Tote können nicht reden.«

Ich lächle schwach. »Du weißt, dass sie das nicht so gemeint hat.« Ich reibe mir über die Stirn und wünschte, ich könnte mehr tun, als ihr ausgeleierte Worte zu präsentieren.

»Was ist das zwischen uns, Wes?«, fragt Eve plötzlich. Tränen glitzern in ihren Wimpern. Sie sieht so verflucht zerbrechlich aus und gleichzeitig fest entschlossen. »Denn wenn Jules es doch ernst meint und ich für sie gestorben bin, wüsste ich gern, wofür ich meine beste Freundin verliere.«

Ich weiß nicht, was ich sagen soll. Ich warte. Und weiß nicht, auf was. Auf eine Eingebung. Darauf, dass meine Einstellung aufweicht und ich Eve das sagen kann, was sie hören will. Ich habe keine Ahnung.

»Wes?«

Ich presse die Handflächen gegen meine Augen und lasse sie dann fallen. »Ich glaube nicht an die Liebe.« Ich kann sie nicht anlügen und das Gegenteil behaupten. »Und ich bin schlecht in diesem ganzen Beziehungskram.« Der beste Beweis dafür steht oben in Eves Wohnung und will mich am liebsten töten. »Ich bin gern mit dir zusammen. Sehr gern. Aber mehr ...« Ich zucke mit den Schultern. Entschuldigend. Hilflos. Vielleicht eine Mischung aus beidem. Mehr kann ich ihr nicht geben. Ihr nicht sagen, dass ich sie liebe. Ich habe mich schon immer gegen diese hohlen Worte entschieden und ich werde es auch jetzt tun. Ich gebe keine Versprechen, die ich am Ende nicht halten kann. Sonst wäre ich ein Scheißlügner wie Dad. »Mach es nicht kaputt, weil du einen Namen dafür brauchst«, presse ich hervor.

Sie schließt die Augen. »Für etwas ohne Namen ist der Preis zu hoch. Viel zu hoch.«

»Du weißt, dass das nicht stimmt.«

»Ach ja? Im Grunde weiß ich gar nichts. Und am allerwenigsten kann ich dich einschätzen, Wes«, stellt Eve klar.

Ich fahre mir durch die Haare. »Ich habe dir nie etwas vorgemacht. Ich mag dich, warum muss du es jetzt verkomplizieren? Warum kann das nicht reichen?«

Ihre Gesichtszüge werden hart. »Ich verkompliziere es also, weil ich Gefühle habe? Soll ich dir was sagen? Du bist derjenige, der kompliziert ist, Wes, und das meine ich nicht im Sinne von einfach nur schwierig, sondern im Sinne von gestört. Du hast genug Baustellen, um damit drei Psychiater reich zu machen, aber anstatt deine Gefühle mal unter die Lupe zu nehmen, stößt du lieber alle anderen vor den Kopf.«

Es fällt mir schwer, Eve in diesem verschlossenen Gesicht zu finden.

»Du willst keine Verbindlichkeiten. Das habe ich verstanden. Und das ist okay.« Tränen schwimmen in ihren Augen und zeigen, wie überhaupt nicht okay das alles ist.

»Aber glaub ja nicht, dass ich deine beschissene Hand halte, wenn du das nächste Mal allein im Dunkeln in der Badewanne liegst und heulst.«

Das war ein netter Tiefschlag. Er presst mir die Luft aus den Lungen. Alleinsein ist nicht so schlecht wie sein Ruf. Ich will ihr genau das sagen und noch viel mehr, aber irgendwie ist mir die Fähigkeit abhandengekommen, diese gequirlte Scheiße zu glauben. »Ich habe nicht geheult«, quetsche ich hervor.

Sie schüttelt den Kopf. »Das ist alles, was dir dazu einfällt?«

Die einsetzende Stille schreit mir entgegen, dass ich etwas sagen muss, wenn ich verhindern will, dass das hier unser Ende ist, aber ich bleibe stumm. Selbst dann, als Eve aufsteht und die Tür des Treppenhauses öffnet.

»Es wäre gut, wenn du deine Sachen packst und zu Miles ziehst, bis du etwas Neues gefunden hast.« Sie kümmert sich nicht um die Tränen, die ihr bei den Worten über die Wangen laufen, und verschwindet im nächsten Moment über den Gehweg aus meinem Sichtfeld.

Ich sitze wie paralysiert da. Anstatt ihr hinterherzulaufen, starre ich auf das schmale Rechteck Nieselregen, das ich durch die geöffnete Tür sehen kann. Jules ist noch immer oben. Ich höre sie telefonieren. Vermutlich mit Chloe, die ihr hoffentlich den Kopf zurechtrückt. Ihre Stimme schlägt durch die offene Wohnungstür gegen die Wände des Treppenhauses. Ein herber Geruch nach Sommer und Stadt steigt von den warmen Gehwegplatten auf. Ich rutsche auf den Fleck, auf dem eben noch Eve gehockt hat, und klemme meinen Kopf zwischen die Knie. Es ist die einzige Möglichkeit zu verhindern, dass ich ihr hinterherrenne und es dadurch noch schlimmer mache. Für uns beide.

KAPITEL 47

Everly

Meine Füße tragen mich kreuz und quer durch Seattle, während meine Gedanken die Zeit schlucken. Über dem Museum of Pop Culture, das in seiner Form an eine geschmolzene E-Gitarre erinnert, versinkt eine tiefrote Sonne und macht der Dämmerung Platz. Ich kann mich kaum erinnern, was ich in den Stunden getan habe, seitdem ich heute Morgen fluchtartig von zu Hause weggerannt bin. Um mich herum sind nur von Tränen verwischte Flecken, die langsam von der Dunkelheit aufgesogen werden. Es ist, als würde mich eines von Wes' Bildern umgeben. Als wäre ich ein Teil davon. In meinem Zentrum ist so viel Schwarz, wie in seinen Werken. Alles in mir ist taub.

Wenn die Trennung von David und mir eine emotionale Bodenwelle war, ist die von Wes ein Bergmassiv. Eines, an dem ich gerade zerschelle.

Ich wollte zu Nana, aber sie war nicht in ihrem Apartment im Waterfront. Anrufen kann ich sie nicht, weil ich mein blödes Handy in der Wohnung liegen gelassen habe. Zurückgehen, um es zu holen, ist keine Option. Das Risiko, dass Wes noch da ist, ist zu groß. Ich kann ihm jetzt einfach nicht begegnen.

Wahrscheinlich ist Nana auf einem der Ausflüge, die Ruth Ward so flammend angepriesen hat. Ich saß eine ganze Weile auf dem Flur vor ihrer Wohnung und habe auf sie gewartet, bevor ich unverrichteter Dinge wieder gegangen bin. Ich hätte am Empfang nachfragen können, wann sie zurück sein wird, aber dazu war ich einfach nicht in der Verfassung.

Danach bin ich zum Strand gelaufen. Ein Ort, der mir ziemlich verlässlich Frieden schenkt, aber der Wind, der über den Sund blies, hat meine vom Regen durchnässten Klamotten unbarmherzig durchdrungen. Um mich vor dem Erfrierungstod zu retten, bin ich schließlich aufgebrochen. Seitdem laufe ich ziellos durch die Straßen.

Ich höre Stimmen, Motorengeräusche, die Klingel eines Fahrrads. Irgendwo weit entfernt bellt heiser ein Hund. Er hört sich an, wie ich mich fühle.

Ich lehne meinen Kopf gegen die kühle Schaufensterscheibe eines Geschäfts, das ein buntes Sammelsurium an hochwertigen Einrichtungsgegenständen anbietet. Ich kenne den Laden. Irgendwie muss ich zurück ins Pioneer-Square-Viertel gelangt sein. Das Biscuit Bitch liegt nur eine Querstraße entfernt. Ich stoße mich von der Scheibe ab und stolpere vorwärts. In meinem Lieblingscafé kann ich mich aufwärmen, etwas Trost in süßem Kaffee und einem Berg Cupcakes suchen und überlegen, wie es jetzt weitergehen soll.

Aber mein Stammlokal ist geschlossen. Es ist Montag. Natürlich. Da ist Ruhetag. Ich lache, schluchze. Irgendetwas dazwischen, und schlage meine Stirn gegen das Glas der Eingangstür. Das Café geschlossen vorzufinden, ist der letzte Arschtritt, den ich brauchte, um komplett in Schräglage zu geraten. Mein Atem malt ausgefranste Kreise auf das Glas, als ich meinen Kopf noch ein paarmal gegen die Scheibe schlage. Wahrscheinlich hätte ich noch die nächste Stunde hier gestanden und so weitergemacht, aber plötzlich nehme ich eine Bewegung im Inneren wahr.

Jemand nähert sich dem Eingang, schließt auf. Es ist Pepe, der mich besorgt mustert. Ich sehe vermutlich furchtbar aus. Und ich habe meinen Kopf gegen seine Tür geschlagen.

Ich sollte mich wohl dafür entschuldigen und sehen, dass ich wegkomme. Aber wohin? »Hast du einen Kaffee für mich?«, frage ich, weil mir die Kraft fehlt. Mir ist kalt und ich weiß nicht, wo ich sonst hinsoll. Zumal es gerade wieder beginnt zu regnen.

Pepe zögert keine Sekunde, zieht mich in den Gastraum und nickt. »Natürlich. Für dich habe ich immer einen Kaffee. Wobei du aussiehst, als könntest du etwas Stärkeres vertragen.« Er begleitet mich zum Tresen und zieht mich, dort angekommen, in seine Arme. Für ihn steht offensichtlich fest, dass ein Mann eine Frau zu trösten hat, wenn sie heulend vor seinem Laden steht und aussieht, als würde sie demnächst von einer Brücke springen. Ich werde da gar nicht gefragt und finde mich in einer zu engen Umarmung wieder. Wenigstens wärmt sie mich.

»Willst du darüber reden?«, fragt er und drückt mir einen Kuss ins Haar.

Es fühlt sich tröstlich an, auch wenn ich mich normalerweise nicht von Pepe aufs Haar küssen lassen würde. Ich mache mich sanft los. »Eigentlich würde ich lieber etwas trinken«, entgegne ich dumpf. Am besten etwas Hartes, wie er vorgeschlagen hat, und so viel, bis es nicht mehr wehtut. Ich zwinge die Tränen zurück, auch wenn es ein Kraftakt ist.

Pepe schiebt sich hinter den Tresen, schaltet das Licht dahinter an, sodass uns ein schummriger Kegel Helligkeit umgibt, während der Rest des Cafés noch immer im Dunkeln liegt.

Er macht mir einen perfekten Latte macchiato, kippt aber statt des üblichen Karamells eine großzügige Portion Amaretto hinein. Vielleicht sind es auch eher drei Portionen. Der Alkohol brennt in meiner Brust, wärmt mich aber zumindest schnell auf. Ich höre auf zu zittern, während ich den Kaffee leere. Pepe sieht mir wortlos zu und schenkt genauso wortlos einen puren Amaretto nach, als ich fertig bin. In einem kleineren Glas, das immer noch genug Flüssigkeit fasst, dass ich drei Anläufe brauche, um es zu leeren. Ich bin unfassbar müde und zerschlagen. Körperlich. Emotional.

Ich lasse meinen Blick durch das Café wandern. Der große Raum wirkt merkwürdig im Halbdunkeln. Verlassen, so ganz ohne Gäste. Die Atmosphäre passt hervorragend zu mir. Schon wieder sammeln sich Tränen in meinen Augen.

Pepe schiebt einen neuen Kurzen zu mir. »Das ist Grappa«, erklärt er feierlich.

Der Shot ist klar und brennt deutlich mehr als der Amaretto. Das ist gut. Vielversprechend.

Pepe hat sich auch einen eingeschenkt und ich proste ihm zu, bevor wir den Inhalt exen. Grappa ist mein neuer Freund. Das Zeug schafft es tatsächlich, ein kleines bisschen Wes zu vertreiben. Ich will unbedingt mehr davon und halte Pepe mein Glas erneut hin.

Er lehnt sich über den Tresen zu mir und mustert mich zweifelnd, anstatt mir nachzuschenken.

»Ich bin für alles, was mich durch die Nacht bringt, und sei es Grappa.« Im Originalzitat sprach Sinatra zwar über Whiskey, aber Nana wird es mir verzeihen.

»Vielleichte sollten wir lieber reden?« Er sieht mich eindringlich an, aber ich fixiere nur die Flasche in seiner Hand. Ich will nicht reden. Ich will nicht einmal darüber nachdenken, was passiert ist. Ich wünschte, Wes würde einfach aus meinem Kopf verschwinden, und Alkohol ist ein ziemlich sicherer Weg, dieses Ziel zu erreichen. Ich packe das langhalsige Behältnis, entwende es Pepe, der schließlich nachgibt, und schütte mein Glas voll. Pepe mustert das Ganze mit einer steifen Sorgenfalte auf der Stirn. Ich ignoriere es, fülle auch sein Glas und fordere ihn auf, es wie ich hinunterzuschütten. Der Alkohol wird die Zellen lahmlegen, die Wes in sich tragen, und das ist alles, was ich derzeit will. Das und nicht allein sein.

KAPITEL 48

Weston

Ich weiß nicht, wie lange ich auf dem Boden gehockt habe, nur, dass Jules, kurz nachdem Eve verschwunden ist, wortlos an mir vorbeirauschte und ich mich irgendwann danach zurück in die Wohnung geschleppt habe. Ich bin in mein Zimmer gegangen und habe die Tür so hart hinter mir zugeknallt, dass das Bild an der Wand jetzt schräg hängt. Gefällt mir irgendwie. Passt hervorragend zu meiner Stimmung.

Ich liege auf dem Bett, starre an die Decke und konzentriere mich aufs Atmen. Jeder Gedanken, den ich dafür verschwende, ist einer weniger, der sich mit Eve beschäftigt. Damit, dass ich es apokalyptisch verbockt habe. So sehr, dass sie mich gebeten hat zu gehen. Endgültig. Ich sollte vermutlich schon längst meine Sachen gepackt haben und auf dem Weg zu Miles sein. Ich weiß, warum ich es bis jetzt hinausgezögert habe. Ich hoffe, dass sie zurückkommt. Dass ich sie noch mal sehe. Dass wir darüber reden und sie einlenken wird. Das ist idiotisch und führt nirgendwohin.

Ich rolle mich auf dem Bett zusammen und fühle mich, als wäre ich gerade Hauptakteur in einem Splattermovie gewesen. Eve hasst diese Art von Filmen. Trotzdem hat sie mir zuliebe einmal eine Ausnahme gemacht, nur um sich dann alle zwei Minuten in meiner Umarmung zu verkriechen. Ich vergrabe mein Gesicht an genau diesem Ort zwischen meinem Arm und meinem Rippenbogen, wo Eves Atem gegen meine Haut schlug und ihr Lachen zu meinem wurde, als ich sie damit aufzog, dass sie die weltschlechteste Ärztin werden würde, wenn sie sich dermaßen vor ein bisschen Blut ekelte.

Es ist, als könnte ich sie noch riechen, aber mit jedem meiner Atemzüge spüle ich die letzte Nuance von ihr fort, und dann schmecke ich salzige Flüssigkeit. Ich bin nicht dumm. Mir ist klar, dass ich heule. Wegen Everly Scott. Verflucht.

* * *

Es ist still in der Wohnung. So still, dass ich relativ sicher bin, dass Eve noch immer nicht zurück ist. Ich mache mir Sorgen, weil es verdammt spät sein muss. Ich muss eingeschlafen sein. Es ist bereits Nacht. Schatten und das Licht einer Straßenlaterne kämpfen an der Decke miteinander.

Stöhnend helfe ich der Dunkelheit zu gewinnen, indem ich die Beine über die Bettkante schwinge und die Gardine mit einem Ruck zuziehe. Im Zimmer ist es nun pechschwarz. Ich sitze eine halbe Ewigkeit auf dem Fußende meines Bettes, bevor ich mich dazu aufraffen kann, mich ins Bad zu schleppen. Ich stelle erst die Dusche an, damit sich die Temperatur reguliert, bevor ich zur Toilette gehe und pinkle. Die Boxershorts strample ich unwirsch von den Füßen und betrachte, wie sie über die Fliesen schlittern und unter dem Waschbecken zum Liegen kommen. Eve würde Amok laufen. Ich wünschte, sie wäre hier und würde genau das tun.

Ohne die Temperatur zu kontrollieren, steige ich in die Badewanne und lasse fünf Minuten lauwarmes Wasser auf mich niederprasseln. Zu mehr lässt sich der Warmwasserspeicher mitten in der Nacht nicht herab. Patschnass steige ich wenig später aus der Wanne und laufe, Pfützen auf dem Boden hinterlassend, zurück in mein Zimmer. Ich fühle mich kein Stück erfrischt. Scheißkalt ist mir, aber weder die bleierne Müdigkeit noch der Kopfschmerz ist weniger geworden. Ich will mich hinlegen und nur noch schlafen, aber ich weiß, dass mich meine Gedanken dann zerfleischen werden. Ich muss hier raus. Laufen wäre eine Option, auch wenn ich mich nicht wirklich fit dafür fühle. Seufzend ziehe ich mir frische Boxershorts an, dann eine warme Trainingshose. Gerade als ich mir ein einfaches schwarzes Shirt überwerfen will, klingelt mein Handy.

Eve. Niemand sonst würde zu dieser Uhrzeit anrufen. Mein verdammtes Herz schlägt wie verrückt. Ich starre auf das Display. Unterdrückte Nummer. Ich fahre mir durch die nassen Haare und gehe ran. »Eve?«, frage ich, anstatt mich zu melden.

»Spreche ich mit Weston Lewis?« Eine Frauenstimme, die ich nicht kenne.

»Ja.« Ich bin verwirrt.

»Hier spricht das Northwestern Medical Center. Sie sind der Notfallkontakt von Olivia Barns, ist das richtig? Ihre Nummer wurde in der Akte hinterlegt. Nur diese Nummer.«

Ich bin plötzlich so ruhig, dass ich Angst bekomme, mein verdammtes Herz könnte stehen bleiben. Wie damals, als Mom in unserem Bad zusammenbrach. Ein Anruf zu dieser Uhrzeit kann nur eins bedeuten. Kraftlos sinke ich auf die Bettkante.

»Was ist passiert?«, frage ich matt. Ich kenne die Antwort längst. Olivia geht es so schlecht, dass sie nicht bis zum Morgen mit dem Anruf warten können, weil sie nicht sicher sind, ob sie es bis dahin schafft. Oder sie ist bereits tot.

»Miss Barns' Zustand ist kritisch. Sie war, wie Sie sicher wissen, zur medikamentös palliativen Einstellung hier. Vor etwa zwei Stunden bekam sie plötzlich Probleme mit der Gerinnung und infolgedessen innere Blutungen. Wir haben Mühe, das in den Griff zu bekommen. Sie ist sehr schwach.«

Ich sehe Blut, höre die sonore Stimme der Rettungsstelle, die mich fragt, ob Mom noch atmet. Meine Hand schiebt sich über das kühle Laken, als könnte ich so sichergehen, dass Olivia nicht jetzt schon aufgibt.

»Sie sollten so schnell wie möglich kommen, wenn das möglich ist. In dem Alter und bei der Krankengeschichte ist es schwer, eine Prognose abzugeben.«

Ich bin der Falsche. Sie sollte nicht mich sehen, wenn sie zu sich kommt oder für immer geht. Der Gedanke pflanzt mir eine Schraubzwinge in den Brustkorb. Ich weiß, dass Olivia nie wollte, dass Eve so von ihrer Krankheit erfährt, aber sie hat es einfach zu lange vor sich hergeschoben. Jetzt bleibt mir keine Wahl mehr als die Holzhammermethode. »Danke.« Nur ein Wort, dann lege ich auf und schleudere das Telefon in die Ecke. Das Display bricht in tausend feine Haarrisse. Wenn ein Tag beschissen läuft, dann so richtig.

Ich muss Eve finden, auch wenn ich der letzte Mensch bin, den sie sehen will. Olivia braucht sie jetzt und Eve braucht den Abschied, den sie bei ihren Eltern nie bekommen hat. Ich wusste, dass Olivia sterben würde, dass es bald passieren würde, aber das hier. Jetzt. Das ist zu früh. Eve ist noch nicht so weit. Ich bin es nicht.

KAPITEL 49

Everly

Pepe lacht. Ich weiß nicht, worüber, nur dass es so lustig ist, dass er vor lauter Lachen fast zu Boden geht. Er hält sich an mir fest und versucht, wieder zu Atem zu kommen.

Ich fühle mich schwindelig, ein wenig benommen und mir ist schlecht, aber ansonsten ist alles herrlich weich und angenehm taub. Mir gelingt es sogar, auch zu lachen. Kurz und blechern, aber immerhin.

»Du bist hübsch«, lallt Pepe und tippt mir auf das Schlüsselbein. Er scheint blind zu sein. Ich sehe aus wie ein verheulter Goth. Meine Schminke ist vollkommen verlaufen und meine Augen starren mir glasig aus dem Spiegel hinter der Theke entgegen.

»Du bist definitiv blind.« Meine Worte tanzen auf einer eierigen Satzmelodie.

»Du bist perfekt. Ganz egal, wie zerzaust du gerade aussiehst.« Er verdreht genießerisch seine Augen, während er meine Haare berührt und sich eine Strähne um den Finger wickelt. »Du riechst sogar perfekt.« Es sieht lustig aus, wie er an meinen Haaren schnuppert. Ich lache leise.

»Und du lachst perfekt«, murmelt er, während er mir so nah kommt, dass sein Atem meinen Mundwinkel streift. Seine Augen wirken aus der Perspektive komisch. Zu groß. Zu dunkel. Anders.

Er sieht mich anders an als sonst. Ich schiebe das mulmige Gefühl auf den Alkohol und versuche es mit einem weiteren Shot zu killen.

Pepe entgeht nicht, dass ich mich wacklig einen Schritt von ihm entferne. »Komm schon, Bella.« Er überwindet die Distanz und klemmt mich zwischen sich und der Theke ein. Dann stößt er mit mir an. »Lass uns trinken. Ich helfe dir, diesen Idioten zu vergessen.« Er schenkt uns nach.

Woher weiß er von Wes? Wes. An ihn zu denken, lässt den Schmerz grell durch mein Innerstes flammen, bevor ich ihn mit Grappa lösche. Vielleicht habe ich vorhin etwas gesagt. Ich erinnere mich nicht. Egal, das Angebot, mich alles vergessen zu lassen, indem er mir immer wieder nachschenkt, hat geholfen.

Ich will noch ein Glas Grappa hinunterstürzen, aber plötzlich streifen Pepes Lippen meinen Mund.

Wie es aussieht, hat er nicht den Alkohol als Wunderwaffe gemeint, sondern sich höchstpersönlich. Etwas in mir hakt bei dem Gedanken, ihn zu küssen, sträubt sich, aber dieser Teil ist dabei, in Grappa zu ertrinken. Pepe zögert, als er meinen Widerstand wahrnimmt, und zeigt, dass er grundanständig ist. Keine Gefahr.

Trotzdem ruckt mein Herz unangenehm bei der Vorstellung, mich auf ihn einzulassen, mein Bauch schreit, dass ich lieber fortlaufen sollte, aber mein Kopf ist sich ziemlich sicher, dass zu bleiben das einzig Vernünftige ist. Dass ich Pepe als ein Geschenk sehen sollte. Er ist ein Freund. Vielleicht der Einzige, den ich noch habe. Und er wird dafür sorgen, dass ich mich nicht mehr so schrecklich allein und leer fühle.

Ich schlinge meine Arme um seinen Hals und dieses Mal bin ich es, die ihn küsst. Die Berührung ist nicht aufregend, nicht weltverändernd, aber auf eine alkoholverhangende Art tröstlich. Außerdem brauche ich dringend jemanden, der dafür sorgt, dass der blöde Raum aufhört, sich zu drehen. Und genau das tut Pepe, als er mich festhält und den Kuss vertieft.

KAPITEL 50

Weston

Eve hat ihr Handy in der Wohnung liegen lassen. Ich kann sie also nicht erreichen und ich habe keinen blassen Schimmer, wo sie steckt. Dabei läuft uns die Scheißzeit weg. Ich habe bereits im Waterfront nach ihr gesehen, im Wipe Out, auf dem Pier und am Strand. Sie ist nicht auffindbar. Ich sollte weitersuchen, aber stattdessen bin ich zum Krankenhaus gefahren. Vielleicht, weil ich gehofft habe, dass es Olivia besser gehen würde und uns die Ärzte etwas Zeit verschafft hätten. Aber ihr Zustand hat sich noch verschlechtert.

Sekundenlang presse ich mir die Hände gegen die Augenlider und starte dann den Wagen. Im nassen Asphalt des Parkplatzes spiegelt sich die Beleuchtung des Krankenhauses. Ich zerpflüge das Bild mit den Reifen des Pick-ups. Zum Glück habe ich Miles' Wagen noch nicht zurückgebracht. Eve ohne einen fahrbaren Untersatz zu suchen, wäre mindestens doppelt so schwer und vor allem zeitaufwendig.

Und Zeit ist das Einzige, was uns, verdammte Scheiße noch mal, fehlt. Eve hat kein ganzes Leben mehr mit Olivia, keine Wochen, keine Tage. Wenn sie Glück hat, bleiben ihr noch Stunden.

Wenn ich ihr eher davon erzählt hätte, hätte sie sich auf Olivias Tod vorbereiten können. Auch, wenn man sich im

Grunde nicht auf dieses Gefühl vorbereiten kann. Es reißt einen so oder so von den Füßen. Selbst wenn man sich einbildet, man wäre gewappnet.

»Scheiße, verflucht«, murmle ich leise, als ich den Wagen zu Jules' Wohnung jage. Keine zehn Minuten später parke ich ihn am Straßenrand vor dem Wohnhaus, in dem die WG liegt.

Ich wünschte, ich könnte die verfluchten Tatsachen für Eve ändern, aber mich hat weder eine radioaktiv veränderte Spinne gebissen, noch bin ich allergisch auf Kryptonit. In dem Fall hätte ich dem Tod vielleicht in den Arsch treten oder die Zeit zurückdrehen können. So bleibt mir nur eins. Eve suchen. Hoffen. Beten. Ich bin nicht religiös. Kein Stück. Aber ich wäre gewillt, das zu ändern, wenn der heilige Rauschebart ein Einsehen hätte und ich Eve entgegen aller Wahrscheinlichkeit bei Jules finden würde.

Die Zeitanzeige meines Handys zeigt unwirtliche zwei Uhr morgens an, als ich die Tür zum Treppenhaus aufdrücke und Stockwerk für Stockwerk erklimme, um Jules' Nachnamen auf einem der Klingelschilder zu finden. Im vierten Stock werde ich fündig. Eine bunte Ansammlung an Nachnamen. Bei jedem Auszug eines Mitbewohners wurde dessen Name einfach überklebt und der neue Mitbewohner hat sich verewigt. Jules' Nachname steht auf einem Bad-Kitty-Aufkleber im rechten oberen Eck. Wenn es mir nicht so beschissen ginge, würde mir die Wahl des Stickers ein Lächeln entlocken.

Ich klingle Sturm, bis eine mir unbekannte Person die Tür aufreißt. Ein Mädchen. Vielleicht in unserem Alter und sie ist definitiv angepisst.

»Alter, weißt du, wie spät es ist?«

»Ich weiß.« Ich hebe beschwichtigend die Arme. »Aber es ist ein Notfall. Ich muss mit Jules sprechen.«

Sie verdreht die Augen und gähnt ungeniert. »Verzieh dich.«
Ich scheine nicht der erste Typ zu sein, der mitten in der Nacht
zu Jules will, denn sie ist im Begriff, die Tür einfach wieder zu-
zuwerfen. Ich lege erneut meinen Finger auf die Klingel, erzeuge ein kurzes Schrillen und ziehe fragend die Augenbrauen
hoch.

»Ernsthaft?« Das Mädchen dreht sich um und ruft nach
Jules, als ich nicke. »Hier ist so ein Typ für dich und droht, uns
alle mit der Klingel zu Tode zu nerven, wenn du deinen sexy
Hintern nicht an die Tür bewegst.« Als nichts passiert, brüllt
sie. »Jules, verflucht.«

Und tatsächlich taucht Jules kurz darauf hinter ihr auf. Die
Augen vom Schlaf gerötet. Vielleicht hat sie auch geheult. Ihre
Haare sind zerwühlt und ihr Schlafshirt zerknittert. Sie hatte
wohl keine besonders ruhige Nacht. Das wird nicht besser werden, fürchte ich.

»Lewis!«, würgt sie angewidert hervor und löst Mädchen
Nummer eins an der Tür ab. Jetzt ist es sie, die mir den Weg ins
Innere versperrt.

»Höchstpersönlich«, brumme ich. »Ist Eve hier?«

Sie schnaubt und macht eine Beyoncé-verdächtige Handbewegung. »Geht dich einen Scheißdreck an. Außerdem ist es
zwei Uhr morgens. Also verschwinde.«

»Werde ich nicht, solange du die Scheißfrage nicht beantwor-
test. Ist Eve hier?«, wiederhole ich mich. Meine Geduld ist am
Ende. Ich drücke die Tür auf, als Jules keine Anstalten macht,
mir zu antworten, und betrete die Wohnung. Jules schiebe ich
einfach beiseite.

»Spinnst du?«, schimpft sie, aber ich beachte sie gar nicht.

Ich öffne eine Tür nach der anderen und schließe sie wieder,
sobald ich sicher bin, dass Eve sich nicht dahinter versteckt.

Jules entdeckt ihren Kampfgeist wieder und stellt sich mir vor der letzten Tür in den Weg.

»Kannst du mir mal erklären, was das hier werden soll? Du führst dich auf wie ein verdammter Irrer.« Sie blockiert den Zugang zu dem dahinter liegenden Zimmer mit dem Körper. »Verschwinde, bevor ich noch mein Zimmer wegen dir Idioten verliere.«

»Ich will nur sichergehen, dass Eve nicht da drin ist.«

Im selben Moment öffnet sich die Tür in Jules' Rücken und Chloe sieht uns vorwurfsvoll an. »Es gibt Leute, die in ihren Semesterferien Schlaf nachholen müssen. Was zum Henker ist denn los?«

»Sie sagt mir nicht, ob Eve hier ist«, erkläre ich, in der Hoffnung, dass Chloe auskunftsfreudiger ist.

»Er hat seinen Verstand verloren«, hält Jules dagegen.

Chloe öffnet die Zimmertür ganz und schüttelt den Kopf. »Sie ist nicht hier.«

»Und sie war auch nicht hier. Warum sollte sie auch?« Jules zuckt mit den Schultern. »Du warst heute Morgen doch dabei. Und jetzt zieh Leine. Wir können nichts dafür, dass du es verkackt hast und deine Freundin lieber untertaucht, als mit dir zusammen zu sein.«

Ich merke, wie das Adrenalin der Enttäuschung Platz macht und mir die Kraft raubt, auf Jules' Provokation zu reagieren. Überhaupt zu reagieren. Ich stütze mich mit dem Rücken an der Wand ab und atme tief durch. Ich weiß nicht, wo ich noch nach ihr suchen könnte.

»Eve ist verschwunden?« Chloe sieht besorgt aus. Wenigstens sie kapiert den Ernst der Lage.

Ich nicke. »Und ich muss sie finden. Dringend.«

»Vielleicht ist sie endlich zur Vernunft gekommen und hat

genug von dir.« Jules macht gerade ihrem Ruf als Millennium-zicke alle Ehre. Ein Titel, der ihr in der Schulzeit verliehen wurde.

»Es geht nicht um sie und mich. Nicht um uns.« Ich fahre mir durch die Haare. »Scheiße, ich muss sie einfach dringend sprechen. Habt ihr eine Idee, wo ich noch suchen könnte?«

»Ich würde sagen, das Naheliegendste wäre, dass sie zu Olivia gegangen ist.«

Ich schüttle den Kopf und lache tonlos, halte aber meine Klappe. Olivia wollte nicht einmal, dass Eve von ihrer Krankheit wusste. Ich werde es ganz sicher nicht Jules erzählen, bevor Eve Bescheid weiß.

»Und was ist mit David?«, reißt Chloe mich aus meinen Gedanken. »Er war immer ihr Fels, wenn es ihr schlecht ging.«

Ein Schwall grellschwarzer Eifersucht schwappt durch meinen Organismus, aber ich nicke. Chloe hat recht. Bei ihm hätte ich längst nachsehen müssen. Auch, wenn Bayle sich entschlossen hat, von Eves Fels zu bröseligem Sandstein zu werden, sie haben eine gemeinsame Vergangenheit. »Danke, Chloe«, sage ich. »Wo wohnt er?«

Sie kritzelt eine Adresse auf einen Zettel und reicht ihn mir, lässt ihn aber nicht los. »Ist alles in Ordnung? Oder sollten wir wissen, worum es hier geht?«

Ich schüttle den Kopf. Diese Antwort passt perfekt auf beide Fragen und ist dennoch nicht genug, das sehe ich in Chloes Gesicht. Für den Moment kann ich ihr nicht mehr sagen. Eve muss entscheiden, was und wie viel sie ihnen erzählen will.

KAPITEL 51

Everly

Pepes Wohnung über dem Biscuit Bitch, die man über eine Treppe neben der Küche erreicht, ist sehr geschmackvoll eingerichtet. Gerade chic genug, um Frauen zu beeindrucken, und rotzig genug, um interessant zu sein. Noch besser würde sie mir sicher gefallen, wenn sie sich nicht wie ein Karussell drehen würde.

Eine leichte Welle der Übelkeit schwebt auf dem angenehmen Gefühl der Erleichterung, dass der Alkohol die Tatsachen stumpf gemacht hat.

Ich würde gern mehr trinken. So viel, dass mich Pepes Hände, die über meinen Körper streichen, nicht länger nervös machen, aber wenn ich nur noch einen Shot meine Kehle hinabzwänge, werde ich mich übergeben müssen. Vielleicht sind es auch Pepes Berührungen, die mir Übelkeit verursachen. Ich bemühe mich, diese Sex-ohne-Gefühle-Sache hinzubekommen, aber alles in mir sträubt sich. Ich will nicht hier sein. Nicht Pepes Hände überall auf meinem Körper spüren. Es war eine Scheißidee, ihn zu küssen und zu denken, das würde irgendetwas besser machen. Es war eine noch beschissenere Idee, mich mit ihm zu betrinken und mich küssend in seine Wohnung ziehen zu lassen.

Ich muss ihn dazu bringen aufzuhören, aber ich weiß nicht wie. Immerhin habe ich ihn ja quasi dazu aufgefordert. Außerdem macht es mir der Alkohol schwer, Worte zu formen. Ein Nein, das mein Körper längst fühlt, will einfach nicht über meine Lippen kommen.

Ich schiebe Pepe von mir, aber die Geste ist verwaschen und schwach. Er hat die Arme um mich geschlungen und seine Lippen wandern an meinem Hals auf und ab. Jeder heiße Atemstoß zeigt mir, dass ich die Kontrolle verloren habe, und befeuert die Panik, die das auslöst. Sie beschwört Bilder herauf. Von dem Keller in Connors Haus. Von einer Auswahl an handbeschriebenen Horrorfilmen. Ich blinzle verzweifelt. Da ist der Bettüberwurf. Kyles Gewicht, das Pepes so sehr ähnelt, als er mich gegen die Wand schiebt und seinen Körper an meinen presst. Ich bin ihm ausgeliefert. Und im Gegensatz zu damals weiß niemand, dass ich hier bin. Niemand wird mich aus dieser Situation befreien. Jules ist nicht da, um mich zu retten. Tränen rinnen meine Wangen hinab. »Pepe!«, krächze ich. Mehr ein Stöhnen als eine Bitte aufzuhören, das sein Verlangen noch anheizt.

Ich halte still, versteife mich. Wie damals. Hoffe, dass alles nur ein Albtraum ist. Auch, wenn ich es besser weiß. Das hier passiert wirklich. Ich habe mit Pepe geflirtet, ihn aufgefordert weiterzugehen. Natürlich denkt er, ich will das hier. Und vielleicht wollte ich es tatsächlich. Mich in ihm verlieren und Wes dadurch vergessen, aber das Gegenteil ist passiert. Und jetzt ist Pepes Nähe Gift, das mich bewegungsunfähig macht, während alles, woran ich denken kann, Wes ist. Wes, der mich nie an Kyle erinnert hat, sondern jede negative Erfahrung mit einer wunderbaren überschrieben hat.

Bestimmt kotze ich jeden Moment auf das synthetische Zebrafell, das unter uns auf den Holzdielen liegt. Ich spüre Lippen, die sich auf meine pressen. Pepes Zunge in meinen Mund. Ihn. Und gleichzeitig nichts. Nichts, außer Panik.

Ein bebendes Schluchzen zerbricht unseren Kuss und lässt Pepe zurückweichen. »Everly?«, fragt er erschrocken, verwirrt und umrahmt mein Gesicht mit seinen Händen. »Was ist denn los? Ich dachte …«

»Ich will das nicht«, bringe ich keuchend hervor. »Ich will das nicht. Ich will das nicht. Ich will das nicht.« Ich bin lauter geworden, als ich es vermutlich müsste, denn Pepe hat längst aufgehört. Er hebt abwehrend die Hände.

»Schon gut«, sagt er und nickt. »Ich würde nie etwas tun, was du nicht willst.«

Ich nicke erleichtert. Natürlich würde er das nicht. Er ist Pepe. Ein guter Kerl. Aber ich kann nicht aufhören zu weinen. Vor Erleichterung. Und weil ich mich gleichzeitig schrecklich fühle. Durch und durch.

»Darf ich dich in den Arm nehmen?« Pepe nähert sich mir ganz vorsichtig und schließt mich erst in seine Arme, als ich unbestimmt nicke. Er streicht mir übers Haar und tröstet mich, als plötzlich die Tür seiner Wohnung auffliegt.

Wes steht im Rahmen. »Lass sie los, Arschloch, oder ich schwöre bei Gott, ich haue dir eine rein.«

Pepe löst sich augenblicklich von mir. »Kumpel, ich weiß nicht, wer du bist oder wie du hier reingekommen bist, aber ich habe sie nur getröstet.«

Sekundenlang ruht sein Blick auf mir, bevor sich seine Gesichtszüge verhärten und er drohend einen Schritt auf Pepe zumacht. »Ich habe Eve schon unten brüllen gehört, dass du sie in Ruhe lassen sollst.« Er sieht aus, als würde er Pepe jeden Moment schlagen. Und sei es nur, um Kyle stellvertretend dafür zu bestrafen, was er mir vor Jahren angetan hat. »Es gibt nur eine beschissene Regel, Scheißkerl: Nein bedeutet nein.«

Ich berühre seinen Arm, halte ihn zurück. Er darf Pepe nichts tun. Er hat nichts falsch gemacht. Aber mein Sprachzentrum schwimmt im Alkohol. Und auch dem Rest von mir geht es nicht viel besser.

Tatsächlich verliert Wes Pepe komplett aus dem Fokus, als ich seinen Arm packe. Er streicht mir die wirren Haare aus dem Gesicht. »Bist du in Ordnung?« Sein Daumen fängt eine Träne auf, die über meine Wange kullert, als ich nicke. »Eve, verfluchte Scheiße. Ich suche dich seit Stunden. Zum Glück hat David mir den Tipp gegeben, du könntest hier sein.«

Das macht keinen Sinn. Er wollte das mit uns nicht. Und was hat er mit David zu tun? »Warum?«, lalle ich. Ich schließe die Augen. Wenn er nur nicht so riechen würde wie die perfekte Zuflucht.

Er zieht mich in seine Arme, hält mich und seine Nähe nimmt mich gefangen. Es ist unmöglich, mich gegen das Gefühl zu wehren, das er dabei in mir auslöst. Also gebe ich auf und lasse zu, dass er mich hochhebt und aus Pepes Wohnung trägt.

»Müde«, murmle ich undeutlich, obwohl irgendein störrischer Teil von mir mich warnt, dass ich mich nicht an ihn schmiegen sollte. Ich sollte mich nicht von ihm retten lassen. Mir will nur nicht mehr einfallen, wieso er die letzte Person ist, der ich das erlauben sollte.

KAPITEL 52

Weston

Ich konnte Eve so nicht ins Krankenhaus bringen. Sie hätten sie in dem Zustand nicht zu ihrer Großmutter gelassen.

Es gibt nur eine Möglichkeit, den Organismus möglichst schnell nüchtern zu kriegen: eine kalte Dusche und jede Menge Koffein. Eve sitzt seit zehn Minuten zitternd und nur mit Unterwäsche bekleidet unter der eiskalten Dusche, während ich den stärksten Kaffee aufgebrüht habe, den man trinken kann, ohne seine Magenschleimhaut zum Teufel zu jagen.

»Eve?« Ich klopfe leise an die Badezimmertür. Ich sollte einfach reingehen, sie aus der Dusche zerren und ihr den Kaffee einflößen. Zur Not auch intravenös. Hauptsache, wir verlieren nicht mehr Zeit als notwendig.

Aber stattdessen warte ich auf ein Herein, das nicht kommt. Ihre Privatsphäre zu respektieren, ist absurd. Immerhin habe ich sie ausgezogen und unter die Dusche gestellt. Ich kenne jeden Millimeter ihres Körpers. Trotzdem wahre ich ihre klar gezogene Grenze und bleibe vor der Tür stehen. Ich schüttle den Kopf. »Kaffee ist fertig«, rufe ich durch das Holz und will mich gerade abwenden, als Eve plötzlich die Tür öffnet.

Sie trägt die frische Kleidung, die ich ihr ins Bad gelegt habe. Ein weicher Hoodie und eine einfache Jeans. Sie ist so ver-

337

dammt schön, selbst wenn sie so angegriffen ist wie jetzt gerade.

Stumm geht sie an mir vorbei und setzt sich in der Küche an den Tisch. Den Becher Kaffee klemmt sie zwischen ihre zitternden Hände und beginnt zu trinken.

Erst als sie beim zweiten Becher angekommen ist, bricht sie ihr Schweigen. »Ich dachte, du wärst längst bei Miles.« Sie hört sich schon wieder nüchterner an. Und sie erinnert sich daran, dass ich nichts mehr in ihrer Nähe verloren habe. »Ich wollte, dass du gehst.«

Ich nicke. »Ja«, sage ich. Mehr nicht. Und mein Lächeln verreckt auf halber Strecke.

»Warum hast du mich dann gesucht?«

Da schimmert dieser Funken Hoffnung in ihren Worten, ich hätte es getan, weil ich meine Meinung geändert habe und mich entschuldigen will. Ich werde diese Hoffnung enttäuschen. Auf die schlimmstmögliche Art und Weise. »Deiner Großmutter geht es sehr schlecht. Du hattest kein Handy dabei, also ging es nur so.« Ich schiebe ihr das Telefon zu, das noch immer auf dem Küchentisch liegt.

Sie nimmt es entgegen, aber ich sehe, wie sie Probleme hat zu verarbeiten, was ich ihr sage. Ganz sauber ist ihr System noch nicht. »Was soll das heißen, es geht ihr schlecht?«

Ich wünschte, sie würde mir erlauben, ihre Hände zu halten, sie zu halten, wenn ich ihre Welt in Stücke haue. Stattdessen hängen meine Arme nutzlos an meinem Körper herab. »Sie ist krank, Eve. Das Krankenhaus hat mich vor ein paar Stunden angerufen. Ihr Zustand ist akut. Deswegen habe ich dich gesucht.« Und weil ich ohne sie fast durchgedreht wäre. Aber dafür ist jetzt kein Platz.

Sie ist verwirrt, immer noch zu benebelt, um die Aussage in

ihrer Gänze zu erfassen. »Sie hat eine Grippe. Das kann unbehandelt zu einem Problem werden«, sagt sie mehr zu sich selbst. »Ich hätte sie zwingen müssen, sich bei meinen Kollegen durchchecken zu lassen.« Sie steht auf und zögert dann. »Wieso haben sie dich angerufen? Auch wenn sie mich nicht erreichen konnten, ausgerechnet dich anzurufen, ergibt keinen Sinn.«

»Sie haben es gar nicht bei dir versucht.« Jetzt nehme ich doch Eves Hand und ziehe sie zurück auf den Stuhl vor mich. »Setz dich bitte kurz.«

»Ich will mich nicht setzen.« Sie ahnt, dass ich ihr etwas zu sagen habe, das schlimmer ist als eine einfache Grippe. So schlimm, dass ich ihr nicht in die Augen sehen kann. Ich wünschte, ich könnte es abmildern, aber es gibt keine schonende Art, so etwas zu sagen. »Olivia hat mich als Notfallkontakt angegeben. Sie wollte das so, um dich zu schützen.«

Eve wehrt nicht einmal meine Hand ab, die sanft auf ihrer liegt. »Schützen wovor?«, fragt sie erstickt und Tränen sammeln sich in ihren Augen.

»Es geht nicht um eine Grippe. Ging es nie.« Ich schließe die Augen. »Es ist Krebs. Sie wird sterben, Eve.«

Die Tränen fließen jetzt, aber Eve schüttelt den Kopf und ihre Gesichtszüge versteinern. »Du lügst«, flüstert sie. »Warum tust du das? Das ist keine Sache, über die man kranke Scherze macht.« Sie wird lauter und zieht ihre Hand unter meiner raus. »Du lügst«, wiederholt sie sich. »Ich studiere Medizin. Ich arbeite in einem Krankenhaus. Da hätte ich ja wohl bemerkt, wenn Nana Krebs im Endstadium hätte. Das kann nicht stimmen.« Sie brüllt mich an, der Blick blind vor Tränen. »Nana hätte es mir gesagt«, versucht sie sich tonlos selbst zu überzeugen und scheitert. Wie betäubt sinkt sie auf den Stuhl zurück und zieht die Beine an den Körper. Die Arme schlingt sie um die

Knie und sieht mich prüfend an. Ich sage nichts, lasse ihr Zeit zu begreifen. Alle Einzelheiten der letzten Monate zu einem großen Ganzen zu ordnen, das ihr zeigt, dass ich nicht lüge.

»Wie lange weißt du schon davon?«, fragt sie schließlich dumpf und ich wünschte, ich könnte ihr den Schmerz nehmen, der mit der Erkenntnis in ihre Augen gezogen ist, dass alles stimmt.

Ich weiß, dass sie mich hassen wird, wenn ich ehrlich bin.

»Ein paar Monate«, sage ich trotzdem.

Eve zuckt zusammen. »Monate«, wiederholt sie. »Du wusstest also die ganze Zeit, dass Nana todkrank ist, und hast nichts gesagt? Dabei weißt du besser als jeder andere, wie es ist, wenn man um diese Zeit betrogen wird.« Ihre Worte bauen eine Wand zwischen uns. »Hast du nur deswegen so viel Zeit mit mir verbracht? Weil sie wollte, dass du mich ablenkst?« Sie presst ihre Hand gegen die Augen und schüttelt den Kopf.

Ich will ihr sagen, dass wir keine Lüge waren. Alles zwischen uns war, verdammt noch mal, echt, aber ich schlucke die Worte hinunter. Jetzt geht es nicht um uns.

»Du solltest zu ihr ins Krankenhaus fahren«, sage ich so ruhig, wie es mir möglich ist. »Olivia braucht dich jetzt.«

»Erzähl mir nicht, was meine Familie braucht.« Sie rutscht vom Stuhl und entfernt sich ein paar Schritte. »Lass mich einfach in Ruhe.«

Ich stehe ebenfalls auf und versuche zu ihr durchzudringen. »Ich kann dich fahren. Miles' Pick-up steht direkt vor der Tür. Dann wärst du schneller bei ihr.«

»Nein. Danke.« Sie dreht sich um und läuft in ihr Zimmer.

»Eve?«, flehe ich sie an. Aber anstatt sich von mir helfen zu lassen, wirft sie wahllos Dinge in ihre Tasche und knallt mir die Tür vor der Nase zu.

»Verschwinde«, brüllt sie gegen das Holz, das uns trennt. »Am besten für immer.«

Das war es also. Ich versuche mir einzureden, dass es zwar scheiße ist, aber irgendwie okay sein wird. Über die App auf meinem Handy rufe ich ein Uber für Eve. Sie will vielleicht keine Hilfe von mir, aber irgendwie muss sie auf schnellstem Weg ins Northwestern kommen. Und ich muss mich beschäftigen. Mit irgendetwas, das nicht das Wort Ende in sich trägt.

Ein Signalton kündigt an, dass der Fahrer draußen wartet, als Eve aus dem Zimmer kommt und, ohne mich zu beachten, die Wohnung verlässt. Die Tür kracht hinter ihr ins Schloss und ich bin allein. So allein, dass ich den verdammten Holzboden arbeiten höre.

* * *

Ich hätte vermutlich nicht herkommen sollen, aber ich konnte nicht anders. Ich wollte mich von Olivia verabschieden. Ein endgültiger Abschied.

Eve ist auf einem Sessel am anderen Ende des Zimmers eingeschlafen. Sie muss vollkommen erledigt sein. Ich vermeide es, sie anzusehen. Vermutlich würde ich dann bleiben, und das will ich ihr nicht antun. Sie braucht jetzt all ihre Kraft. Für Olivia und sich selbst.

Ich stelle die Tasche mit meinen Sachen auf den Boden. Es fühlt sich merkwürdig an, wenn das gesamte Leben in eine Reisetasche passt. Das Zimmer in Eves Wohnung ist leer. Nur das Bild und der frische Wandanstrich erinnern daran, dass ich dort gelebt habe.

Ich habe ihr meinen Mietanteil der nächsten drei Monate auf den Küchentisch gelegt, um ihr etwas Luft zu verschaffen. Und eine Adresse eines Kumpels, der eine Bar in der Nähe des Krankenhauses betreibt. Ich weiß, dass er gutes Personal sucht, und habe ihm Eve bereits empfohlen. Sie muss nur noch anrufen, um den Job zu kriegen.

Mein Puls schlägt im Gleichtakt mit dem monotonen Piepen der Monitore. Zu langsam.

Ich werde zu Miles ziehen, und wenn diese Option ausgereizt ist und ich noch keine Alternative gefunden habe, werde ich vorübergehend im Wipe Out schlafen. Das war der ursprüngliche Plan, und auch wenn er Schwächen hat, ist er durchführbar.

Ich presse mein Gesicht in die Handflächen und atme tief durch. Einmal, zweimal, bevor ich Olivia die Hand zum Abschied auf den Arm lege. Es wird nicht einfacher, wenn ich noch länger bleibe. Olivia hat jetzt ihre Enkelin an ihrer Seite. Und Eve wird einen tausendmal besseren Job machen als ich.

Ich drücke einen Kuss auf meine Finger und lege sie sekundenlang auf Olivias Stirn. »Gib ihr noch ein bisschen Zeit, bevor du gehst, okay?«, flüstere ich. Mein Hirn ist übermüdet. Sonst würde ich Olivia nicht stumm bitten, Mom zu grüßen. Das ist so lächerlich. Als würden sich alle auf einer Wolke zum Kaffeekränzchen treffen.

Es gibt keinen verfluchten Himmel. Wer tot ist, ist tot. Mom ist nicht mehr als ein Haufen nackter Knochen in einem zeitbegrenzten Grab auf dem Lake View Cemetery, und Olivia wird es genauso gehen. *Sag ihr, dass ich sie liebe.* Ich erwarte von einer Sterbenden, dass sie die Grenzen des physikalisch Möglichen überschreitet und Mom sagt, was ich nicht konnte. Das ist wirklich gestört. Ich schlucke die Tränen hinunter und verlasse leise das Zimmer.

Es ist noch immer dunkel, aber die erste Fähre nach Bainbridge Island legt in einer halben Stunde ab. Also fahre ich vom

Krankenhaus direkt zum Pier. Um diese Uhrzeit bin ich das einzige Fahrzeug, das übersetzt. Außer mir sind noch eine Handvoll Nachtarbeiter auf der Fähre. Ich bleibe die halbe Stunde, die das Schiff über den Sund braucht, im Wagen sitzen und verlasse nach den Fußgängern mit Miles' Pick-up die Fähre. Sechs Minuten später erreiche ich das Anwesen der Hadfords an der Nordwestküste der Insel. Das imposante Tor, das die Einfahrt abschirmen sollte, steht offen. Auf Bainbridge Island sind solche Tore eher Zierde, als dass sie die nicht vorhandenen Einbrecher abwehren sollen. Ich lenke den Wagen die Auffahrt hinauf und stelle ihn neben dem Haupthaus ab. Dann ziehe ich die Tasche mit meinen Sachen vom Beifahrersitz, umrunde den Pool, der mit Blick auf den Sund gebaut wurde, und gehe zum Poolhaus.

Miles wird mich umbringen, wenn ich ihn noch vor sechs aus dem Bett schmeiße, aber ich bin am Ende. Ich muss schlafen, und wenn ich ehrlich bin, auch reden. Wahrscheinlich sogar in umgekehrter Reihenfolge, weil ich sonst niemals zur Ruhe kommen werde.

Ich klopfe und warte, bevor ich noch einmal mit der flachen Hand gegen das Holz schlage. Endlich höre ich Schritte hinter der Tür und einen Moment später zieht ein erstaunlich wacher, aber nur halb bekleideter Miles die Tür auf.

»Wes«, sagt er fröhlich. »Was treibt dich her?« Sein Blick fällt auf den Wagen und er lacht. »Du hättest die Kiste nicht extra herbringen müssen.«

Als ich nichts sage, kneift er die Augen zusammen und betrachtet mich prüfend. Sein Blick erreicht die Tasche in meiner Hand.

Mit dem Knie gebe ich ihr einen leichten Stoß. »Ich bräuchte den Schlafplatz, den du mir mal angeboten hast, und vielleicht könnten wir quatschen.«

Er nickt und zieht die Tür weiter auf. »Immer. Anscheinend ist dein Wochenende deutlich beschissener gelaufen als meins.«

Sieht ganz so aus, denn in diesem Moment schlingen sich Arme um Miles' Mitte und Josie vergräbt ihr Gesicht an seiner Schulter. »Kommst du wieder ins Bett?«, gurrt sie.

Miles hat also sein Happy End bekommen. Ich freue mich für ihn und bin gleichzeitig kotzneidisch. Trotzdem forme ich einen lautlosen Glückwunsch und versuche mich an einem Lächeln. »Dann lasse ich euch Lovebirds wohl besser allein.« Ich umfasse den Griff der Reisetasche fester und will mich umdrehen, aber Miles hält mich zurück.

»Sehe ich aus, als würde ich meinen besten Freund auf 'ner Parkbank schlafen lassen, nur weil ich jetzt eine Freundin habe?« Er gibt Josie einen Kuss. »Auch wenn es definitiv ein Opfer ist, sie auch nur eine Sekunde allein zu lassen.«

»Ich schlafe nicht auf einer Parkbank, versprochen«, wiegle ich ab. Ich will die beiden nicht stören und Miles' frisches Glück kaputt machen, indem ich ihn mit meiner Scheiße belaste.

»Du wolltest reden«, erinnert er mich.

»Schon gut. Das war nichts Wichtiges. Hat Zeit.« Ich drehe mich um, aber Miles greift sich die Tasche und hält mich mit einem gezielten Ruck daran zurück.

»Jetzt sei nicht so eine Diva, Lewis. Komm rein. Josie ist eh todmüde. Sie kann sich etwas von meiner unersättlichen Liebe erholen und wir reden.«

Josie grinst breit und nickt. »Du würdest mich retten. Miles gönnt mir quasi gar keinen Schlaf mehr.« Sie sieht mich eindringlich an und zupft dann an meinem Ärmel. »Du siehst aus, als bräuchtest du einen Freund. Lass ihn für dich da sein«, sagt sie, dreht sich um und verschwindet im Inneren des Poolhauses.

Ich höre sie in der Küche hantieren. Miles und ich stehen stumm voreinander. Die Reisetasche, die keiner von uns ganz losgelassen hat, zwischen uns.

»Sie macht das beste Omelette überhaupt. Ohne klappst du, so wie du aussiehst, zusammen, bevor du an der Fähre ankommst. Frühstücke bei uns. Dann sehen wir weiter.«

Seufzend gebe ich nach. Miles hat recht. Ich habe keine Kraft mehr. Ich kann nicht mehr denken. Alles, was noch funktioniert, sind die Scheißgefühle, die mir zusetzen. Ich folge ihm in die Küche, wo Josie bereits ein Omelette fertig hat. Sie bereitet ein zweites zu und platziert die Teller vor uns, stellt Orangensaft dazu und verabschiedet sich dann bei Miles mit einem Kuss auf den Mund. Mir legt sie die Hand auf die Schulter, verschwindet dann im Schlafzimmer und stellt wirklich furchtbare Musik an. So laut, dass sie ganz sicher kein Wort unserer Unterhaltung verfolgen kann. Ich weiß, warum ich sie vom ersten Augenblick an mochte.

Schweigend isst Miles sein Omelette. Als er bemerkt, dass ich meines nicht anrühre, schiebt er den Teller mit seiner Gabel ein Stück in meine Richtung und sieht mich auffordernd an.

Als ich trotzdem nicht zu essen beginne, lässt auch er seine Gabel sinken. »Was ist los, Wes?«

»Eve.« Meine Kompetenz, ganze Sätze zu bilden, war schon mal ausgeprägter.

»Habt ihr euch gestritten?«

Ich atme geräuschvoll aus und presse mir die Faust gegen die Stirn. »Es ist schlimmer als ein einfacher Streit. Ich kann nicht mehr bei ihr wohnen. Sie wird nicht mehr im Wipe Out arbeiten. Das war's.« Ich atme angestrengt.

Miles nickt, sagt aber nichts dazu, dass es absolut untypisch für mich ist, deswegen durchzudrehen. »Ich dachte auch, ich habe Josie verloren, aber wir haben es hinbekommen. Warte ab, rede mit ihr, und wenn du eine epische Geste planst, helfe ich dir selbstverständlich.«

Ich schüttle den Kopf. »Es ist nicht zu Ende, weil ich etwas Falsches gesagt habe. Nicht wegen eines Streits, sondern weil sie von mir hören wollte, dass ich sie liebe.«

Miles lacht leise. »Alter, ich bin ja kein Experte, aber ich würde sagen, du liebst sie so was von. Ich meine, guck dich doch an.« Er stößt mir sanft gegen den Oberarm. »Aber du hast es ihr nicht gesagt, oder?«

Ich schüttle den Kopf. »Ich kann ihr nichts versprechen, von dem ich nicht überzeugt bin.«

»Warum wehrst du dich so dagegen?«

Ich denke eine Weile über seine Frage nach. Miles macht uns in der Zeit einen Kaffee und platziert ihn mit einem unnachgiebigen »Trink!« vor mir. Dieses Mal höre ich auf ihn und das Koffein belebt zumindest einige meiner Lebensgeister. »Du würdest das nicht verstehen.« Miles' Eltern führen eine glückliche Ehe. Sie sind eine Bilderbuchfamilie. Was dazu geführt hat, dass Miles seine Gefühle auf der Zunge trägt. Er hat sich zwar ausprobiert und einige Frauen verarscht, aber nie an der Grundidee von Liebe, Beziehungen und Familie gezweifelt. Oder daran, dass er später genau das haben würde.

»Ich bin ein Genie. Ich bin hier. Und ich spreche deine Sprache. Probier es einfach aus.« Er sieht mich ohne sein sonst so typisches Grinsen an, das seiner Aussage die Dringlichkeit genommen hätte.

Ich seufze. »Du hast mich mal gefragt, warum ich so scheißwütend auf meinen Dad bin.«

Miles nickt.

Ich schließe die Augen und fahre mir durch die Haare. Wenn

ich Miles alles erzähle, hebe ich unsere Freundschaft damit auf ein anderes Level. Und anders ist nicht gleich besser. Möglich, dass unsere Beziehung dem nicht standhält. Trotzdem spreche ich weiter. Ich bin einfach zu kaputt, um es nicht zu tun. »Er ist schuld daran, dass meine Mom gestorben ist«, würge ich hervor. Miles ist der Einzige, dem ich so eine Scheiße überhaupt erzählen kann, ohne dass er mich direkt verurteilt.

Miles zieht geräuschvoll die Luft ein. Ich bin nicht sicher, was ihn mehr trifft. Dass Mom tot ist. Oder dass ich es ihm verschwiegen habe. »Wann?«, fragt er.

»Kurz nach unserem Abschluss.« Ich starre auf das Omelette, das unberührt vor mir liegt.

Ich sehe, wie es in Miles' Kopf arbeitet. »Du warst damals nicht in Europa, oder?«

Ich schüttle den Kopf. »Keine Auszeit am Mittelmeer. Ich war bei Mom und habe sie gepflegt. Bis zu ihrem Tod. Dad hatte sich zu dem Zeitpunkt schon von ihr getrennt und hat lieber irgendwelche Schlampen gefickt, als für sie da zu sein.« Ich verberge die Bitterkeit in meiner Stimme nicht. »Er wusste vor mir von ihrer Krankheit und hat sie postwendend in einen Schuhkarton von Wohnung in South Park abgeschoben, als klar war, dass sie eine Belastung sein würde. Sie ist daran kaputtgegangen.« Ich schlucke trocken. »Da war nichts mehr, was sie dem Krebs entgegenzusetzen hatte.« Ich fahre mir durch die Haare und gebe Miles keine Chance, etwas dazu zu sagen. »Er hat gesagt, dass er sie liebt, und dann ist sie allein verreckt.«

Miles schüttelt den Kopf. »Sie war nicht allein, Wes.« Er sieht mich an und stößt dann die Luft aus. »Sie hatte dich. Du warst da.«

Genau wie ich für Olivia da gewesen bin. Und was hat das gebracht? Ich lehne den Kopf gegen die Wand hinter mir.

»Warum musstest du Everly aus der Stadt bringen?« Er deutet auf den Wagen, den ich mir ausgeliehen habe. »Du hast nicht gesagt, ich will mit Eve wegfahren, sondern ich muss sie aus der Stadt bringen.«

»Olivia, ihre Großmutter, hat mich darum gebeten.«

»Warum?« Miles lässt nicht locker. Er ahnt, was mich auffrisst.

»Sie hat Krebs im Endstadium. Ich war der Einzige, der eingeweiht war. Eve wusste nichts. Bis heute.«

Miles steht auf und läuft in der Küche auf und ab. »Am liebsten würde ich dir eine runterhauen«, sagt er, als er schließlich stehen bleibt.

Habe ich definitiv verdient. Ich nicke.

»Das ist echt richtig krasser Scheiß. Ich weiß, dass ich oft ein Idiot bin, aber ich wäre für dich da gewesen, glaub mir.«

Ich nicke. Im Grunde wusste ich, dass Miles genau die Art Freund ist, die einem durch so eine Scheiße hilft. Ich bin das Problem. Weil ich nicht der Typ bin, der diese Hilfe annehmen kann. Genauso wenig, wie ich die Liebe zulassen kann, das Versprechen, das man sich gibt, wenn man die drei Worte zu jemandem sagt. »Ich bin mit Eve nach Ocean Shores ins Strandhaus gefahren.« Miles war mehrmals mit mir dort. »Dad ist dort aufgetaucht. Hätte nicht gedacht, dass er überhaupt jemals dorthin fährt, und dann steht er plötzlich vor mir. Nach all den Jahren. Ich hatte ihn seit dem Tag, an dem ich von Moms Krankheit erfuhr, nicht mehr gesehen.«

Miles sieht mich ungläubig an. »Was war mit ihrer Beerdigung?«

Ich schüttle den Kopf.

»Scheiße, Wes. Ich hoffe, du hast ihm wenigstens eine reingehauen.«

»Ich fürchte, ich habe es versucht – verbal – und dabei Eve getroffen. Als wir zurückkamen, hing schon alles in Schräglage. Dann tauchte Jules auf und hat Stress gemacht. Eve hat alles zwischen uns infrage gestellt, und ich konnte ihr nicht sagen, dass sie falschliegt. Und dann musste ich ihr beichten, dass ich sie wegen Olivia angelogen habe. Das hat ihr den Rest gegeben.«

Miles nickt und setzt sich wieder. »Das ist alles verdammt harter Tobak, Wes, und ich glaube nicht, dass du drum herumkommst, das Übel an der Wurzel zu packen.«

»Und was wäre die Scheißwurzel?«

Er legt mir seine Hand auf den Arm. »Ich sage es nur ungern, aber ich denke, du wirst die Sache mit deinem Dad klären müssen.«

Ich rücke den Stuhl so heftig zurück, dass er gegen die Wand hinter mir prallt. »Hast du mir eigentlich zugehört?«

»Ja, jede beschissene Einzelheit, und es ist abgefuckt, aber ich denke trotzdem, dass du keine Wahl hast, wenn du Everly nicht verlieren willst.«

»Du kapierst es einfach nicht, Miles. Dad ist der letzte Mensch, mit dem ich reden werde. Er wäre sogar dann der verfickte letzte Mensch, mit dem ich reden will, wenn wir die letzten Lebewesen auf dem Planeten wären.« Und Eve habe ich längst verloren. Episch und unwiderruflich. Ich fahre mir über die Augen und versuche meine Wut hinunterzuschlucken. »Kann ich mich ein paar Stunden auf die Couch hauen?«, murmle ich. »Dann bin ich weg.«

»Du kannst bleiben, solange du willst.« Er steht auf und holt aus dem Schrank im Flur frisches Bettzeug, das er auf dem Sofa ausbreitet. »Und das Angebot ist nicht daran gekoppelt, dass du meiner Meinung bist, was deinen beschissenen Vater angeht, okay?«

Ich nicke, sage aber nichts. Nicht mal ein Danke bringe ich hervor, das, verdammt noch mal, angebracht wäre. Weil ich meiner Stimme nicht traue. Nicht der Wut, die in mir schwelt und die nichts mit Miles zu tun hat.

KAPITEL 53

Everly

Nana ist laut den Ärzten für den Moment stabil. Sie haben mir geraten, für ein paar Stunden nach Hause zu fahren und mich auszuruhen, aber das will ich nicht. Nur eine kurze Dusche, mich umziehen und dann werde ich zurück ins Krankenhaus fahren und an Nanas Seite bleiben. Ich will da sein, wenn sie zu sich kommt. Falls sie wieder … Ein Gedanke, den ich nicht zu Ende denke. Ich erlaube es mir einfach nicht.

Ich schließe die Wohnungstür auf und spüre sofort die Veränderung. Als hätte alles plötzlich eine andere Konsistenz. Wes ist tatsächlich gegangen. Sein Zimmer ist leer. Nur das Bild an der Wand hat er dagelassen. Seine Klamotten sind weg. Auf der Ablage im Bad liegen nur meine Sachen. Er ist aus meinem Leben verschwunden.

Im Grunde tut er damit nur, worum ich ihn gebeten habe. Mehr als einmal. Ich wollte ihn nie wiedersehen. Er sollte gehen, zu Miles ziehen und nicht mehr wiederkommen. Das habe ich gesagt. Und das Gegenteil gewollt. Mein Herz fühlt sich an wie sterbendes Muskelgewebe. Wes hat nicht um uns gekämpft. Keine Sekunde lang. Und damit unterstrichen, was er mir im Treppenhaus bereits gesagt hat.

Ich rolle mich auf der nackten Matratze zusammen und versuche die körperliche Reaktion auf sein Fehlen auszuhalten.

Jede Zelle, die von Wes infiziert wurde, kämpft. Nana würde bestimmt sagen: Wenn dir jemand nicht aus dem Kopf geht, dann gehört er sehr wahrscheinlich in dein Herz.

Ein Schluchzen zerreißt meine Brust, mein Herz, das Wes nicht wollte. Was bleibt, ist Schwärze. Ich schließe die Augen. Nicht nur Wes ist gegangen. Jules ist fort. Und Nana wird sterben. Meine Farben haben versucht das Schwarz zu bekämpfen. Und verloren.

KAPITEL 54

Weston

Es dämmert bereits und ich habe noch immer kein Auge zugemacht. Ich habe das Gefühl, vor einer Ewigkeit das letzte Mal
geschlafen zu haben. Jede Zelle meines Körpers ist tonnen-
schwer vor Müdigkeit, aber Miles' Worte drehen Endlosschlei-
fen in meinem Kopf.

Entnervt stehe ich auf und lege das Bettzeug zusammen. Ich
verstaue es im Flurschrank und schreibe Miles eine kurze Nachricht. Ich hoffe, es ist okay für ihn, wenn ich mir seinen Wagen
noch mal borge. Er ist mit Josie bei seinen Eltern zum Frühstück eingeladen und ich will mich nicht in die Hadford-Bilder-
buchfamilien-Falle begeben, um ihn zu fragen.

Stattdessen klettere ich hinter das Lenkrad des Pick-ups und
fahre zur Fähre. Eine halbe Stunde brauche ich bis nach Seattle
und eine weitere halbe Stunde, um die Adresse am Westufer des
Washington Lake im noblen Vorort Bellevue zu erreichen, die
Dad mir zusammen mit der Kündigung meiner Wohnung hat
zukommen lassen.

Hier sind die Häuser so groß wie ganze Wohnblocks. Die
Gärten sind akkurat gepflegt und so gradlinig, dass ihnen die
Seele fehlt. Dads neues Zuhause ist ein riesiger, moderner Bunker direkt am Overlake Drive. Es hat Nikki nicht gereicht, dass
er uns verlassen hat. Sie musste alles eliminieren, was ihn an

uns hätte erinnern können. Inklusive des Apartments am Pike Place.

Ich parke direkt neben dem Tor, steige aber nicht aus. Was zum Henker tue ich hier?

Miles' Ratschlag, mit Dad zu reden, klang durchaus vernünftig, als ich auf der Couch lag und es nicht zu tun, mich nicht schlafen ließ.

Jetzt hier, vor seinem Haus, fühlt es sich allerdings an wie eine saudämliche Idee. Als würde ich Mom verraten. Das Gefühl, sie verloren zu haben, das ich sonst fest in meiner Brust verschließe, bricht hervor. Ich habe ihr nie gesagt, wie wichtig sie mir war. Weil Dad die Worte inflationär benutzt und es nie so gemeint hat. Ich wollte nicht so sein wie er.

Dabei hätte ich ihr sagen müssen, dass ich sie liebe. Ich hätte nicht sauer auf sie sein dürfen. Vielleicht hätte die Zeit dann keine Chance, all die Pixel aus der Erinnerung an sie zu brechen. Hätte ich nicht schon damals alles falsch gemacht, hätte ich Eve vielleicht nicht verloren. Aber am Ende bin ich genauso ein Drecksack wie Dad, egal wie sehr ich dagegen ankämpfe.

Mit einem Ruck schnalle ich mich ab und steige aus dem Wagen. Dad hat Mom aus seinem Leben geschmissen, als sie unbequem wurde. Er hat mich ausgeschlossen, weil er nicht jeden Tag an seine Fehler erinnert werden wollte.

Er soll sich erinnern. Er soll mir, verflucht noch mal, erklären, wieso er uns nicht lieben konnte. Und wieso er es bei Nikki plötzlich kann. Wenn er sie wirklich liebt, soll er mir erklären, wie diese Scheißliebe funktioniert.

Das Tor zum Grundstück ist nicht verschlossen. Ich drücke es auf und laufe bis zu dem Rondell, in das die Auffahrt mündet. Zwei Autos sind dort geparkt. Nikki und Dad sind also da. Es ist Dienstagmorgen. Dad ist ein Gewohnheitstier. Ich wusste, er würde um diese Uhrzeit zu Hause sein und bei einer Tasse Kaffee hinter seiner Zeitung sitzen. Das altbewährte Ritual. Immer zur selben Zeit. Früher durfte ich ihn dann nicht stören. Er wird sich damit abfinden müssen, dass ich mich mittlerweile einen Teufel um seine Gewohnheiten schere.

Auf der Natursteinstufe vor der Haustür stehen zwei kugelförmige Büsche. Selbst die sehen aus, als hätte man ihnen die Seelen gestutzt, damit sie in die schlichte Eleganz passen. Ich klingle und verlagere mein Gewicht von einem Bein auf das andere, um die beste Kampfposition zu finden.

»Wes?«

Natürlich ist es Nikki, die mir die Tür öffnet und mich erstaunt anstarrt. Die neue Frau meines Vaters fängt sich schneller als ich und zieht die Tür weit auf, genau wie ihr Lächeln.

»Komm doch rein.« Ihre aufgesetzte Freundlichkeit erschlägt mich. »Ist kühl draußen um diese Uhrzeit«, redet sie weiter und deutet auf meine nackten Arme.

»Ist Dad da?«, brumme ich und ignoriere ihre bescheuerte Fürsorge. Ich verschränke meine Arme vor der Mitte und hoffe, sie so auf Abstand zu halten.

»Sicher.« Nikki berührt vorsichtig meinen Ellenbogen, zuckt aber zurück, als ich sie deswegen mit meinem Blick filetiere. »Alexander ist im Wohnzimmer. Wir frühstücken gerade. Du kannst gern mit uns essen.«

Lieber würde ich mit Trump an einem Tisch sitzen. »Ich wollte bloß etwas mit ihm klären«, erwidere ich distanziert.

»Ist alles in Ordnung?«, fragt sie mit einem oscarreifen Mutterblick.

Wir leben nicht mal im selben Kosmos. Und selbst wenn wir es täten, würde ich bezweifeln, dass diese Frau ehrliches Interesse an mir hat. Nichts ist in Ordnung. Das zeigt auch das

Monstrum von Spiegel im Flur. Ich habe zu viel geheult und zu wenig geschlafen. Meine Klamotten sind genau wie die Haare zerknittert. Der Grund geht Nikki allerdings einen Scheißdreck an, also nicke ich.

»Kannst du ihn holen?«, frage ich sie. Auch weil ich das Gefühl habe, jeden Moment zusammenzuklappen. Der riesige Eingangsbereich ist so durchgestylt, dass mir die Perfektion die Luft zum Atmen nimmt.

»Natürlich.« Sie wirkt unschlüssig. Wahrscheinlich überlegt sie, ob sie mich allein lassen kann. »Du kannst einfach mitkommen«, bietet sie an. Ihr Lächeln ist so beschissen freundlich, dass es mich verunsichert.

»Hier entlang«, sagt Nikki sanft und berührt mich schon wieder am Arm. Ich bin versucht ihr zu sagen, dass sie das, verdammte Scheiße, gefälligst lassen soll, entziehe mich ihr aber nur wortlos und folge ihr.

Vom Flur führt ein verglaster Gang in ein vollkommen überdimensioniertes Wohnzimmer. Helles Holz, viel Weiß und Creme. Farbliches Vakuum durch und durch. Auf das, was mich am Tisch erwartet, bin ich allerdings nicht vorbereitet. Dad hält die obligatorische Zeitung in der Hand, versteckt sich aber nicht wie meine komplette Kindheit hinter Druckerschwärze, sondern albert mit einem kleinen Jungen herum, der vor sich hin plappert und kaum Luft holt. Er hört nicht mal auf, als er Dads Aufmerksamkeit bei meinem Anblick verliert.

»Weston«, bringt er sichtlich überrascht hervor, während sich Nikki um den Kleinen kümmert. Er versucht wenigstens nicht wie Nikki sein Unbehagen zu verbergen. Er weiß, dass ich nicht gekommen bin, um ihn zu seinen herausragenden Vaterqualitäten zu gratulieren.

»Ich habe nicht mit dir gerechnet.«

Ich ignoriere ihn und starre den kleinen Jungen an. Ich habe Dads Augen. Und sein Lächeln. Genau wie der Kleine. »Du hast einen Sohn?«, platzt es aus mir heraus. Er hat nicht nur Mom ausgetauscht, sondern auch mich. Kein Wunder, dass er mich in den letzten Jahren nicht sehen wollte.

»Ich wollte es dir längst erzählen, aber die Dinge waren kompliziert.«

Der Spruch kommt mir ziemlich bekannt vor. Den habe ich vor zwei Tagen schon gehört, als er mir verklickert hat, dass er die Frau geheiratet hat, wegen der er Mom, mich und den verfluchten Krebs hat sitzen lassen.

»Wie auch immer«, sage ich und puste mir die Haare aus der Stirn. »Ich wollte nur kurz mit dir reden, wenn das geht.« Ich bin nicht hier, um mich in ihre hübsche kleine Familie zu drängen. Ich sehe mich in dem lichtdurchfluteten Raum um. Sonst würde ich meinem Halbbruder vermutlich Angst einjagen, weil ich ihn weiter anstarre.

Mein Blick bleibt an einem Bild hängen, das über einem der Ledersofas hängt. Langsam gehe ich darauf zu. Als müsste ich es von Nahem sehen, um sicherzugehen, dass es eines meiner Bilder ist. Es ist keines, das ich auf dem Dachboden zurückgelassen habe. Dies hier ist vor fast zwei Jahren vom Dachboden verschwunden. An einem Tag, als ich das Atelier nicht abgeschlossen hatte, weil ich zu spät dran war. Und weil sowieso nie jemand da hochging. Niemand wusste, dass ich dort oben malte, und selbst wenn sich jemand dorthin verirrte, ging ich nicht davon aus, dass derjenige das Zeug klauen würde. Also bin ich zum Footballtraining mit Miles und den Jungs gegangen. Und als ich zurückkam, stand die Tür weit offen. Die Farben lagen anders, als ich sie zurückgelassen hatte. Und dieses Bild war verschwunden. Ich war immer davon ausgegangen, dass es irgendeiner aus dem Haus hat mitgehen lassen. Es hier zu sehen, entzieht meiner Wut den Sauerstoff.

Dad kommt zu mir und nickt unbestimmt in Richtung Leinwand. »Ich hoffe, es ist okay.«

Meint er die Tatsache, dass er es aufgehängt oder dass er es gestohlen hat? In jedem Fall passt mir nicht, wie ich darauf reagiere. Mein Handy piepst und zeigt eine Nachricht von Miles an: *Hab deinen Zettel gefunden. Gute Entscheidung, Mann. Und mach dir um das Wipe Out keine Sorgen. Ich kümmere mich vorerst um alles. Bringt scheiße viel Spaß, den Chef raushängen zu lassen. Ach ja, und kill deinen Dad nicht. Ich habe keine Lust, dich die nächsten fünfundzwanzig Jahre im King County zu besuchen.*

Wenigstens um das Wipe Out brauche ich mir derzeit keine Sorgen zu machen. Ich kann Miles vertrauen, auch wenn es schwer werden dürfte, seine Hilfe je wiedergutzumachen. Gratisgetränke werden da kaum ausreichen.

»Hast du Hunger?«

Dad legt mir seine Hand in den Nacken. Kurz nur, als wüsste er, dass Miles mich sonst wirklich im Gefängnis besuchen könnte.

»Siehst aus, als hättest du eine harte Nacht gehabt und könntest etwas Stärkung gebrauchen.«

Ich äuge zum Tisch hinüber. Miles' Omelette habe ich nicht angerührt. Und davor war meine letzte Mahlzeit in Ocean Shores, und die bestand fast ausschließlich aus Dads Whiskey. Ich bin am Verhungern, schüttle aber trotzdem den Kopf.

»Beim letzten Mal ist es nicht so gut ausgegangen, als wir gemeinsam am Tisch saßen«, gebe ich zu bedenken. Das war der Anfang von Eves und meinem Ende. Ich schließe die Augen und atme tief durch. »Ich sollte besser wieder gehen«, murmle ich.

»Weston, ich …« Dad bricht ab und wirft Nikki einen flehenden Blick zu.

»Was hältst du davon, wenn wir beide eine Runde an den Strand gehen?« Nikki streckt die Hand nach ihrem Sohn aus, der begeistert quietscht und aus dem Zimmer rast. Sie bringt ihn aus der Schusslinie. Das ist, was Eltern tun sollten. Ihre Kinder schützen. Es wird still, als die beiden das Haus verlassen.

Dad atmet aus und sieht mich eindringlich an. »Steckst du in Schwierigkeiten?«

Ich fasse es nicht. Er denkt, ich würde bei ihm angekrochen kommen, damit er mich irgendwo raushaut. »Wenn ich in Schwierigkeiten stecken würde, wäre ich bei den Hadfords oder bei Peter, nicht hier.«

Dad nickt. »Touché.« Er ist nicht sauer, obwohl ich es ehrlicherweise darauf angelegt habe, ihn zu treffen. »Ich mache mir einfach Sorgen. Es ist ja nicht alltäglich, dass du mich aufsuchst.« Er berührt meinen Arm und ich werfe ihm einen Blick zu, der ihn dazu bringt, seine Hand zurückzuziehen. Das ist zu schnell. Zu nah.

Die Stille steht zwischen uns wie eine Mauer. »Er heißt übrigens Aiden«, sagt Dad schließlich leise. Es ist klar, dass er von seinem anderen Sohn spricht.

»Was erwartest du von mir?« Bis eben wusste ich nicht mal, dass ich einen Bruder habe. Er dürfte neben Nikki der Grund dafür sein, dass Dad nie auch nur den Versuch gemacht hat, in Kontakt zu treten. Ich kann ihn nicht lieben. Auch wenn ein Teil von mir dem störrisch widerspricht. Schon jetzt. Und ich kenne den Kleinen im Grunde gar nicht.

»Ich erwarte gar nichts.«

Wenn er wenigstens Druck aufbauen würde, dann könnte ich

dagegenhalten. So funktioniert unsere Beziehung, aber Dad hat die Spielregel geändert, ohne mich vorzuwarnen.

»Allerdings würde ich mich freuen, wenn du ihm eine Chance gibst. Irgendwann. Er ist dein Bruder. Und er kann nichts für die Fehler, die ich gemacht habe.«

Ich kann nicht fassen, dass ich nicke. Ich sollte Dad seine Familie um die Ohren hauen. Das hier ist … Ich glaube nicht, dass es einen passenden Ausdruck für diesen ganzen Mist gibt.

Ich entferne mich ein paar Schritte und sehe aus dem Fenster auf den Washington Lake, dessen Oberfläche vom Wind aufgeraut ist. Nikki und Aiden sind zwei bunte Punkte vor der Wasserlinie. Sie spielen Fangen und lassen Steine über das Wasser flitschen.

»Willst du dich nicht setzen?«

Will ich nicht. Ich zähle die Boote auf dem See, als wäre es die wichtigste Aufgabe der Welt. Es sind zu wenige, um mich lange zu beschäftigen. Seufzend gebe ich nach und setze mich doch. Auf den nächstbesten Stuhl. Ein alter Sessel, der immer in Dads Arbeitszimmer stand. Der Geruch des Leders erinnert mich an früher. Fühlt sich an, als wäre ich wieder ein Kind. Und so, als könnte Dad mich mit einem einzigen Satz zerquetschen.

Er rückt seinen Stuhl so vor meinen, dass ich in der Falle sitze, er will etwas sagen, aber ich komme ihm zuvor. »Wieso hast du sie verlassen?«, frage ich so unvermittelt, dass er zusammenzuckt. Ich erwarte, dass er Ausflüchte suchen wird, aber er denkt gewissenhaft nach und nickt dann.

»Ich hätte schon längst mit dir darüber reden müssen.« Er räuspert sich. »Vielleicht wäre dann einiges anders gelaufen, aber nach unserer Trennung warst du so wütend. Auf mich. Und das war besser, als wärst du es auf uns beide gewesen.«

Er ist nicht der Held in dieser Geschichte. Kein Märtyrer,

sondern das verdammte Arschloch, das Frau und Kind sitzen gelassen und sich nie wieder gekümmert hat. Ich grunze verächtlich, aber Dad ignoriert es.

»Deine Mutter und ich haben sehr früh geheiratet. Ich habe sie auf einer Feier kennengelernt und, meine Güte, sie hat mich umgehauen. Ich war verrückt nach ihr. So verknallt, dass ich wusste, ich würde sie eines Tages heiraten. Ich habe recht behalten.« Er lächelt tief in Gedanken. »Nach zwei Jahren haben wir es gewagt und dann dich bekommen. Wir waren so glücklich. Ich dachte wirklich, es würde für immer so bleiben. Aber im Laufe der Jahre haben wir uns verändert, uns Stück für Stück auseinandergelebt. Und irgendwann war da einfach keine Liebe mehr. Ich habe oft überlegt, wann wir sie verloren haben, aber ich glaube nicht, dass es ein spezieller Moment war. Das Ende kam schleichend, und als es da war, haben wir es totgeschwiegen, anstatt uns einzugestehen, dass es vorbei war. Deine Mom hat sich in ihre sozialen Projekte gestürzt und sich um dich gekümmert. Ich habe bei anderen Frauen nach dem gesucht, was deine Mom und ich verloren hatten. Du kannst mir glauben, dass ich nicht stolz darauf bin, wie wir damit umgegangen sind.«

Wir? Er wird Mom da nicht mit reinziehen. »Du hast andere Frauen gefickt, während sie zu Hause saß und auf dich gewartet hat«, stelle ich klar.

Er nickt, bleibt gefasst, auch wenn meine Worte ihr Ziel nicht verfehlen. »Das stimmt. Aber trotzdem ist es nicht die ganze Wahrheit, Weston.«

»Du hast Mom wehgetan.« Er war schuld. An allem. Das ist die beschissene Wahrheit.

»Habe ich«, gibt er zu und nimmt mir damit den Wind aus den Segeln. »Weil ich zu feige war, den Schlussstrich zu ziehen, der längst unausweichlich war.«

»Du hättest auch deinen Schwanz in der Hose behalten und um sie kämpfen können. Um deine Familie.«

Er nickt und schüttelt dann den Kopf. »Dich hätte ich nicht kampflos aufgeben dürfen, aber für Maggie und mich war es einfach zu spät.« Er ringt mit sich und seinen Händen. »Trotzdem hätte ich mich anders verhalten müssen. Aber erst als Nikki in mein Leben trat, habe ich gesehen, wie unmöglich ich mich benommen habe. Ich hatte das erste Mal den Mut, mit Maggie über eine Trennung zu sprechen. Sie war einverstanden. Deine Mom und ich haben geredet. Über alles. Das Gespräch war gut. Richtig gut, Weston. Ich hatte das Gefühl, alles fiele an den richtigen Platz. Aber dann kam die Krebsdiagnose. Ich wollte sie in der Situation nicht alleinlassen. Nikki hatte Verständnis. Zu dem Zeitpunkt war sie bereits mit Aiden schwanger. Ich habe dieses Haus hier gekauft. Sie ist allein eingezogen. Und ich bin bei dir und deiner Mom am Pike Place geblieben.« Er fährt sich mit den Handflächen über das Gesicht. »Aber Maggie wollte, dass ich gehe. Wir haben deswegen gestritten. Mehr als einmal. Sie sagte, dass sich durch ihre Krankheit nichts verändert hätte. Sie wollte die Scheidung. Neu anfangen. Die Zeit, die ihr blieb, nach ihren Vorstellungen nutzen. Und sie war genauso kompromisslos, wenn sie sich etwas in den Kopf gesetzt hatte, wie du es bist.«

»Ernsthaft?« Ich lache tonlos. »Du stellst sie als den Sündenbock hin?«

Er lächelt. »Eher als starke Persönlichkeit. Sie hat getan, was ich nicht konnte, und es beendet, bevor wir uns noch mehr wehtun konnten. Sie hat darauf bestanden, in eine Wohnung zu ziehen, die sie allein unterhalten konnte. Ich wollte sie unterstützen, aber sie hat mich nicht gelassen.«

»Du hast sie nach South Park abgeschoben. Das Wohnhaus gehörte dir. Dieses Loch war nicht ihre Idee.«

Er schüttelt den Kopf. »Nachdem ich das Apartment am Pike Place verkauft hatte, habe ich das Geld für den Kauf des Wohnhauses in South Park genutzt, in dem sie untergekommen war. Maggie war stinksauer, aber sie hat zumindest zugelassen, dass ich weniger Miete verlangt habe als der Vorbesitzer. Mehr ging nicht, ohne ihren Stolz zu verletzen.«

Ich will ihm nicht glauben, aber ein Teil von mir tut es. Genauso war Mom. »Wenn das alles stimmt, wieso hast du nie etwas gesagt?«

»Du hast mich gehasst, weil du dachtest, ich wäre an allem schuld. Was hätte es da für einen Sinn gemacht, wenn du auch noch sauer auf deine Mom gewesen wärst?«

So selbstlos ist er nicht. War er nie. Ich bin nicht bereit, mein Bild von ihm einfach zu revidieren. Auch wenn dessen Ränder gefährliche Risse bekommen.

»Ich wusste nicht, dass du eine kriminelle Ader hast«, wechsle ich das Thema und verschaffe mir damit Zeit, mich zu sammeln. Ich nicke in Richtung des Bildes.

Er hebt abwehrend die Hände. »Das war mein Dachboden, den du da zweckentfremdet hast. Ich dachte, da wäre es nur fair, wenn ich im Gegenzug etwas dafür bekomme.«

»Du hast es gestohlen«, bemerke ich trocken.

»Freiwillig hättest du es mir kaum überlassen.«

»Warum?«, frage ich und meine nicht nur, warum er es mitgenommen hat. Ich will wissen, warum es hier hängt. *Gib ihm eine Chance, auch wenn er nicht weiß, wie er es dir zeigen soll. Er liebt dich.* Mom hat es mir gesagt, aber ich wollte es nicht hören. Vielleicht muss er es sagen, damit ich es glauben kann. Ich habe Eve gesagt, sie würde es verkomplizieren, als sie dasselbe von mir gefordert hat. »Warum?«, wiederhole ich mich.

»Weston.« Er zögert. »Das Bild war lange das Einzige, was

ich von dir zu Gesicht bekommen habe. Du bist mein Sohn und ich brauchte diese Verbindung.« Er zögert und spricht es dann doch aus. Leise. Fest. »Ich liebe dich.«

»Offenbar nicht genug«, halte ich dagegen. Meine Stimme klingt rau, wie nach einer Nacht mit zu viel Whiskey und Heavy-Metal-Karaoke. Er hat mich nicht genug geliebt, um mir die Wahrheit zu sagen. Nicht genug, um den ersten Schritt zu machen. Nicht genug, um mir von seiner neuen Familie zu erzählen und mich ein Teil davon sein zu lassen.

Er atmet tief durch. »Manchmal kommt es nicht darauf an, was wir sagen, sondern darauf, was wir bereit sind zu tun.«

Ich lasse seine Worte sacken. Sie schlagen dort ein, wo ich ihnen nichts entgegenzusetzen habe. Er war bereit, all meine Verzweiflung und Wut auf sich zu ziehen. Ich wäre sauer auf Mom gewesen, hätte ich gewusst, dass sie trotz ihrer Krankheit die Trennung wollte. Ich wäre ausgeflippt, hätte ich mitbekommen, dass sie für unseren Auszug und das Ende meines bisherigen Lebens verantwortlich war. Heute, mit genügend Abstand, verstehe ich sie, aber damals wäre ich sauwütend auf sie gewesen. Ich hätte noch mehr unserer sowieso zu kurzen Zeit damit verbracht, zornig zu sein. Dad hat versucht das zu verhindern.

Ich nicke. Wahrscheinlich wäre es angebracht, ihm jetzt zu vergeben. Mich bei ihm zu entschuldigen für alles, was ich ihm je an den Kopf geknallt habe und das so grundlegend falsch war. Stattdessen stehe ich wortlos auf und gehe zur Tür. Dad folgt mir. »Ich muss darüber nachdenken. Und ich denke, ich muss was erledigen.« Etwas, das nicht warten kann, während ich versuche zu verstehen, wie ich so danebenliegen konnte. »Es geht um Eve«, schiebe ich kraftlos hinterher.

Dad hält eine Tüte mit Bagels hoch. »Was hältst du davon, wenn du etwas isst und ich fahre?«

KAPITEL 55

Everly

Ich sitze unter der Dusche. Die Beine eng an die Brust gezogen. Die Arme so darum geschlungen, dass ich selbst nicht weiß, ob ich den Wust aus Gliedmaßen jemals wieder entwirrt bekomme. Das Wasser prasselt auf meine Schultern, folgt meinen Körperlinien und verliert sich in einem Strudel über dem Abfluss. Es war heiß, aber die Kapazität des Warmwasserspeichers ist begrenzt. Die Temperatur gleicht sich immer mehr meinem Inneren an. Nana wird sterben. Die Ärzte haben es mir gesagt, Wes hat es getan, aber erst jetzt dringt die Tatsache in all ihrer Bandbreite zu mir durch.

Ich habe gedacht, sie würde mit einem Infekt kämpfen. Wieso habe ich nicht weiter nachgehakt? Ich kenne die Antwort und sie tut weh. Ich war zu sehr mit mir selbst beschäftigt. Damit, mich in Wes zu verlieben, mich mit Jules zu streiten und zu arbeiten, um mich an einer Wohnung festzuklammern, die mir mit einem Mal bedeutungslos erscheint. Ich hätte sehen müssen, dass sie mich angelogen hat. Und ich hätte für sie da sein müssen. Ich wäre es gewesen, wenn ich meine Prioritäten richtig gesetzt hätte. Dann wäre ich bei ihr gewesen, hätte vielleicht etwas verändern können. Ich hätte bemerkt, dass etwas ganz und gar nicht stimmt. Tränen quellen unter meinen Lidern hervor und verlieren sich unsichtbar im Duschwasser.

Nana hat sich von mir entfernt, um leichter gehen zu können. Und ich habe es zugelassen. Ich habe sie ins Waterfront ziehen lassen und ihr geglaubt, dass wäre schon immer ihr Traum gewesen. Ich habe zugelassen, dass sie töpfert, anstatt Zeit mit mir zu verbringen. Ich habe die Distanz gespürt, die sie mit jeder schwachsinnigen Freizeitaktivität, die Ruth Ward ihr empfohlen hat, zwischen uns legte, und habe nichts dagegen unternommen. Aber mit einem hatte Nana unrecht. Nichts davon wird es mir leichter machen, sie zu verlieren.

KAPITEL 56

Weston

Dad hält mit Miles' Wagen auf dem Bürgersteig im absoluten Haltverbot. Für ihn haben die Regeln Normalsterblicher noch nie gegolten. Ich weiß nicht, wieso ich zugelassen habe, dass er mich fährt. Es sendet die falschen Signale. Ich bin noch lange nicht bereit, ihm zu vergeben. Vielleicht werde ich es trotz der Dinge, die ich jetzt weiß, nie sein.

»Wir sind da«, bemerkt er unnötigerweise und deutet auf das Gebäude, in dem Jules' WG liegt.

Ich öffne die Tür und will aussteigen.

»Wer wohnt hier?« Er hält mich mit seiner Frage zurück.

»Eves Freundin Jules.« Die Tür fällt zurück, aber mein Knie stoppt sie, bevor sie ganz schließt. Die Geräusche vom belebten Occidental Square dringen ins Wageninnere. »Eve macht eine Scheißzeit durch.« Die Einzelheiten gehen ihn nichts an. »Sie braucht Jules jetzt, und sie haben sich wegen mir zerstritten. Ich denke, es ist nur fair, wenn ich es wieder geradebiege.« Fühlt sich fast an wie ein Vater-Sohn-Gespräch.

»Du liebst sie.« Er formuliert es nicht als Frage und ich streite es nicht ab.

Dabei passt das zwischen Eve und mir nicht in drei Worte. »Ich bin bereit, für sie über meinen Schatten zu springen und einen Schritt auf Jules zuzumachen«, breche ich mein Schweigen. Ich reibe mir über die Stirn. Ich habe Kopfschmerzen und bin so müde, dass ich am liebsten drei Tage durchschlafen würde.

»Du hast für sie sogar einen Schritt auf mich zugemacht.« Dad ist ein Mistkerl, aber nicht dumm. Natürlich ist ihm klar, dass sie der Grund ist, warum ich plötzlich bei ihm aufgetaucht bin. So wie sie der Grund für so ziemlich alles ist.

»Das war wohl eher Miles' Schuld«, widerspreche ich.

Dad grinst mich an. »Auf jeden Fall bist du bereit, für sie ziemlich weit zu gehen.«

Ich steige aus, anstatt zuzustimmen. Ist eh offensichtlich, wenn sogar Miles und Dad es mitkriegen.

Er umrundet den Wagen, gibt mir den Schlüssel und dreht sich um. »Komm wieder vorbei, okay? Und klär das mit Everly. Sie tut dir gut.« Er wartet nicht auf meine Antwort, sondern geht.

»Wie kommst du nach Hause?«, rufe ich ihm hinterher. Darüber habe ich überhaupt nicht nachgedacht, als er mir angeboten hat, mich mit Miles' Wagen in die Stadt zu fahren.

Er ist schon ein gutes Stück die Straße hoch. »Ich laufe ein Stück und bestelle mir ein Uber, wenn ich genug davon habe«, wirft er über die Schulter und verschwindet um die Hausecke.

Ich warte noch zwei Sekunden, schüttle dann den Kopf. Ich kann mich jetzt nicht damit befassen, dass Dad entweder einer Gehirnwäsche unterzogen oder von Aliens entführt wurde. Oder dass ich mich galaktisch geirrt habe. Ich drücke die Tür zum Treppenhaus auf. Immer zwei Stufen auf einmal nehmend, laufe ich in den vierten Stock. Vor nicht einmal sechs Stunden war ich das letzte Mal hier und ich bezweifle, dass Jules nach dem bisschen Schlaf besser auf mich zu sprechen ist als vorhin.

Ich klingle. Das Mädchen, das mir schon nachts geöffnet hat, zieht die Tür auf. »Hi«, sage ich mit meinem freundlichsten Lächeln und halte die Tüte Bagels hoch, die Dad mir mitgegeben hat.

»Du schon wieder.« Sie schnuppert und verdreht die Augen. Halb genervt, halb genießerisch. Der Hunger siegt. Sie schnappt sich die Tüte und verschwindet in der Küche, bittet mich aber nicht hinein. »Jules, der Typ von letzter Nacht schon wieder«, ruft sie aber gnädigerweise auf dem Weg in eines der hinteren Zimmer.

Jules stürmt zur Tür und knallt sie zu, ohne überhaupt zu fragen, was ich will. Allerdings scheitert sie, weil ich vorsorglich meinen Fuß in den Rahmen gestellt habe. Sie starrt mich an. Dann meinen Fuß. Dann wieder mich. »Was willst du hier?«, fragt sie schließlich. »Schon wieder?« Ihre Stimme ätzt jedes Gefühl aus den Worten. »Das wird ja langsam zu einer echten Fixierung.«

»Reden«, erwidere ich knapp. »Über Eve.«

Noch immer stehe ich im Treppenhaus und Jules macht auch keine Anstalten, mich hereinzubitten. Stattdessen verzieht sie verächtlich ihre Mundwinkel. »Ich werde dir nicht helfen, sie noch mal flachzulegen, Lewis. Du hast es versaut. Leb damit.«

Ich versuche wirklich, nicht zum Mörder zu werden, aber sie macht es mir nicht leicht. »Die Sache damals. Der Kuss zwischen Eve und mir auf Miles' Party. Sie wollte, dass ich dich in Ruhe lasse. Nur deswegen sind wir zusammen rausgegangen. Sie wollte dich beschützen.«

»Sie wusste, dass ich in dich verknallt war – und hat dich trotzdem geküsst«, entgegnet Jules stur.

»Ich habe sie geküsst. Nicht andersherum. Kapier das bitte. Es war nicht ihre Schuld.« Meine Finger folgen der Maserung der Türzarge. »Du kennst sie. Sie hätte weder Bayle noch dich je betrogen.«

»Und wie genau kommst du bei der Geschichte gut weg?«

Ich zucke die Schultern. Gar nicht. Ich habe Eves Welt nicht besser gemacht. Ich bin ihr apokalyptischer Fehler. Ihre Welt liegt wegen mir in Schutt und Asche. Deswegen habe ich sie verloren. Das Einzige, was ich tun kann, ist Schadensbegrenzung betreiben und ihr damit ein wenig helfen.

»Warum erzählst du mir das?« Sie kneift ein Auge halb zu, als könnte sie so verstehen, wieso ich hier bin.

»Du solltest einfach wissen, dass es keinen Grund gibt, sauer auf Eve zu sein. Sie braucht dich jetzt und du solltest für sie da sein.«

»Selbst wenn ich dir glaube, meinst du nicht, es ist etwas viel verlangt, dass ich ihr Händchen halte, wenn sie wegen dir Liebeskummer hat?«

Sie denkt immer noch, es ginge hier um Eve und mich. »Sie hat keinen Liebeskummer, Jules.« Ich atme tief durch. Sie war erstaunlich gefasst, als sie mich gebeten hat, für immer aus ihrem Leben zu verschwinden. »Es geht um Olivia. Sie liegt im Krankenhaus.« Ich deute mit dem Kinn auf Chloe, die hinter Jules auftaucht. »Lasst sie jetzt nicht allein!«

»Was ist mit Olivia?«, fragt Jules erstickt. Ihr ist instinktiv klar, dass es schlimm ist. Und ich kann sie nicht beruhigen. Die Erinnerung an das monotone, zu langsame Piepen der Maschinen lässt meinen Puls stolpern. Ich wünschte, ich könnte mit Eves Großmutter tauschen. Nicht, dass ich darauf stehen würde, ins Gras zu beißen, aber ich würde dem Tod vorher so richtig in den Arsch treten und ich bin mir sicher, dass Eve besser ohne mich zurechtkommen würde als ohne Olivia. »Sie ist ernsthaft krank.«

»Wie krank?«

»Sie hat Krebs«, sage ich schnörkellos. Ich schlucke trocken. »Sie wird es nicht schaffen.«

Jules umarmt Chloe, der beginnen, Tränen über die Wangen zu rinnen. »Wenn das einer deiner schlechten Scherze ist ...«, flüstert sie, bricht aber ab, als sie sieht, wie verdammt ernst ich das meine. Ernster kann es für Olivia und Eve nicht werden.

»Die Ärzte geben ihr nicht mehr viel Zeit.« Zögerlich berühre ich Jules' Arm. »Sag mir einfach, dass sie da nicht allein durchmuss. Ich würde selbst für sie da sein, aber sie will mich nicht sehen.« Jules nickt und Erleichterung zersetzt den kalten Brocken in meiner Brust. »Es tut mir leid«, murmle ich. »Alles.« Und zum ersten Mal sind diese Worte keine Floskel zwischen Jules und mir.

KAPITEL 57

Everly

Ich sitze vor Nanas Zimmer. Seitdem ich zurück im Krankenhaus bin, kämpfe ich mit mir. Ich will hineingehen. Ich weiß, ich
muss. Aber ich finde einfach nicht die Kraft. Stattdessen sitze
ich auf einem Plastikstuhl und beobachte sie durch die verglaste
Tür ihres Zimmers. Ihr Körper ist ausgezehrt, zu dünn, zerbrechlich. Er wirkt zu klein für das Bett, in dem sie liegt.

Eine Schwester eilt an mir vorbei, ohne mir Beachtung zu
schenken. Ich sehe ihr hinterher und wünschte, ich hätte wie sie
eine Aufgabe, die es mir leichter machen würde. Das Weiß der
Wand erzeugt ein unangenehmes Flimmern in meinen Augen,
das sich im Inneren meines Körpers fortsetzt. Mir ist kalt.

Ich ziehe die Beine auf den Stuhl und schlinge meine Arme
fest darum. Ich rühre mich nicht. Eine Ewigkeit, bis mich plötzlich jemand berührt. Erschrocken zucke ich zusammen, richte
mich auf und starre direkt in ein paar vertraute Augen. Jules.

Sie ist hier. Ich blinzle, um mich zu vergewissern, dass mir
mein überfordertes Hirn keinen Streich spielt. Das Bild meiner
besten Freundin verschwindet nicht. Es verschwimmt allerdings
hinter einem Tränenschleier.

»Eve«, flüstert sie und rutscht auf den Stuhl neben mich. Sie
schlingt ihre Arme um mich. Eine Geste, die zeigt, dass in diesem Moment egal ist, was zwischen uns war. Das alles hat im

Angesicht von Nanas Tod keine Bedeutung. Sie hätte für diese Art von unverwüstlicher Freundschaft sicher ein passendes Zitat. »Es tut mir so leid«, ist das Einzige, was ich herausbringe.

»Mir tut es leid«, murmelt Jules in mein Haar und streicht darüber. »Ich habe Sachen gesagt, die ich nie hätte sagen dürfen. Einfach, weil ich verletzt war. Ich hätte nichts davon zwischen uns kommen lassen dürfen.«

Ich schüttle schluchzend den Kopf. »Ich hätte ihn nie zwischen uns kommen lassen dürfen.« Über Wes zu reden, erzeugt ein totes Echo in meiner Brust. Jules hält mich. Als wäre unsere Freundschaft eine unumstößliche Wahrheit, an der ich mich festklammern kann.

»Ich verliere sie, Jules.« Mein Atem geht irgendwo zwischen den Worten verloren. »Sie stirbt.« Der Tod sitzt quer in meiner Kehle und bringt mich um. »Sie stirbt, Jules«, wiederhole ich mich, und anstatt abgenutzte Worte zwischen uns zu legen, weint Jules mit mir.

KAPITEL 58

Weston

Ich habe fast die ganze Flasche Whiskey vernichtet, aber der Schmerz in meiner Brust wird nicht weniger. Ich dachte, ich würde mich besser fühlen, wenn ich Jules erst davon überzeugt hätte, für Eve da zu sein. Ich dachte, dass würde das Scheißgefühl lindern, sie verloren zu haben. Aber, verflucht noch mal, das Gegenteil ist der Fall. Seit einer knappen Woche hänge ich jetzt durch und alles, was ich fühle, ist diese verdammte Leere. Meine Gedanken drehen sich wie in einer Zentrifuge um den Tod. Um Olivia, die gerade stirbt. Um Mom, die bereits draufgegangen ist. Und um Eve, die ich verloren habe. So unwiderruflich, als wären wir tot.

Eine wütende Kälte schießt durch meine Venen. Sie setzt sich zwischen die Zellen, wo sie zusammen mit dem Alkohol die Funktion meiner Drecksynapsen beeinträchtigt. Es führt dazu, dass ich stolpere und beinahe stürze. Ich verliere die Kontrolle und kralle mich an dem Spiegel des Audis fest, der knirschend protestiert. Wieso zum Henker bin ich hier? Wieso ausgerechnet vor diesem Haus?

Stockbesoffen, wie ich bin, hätte ich zu Miles laufen können. Zum Wipe Out. Alles wäre besser gewesen, als zu Dad zu gehen. Ein dumpfer Laut bricht aus mir hervor. Ein Lachen, das mich davon abhält zu heulen, das aber gefährlich kippt.

Wütend hole ich aus und schmeiße die Flasche gegen einen der Blumenkübel. Die Flüssigkeit hinterlässt einen dunklen Fleck auf dem Holz. Schmale Rinnsale folgen der Maserung gen Boden, wo sie zwischen den Scherben in die Poren der Pflastersteine dringen. Ich zertrete das Glas. Wäre doch mal ein Sinnbild, wenn die verfickten Überreste der Flasche aussehen würden wie mein Leben. Heftig atmend beuge ich mich vornüber und warte darauf, dass die Welt aufhört, sich zu drehen, dass es aufhört wehzutun.

»Weston?« Ich sehe nicht auf. Selbst im Vollsuff erkenne ich Dads Stimme.

»Was machst du denn um diese Uhrzeit hier draußen?« Es ist so früh, dass die Nacht noch auf einem kitschig silbrigen Streifen Dämmerung schaukelt und die Temperaturen im einstelligen Bereich hält. Ich antworte nicht. Weil ich nicht weiß, was oder wie ich diese ganze Scheiße in Worte fassen soll.

»Wes?«, versucht Dad noch einmal zu mir durchzudringen.

Ich bin hier, weil ich ihn brauche. Das ist so armselig, dass ich langsam zu Boden sinke. Ich spüre die kalten Steine unter meiner Jeans. Eine der Scherben bohrt sich durch den Stoff in meinen Oberschenkel. Dad legt mir unbeholfen seine Hand auf die Schulter. Ich greife danach, obwohl er nie mein Halt war. Gerade bin ich versucht, ihm eine Chance zu geben, denn ich bin dabei, unterzugehen. »Ich habe sie verloren«, stoße ich mühsam hervor. Das trifft auf Mom zu und auf Olivia. Aber nur der Verlust von Eve reißt mir den Horizont weg. Ohne den Boden unter den Füßen kann man irgendwie leben, aber ohne den Horizont fehlt einem jegliche Orientierung.

Dad hätte es verkacken können wie all die Male zuvor, aber stattdessen nimmt er mich in den Arm und ich kralle mich in dem Stoff seines Morgenmantels fest. Ich halte mich selbst dann noch an ihm fest, als sich mein Atem langsam beruhigt. Und obwohl Dad zittert, macht er keine Anstalten zu gehen. Er ist da, hält mich und verhindert das erste Mal in meinem Leben, dass ich absaufe.

KAPITEL 59

Everly

Nanas Körper an meinem ist ruhig. Ihre Atemzüge entspannt. Jules hat die Patchworkdecke aus meiner Wohnung geholt. Mom hat sie mir vor Jahren in Long Beach gekauft. Sie hat mich mein ganzes Leben begleitet. Meine Finger fahren über die schmalen Linien, an denen die verschiedenen Stoffvierecke gegeneinanderstoßen. Jedes davon erinnert mich an Mom, Nana und mich. An die Sommer in Long Beach, deren Sonnenstrahlen in dem Stoff gespeichert scheinen, sodass sie Nana jetzt Jahre später noch wärmen. Ihr ist immer kalt. Es ist, als würde das Leben und damit die Wärme sie Stück für Stück verlassen.

Sobald sie loslässt, verliere ich sie. Sie werden sie wegbringen. Ich bin mit dem Prozedere vertraut. Ein steriler, behördlicher Vorgang. Ich lasse das nicht zu. Sie gehört genau hierher. Mit mir unter diese Decke. Sie hat vielleicht keine Kraft mehr, um sich an das Leben zu klammern, aber ich kann sie festhalten. Mich einfach weigern loszulassen.

Es sind erst sechs Tage und die Ärzte machen mir wenig Hoffnung, dass Nana noch viel länger durchhalten wird. Ich brauche mehr Zeit. Sechs Tage sind zu kurz. Sie sind nur ein klitzekleines Fragment, das verblassen wird, sobald sie weg ist. Ich brauche mehr Momente, von denen ich zehren kann, wenn sie nicht mehr bei mir ist.

Jules sitzt auf einem der Besucherstühle, die zu hart sind, um als gastfreundlich durchzugehen, und ist eingeschlafen. Seitdem sie hier aufgetaucht ist, wechselt sie sich mit Chloe ab, damit ich nie allein bin. Die beiden müssen durch Wes von Nanas Zustand erfahren haben. Er ist der Einzige, der neben mir davon wusste. Allerdings verstehe ich nicht, warum er Kontakt zu Jules hatte. Ich verstehe so vieles nicht. Warum kratzen Strumpfhosen so sehr, dass ich stets wahnsinnig werde? Warum macht mich Kälte glücklicher als Hitzewetter, auch wenn ich dazu neige, unverhältnismäßig schnell zu frieren? Und warum gelingt es mir nicht, so stark zu sein wie Jules? Sie würde einem Typen wie Wes die kalte Schulter zeigen. Sie wäre fokussiert genug, um Nana am Leben zu halten. Sie würde ihn vergessen und weitermachen. Sie hat es schon einmal getan.

Ich aber trudle gefährlich nah am Abgrund entlang, den das Ende von Wes und mir geschaffen hat. Ich fürchte, wenn Nana geht, werde ich fallen und selbst Jules wird diesen Sturz nicht abfangen können.

KAPITEL 60

Weston

Dad hat mich ins Wipe Out gebracht. Ich weiß nicht, ob er damit mir helfen oder seine neue Familie schützen wollte. Aiden sollte mich so nicht sehen. Da stimme ich Dad ausnahmsweise mal zu.

Ich habe mich zusammengerissen und heule nicht mehr, habe aber weder Kraft noch Lust herauszufinden, ob Dads Umarmung dazu beigetragen hat oder ob ich einfach zu erschöpft war, um weiter durchzudrehen.

Klar ist, dass sich etwas zwischen uns verändert hat. Ich bin auf ihn zugegangen. Er war da. Es ist zu früh, um Prognosen abzugeben, wohin uns das führen wird. Ich kann mir nicht vorstellen, dass es eine Regenbogenzukunft ist, in der wir gemeinsam Schmetterlinge jagen und angeln gehen, aber es ist ein unerwarteter Fortschritt.

Wortlos stoße ich die Tür zur Küche auf und warte, bis Dad ebenfalls hindurchtritt. Er wollte sich das Wipe Out ansehen. Den Laden, von dem er nur die nackten Zahlen durch Peter kennt.

Sein Blick bleibt für einen Moment an der Isomatte und dem Schlafsack hängen. »Du schläfst hier?«

Ich nicke widerstrebend. »Eigentlich bei Miles, aber der hat sich gerade mit seiner Freundin vertragen und ich wollte nicht im Weg sein.« Er hätte wissen wollen, wie es mit Dad gelaufen ist. Und was ich in Bezug auf Eve vorhabe. Fragen, die ich nicht beantworten wollte. »Willst du etwas trinken?«

»Nein danke.« Er winkt ab, geht zur Spüle hinüber und betätigt die Geschirrbrause. Ein kurzer stampfender Laut begleitet den Wasserstrom, der sofort unterbrochen wird, als er den Hahn loslässt.

»Hast du viele Angestellte?« Er dreht sich um die eigene Achse. »Ich war noch nie hier, aber die Lage ist gut. Ist bestimmt viel los.«

»Ein paar.« Ich versuche nicht stolz darauf zu sein. »Es ist nur ein verfluchtes Restaurant.«

Dad lacht. »Es ist dein Laden.« Er klopft gegen die Spüle. »Es ist kein Medizinstudium, aber ziemlich beeindruckend. Warum schläfst du hier?«

Er will also darüber reden. Eigentlich bin ich zu ausgelaugt für diese Art von Gespräch. »Du hast mir durch die Kündigung der Wohnung nicht viel Spielraum gelassen.« Ich gebe mir keine Mühe, den Vorwurf runterzuspielen.

»Das hatte ich damit nicht bezweckt«, sagt er seufzend und zeigt auf den Schlafsack. »Ich wollte, dass sich etwas verändert. Ich dachte, ich könnte dich so aus der Reserve locken. Dass du sauer werden würdest und vorbeikommst, um mich deswegen anzuschreien.«

»Und was hättest du dann getan?«

Er lacht leise. »Ehrlich gesagt, hatte ich noch nicht weitergeplant.« Er hebt die Hand und lässt sie wieder fallen. »Ich schätze, ich wollte, dass du mich um Hilfe bittest.«

Als wäre das eine realistische Option gewesen. »Du warst nicht gerade derjenige, den ich bei einem Problem um Rat gebeten hätte.« Warum bitte spreche ich in der Vergangenheitsform?

»Das hätte ich wohl bedenken müssen.« Er wendet mir den Rücken zu und inspiziert einen der Edelstahlküchenschränke. Als ihm nur Tellerstapel entgegenstarren, schließt er die Tür wieder. Das Geräusch von Metall auf Metall begleitet die Bewegung. »Mir ist klar, dass du keinen Rat von mir willst, und das ist in Ordnung.« Er nickt, allerdings schwingt da ein Aber in dem Satz mit, das mir instinktiv rät, dichtzumachen.

»Aber ich würde dir trotzdem gern einen geben. In Bezug auf Everly. Fahr das mit ihr nicht gegen die Wand.«

Dafür ist es längst zu spät. Ich habe für eine Frontalkollision gesorgt.

»Sie hat dir vergeben, was du beim Essen in Ocean Shores gesagt hast. Sie ist mit dir nach Hause gefahren, obwohl jede andere dich stehen gelassen hätte. Und sie hat dich in ihr Leben gelassen, obwohl sie genau wusste, was für einen Querschädel du hast.« Er deutet auf seinen eigenen Kopf, um zu zeigen, dass ich den von ihm habe. »So jemanden solltest du nicht gehen lassen.«

»Du hast keine Ahnung.« Wir haben uns zweimal in den letzten drei Jahren gesehen. Er kann überhaupt nicht beurteilen, was richtig für mich ist. Oder für Eve. Sie hat sehr deutlich gemacht, dass sie mich nicht mehr sehen will. Ich werde nicht versuchen sie vom Gegenteil zu überzeugen, während Olivia im Sterben liegt. Zumal ich auch keinen blassen Schimmer hätte, wie ich das anstellen sollte. »Es ist zu spät.«

»Du tust alles für dieses Mädchen«, widerspricht Dad. »Du hast sie hier arbeiten lassen, oder nicht? Weil sie dringend Arbeit benötigte. Du hast dich um ihre Großmutter gekümmert, als niemand anders da war, um es zu tun. Du hast das Gespräch mit mir gesucht. Du bist sogar zu ihrer Freundin gefahren, die du nicht ausstehen kannst, und hast sie überzeugt, für Everly da zu sein.«

»Das ändert nichts daran, dass ich ihr nicht das geben kann, was sie braucht.«

»Ich habe dir nie eine gesunde Partnerschaft vorgelebt, dir nicht beigebracht, zu deinen Gefühlen zu stehen. Das habe ich kapiert, Weston. Aber lass nicht zu, dass das dein Leben bestimmt.«

Am liebsten würde ich etwas Schlagfertiges erwidern, aber um zu schlagen, bin ich zu fertig. Ich presse die Lippen aufeinander und verschränke die Arme vor der Brust.

Dad klopft mir unbeholfen auf die Schulter und verlässt wenig später das Wipe Out. Er ist nach wie vor ein Mistkerl, aber er hat recht. Ich würde alles für Eve tun. Nur bedeutet das gleichzeitig kein Happy End für uns. Es kommt darauf an, was man bereit ist, für den Menschen zu tun, den man liebt. Ich bin bereit, den Schlussstrich zu akzeptieren, den Eve gezogen hat. Und zwar mit einem Neonmarker. Um sich zu schützen.

Ich liebe dich, Eve. Ist doch ganz einfach. Fuck. Hätte ich die Worte sagen können, wäre ich jetzt vielleicht bei ihr. Stöhnend schiebe ich die Terrassentüren auf und trete in die Nacht hinaus. Die Luft ist glasklar. Mein Atem verursacht Wolkenfetzen, die in der Dunkelheit zerfließen, als ich mich auf eine der Liegen setze und eine Handvoll Sand aufhebe. Langsam lasse ich die Körner durch meine Finger rieseln. Ich lag mit Eve hier. Sie hat in meinen Armen geschlafen, während ich wach war. Ich wollte keine Sekunde mit ihr verpassen. Ich konnte es nicht. Weil Eve mein verdammtes Universum ist. Die verfluchte Schwerkraft. Mein Zentrum, und ich kann nichts dagegen tun, egal, was für eine Scheißangst es mir macht, dass ich sie liebe.

Meine Güte, sie ist alles, und das könnte mich mit einem Fingerschnipsen vernichten. Vielleicht habe ich mich deswegen wie ein Irrer dagegen gewehrt. So lange, bis es zu spät war. Jetzt ist das Einzige, was ich tun kann, nicht egoistisch zu sein und sie in Ruhe zu lassen.

KAPITEL 61

Everly

Es geht Olivia besser. Die Zeiträume, in denen sie ansprechbar ist, werden länger und sie hat Lust auf Eis. Die Ärzte sagen, es ist kein Grund zur Hoffnung. Medizinisch gesehen weiß ich, dass sie recht haben. Es ist nur ein kurzes Aufflackern der Lebensgeister, bevor sie für immer erlöschen werden, aber ich bin nicht als Medizinstudentin hier, sondern als Nanas kleine Eve.

Und als die frage ich mich, wie es keine Hoffnung bedeuten kann, wenn Nana Chocolate-Chip-Eis zum Frühstück möchte?

Ich betrete das Zimmer mit drei viel zu großen Bechern Eis in der Hand. Jules sitzt am Tisch und hackt auf die Tastatur ihres Laptops ein. Ganz tief in mir steckt immer noch die Angst, sie könnte irgendwann die Wut wiederfinden, die sie zwischen dem Streit in meiner Wohnung und ihrem Auftauchen im Krankenhaus verloren hat. Ich schiebe ihr einen der Eisbecher hin und atme erleichtert aus, als sie ihn lächelnd entgegennimmt und der verschlossene Ausdruck von ihrem Gesicht verschwindet.

»Eis zum Frühstück?«

»Verzweifelte Zeiten erfordern eben verzweifelte Maßnahmen«, erwidere ich zwinkernd. Es ist verrückt, unter den gegebenen Umständen gute Laune zu haben, aber im Vergleich zu den letzten Tagen geht es Nana so viel besser, dass mein Gehirn irrationalerweise Glückshormone ausschüttet.

Ich setze mich zu ihr aufs Bett und warte, bis sie die Seite ihres Buchs zu Ende gelesen hat und den Einband sinken lässt. *Liebe im Rosengarten.* Ich verziehe angewidert das Gesicht und gebe Nana das Eis. »Warum liest du das?«

»Ich will wissen, ob Peter Emily bekommt, und zwar bevor ich ins Gras beiße, sonst werde ich niemals in Frieden ruhen.« Sie lacht leise und ich hasse mich dafür, dass ich schon wieder einen Kloß im Hals habe. Die Tränen ertränken die Glückshormone, die bis eben auf einer Portion Schokoladeneis schwammen. Humor ist Nanas Art, mit dem Tod umzugehen, definitiv nicht meine.

Hastig wische ich mir über die Augen. »Ich meinte nicht, warum du es zu Ende liest, sondern warum du so einen Kitsch überhaupt angefangen hast«, stoße ich gequält hervor.

Nana runzelt die Stirn und lutscht an der winzigen Portion Eis auf ihrem Löffel herum. »Weil jeder Mensch ein bisschen Liebe in seinem Leben braucht.«

Ich senke den Blick. Wes sollte derzeit keinen Platz in meinem Kopf haben, aber Nana kennt mich gut genug, um in mir zu lesen wie in dem aufgeschlagenen Kitschroman neben ihr.

»Was ist eigentlich los mit dir und Weston?«

Ich werfe einen schnellen Blick zu Jules, die sich bei der Erwähnung von Wes' Namen so sehr auf ihr Eis konzentriert, dass man annehmen könnte, ihr Leben hinge davon ab. Das wird für immer zwischen uns stehen. Und das will ich nicht. Genauso wenig, wie ich einen Mann will, der nicht bereit ist, mich zu lieben. Der mir wertvolle Zeit mit Nana gestohlen hat. Und am allerwenigsten, dass mein Liebesleben in dieser Situation überhaupt Thema ist.

Aber Nana lässt nicht locker. »Er mag dich wirklich.«

Und doch nicht genug, um mir die Wahrheit zu sagen. Nicht

genug, um sich verbindlich auf mich einzulassen. »Er mag vieles. Das heißt nicht, dass er bereit für eine Beziehung ist. Dass ich überhaupt noch eine mit ihm will. Er hat mich angelogen.« Ich versuche neutral zu klingen, aber die Worte kleben an meinen Stimmbändern wie dunkler Teer.

Nana stellt den Eisbecher auf den Nachttisch und schließt die Augen. »Daraus darfst du ihm keinen Strick drehen.«

»Darf ich nicht?«, frage ich störrisch.

Nana schüttelt den Kopf. »Ich habe die Todkrankenkarte ausgespielt und ihm verboten, dich einzuweihen. Er hat mehr als einmal versucht mich davon abzubringen. Jedes Mal, wenn er mich zu den Behandlungen gebracht hat, hat er mir deswegen in den Ohren gelegen.«

Er hat sie zu den Behandlungen gebracht? Die Information bringt mich aus dem Gleichgewicht. »Damals, als er dich ins Waterfront begleitet hat und ihr mir erzählt habt, er hätte dich zufällig auf dem Pier getroffen …« Ich verstumme und schließe die Augen. Ich will nicht weinen. Nicht vor Wut darüber, wie schamlos die beiden mich angelogen haben. Und noch viel weniger, weil sich eine tiefe Wärme in mir ausbreitet, weil er für Nana da war.

»Er hatte mich an dem Morgen zur Chemotherapie gebracht. Das hat er mehrmals die Woche getan und auf mich geachtet.« Sie lächelt. »Er war wirklich unnachgiebig, wenn es darum ging, dass ich genug esse und trinke.«

Ich will wütend auf ihn sein, aber das ist verdammt schwer.

»Wenn er nicht gewesen wäre, wäre ich wahrscheinlich nicht mehr hier.« Sie atmet tief ein. »Er hat darauf bestanden, dass ich die Therapie mache und uns Zeit erkämpfe.«

Ich schluchze auf. Er hat das für mich getan, aber macht das all die Fehler wieder gut? Die Tatsache, dass er sich nicht fest binden, mir kein Versprechen auf eine gemeinsame Zukunft geben will? Dass er mich angelogen hat. Mein Emotionszentrum fühlt sich an, als hätte ich es mit LSD gefüttert.

Nana sieht mich an und in ihren Augen stehen Tränen. »Er musste mir versprechen, dir nichts zu sagen.« Ihre schmale Hand tastet nach meiner. Sie streicht sanft darüber, als wollte sie mich ermutigen, alle sinnvollen Schutzschilde fallen zu lassen. Und das, obwohl es derzeit wirklich wichtigere Dinge gibt.

Jules ist aufgestanden und lässt sich schwer auf die Bettkante sinken. »Ich wusste nichts von Olivias Krankheit. Dass ich für dich da sein konnte, geht auch auf das Konto dieses Idioten. An dem Morgen, als ich zu euch ins Krankenhaus gekommen bin, war er vorher bei mir, um mich zu bitten, dir zu vergeben und für dich da zu sein, weil du ihn sicher nicht sehen wollen würdest. Er hat klargestellt, dass du nicht schuld an dem Kuss damals warst und ich eine Idiotin bin, das überhaupt gedacht zu haben.« Sie schüttelt den Kopf, als könnte sie nicht fassen, dass sie die folgenden Worte ausspricht. »Ich würde sagen, es gibt nur einen Grund, aus dem er Olivia geholfen hat, mit mir, dem Feind, konspiriert hat und David hasst.«

»Er liebt mich nicht«, widerspreche ich schwach. Die Worte klirren in meinem Hirn, wie Eiswürfel in einem leeren Glas. Er hat es mir gesagt. Mehr als einmal. Er ist nicht der Typ, der liebt. »Und das hat mir das Herz gebrochen. Das kann ich nicht noch mal durchmachen. Ich will das nicht. Nicht jetzt.« Ich will für Nana da sein. Wes nimmt bereits viel zu viel Raum ein. Es sollte jetzt nur um sie und mich gehen.

Nana sieht mir meine Gedanken an. »Ein schlauer Mensch hat mal gesagt: Lieb, als würde es so etwas wie gebrochene Herzen gar nicht geben.« Sie zwinkert mir zu. »Entscheide dich nicht gegen die Liebe, nur weil du Angst hast.«

»Das ist kein Ratschlag, sondern ein Zitat aus einem Countrysong, Nana.«

Sie lacht. »Als würde es da einen Unterschied geben. Und noch etwas, wage es nicht, mich als Ausrede zu benutzen. Gib dir, verflixt noch mal, einen Ruck und geh zu ihm.«

Mein Puls gerät aus dem Takt. »Ich kann hier nicht einfach weg«, flüstere ich heiser und spüre gleichzeitig, dass ich es möchte. Ich will zu Wes und ihm sagen, dass es keine Rolle spielt, was er bereit ist, mir zu sagen. Er hat genug getan, um mir zu beweisen, was er fühlt. Trotzdem zögere ich noch immer.

»Olivia hat recht. Hau endlich ab und sorg dafür, dass diese ganze Sache ein Happy End bekommt.« Jules verdreht die Augen. »Ich kann nicht glauben, dass ich dir rate, Weston Lewis hinterherzurennen.« Als ich keine Anstalten mache zu gehen, schiebt sie mich kurzerhand in Richtung Tür. »Jetzt geh schon.« Auf dem Flur zieht sie mich noch einmal an sich. »Ich bin hier und im Moment geht es Olivia gut. Wenn sich etwas ändert, rufe ich dich sofort an.«

Mein Herz klopft wie wild. »Ich verspreche, ich komme so schnell, wie es geht, zurück.« Ich werfe einen letzten Blick zurück ins Zimmer und sehe dann wieder Jules an. »Und du sagst auch ganz bestimmt Bescheid, sollte sich ihr Zustand verändern?«

Sie nickt und schließt mich in die Arme. »Versprich mir nur eins.«

Alles. Ich nicke.

»Wenn das klappt, geh ihm ordentlich auf die Nerven. Zwing ihn, im Partnerlook herumzulaufen, streich die Küchenwände rosa, was weiß ich. Werde kreativ.« Sie lacht. »Das hat er verdient.«

Ich gebe ihr einen in Lachen und Tränen getränkten Kuss, bevor ich aus dem Zimmer stürme.

Fünfzehn nervenzerrende Minuten später springe ich aus dem Bus, der mich genau vor dem Wipe Out auf den Pier spuckt. Ich betrete das Restaurant, aber nicht Wes, sondern Miles steht hinter dem Tresen und bereitet alles für die Öffnung in einer halben Stunde vor.

Ich zucke zurück. Wenn er noch immer das Wipe Out betreut, bedeutet das, Wes ist nicht hier. »Hi«, begrüße ich ihn und versuche mich trotzdem an einem Lächeln.

Miles hebt beide Hände, als würde ich ihm damit Angst einjagen. »Freut mich auch, dich zu sehen, Everly Scott.« Er wirft mit einem Geschirrtuch nach mir. »Aber ein bisschen mehr Euphorie bitte. Immerhin springe ich für unseren Helden ein, bis er die Gäste nicht mehr mit seiner miesen Laune vergrault.« Er grinst breit. »Jetzt, wo du da bist, bin ich allerdings zuversichtlich, dass ich schon sehr bald wieder meine Ferien genießen werde.« Er macht eine Kopfbewegung in Richtung Außenbereich. »Wes ist draußen und starrt melancholisch aufs Wasser, falls du ihn suchst.«

Mein Herz macht einen Satz. Er ist doch hier. Ich habe ihn gefunden. Jetzt kommt der weitaus schwierigere Teil. Ich nicke und gehe langsam zu der breiten Glasschiebtür, die halb offen steht. Die aufgehende Sonne umreißt Wes' Silhouette. Ich starre ihn an und alles, was ich denken kann, ist, dass ich ihn liebe. So sehr, dass es egal ist, sollte er es niemals sagen.

Der Sand gibt unter meinen Schuhen nach. Als ich die Liege fast erreicht habe, sieht Wes plötzlich auf und rappelt sich ruckartig auf.

»Eve«, stößt er rau hervor und verschluckt das »Was machst du hier«?, das in seiner Stimme mitschwingt. Unmittelbar vor mir kommt er zum Stehen. Sein Atem streichelt meine Haut und seine bloße Nähe bringt meine Zellen zum Vibrieren.

»Eve«, wiederholt er meinen Namen. Er sagt nicht mehr als das, aber es ist … perfekt. Er nimmt meine Hand und lässt durch diese eine Berührung eine sehnsüchtige Wärme in mir aufsteigen.

»Wie geht es Olivia?«, fragt er vorsichtig.

»Für den Moment ist sie stabil. Sie isst Schokoladeneis.« Ich lächle. »Jules ist bei ihr.«

Er nickt und dreht meine Hand mit der Innenfläche nach oben. Sein Daumen streicht quälend langsam über die Linien, die angeblich mein Leben schreiben. »Warum bist du gekommen? Du solltest keine Minute mit ihr verpassen. Nicht wegen …« Er macht eine unbestimmte Bewegung, die uns umfasst.

»Ich fahre sofort zurück ins Krankenhaus, sobald ich fertig bin.«

Sein Blick nimmt mich gefangen und lässt mein Herz bis in meinen Hals schlagen. »Fertig womit?«

»Damit, es zu entkomplizieren«, sage ich leise und lege meine Hand an sein Kinn.

Er gibt mir keine Gelegenheit, ihm zu zeigen, wie ich mir das vorgestellt habe, weil er mich eng an sich zieht, während er mir ein schiefes Lächeln schenkt.

»Ich denke, vielleicht mag ich es kompliziert«, murmelt er.

»Seit wann?«

»Vermutlich seit unserem ersten Kuss auf dem Steg.« Er presst mich an sich. »Ich habe nur ein bisschen länger gebraucht, um es zu kapieren. Ich will das hier. Uns«, raunt er mir zu. Mein Atem jagt seinem Herzschlag hinterher. »Ich will dich. Scheiße, Eve, ich glaube, ich liebe dich, und das macht es ziemlich kompliziert, findest du nicht?«

Er spricht aus, was er nicht mehr sagen müsste, weil er es mir längst gezeigt hat. Tränen laufen mir über die Wangen und versickern in seinem Shirt.

»Ziemlich kompliziert«, stimme ich zu und lasse zu, dass er mich küsst. So tief und unwiderruflich, dass er sich in jede meiner Zellen schleicht.

Er liebt mich und ich liebe ihn. Das ist einfach und vielleicht auch ein bisschen kompliziert. Es ist die perfekte Mischung aus bunt und schwarz. Wie Wes' Bild. Wie das Leben.

Epilog

Als ich den Pick-up vor dem Krankenhaus halte, zieht sich mein Herz zusammen. Sechs Monate ist es jetzt her, dass ich Tag und Nacht in diesem Gebäude verbracht habe. Nana ist vor einhundertvierundachtzig Tagen hier gestorben. Wenige Wochen nachdem Wes und ich wieder zusammengefunden hatten. Es war zu wenig Zeit, auch wenn wir jede Sekunde, die uns geschenkt wurde, mit kostbaren Erinnerungen gefüllt haben.

In dem Moment, in dem sich der Schmerz vor diese Erinnerungen schieben kann, kommen Miles und Josie aus dem Haupteingang des Krankenhauses. In Josies Armen liegt das winzige Bündel Mensch, das sie vor fünf Tagen geboren hat.

Ein kleines Mädchen, das Wes liebevoll, aber sehr konsequent Jellybean nennt, obwohl Miles und Josie ihr den wirklich wundervollen Namen Joy gegeben haben. Ich lächle, als die drei auf mich zukommen.

»Wo hast du unseren Superhelden gelassen?« Miles sieht sich um, schaut sogar unter dem Kotflügel nach und schüttelt dann den Kopf. »Ich leihe ihm meinen Wagen und er schafft es nicht mal, sein Patenkind abzuholen?«, mault er.

Ich beiße mir auf die Lippen, weil es einfach unmöglich ist, Miles' Wut ernst zu nehmen. Wes hätte seinen Truck auch schrotten und ihn komplett vergessen können. Miles würde es

392

ihm trotzdem verzeihen. »Ich bin ja stattdessen hier«, besänftige ich ihn trotzdem.

Miles gibt mir einen Kuss auf die Wange. »Und dafür liebe ich dich sehr, Everly Scott, aber Wes werde ich trotzdem den Hals umdrehen.«

Miles kennt den Grund nicht, weswegen Wes ihn versetzt hat, sonst würde er ihm um besagten Hals fallen. Aber ich habe versprochen, nichts zu verraten, also nicke ich nur und helfe Josie, die Kleine in den Kindersitz zu verfrachten. Ein neues, viel zu großes, alienmäßiges Teil, das auf dem Rücksitz thront und das Baby fast verschluckt.

Miles will gerade auf den Fahrersitz krabbeln, als ich ihn zurückhalte. »Ich kann keine Fläschchen und Schnuller während der Fahrt anreichen, dann wird mir schlecht. Das ist definitiv eine Daddy-Aufgabe«, verweise ich ihn auf den Beifahrersitz.

Er zögert, gibt sich dann aber geschlagen. Auf seinem Weg zur anderen Autoseite streichelt er den Lack und schüttelt den Kopf, als könnte er nicht fassen, dass er mir tatsächlich das Steuer überlässt und mit der Wickeltasche im Arm auf den Beifahrersitz klettert. Aber der Blick, den er Josie und seiner Tochter zuwirft, zeigt, nichts könnte sein Glück derzeit dämpfen.

Zwanzig Minuten später erreichen wir den Pier. Joy hat friedlich geschlafen. Miles war arbeitslos und hat in etwa dreiundfünfzigmal angemerkt, dass er sehr gut hätte selbst fahren können. Dann würde er jetzt allerdings nach links abbiegen und den Weg zur Fähre einschlagen. Ich wende den Truck nach rechts und parke ihn im absoluten Halteverbot direkt vor dem Wipe Out.

»Wir sollten echt dringend mit der Kleinen nach Hause, Eve.« Miles sieht besorgt aus. »Ich will ihr und Josie nicht zu viel zumuten.«

»Es geht mir gut.« Josie küsst Miles auf den Nacken und gibt ihm einen Schubs. »Ich bin Mutter geworden und nicht plötzlich aus Glas.«

»Wes wollte euch kurz sehen. Danach bringe ich euch selbstverständlich nach Hause.«

Miles guckt immer noch skeptisch. »Er hätte ja zum Krankenhaus kommen können, wenn er uns so dringend sehen will.«

»Nur für einen Moment«, flehe ich ihn an und erreiche damit zumindest, dass Josie aussteigt. Sie nimmt die Kleine aus dem Autositz und zieht die Augenbrauen hoch, bis Miles brummelnd nachgibt.

Wir sind da, tippe ich in mein Handy und schicke die Nachricht an Wes. Dann steige ich aus und beeile mich, zu Josie, Miles und Joy aufzuschließen. Das Licht im Wipe Out ist aus, die Tür geschlossen und es sind keine Gäste zu sehen.

»Ich dachte, Wes muss so dringend arbeiten?«, nörgelt Miles, als ich die Tür aufdrücke.

Ich spare mir eine Antwort, denn im selben Moment geht das Licht an und erhellt eine komplett in Rosa gehaltene Baby-Party-Dekoration. Sogar der Bulli, der zur Durchreiche umfunktioniert wurde, ist mit rosafarbener Folie beklebt und zieht eine Stoffwimpelkette hinter sich her, auf der »Willkommen im Leben, Joy« steht. Eine ganze Meute an Menschen springt im selben Moment hinter dem Tresen hervor. Alle formen sie lautlos das Wort Überraschung und wedeln ekstatisch mit den Armen, um die Kleine nicht zu verschrecken. Miles kriegt fast einen Herzinfarkt und hält zumindest so lange still, dass Wes ihn in die Arme schließen kann.

»Du verlogener Hund«, schimpft er, zieht Wes aber in seine Arme, bevor ein Schlag auf den Hinterkopf folgt und er sich wieder von seinem besten Freund löst. Josie weint vor Rührung. Ihre Tochter hatte es so eilig, dass sie auf die Welt gekommen ist, bevor Josie ihre lang ersehnte Baby Shower feiern konnte. Sie war so traurig darüber, dass Wes kurzerhand diese Überraschungsparty auf die Beine gestellt hat. Joy ist der Stargast, verschläft aber die ganze Aufregung.

Es sind alle da. Die Familie. Miles' Freunde von der Uni. Seine Teamkollegen vom Football. Die alte Highschool-Clique. Jules und Chloe. Josies Freundinnen und einige Arbeitskollegen. Miles' Eltern sitzen mit denen von Josie an einem der Tische und übernehmen als stolze Großeltern Joy, damit sich Miles und Josie um ihre Gäste und die Geschenke kümmern können.

»Du hast es geschafft«, raunt Wes mir zu. Ich spüre, wie er mich von hinten umarmt und sein Atem meinen Hals streift. »Jules hat gegen dich gewettet. Oder für Miles' Sturkopf. Wer weiß das schon so genau?«

Ich drehe mich in seinem Armen zu ihm um und küsse ihn. Ein sanfter Kuss, den Wes unterbricht, indem er die Stirn gegen meine legt. »Wie war es bei deinem Dad?«, frage ich leise.

Wes verdreht die Augen, lacht aber. »Aiden hat einfach nicht genug bekommen können. Ich musste ihm gefühlte eine Million Mal den Football zuwerfen. Zum Glück hatte ich die Party als Ausrede, sonst hätte er mich gar nicht gehen lassen. Ich werde bestimmt einen epischen Muskelkater bekommen.«

»Armer großer Bruder«, necke ich ihn und bemerke zufrieden, dass er bei der Bezeichnung nicht mehr zusammenzuckt. Auch wenn er es niemals zugeben würde, liebt er Aiden und nimmt es sogar in Kauf, seinen Dad regelmäßig zu sehen, um den Kleinen zu besuchen. Aiden ist die Brücke, die die beiden brauchen, um sich nicht wieder zu verlieren.

»Wie war es für dich, im Krankenhaus zu sein?«, fragt er sanft und mustert mich prüfend.

»Merkwürdig.« Ich atme tief durch. »Traurig, aber auch gut, denke ich. Die Kleine ist so süß. Das hat es leichter gemacht.« Sie bedeutet Leben. Leben, das dem Schmerz, den ich seit Nanas Tod mit diesem Krankenhaus verbinde, etwas entgegensetzt. Es rückt eines von vielen Mosaiksteinchen in meinem Inneren zurück an seinen Platz. Wes hat die meisten anderen wieder zurechtgerückt. Jules und Chloe haben auch geholfen. Den Rest muss die Zeit bringen.

Wes streicht mir eine Haarsträhne hinter das Ohr. »Bist du sicher, dass du okay bist?«

»Ganz sicher.« Ich lächle ihn an und kuschle mich in seine Arme. Sein Lachen schüttelt unsere Körper, als Miles irgendwelchen Blödsinn erzählt und Jules ihm dafür eine Kopfnuss verpasst. Ich sehe durch das Fenster des Wipe Out auf den Sund, der in der untergehenden Sonne funkelt. Mein Blick streift Nanas Stammplatz. Das Leben ist zu kurz, um traurig zu sein. Das waren Nanas Worte kurz vor ihrem Tod. Einer ihrer vielen, so treffenden Sprüche, den sie mit einem Augenzwinkern versehen hat. Egal, wie viel Anstrengung es sie gekostet haben muss. In diesem Moment hat sie mir das Versprechen abgenommen, glücklich zu werden. »Lass uns mit den anderen auf Joy anstoßen.«

Wes verflicht seine Finger mit meinen und nickt. Der Blick, den er mir dabei zuwirft, vertreibt die restlichen Nebelschwaden aus Traurigkeit. Ihn zu lieben, fühlt sich nach Zuhause an. So lange dachte ich, dieses Gefühl wäre ausschließlich mit der Wohnung meiner Eltern verknüpft. Ich hatte unrecht. Es ist nicht allein an Steine, Decken und Parkettböden gekoppelt. Wes ist ebenfalls mein Zuhause.

Danksagung

Mama und Papa, danke, dass ihr meine chaotisch kreative Ader ertragen und gefördert habt. Und für all die Reisen, vor allem die, bei denen wir auf Matratzen auf dem Wagenboden geschlafen und morgens mit einem Wasserkanister in der Natur Zähne geputzt haben. So vollkommen frei die Welt zu entdecken, hat meinen Horizont erweitert, genau wie es all die Bücher getan haben, die immer mit an Bord waren. Ohne euch wäre ich heute sicher keine Schriftstellerin, und nur ganz nebenbei, ihr wart ganz schön hippie.

Lasse Noah, mein Lieblingskind. Ich hab dich lieb.

Kendra, meine große Schwester, danke, dass du mein Ausprobiermensch bist. Du bist immer für mich da und mit Sicherheit die Einzige, mit der ich Erinnerungen an Streichholzschachteln in Spaghettisoße, an Bikiniausritte bei Minusgraden und an den Geschmack von Wassermelonenkernen unter Olivenbäumen teilen kann. Du warst schon als Kind mein Anlaufpunkt, als ich in dein Bett gekrochen kam, wann immer ich nicht schlafen konnte. Und das ist bis heute so geblieben. Du bist mein Stück Kindheit.

Linus Eliah, mein Lieblingskind. Ich hab dich lieb.

Jana, danke, dass du auf diese unfassbare Reise mit mir gegangen bist. Die Recherchereise für diesen Roman war ein Onein-a-lifetime-trip. Jede Menge Countrymusik. So laut, dass wir gefahrlos mitsingen konnten. Endlose Weiten, Umwege über mehrere Bundesstaaten, die uns am Ende an ganz spezielle, an genau die richtigen Orte gebracht haben. Da waren Bären, Bisons und keine Elche. Gletscher, Wüsten und der Ozean. Fremde, die zu Freunden wurden, Filmkulissen von Glitzervampiren und eine ganze Welt voll unverfälschter Natur. Der Woodie-lets drive the dirtroad, Big Bootie Judy, unser liebster Maulesel und mannsgroße Erdnussdosen. Footballstadien, Frisco und Seattle, Hotels in einsamen Buchten, Blockhütten in Montanas Wäldern und dazwischen Motels mit dreibeinigen Betten. Da waren so viele Diner, aber nur ein bekiffter Kellner, der unseren Freudentanz beobachtet hat, als mir ein weiterer Traum im Leben einer Schriftstellerin erfüllt wurde. Und dazwischen – wir. Danke für deine Freundschaft. It's epic, sista.

Louis Aaron, mein Lieblingskind. Ich hab dich lieb.

Maja und Ricarda, danke, dass ihr immer da seid. Wirklich immer. Sogar nachts um 2.55 Uhr, wenn eine Idee in meinem Kopf Knoten wirft. Danke für Skypesitzungen, WhatsApp-Chats, die länger sind als so manches Buch, und für unsere Treffen. Für das Lachen, all die Ideen, die Textarbeit und einfach dafür, dass es euch gibt.

Ilona, danke für deine Freundschaft. Wir haben uns vor vierzehn Jahren durch die Kinder kennengelernt. Heute sind wir beste Freundinnen. Ich weiß, ich könnte dich mitten in der Nacht anrufen und du würdest kommen, ohne Fragen zu stellen. Genau wie du mir immer deine Schulter zum Anlehnen schenkst, ein offenes Ohr und einen Ausgleich zu dieser manchmal verrückten Bücherwelt.

Kris, Lucie und Jana, dafür, dass wir alle Hasen einer Gang sind.

Christine Albach, meiner Lektorin, und dem gesamten dtv-Team danke ich für die wundervolle Zusammenarbeit. Die Begeisterung, mit der ihr das Manuskript zu einem fertigen Roman gemacht habt, war ansteckend und hat die Arbeit glitzergigantomanisch schön gemacht.

Leonie Schöbel, meiner Agentin von der Michael Meller Literary Agency, ich danke Ihnen, dass Sie mich immer unterstützen, kämpfen, sich begeistern, den Überblick behalten und für mich da sind. Dieser Roman ist ein kleiner Regenbogen für Sie.

Meine Leser*innen, ihr seid großartig und der Grund dafür, dass ich tun darf, was ich liebe. Ihr ahnt nicht, wie sehr mich eure Unterstützung trägt. Danke.